La Fontaine de Gérémoy

Gilles Laporte

La Fontaine de Gérémoy

ÉDITIONS FRANCE LOISIRS

Édition du Club France Loisirs,
avec l'autorisation des Presses de la Cité

Éditions France Loisirs,
123, boulevard de Grenelle, Paris
www.franceloisirs.com

ISBN : 978-2-298-04920-6

À Élise Fischer et Jeanne Cressanges,
avec toute mon affection

Il s'agit de prendre conscience de la valeur artistique propre à toute littérature de masse, et de démontrer que l'art peut sortir de sa tour d'ivoire. Car le sens de la beauté est inséparable d'un certain sens de l'humanité.

Albert CAMUS,
Extrait d'un tract du *Théâtre de l'Équipe*,
cité par Guillaume Gallienne,
France Inter, *Ça peut pas faire de mal*,
25 septembre 2010

Les histoires tournent dans les cieux de rouilles et secouent au passage la neige des frondaisons. Il faut aller les cueillir dans leurs terriers, à la braconne et sans permis, il n'y a pas une façon de faire plutôt qu'une autre, il y a la manière qui vous convient le mieux pour les attraper.
Aux trames des histoires en cohortes des hommes se tissent les contrées.

Pierre PELOT,
La Montagne des bœufs sauvages,
Hoëbeke, 2010

1

Août 1857

— Dis-moi, mon Polyte, tu crois qu'on y arrivera ?

Le garçon tourna la tête. Au loin, la butte des Seize-Mutins tremblait sous le soleil ; une buse dessinait de grands cercles dans un ciel laiteux. Le garçon la suivit des yeux, longtemps, en silence. Autour d'eux, la campagne semblait assoupie.

Depuis qu'ils s'étaient rencontrés, ils ne vivaient plus que pour ces moments volés au travail de la terre, aux animaux, au père et au curé. Jusque-là, il allait aux vaches, arrachait les pommes de terre ou, l'hiver, faisait son bois en compagnie des chevreuils au cul blanc, elle brodait au tambour des cœurs de Marie ou des agneaux pascals au point de plumetis, chantait les offices à Saint-Rémy avec sa mère, sans se poser de questions. Mais un soir de fête ils s'étaient aperçus, avaient croisé leurs regards dans la lueur des flammes de la Saint-Jean. De cet instant, ils avaient eu la déchirante impression de vivre étouffés, étranglés dans une prison dont ils ne pourraient jamais s'évader.

— Tu crois...

Très loin, du côté du village, un chien énervé s'était mis à gueuler.

— Regarde... regarde là-bas !

Le Polyte pointait le doigt vers les prairies des Essarts.

— Dis-moi, mon Polyte, tu crois...

La Malie parlait à voix basse, pour ne pas déranger le bon ordre des choses autour d'eux, peut-être aussi parce qu'elle craignait autant la réponse du garçon que son silence. Au fond, avait-elle vraiment envie qu'il se confie ?

— Vois comme elle va vers le soleil. Tu entends son chant ? Écoute... écoute bien. Elle va monter haut, très haut, puis, d'un coup, elle se laissera tomber comme une pierre. Tu as déjà vu ?

La Malie ne dit rien. Elle se contenta de suivre du regard l'alouette qui montait dans le ciel, montait jusqu'à disparaître dans la lumière.

Plus bas, vers le chantier de la source, des voix d'hommes s'étaient mises à gronder, affaiblies par la distance, digérées par les bosquets, ponctuées de cliquetis de ferraille et de heurts d'outils.

— Tu la vois encore ?

— Je l'ai perdue.

— Elle est toujours là, regarde, au bout de mon doigt...

Elle cligna des yeux, chercha le petit point noir, le retrouva.

— Attention, elle va plonger... Ça y est. Elle plonge ! Vois comme elle file !

L'alouette descendait maintenant vers le sol à une allure vertigineuse. La Malie retint son souffle. Elle en avait déjà vu d'autres, de ces jeux d'oiseaux, sur la calotte nue de Jonchurelle, vers Lignéville, quand elle y allait en promenade, le dimanche après-midi, en compagnie de ses parents. Parfois aussi de Léo, son frère. Mais, là, il lui semblait l'observer pour la première fois.

Elle chercha la main du Polyte. L'alouette avait fendu les airs, ouvert les ailes au dernier moment. Elle venait de disparaître dans les herbes.

— Tu as vu ?

Elle avait vu. Le chien gueulait toujours, plus bas, du côté du village. Elle n'osait plus dire un mot. D'autres alouettes avaient surgi des hautes herbes, commençaient leur lente ascension vers le soleil en grisollant.

Le Polyte se tourna vers la Malie, la prit par la taille, approcha son visage, aperçut une perle d'argent qui roulait sur sa joue. Alors, du plomb brûlant coula dans ses veines. Il n'entendit plus les voix d'hommes, ni les cliquetis de ferraille qui montaient du chantier, ni les gueulées hargneuses du chien, ne vit plus les alouettes, ni les festons boisés des Essarts, ni l'horizon frémissant de chaleur… rien que cette perle d'argent ! Une furieuse envie de fuir le traversa, en même temps que de prendre la Malie à pleins bras, de l'emporter le plus loin possible derrière les collines, les forêts, les prairies, loin des regards de ceux qui ne voulaient pas les voir ensemble, ailleurs, dans un autre pays sans paysans, sans brasseurs, un pays qui n'aurait pas deux églises pour diviser des fidèles campés sur les deux rives d'un ruisseau puant. Il se pencha, tendit les lèvres, goûta le sel sur la joue de la jeune femme, ferma les yeux, laissa des images défiler dans sa tête, revit leur première rencontre après les feux de la Saint-Jean, trois ans plus tôt, les larmes de saint Laurent[1] qu'ils étaient allés compter sur Gérémoy, les glissades sur la rivière gelée, l'hiver suivant. Il la revoyait applaudir quand il avait sauté par-dessus les braises pour lui prouver son courage. Le temps qu'il se remette de son exploit, qu'elle reçoive son sourire... elle avait disparu ! Puis, quelques semaines plus tard, la tête dans les étoiles. Et l'hiver suivant, les glissades à travers le village sur la glace du Petit Vair. C'était avant la nouvelle attaque de choléra qui avait ravagé le pays.

Il prit sa main. Elle leva les yeux vers lui, lut le trouble et l'angoisse dans son regard, allait parler encore, contint les mots dans sa gorge. À quoi bon ? Elle posa la tête sur son épaule, fourra le visage dans son cou et le respira à pleine poitrine. Le Polyte sentait bon le foin, et le grand air des champs, et la fumée de l'âtre, et le parfum des mirabelles mises à sécher dans le four, pour l'hiver. Elle se blottit tout contre lui, se mit à le flairer comme un animal. Elle goûta de la pointe de la langue les saveurs épicées de sa peau, baisa sa nuque sous les cheveux follets que, jusque-là, seul le vent avait caressés. Jamais encore elle n'avait osé se laisser aller ainsi, à son besoin de le toucher, de le sentir, de le lécher, de l'aimer. Le cœur du Polyte s'était mis à bondir. Elle en recevait la vie à pleine bouche dans les veines qui battaient sous le col de la vareuse, à la naissance de la barbe qui poivrait ses lèvres d'un délice nouveau. Il dénoua lentement le lacet du caraco, glissa la main. La

1. Surnom donné aux perséides, pluie d'étoiles filantes de la première quinzaine d'août.

toucher, la caresser, sentir sa chaleur… Elle le laissa faire, gémit doucement quand il effleura de la paume la soie moite de son dos, rejeta la tête en arrière. Jamais elle n'avait été aussi belle ! Les cheveux en vagues blondes échappées de la halette [1], les lèvres entrouvertes comme deux cerises pulpeuses, les yeux mi-clos soulignés par un rosé inhabituel des pommettes, elle se laissa aller dans l'herbe.

Ils restèrent ainsi très longtemps sans mot dire, à vibrer l'un de l'autre, à fondre ensemble leurs émotions, à tenter de contenir les vagues de désir qui les submergeaient une à une.

Une autre alouette montait à présent dans le ciel, puis une autre, une autre encore. Il en sortait de partout dans les herbes. Les airs vibraient de leurs grisolles. La buse avait glissé lentement vers les premières pentes de Norroy.

— Ce n'est rien, mon Polyte, rien que la lumière, qui me fait pleurer.

Il se coucha contre elle, but encore les larmes de lumière qui perlaient à ses paupières, déposa un baiser sur ses yeux clos, sur son front, sur ses lèvres, s'y attarda, souffle court, le cœur battant la chamade, fourra le visage dans ses longs cheveux blonds que le soleil constellait d'étoiles, s'enivra de son parfum de miel et de violette, mordilla la peau tendre de son cou, écarta les pans du caraco, fit éclore sa poitrine qu'il lécha lentement, s'attardant aux aréoles gonflées dont il goûta le sucre, reprit ses lèvres entrouvertes, en croqua la pulpe. Elle le serra très fort contre elle, lui offrant toutes les palpitations

1. Coiffe traditionnelle des femmes de Lorraine.

de son corps, les battements de son cœur, les frémissements de son ventre, lui prit la langue à pleine bouche en ronronnant comme une chatte. Alors, brusquement, il se cambra sur elle. La Malie écarta les cuisses, arracha la ceinture de l'homme, se tendit comme un arc, haletante…

— Viens…

Quand ils ouvrirent les yeux sur la butte des Seize-Mutins, le soleil avait déjà plongé derrière les bois de la Vauviard. Le chien s'était tu. Seuls les voix et les cliquetis de ferraille sonnaient encore sur le chantier des sources, dans la nuit naissante.

2

Février 1859

Louis Bouloumié était rassuré. Tôt ce matin, il avait réussi à joindre le recteur de l'école parisienne Sainte-Barbe. Depuis plusieurs jours, l'inquiétude le rongeait, comme elle rongeait son épouse, née Marie Théron, issue de la grande bourgeoisie toulousaine. Les drames des dix dernières années : prison, exil, mort de leur dernier enfant, un jour de mai 1854, alors qu'ils prenaient la route de Contrexéville, les avaient secoués, certes, mais pas abattus. Marie avait eu bien de la peine à faire son deuil ; elle avait d'abord cru sombrer, n'avait trouvé de force pour réagir que dans l'inébranlable volonté de son mari de regarder toujours devant, d'ouvrir de nouvelles voies, d'entreprendre encore et encore, de réaliser une œuvre ! La politique avait failli le perdre. Son opposition à l'Empire lui avait valu les pires condamnations, jusqu'au bannissement. Il avait laissé sa santé dans cette aventure, ses illusions de démocrate, et une bonne partie de la fortune familiale, aventure qui avait, en outre, sérieusement compromis sa carrière d'avocat. Mais jamais il n'avait renoncé aux idées nouvelles de justice, et de fraternité. Jamais il n'y renoncerait ! En tentant de l'assommer, l'empereur troisième du nom n'avait réussi qu'à le tremper comme un acier chauffé à blanc rendu inaltérable par le plongeon dans l'eau glacée. Louis avait serré les poings. Marie avait durci son cœur. Ensemble, ils avaient tiré de ces épreuves une force peu commune.

Il faisait froid, ce matin, très froid. Durant la nuit, la bise avait suspendu aux branches tordues des coudriers des lames de glace qu'irradiait un soleil brutal planté sur les friches de la Tête de Mort. Au loin, sur les pentes de Poiriéloup, sous le Chapon, des bandes de mirabelliers calcinés par l'hiver traçaient d'étranges lignes brisées que des lambeaux de brume effaçaient ici et là.

Semblables à des ailes de corbeau dans la bise, les pans de son manteau lui battaient les mollets en claquant. Il avait relevé son col, retenait du pommeau de la canne son chapeau mal calé, arpentait d'un bon pas la rue de la Perjus qui courait du chantier de son établissement thermal jusqu'à la place des Dames, au centre du village. Louis avait encore dans l'oreille la voix crachotante du recteur de Sainte-Barbe : « Aucune inquiétude, cher monsieur, votre fils est bien rentré, l'autre soir, après la promenade encadrée au bois de Boulogne ! Aucun de nos pensionnaires n'était autorisé à patiner sur le lac gelé. Votre fils ne fait donc pas partie, fort heureusement, des dizaines d'intrépides qui se sont noyés après la rupture de la glace ! Soyez tranquille ! Il est en de bonnes mains ! » Qu'Ambroise fût en de bonnes mains... Louis n'en avait jamais douté. Il avait choisi cette école avec beaucoup de soin, pour le confort de son internat, la rigueur de ses études et la qualité de sa préparation au concours d'entrée à Polytechnique.

— Bonjour, monsieur Bouloumié ! Vous osez...

Il connaissait la suite : « ... osez sortir par un froid pareil, vous qui venez de ces pays chauds où il ne gèle jamais ! Comment faites-vous ? Nous déjà... c'est difficile cette année ! Vous, alors... vous n'avez pas peur de prendre le mal ? », une suite qui leur permettait de lui rappeler qu'il n'était pas chez lui dans cette plaine des Vosges où son accent pointu et roulant, mâtiné de provençal et de béarnais, avait toujours fait sensation.

Louis souleva son chapeau.

— Bonjour, monsieur Grandjean !

Tête nue, le menton orné d'une fine barbiche à l'impériale, les mains à plat sur les cuisses, le sieur Grandjean, propriétaire de l'hôtel des Deux Pigeons, avait esquissé un respectueux salut.

— Si ce n'était pas vous offenser, monsieur, j'oserais vous soumettre une idée que je tourne dans ma tête depuis bien longtemps déjà. Mais...

Louis s'approcha de l'homme qu'il connaissait bien pour avoir logé chez lui avec sa famille. C'était huit ans plus tôt, quand la décision avait été prise de s'installer définitivement dans le pays. Ils avaient d'abord pris chambre chez Chapelier, surnommé par tous « le père Chapier », à l'hôtel du Commerce. Ils y avaient apprécié la position centrale sur la place des Dames, le confort de la literie et, surtout, la quiche, la potée, le veau à la cocotte de fonte, les pommes de terre au beurre, la soupe au lard, les tartes qui fondaient dans la bouche, aux cerises, aux fraises, ou à la rhubarbe, selon la recette traditionnelle de Vittel, sans oublier les fameux échaudés qui avaient conquis une belle réputation dans toute la région ! Mais la vieille fille de la maison, sèche, acariâtre et langue pointue, menait son père par le bout du nez et régentait l'établissement envers et contre... ses propres clients. Les Bouloumié avaient d'abord supporté ses exigences, mais ses remarques avaient fini par les fatiguer. Ils avaient rendu les armes en même temps que les clés et pris pension, à deux pas de là, sur la même place des Dames, ainsi nommée en l'honneur des chanoinesses du chapitre de Remiremont qui, jusqu'à la Révolution, avaient régné sur les hommes, femmes, enfants, animaux, terres et âmes de la moitié du village, le Grand-Ban. Ils avaient posé leurs valises chez Grandjean, à l'hôtel des Deux Pigeons – la concurrence ! –, les y avaient laissées jusqu'à l'emménagement provisoire dans une maison avec jardin, avant de fixer leur demeure sur le site même des sources, à l'étage du bâtiment où les premiers curistes venaient prendre les nouvelles eaux.

— Il n'y a pas d'offense, monsieur Grandjean. Je vous écoute.

Le bonhomme s'effaça.

— Alors, si vous voulez vous donner la peine d'entrer...

Un feu de forge ronflait dans l'âtre de la salle à manger. Des effluves de marinade et de pâté lorrain flottaient avec des filets épicés de fumée. Louis reconnut aussitôt la bonne ambiance de la maison. Il s'y sentit bien.

— Voilà... comment dire...

Le sieur Grandjean avait tiré un siège pour son visiteur, s'était posé face à lui, mains à plat sur les cuisses, buste bien droit, jambes écartées pour faire support à un ventre de jument pleine. Sa tête roulait comme une boule de jeu de quilles sur le torchon noué autour de son cou en une fraise curieuse. Un large sourire éclairait le visage sanguin où pétillaient des yeux chafouins. Louis avait posé son chapeau sur une table, ouvert son manteau. Il inspira une bonne bouffée de marinade et de fumée de hêtre. L'autre se décida enfin :

— C'est que... voyez-vous, mon affaire marche bien... de mieux en mieux, surtout depuis que vous avez acheté la Fontaine de Gérémoy. Avant, on n'avait que les voyageurs de commerce, de temps en temps des familles en visite chez des parents, ou des fonctionnaires de passage. Mais, maintenant, avec tous ces gens qui viennent boire votre eau dans notre établissement, j'en reçois, du monde, et du beau !

Louis ne voyait pas où il voulait en venir. Une bûche de hêtre s'effondra sur les chenets ; des gerbes d'étincelles s'engouffrèrent dans l'avaloir en crépitant.

— Mais voulez-vous boire un verre, un rouge du Montfort ? Ou bien préférez-vous un chocolat bien chaud ? Je ne vous retarde pas, au moins ?

Il s'était levé, prêt à bondir en cuisine. Louis le retint par la main, le remercia. Il accepterait un chocolat, tout à l'heure. Il avait le temps. L'hôtelier se rassit.

— C'est que, voyez-vous, j'ai eu une idée. Mais j'ai besoin de votre avis, de votre accord même. Je ne voudrais pas décider de quelque chose qui risquerait de vous offenser, voyez-vous… j'en serais vraiment navré ! C'est que, voyez-vous…

— Je vois, monsieur Grandjean, je vois ! Mais venez au fait. Vous me connaissez… vous savez que vous pouvez tout me dire.

Le bonhomme se souleva de sa chaise, recala son ventre sur ses cuisses, lissa la bavette de son tablier, jeta un coup d'œil aux flammes qui dansaient dans l'âtre.

— Alors, voilà : les Deux Pigeons… ça fait un peu trop… volatile, maintenant… vous ne trouvez pas ? C'était bon aux temps anciens, quand le roi nous prenait encore pour des oies, n'est-ce pas ? Aujourd'hui…

Louis fit une moue amusée.

— Aujourd'hui, il faut marcher avec le progrès, voyez-vous. Alors, j'ai pensé rebaptiser ma maison « hôtel des Sources ». Qu'en dites-vous ? Mais si vous y voyez une gêne pour vous, je garde les pigeons. Jusque-là, ils m'ont porté bonheur. Il n'y a pas de raison que ça s'arrête ! Mais j'avais pensé que, avec votre activité…

— « Hôtel des Sources »… pourquoi pas ? Mais vous y croyez, vous, monsieur Grandjean, à ma station thermale ? Vous y voyez le progrès ?

— Pour sûr que j'y crois ! Dur comme fer, que j'y crois ! C'est l'avenir, ce que vous faites, monsieur, c'est ce qui donnera plus d'aisance à nos enfants, parce que, pour l'heure… voyez l'état de notre commune… pas un sou en caisse ! Même pas moyen de nettoyer les rues ! Oui, c'est vous qui avez raison, même si beaucoup pensent encore que…

Il se tut, certain d'en avoir déjà trop dit, se leva, disparut dans la cuisine. Bientôt, on l'entendit remuer des couvercles, choquer des faïences. Le feu dégageait une chaleur agréable. Louis retira son manteau, dénoua son cache-nez, se laissa un peu aller à la bonne ambiance de la maison. Par la fenêtre, il voyait le vent jouer à bousculer les peupliers de la rivière.

« Même si beaucoup pensent encore que… »

Le maître de maison reparut, portant un plateau chargé de chocolat fumant, de tranches de brioche et d'un monceau d'échaudés. Louis insista :

— Même si beaucoup pensent que… ?

— Vous voulez me faire dire des choses…

Il posa le plateau entre eux, tendit le plat d'échaudés. La réflexion creusait son front lisse d'une profonde ride, comme une coupure d'une tempe à l'autre.

— On se rappelle encore, ici et là, d'où vous venez… on en rajoute… on imagine…

Louis dégusta un premier échaudé dont la saveur de miel fit resurgir les souvenirs de son séjour dans la maison des Deux Pigeons. Il arrondit les lèvres de bonheur. Enhardi, le sieur Grandjean continua :

— Vous savez, on n'oublie pas facilement tous les ragots d'autrefois, surtout dans notre campagne où il ne se passait pas grand-chose avant votre arrivée. Il n'en manque pas un pour rappeler à l'occasion vos démêlés avec la justice, votre bannissement par l'empereur, votre côté… comment dire ? votre caractère rebelle ! Oui, rebelle, c'est le mot que je cherchais.

Louis remuait lentement son chocolat, en but une gorgée, mordit dans un deuxième échaudé qui éclata dans sa bouche en mille miettes. D'où tirait-il le plus de plaisir ? De ces saveurs si douces et onctueuses qui ravissaient sa langue, dont le velours caressait sa gorge à l'infini, ou de l'évocation de ses années d'un combat toujours nécessaire à sa vie, qu'il menait encore, mais d'une manière tellement différente ? Même si le passage des « pigeons » aux « sources » pour l'hôtel Grandjean lui paraissait un sujet dérisoire, il ne pouvait s'empêcher de s'en réjouir.

— Rebelle ?

— Oui, rebelle ! Certains ont même des mots plus... moins... enfin, à voix basse, après trois chopes, ou en fin de repas de communion... « repris de justice » !

Il les avait lâchés du bout des dents, à peine articulés, regrettant déjà de s'être laissé aller.

Il saisit les pincettes, fourragea dans le brasier, jeta une nouvelle bûche sur les chenets. Une lumière crue tombait de la fenêtre. Le long de la rivière, les peupliers secoués par la bise griffaient un ciel d'acier.

— Vous me laissez déguster seul, l'ami ?

« L'ami » ! Louis Bouloumié lui avait donné de « l'ami » ! Le patron du désormais hôtel des Sources n'en croyait pas ses oreilles. D'une seule bouchée, il engloutit une demi-tranche de brioche qu'il poussa d'une bonne rasade de chocolat. Pris d'une chaurée [1] qu'il mit sur le compte du feu, il se tamponna les tempes.

---

1. Bouffée de chaleur.

— Mais vous savez, moi, ce que je vous en dis… je n'en crois pas un mot !

Il baissa le front, regarda son visiteur par en dessous.

— Mais il y en a qui vous en veulent, ici, des gens qui n'ont rien compris, de ceux qui sont jaloux, des hommes qui faisaient les marioles avant votre arrivée, à la mairie, dans les ateliers, à l'église, au bistrot, dans la rue…

Se reprenant :

— Finalement, pas plus qu'ailleurs, comme partout ! La différence, c'est que vous, vous êtes venu chez nous, que vous leur avez montré que notre eau vaut largement celle de Contrexéville, et qu'on peut en faire quelque chose de bien, alors qu'eux la laissaient croupir, n'est-ce pas ?

Louis ne l'écoutait plus. Engourdi par la bonne chaleur de la maison après les coups de sabre de la bise, par la douceur du chocolat et le goût de miel des échaudés, il se laissait aller à ses souvenirs : son enfance à Rodez, son besoin de toujours raconter des histoires extraordinaires, à la Jules Verne, imaginer des machines nouvelles (« Une invention par jour ! », constataient ses parents), ses études de droit à Paris, son retour au pays, diplôme d'avocat en poche, son rêve d'une République idéale au point de donner sa démission de procureur du roi pour incompatibilité de pensée avec le gouvernement de Louis-Philippe, ses plaidoiries au barreau de Rodez, la révolution de 1848 menée par l'ami d'enfance Louis Blanc, son engagement dans la Garde nationale, son journal, *L'Aveyron républicain*, sa révolte à l'annonce du coup d'État, sa protestation à la préfecture au cri de « Vive la Constitution ! », puis... la prison, l'exil ! Un exil en Espagne, à cause de ses crises de coliques néphrétiques, sorte de punition de privilégié qui le mettait encore mal à l'aise, tandis que ses compagnons de révolte étaient déportés au fin fond de l'Algérie.

Le sieur Grandjean resservit le chocolat, réarrangea les échaudés sur le plat, suivant du coin de l'œil les changements de physionomie de son visiteur. L'horloge sonna dix coups. Louis se redressa.

— Mais je vous retarde, là. Vous avez sans doute à faire, avec vos clients, et l'heure de la table qui approche...

— Mes aides vont arriver. Et puis, vous savez, on ne se bouscule pas en ce moment à Vittel. Depuis trois jours, je n'ai vu personne. J'ai tout mon temps. Si je puis me permettre...

L'hôtelier avait pris de l'assurance. Il parlait maintenant haut et clair, bien calé sur son siège, les mains en corbeille sous le ventre.

— Pourquoi êtes-vous venu dans les Vosges, vous qui aviez une telle carrière devant vous ailleurs, à Paris par exemple ?

— Mes reins, cher ami, mes reins ! Je souffrais tellement que, de mon exil à Barcelone, on m'a envoyé deux ans de suite aux soins thermaux de Contrexéville. Suivi par un policier qui ne me lâchait pas d'une semelle ! Ma santé s'y est améliorée, mais pour hâter ma guérison le brave docteur Baud m'a recommandé d'aller un peu plus loin, dans un village dont je n'avais jamais entendu le nom : Vittel. Une source perdue au milieu d'un marécage y avait, selon lui et les paysans du coin, des vertus thérapeutiques.

J'y suis venu, toujours sous l'œil de la police, j'ai trouvé la source, j'en ai bu l'eau et... regardez-moi maintenant !

Il sourit, se redressa, bomba le torse, les mains levées comme pour une oraison.

— N'ai-je pas l'air en pleine forme ? Miraculeuses, ces eaux ! J'ai donc décidé de mettre en sommeil mon activité politique. Ne croyez pas pour autant que mes idées républicaines soient mortes ! Mais j'ai trouvé une manière plus... concrète de les appliquer ici, en agissant plutôt qu'en tenant des discours, et j'ai décidé d'acheter cette source pour faire profiter le plus grand nombre de ses bienfaits. La Fontaine de Gérémoy. Voilà ! Maintenant vous savez tout !

Grandjean affichait un air satisfait. Il poussa le plat de douceurs vers Louis, qui le remercia :

— Mes reins, mon cher, mes reins ! Ce n'est pas le moment d'engorger mes tuyauteries. Et puis, je dois y aller.

Il se leva, enfila son manteau, empoigna sa canne.

— Dites... qu'est-ce que vous lui avez fait, au Léonce Bouvier ?

Louis ne s'attendait pas à cette question. Il allait saisir son chapeau. Le geste resta suspendu.

— Léonce Bouvier ?

— Oui, le brasseur de la rue de Lignéville. Il est furieux contre vous. Il le brame sur tous les toits. Si je peux me permettre un conseil : méfiez-vous... c'est une grande gueule ! Mais il est costaud, aussi, il a le bras long, et il fait peur à tout le monde.

Grandjean se rapprocha, glissa à l'oreille de son visiteur :

— Il prétend que… vous et… sa fille…

Louis eut un mouvement de recul. Il allait répondre, jugea préférable de sortir. Dans la rue, la bise le gifla si fort qu'il chancela. Il se retourna, cramponnant son chapeau, lança à l'hôtelier :

— Bon vent à l'hôtel des Sources ! À vous revoir bientôt, l'ami !

La place des Dames était déserte. Il attaqua le pavé du talon, contourna les travaux. Des terrassiers le saluèrent en se soufflant dans les mains pour se réchauffer. Il faisait des moulinets avec sa canne, se répétant à chaque pas : « Bouvier… Bouvier… Bouvier… » Des corbeaux se chamaillaient autour du vieux clocher de Saint-Privat. Les coulasses de purin suintant des tas de fumier alignés devant les fermes dessinaient sur le sol des arcs-en-ciel constellés de cristaux de glace. Louis s'engagea sur la passerelle surplombant le Petit Vair, la rivière de Vittel. Elle était givrée. Il se cramponna au garde-fou pour ne pas glisser dans les eaux sales du ruisseau. « Bouvier… »

Aloïse Marmillot l'attendait, la bouteille de mirabelle sur la table, avec deux verres, et son pot à tabac. À force de coups durs, la vie lui avait enseigné la patience. De sécheresses en épidémies de choléra, d'invasions en inondations – celle de l'automne précédent avait été terrible –, les Marmillot avaient survécu, tant bien que mal. Son père, son grand-père, tous les autres avant eux avaient pesé sur les manchons de la charrue au cul d'un bœuf solide, dans le creux de Savignonrupt, mené la vache pâturer dans les fondrières de la Croix-Pierrot, sous

Haréloup, taillé trois ceps de vigne tortueuse, sur les pentes de Chambrotte, qui leur donnait depuis toujours une piquette rafraîchissante dans les poussières dorées de moisson, revigorante dans les affouages glacés de décembre.

Aloïse savait que monsieur Bouloumié viendrait parce qu'il avait besoin de ses terres de Gérémoy pour agrandir son affaire. De loin, son monde n'étant pas celui des messieurs en manteau-chapeau-cravate, il suivait l'évolution du chantier autour de la source. Sur des marécages que, dès son arrivée, il lui avait cédés pour une bouchée de pain, l'homme à l'accent rocailleux avait d'abord fait construire une buvette, puis une galerie-promenoir, puis un pavillon des bains que fréquentaient des curistes de plus en plus nombreux. Aloïse n'était pas le seul à le surveiller de près. Un peu moins maintenant qu'on avait l'impression de le connaître à force de le rencontrer dans les rues ou d'en entendre parler par ceux qui étaient en affaires avec lui. Depuis huit ans, on avait eu le temps de se faire à sa présence remuante. Mais on le regardait encore comme un étranger un peu fou, une sorte d'illuminé du bonnet qui avait décidé de faire de l'or avec de l'eau, une eau que même les vaches ne pouvaient pas aller boire dans ses mares, sauf au prix d'un enlisement parfois fatal. Un fou, ce Bouloumié ! Un doux rêveur… un poète, parfois… un ambitieux proscrit, un journaleux bavard, un plaideur des causes perdues, un révolutionnaire acharné, un agitateur dont le pays n'avait pas besoin. La Révolution, on n'en était pas encore sorti, avec la danse imbécile des régimes : un coup l'empereur, un coup le roi, un coup la république, encore un coup l'empereur… jusque quand ? La Révolution, on avait donné, bien plus qu'on n'aurait dû, en hommes, en contributions, en têtes sous le couperet de la guillotine, en misère et en douleur. Au point qu'on se prenait encore souvent à regretter l'indépendance du temps des ducs. Après tout, on était français depuis moins d'un siècle, les derniers annexés mais les premiers pour défendre la patrie en danger, nouveaux mais plus fidèles et actifs que bien des provinciaux de partout ailleurs ! Pour toutes ces raisons, nul n'était autorisé à venir donner des leçons, ou à vouloir réformer un pays qui ne demandait rien à personne, sauf la paix. Alors, les entreprises de ce Bouloumié inquiétaient, même ceux qui marchaient avec lui par seul intérêt immédiat en rêvant du moment où il évacuerait les lieux, une fois la déconfiture consommée. Mais quand on l'avait vu, récemment, quitter sa location chez madame Munich, rue Saint-Éloi, pour emménager avec sa famille à l'étage de son pavillon des sources, on s'était dit qu'il s'installait pour longtemps.

Aloïse bourrait sa pipe quand il aperçut Louis Bouloumié par la fenêtre. Il se précipita à sa rencontre, s'inclina devant lui en secouant sa casquette comme on lui avait appris à le faire devant le curé.

— À la bonne heure, vous voilà, cher monsieur. Nous vous attendions. Entrez vite, venez bien au chaud… entrez !

Louis Bouloumié pénétra dans un couloir si bas que, malgré sa taille moyenne, il devait baisser la tête pour ne pas heurter les poutres. Étroit, bas et sombre.

— Bah, vous êtes ici dans le pauvre village, vous savez, pas dans les grandes fermes de l'autre côté. Nous avons payé cher notre fidélité à nos ducs, nous autres, très cher.

Aloïse suivait son visiteur à petits pas, l'invita à entrer dans la cuisine. Louis connaissait les lieux. Il y avait déjà négocié l'achat des premières terres autour de la fontaine, des marais, des fondrières, de mauvais champs semés d'éternels « refus » de vaches que, les larmes aux yeux, le paysan lui avait vendus au prix des meilleures parcelles du pays. En entrant dans la pièce, il se souvint d'une femme maigre au teint cireux couverte d'une étole de laine grège, assise près de l'âtre, en train d'écosser des haricots, et d'un gamin remuant, pieds nus, qui jouait aux osselets sur le pavé en poussant des cris stridents. Rien n'avait changé. L'araignée au mur, sur la pierre à eau, et sa panoplie de casseroles bosselées, hachoir, couteaux, fourches à viande, tire-bouchon, pauches [1] et écumoires de ferraille noircie. Rien, sauf l'absence de la femme.

— Tenez. Donnez-vous donc la peine…

Aloïse avait poussé une chaise vers Louis. Un feu de veuve couvait dans la cheminée d'où s'échappaient des tortillons de fumée. Un gros chaudron y glougloutait doucement sur son trépied. L'air était âcre. Louis eut subitement l'impression de respirer de la poix.

1. Louches.

— Voilà, monsieur Marmillot. Vous savez sans doute tout ce qui a déjà été fait à Gérémoy. Peut-être même y êtes-vous allé voir…

— Oh, vous savez, moi, j'ai plus la force d'aller si loin ! Voilà bien des saisons que je n'ai pas mis les pieds sur mes champs. Je ne peux plus arquer, voyez-vous… l'âge, et cette chienne de vie de misère ! Et pis, ce qui est fait est fait. J'ai jamais rien regretté. Vendu, c'est vendu ! Vous pouvez bien y faire ce que vous voulez !

Il saisit les pincettes, choisit une braise dans le foyer, la présenta à sa pipe, creusa les joues. Un nuage bleu parfumé à l'herbe de Saint-Jean [1] circula bientôt avec les reflux de la cheminée.

— Bien sûr, père Aloïse, bien sûr, mais vous savez que j'y ai fait construire plusieurs bâtiments pour recevoir les étrangers, et trois pavillons pour les buveurs, celui des bains, l'autre de la source des Demoiselles [2], et celui de la source Marie, vous savez, celle que j'ai baptisée du petit nom de ma femme.

Le père Marmillot l'écoutait en tirant sur sa pipe. Peu importait ce que lui disait son visiteur. Qu'il eût donné à la source le nom de sa femme lui importait autant que s'il l'avait affublée de celui d'un saint républicain ou d'un champignon des bois. Jusque-là, les mots de l'autre ne l'intéressaient pas. Il goûtait seulement l'accent qui chantait et roulait comme les pierres de la voie romaine, et lui donnait l'impression

---

1. Le tabac.

2. La source avait été baptisée ainsi parce que ses eaux très ferrugineuses étaient un bienfait pour l'équilibre biologique de la femme.

d'être ailleurs, lui qui n'était jamais sorti de son trou. Il se leva, jeta une bûche dans le feu, rajusta sa ceinture de flanelle, reprit sa position d'attente. Il savourait ce moment rare où lui, le paysan du Petit-Ban, tenait entre les mains une partie du sort de plus grand et plus fort que lui. Lequel reprit :

— Vous devez savoir que le nombre de ces buveurs augmente de saison en saison à nos sources, et que je vais devoir agrandir, pour bien les accueillir. On en a reçu cent quarante, l'année passée. On en attend peut-être deux cents cette année. Alors, voilà…

Le moment était venu. Aloïse se pencha, attrapa la bouteille de mirabelle sur la table, fit sauter le bouchon d'un coup de pouce. Chacun de ses gestes était accompagné d'un petit « Han ! Han ! » du fond de la gorge, sorte de vestige de ses efforts d'autrefois à la charrue ou à la cognée. La mirabelle chanta dans les verres. Bientôt, son parfum couvrit les relents de fumée. Le paysan sentit se dilater sa poitrine.

— Je vais devoir construire un grand hôtel, que j'appellerai « hôtel de l'Établissement ». Mais je n'ai pas d'autre endroit possible que votre parcelle du haut de Gérémoy, à deux pas des sources, là où je pourrai proposer des chambres aérées, bien éclairées, avec une vue sur l'ensemble du site. C'est le meilleur emplacement possible, le mieux orienté…

Aloïse tendit son verre à Louis, leva le sien, choqua celui du visiteur, avala d'un trait la mirabelle.

— À la bonne heure, voilà qui est dit !

Il avait pris son air sombre derrière les sourcils broussailleux, clappa plusieurs fois de la langue, rajusta sa casquette d'un bleu passé auréolé de sueur grasse, rempoigna la bouteille.

— Meilleur emplacement... mieux orienté... mais, c'est que j'ai pas envie de la vendre, moi, celle-là ! C'est ma dernière, là-haut. Oh, c'est pas pour moi que je dis ça, mais pour mon pauvre bougre de gamin. Déjà qu'il lui reste pas grand-chose, comme à moi non plus, surtout depuis la mort de la mère... emportée par le choléra... saloperie de choléra ! Qu'est-ce qu'on va devenir, si on vous donne tout ?

Il se reprit :

— « Donne »... façon de parler !

Il proposa une nouvelle rasade de mirabelle, s'en servit un plein verre qu'il descendit d'un coup à moitié. Par prudence, Louis, qui n'en avait bu qu'une larme, avait couvert son verre de la main.

Les coups de bise geignaient dans l'avaloir de la cheminée, écrasant les flammes autour du chaudron, repoussant des nuées qui tendaient leurs voiles gris dans la pièce. Aloïse se mit à tousser, cracha dans son mouchoir, s'essuya les yeux d'un revers de manche, vida son verre, remboucha sa pipe. « Han ! Han ! »

Un demi-tour de cadran et un verre plus tard, l'affaire était faite. Vendue trois fois son prix, cette parcelle incultivable, même pas prairie à biques, tout juste terre à renards ! Mais l'un et l'autre, le paysan comme « l'étranger », se sortaient bien de la discussion. Certes, Louis avait payé cher. Mais il allait pouvoir construire son Grand Hôtel de l'Établissement et continuer à développer son affaire. Avec cet argent, le père Marmillot aurait de quoi respirer un peu, avec son fils qui avait déjà repris les manchons de la charrue au cul du vieux bœuf.

— Ah, te voilà, toi ! Tu tombes bien, mon gamin. Viens-t'en boire une goutte avec nous. C'est not' Polyte. Hippolyte Marmillot, pour les papiers. Mais, pour sa mère et moi, c'est not' Polyte. Sa mère... saloperie de choléra !

Un grand gaillard, costaud, couvert d'une peau de mouton retournée et d'un bonnet de laine d'où s'échappaient des cheveux blonds un peu fous, venait d'entrer en soufflant dans ses mains. Il avait l'air congestionné par le froid, jeta son bonnet sur le pétrin, débroussailla ses cheveux de trois doigts en râteau, tira un tabouret. Ses yeux d'un bleu de ciel éclairaient d'une douce lumière un visage tanné par le grand air. Louis l'avait déjà rencontré, au village, dans les chemins sous la Vauviard, sans jamais le remarquer vraiment. Mais là, le verre de mirabelle à la main, il l'observait attentivement, le trouvait bien bâti et solide dans le regard, impertinent presque.

Aloïse remplit un troisième verre, se leva, tira d'un placard un plateau de mirabelles sèches qu'il plaça au milieu de la table.

— Han ! Si le cœur vous en dit...

Se tournant vers son fils :

— Je viens de vendre notre terre du haut de Gérémoy à monsieur, là, qui en avait besoin pour agrandir son affaire. Qu'est-ce que t'en dis ?

— Comme t'as fait, c'est bien.

— Vous voyez, rien que du bon, avec mon gamin ! Ah, si sa pauvre mère n'avait pas été emportée par le choléra... saloperie de choléra ! Un bel et bon fils, not' Polyte, qui rechigne pas à retourner la terre même la plus ingrate, faucher un jour[1] sans se relever, ou fendre des cordes[2] et des cordes de bois pour notre feu d'hiver sans fatiguer !

Aloïse cracha de côté un noyau de mirabelle dans les braises de l'âtre.

— Il aimerait bien marier la fille du brasseur, not' Polyte... mais...

— Ça va, le père. Pas besoin de parler de ces choses-là !

— Mais pourquoi pas ? Monsieur a le droit de savoir tout ce qui se passe dans notre village, maintenant qu'il y est devenu quelqu'un. Plus important même que le Bouvier !

— Pas la peine, je te dis.

Hippolyte avait parlé en vidant son verre. Il jetait des regards gênés du côté de Louis, qui n'avait pas bronché.

— La fille du Bouvier, vous la connaissez... la Malie ! On dit même que...

— Tais-toi, je te dis ! Pourquoi tu ramènes ça sur le tapis ? Monsieur a bien d'autres choses à penser que nos histoires.

— Nos histoires, nos histoires ! C'est aussi la sienne, parce que lui...

---

1. Mesure de surface agricole, qui varie entre vingt et trente-trois ares selon les régions de Lorraine.

2. La corde est une mesure de bois de chauffage qui varie entre trois et quatre stères selon les régions de Lorraine.

Aloïse cogna sa pipe plusieurs fois contre le jambage de l'âtre pour la nettoyer. « Han ! Han ! » Il la remboucha, souffla trois petits coups. Des escarbilles sautèrent sur la table, qu'il chassa d'un revers de main. Le tuyau lui laissait une marque brunâtre au coin des lèvres.

— Vous la connaissez, la fille du Bouvier, la Malie, comme ils l'appellent ? Elle aime bien mon gamin, et lui aussi l'aime bien. Mais...

Par habitude de vieux roublard, il fit comme s'il cherchait ses mots pour leur donner encore plus de poids :

— ... mais... on n'est pas assez bien pour ces gens-là ! On n'est pas de leur monde, voyez-vous ! On pue trop la vache pour eux, nous autres les culs-terreux. Pis, de plus, on est du Petit-Ban, et eux du Grand ! Alors... là...

Il ouvrit son pot à tabac, y fourra sa pipe, « Han ! », se mit à en bourrer le fourneau.

— Elle travaille chez vous, maintenant, il paraît, la Malie. Qu'est-ce qu'elle fait donc, dans vos maisons ? On dit qu'elle travaille dans les chambres, qu'elle reçoit des Parisiens qu'ont besoin de se faire réchauffer les sangs...

Aloïse avait toujours eu le vin bavard, et le marc, et la mirabelle. Il parlait d'un même débit que le Vair à la fonte des neiges de printemps. Le Polyte s'était levé. Il tisonnait les braises à coups secs, choisit un nœud de hêtre, le jeta dans le foyer d'un air agacé.

— C'est vrai, ça, qu'elle travaille chez vous ? On dit qu'elle s'occupe des baigneurs, qu'elle les déshabille nus comme des vers pour les arroser de notre eau... tout nus... comme des vers...

— Tu vas te taire, enfin ! C'est pas parce que certains disent des conneries au village que tu dois les répéter ! Tais-toi donc !

Le Polyte empoigna la bouteille d'eau-de-vie, la reboucha, la posa sur le pétrin, remit le plateau de mirabelles sèches au placard.

Louis avait compris le signal. Il repoussa sa chaise, referma son manteau, tendit la main au père Marmillot, puis au fils, que la colère refoulée faisait plus grand encore. Il le trouva presque beau. L'image d'une statue d'athlète grec vue autrefois au Louvre lui vint en tête. Il se dit que le gaillard ferait à coup sûr un bon mari pour la fille Bouvier. Mais...

Tandis que sur la passerelle glacée du Petit Vair la bise lui tranchait le visage à coups de lame, Louis se demandait pourquoi, en si peu de temps, on lui avait tellement parlé de cette fille. La Malie Bouvier... Tout de même, deux fois en une matinée !

Son visiteur n'avait pas encore atteint la place des Dames que, remuant la soupe au lard dans le chaudron, le père Marmillot lança au Polyte planté devant la fenêtre, les yeux rivés à la pointe de flèche de Saint-Rémy :

— À la bonne heure, mon gamin, te voilà riche, maintenant. Avec tous ces sous, tu vas pouvoir te trouver une vraie femme, une belle et bonne, comme était ta mère, tu peux m'en croire.

Au moment où il décrochait la louche de l'araignée pour emplir les assiettes, il sursauta.

Le Polyte venait de sortir en claquant la porte, tête nue, sans sa peau de mouton retournée, en blaude[1] ouverte sur le poitrail.

— Ben, qu'est-ce qui lui prend de filer comme ça, dans un froid pareil ?

Il aspira une goulée de bouillon à même la louche.

— Sait pas ce qu'il perd !

1. Blouse courte en toile grossière que portaient les hommes pour le travail.

3

Septembre 1860

— Mais qu'est-ce que j'ai fait au bon Dieu, donc ?

Léonce Bouvier s'embrasa. Un vrai feu de friches. Il était coutumier de ces sautes d'humeur.

— Peux-tu me dire ce que je lui ai fait pour être...

Il hésita, réfléchit, donna un coup de talon sur les dalles, jeta sa casquette sur la table d'un geste hargneux. Il ne cherchait même pas à contenir sa colère.

— ... pour être emmerdé comme ça ! Oui... emmerdé !

Il en avait plein la bouche de ce mot, s'était mis à arpenter la pièce de long en large en rugissant, découpait le silence du tranchant de la main.

— Mais qu'est-ce...

— Je t'en prie, Léonce... calme-toi ! Elle ne voulait pas...

Le cheveu en courte brosse, prolongé par une fine ligne de poils gris jusqu'au menton taillé à coups de serpe et terminé par une barbiche pointue à l'impériale, l'homme était massif, bouffi par la colère. Il portait, sous l'œil gauche, le souvenir d'une pointe de sabre qui avait failli lui ouvrir le visage quelque part en Algérie dans les années de conquête monarchique. Sa blouse grise s'ouvrait et se fermait au rythme des gesticulations, découvrant un gilet de soie amarante soigneusement boutonné sur un plastron que décorait une cravate de satin tenue par une épingle ornée d'une améthyste. Les yeux lui sortaient de la tête. Il lança un regard terrible à sa femme qui recula d'un pas. Antoinette savait que dans ces moments-là il pouvait devenir très violent.

— Elle ne voulait pas… quoi ?

Léonce traversa la pièce, marcha droit vers celle qui avait osé l'interrompre. Tassée dans l'angle de la cheminée, la Malie se ramassa, prête à bondir.

— Elle ne voulait pas… quoi ? Dis-moi !

Il empoigna sa femme aux épaules, la secoua violemment. Antoinette se raidit ; son chignon se dénoua, libérant les vagues d'ébène de ses cheveux qu'un rayon de soleil alluma de reflets bleutés.

— Dis-moi ! Dis-moi… nom de Dieu !

Depuis son mariage, madame Bouvier tremblait dès qu'une contrariété serrait les poings de son Léonce de mari. Brasseur de son état, homme riche et respecté à la ville comme à la campagne, aussi bien pour son sens des affaires que pour sa force physique, le gaillard en avait maté plus d'un, par la gueule et la menace de ses battoirs. Fournisseurs roués, clients mauvais payeurs, à la biérerie, à l'assemblée municipale, à l'église, où le moindre chuchotement dans les travées le mettait en rage, tous filaient droit en sa présence. Mis à part son passage en Algérie, et ses prétendus coups d'éclat dans les troupes de Bugeaud dont il se vantait souvent, personne ne savait d'où il était venu. On le disait « ventre jaune », originaire de la voisine

Franche-Comté dont il avait conservé des intonations traînantes et les traces d'une apparente mollesse caractéristique des Suisses. D'autres l'imaginaient aventurier lyonnais, remonté par la vallée de la Saône dans le sillage d'autres Lyonnais, dont les Falatieu, propriétaires de la Manufacture royale de fer-blanc de Bains-les-Bains, à quelques lieues de Vittel, maîtres de forge et redoutables politiques qui avaient fait main basse sur le département.

Dès sa première visite à la ville, sa voix avait fait trembler les vitres de la taverne du Jean Hubert, sur la Grand-Place. On l'y avait observé du coin de l'œil, on avait refusé son coup à boire, resserré les coudes autour des jeux de belote. C'est que… les étrangers n'étaient pas les bienvenus dans ce pays ruiné par les déferlantes barbares de l'histoire. On se racontait encore, à la veillée, en baissant le ton pour que les enfants endormis contre les jambages de l'âtre ne s'en effraient pas, assez fort tout de même pour que leur mémoire les retienne, les vols, viols, pillages, incendies et massacres perpétrés par les Français et leurs amis suédois dix années durant sur ordre du « diable rouge » Richelieu, plus de deux siècles plus tôt ! Derniers en date, sur les talons de l'Empereur : les cosaques, dont les femmes se souvenaient encore en tremblant. Même si on avait perdu le souvenir des faits eux-mêmes, on sentait la nécessité de se méfier de tout ce qui n'était pas connu, familier, quotidien. C'était dans les tripes ! L'inconnu n'avait pas échappé à cette réserve naturelle qui donnait à tout Lorrain du Sud des allures d'ours mal léché. Ce fort en gueule avait disparu des semaines durant. Puis, un beau matin, il était revenu, avec les hirondelles, par la diligence de Martigny. Il avait pris une chambre au Commerce, comme un simple commis-voyageur.

Pendant plusieurs jours, on l'avait vu arpenter les rues, le nez en l'air, engoncé dans une houppelande de drap noir, aller et venir, disparaître quelques instants derrière le portail de l'église Saint-Rémy, descendre une ou deux chopes chez le Jean Hubert, puis rentrer à l'hôtel en frappant le sol de sa canne ferrée. Un soir, quelqu'un l'avait aperçu sur le perron du notaire. Alors, la rumeur avait couru la ville : il voulait s'installer dans le pays. Nul ne savait où, ni pour quoi y faire. Le mystère était aussi épais qu'un brouillard d'octobre dans le fond de Jonchure. Le jour où ils avaient appris qu'il venait d'acheter la brasserie de la rue de Lignéville, tous avaient su qu'ils allaient devoir désormais vivre avec cet homme-là ! Compter, penser, et travailler avec lui !

— Je ne l'ai pas sortie de l'école du village, et je ne lui ai pas payé cher des études chez les sœurs pour en arriver là !

Léonce postillonnait au visage de sa femme. De son coin de cheminée, la Malie ne perdait pas une miette de la scène, pas un mot, pas un geste, pas une menace de son père.

— Je n'ai pas dépensé tout cet argent pour qu'elle nous traîne dans la boue maintenant ! Plutôt l'enfermer dans un couvent jusqu'à la fin de ses jours… chez les carmélites ! Là, au moins…

Il leva la main sur sa femme, menaçant.

— Mais parle, au moins ! Elle ne voulait pas quoi, au juste ?

Antoinette baissa les yeux, puis la tête. De l'huile bouillante coulait dans ses veines. Elle savait que l'affronter ne servirait qu'à décupler les effets de sa colère. Elle courba le dos, rentra la tête dans les épaules. Un silence à couper au couteau se posa entre eux.

Soudain, le fracas d'un charroi qui entrait dans la cour la fit sursauter ; des fûts cognaient contre les ridelles ; une roue grinçait, et la manivelle de frein ; les chevaux soufflaient. Elle les imagina couverts d'écume, le museau plongé dans le sac d'avoine que venait de leur tendre le conducteur d'attelage. La Malie n'avait pas bougé. Elle savait, elle aussi, qu'il valait mieux se faire oublier, dans ces moments-là. D'autant que depuis plusieurs mois les affaires n'allaient pas fort.

Récoltés bien loin après la Saint-Arnould, à cause d'un printemps trop mou, les orges étaient d'une qualité très médiocre, « tout juste bonne à fabriquer de la pisse d'âne », avait rugi Léonce à plusieurs reprises. On se demandait quelle bière allait sortir de la salle de brassage en fin d'hiver ! Les ouvriers traînaient, faisaient la grimace, autant à cause de leur salaire au lance-pierre que du peu de valeur de la matière première. Ils aimaient leur travail, qu'ils sentaient tellement différent de bien d'autres, même s'ils en bavaient souvent dans les salles ornées de l'étoile à six branches, mais supportaient aussi mal les sautes d'humeur du patron et ses insultes que la mise en fût d'une bière dont ils n'auraient pas été fiers. Ils venaient de tremper les grains pour faire démarrer la germination, allaient devoir les remuer à la pelle nuit et jour pendant une bonne semaine sur l'aire de la malterie avant de les sécher en surveillant la température, pour obtenir un malt ni trop clair, ni trop coloré, juste de quoi produire une bière blonde, ambrée comme les feuilles de hêtre en automne, très prisée de la clientèle. Mais, l'été ayant battu des records de froid et d'humidité, les choses se présentaient mal !

Les éclats de voix et le bruit sourd des tonneaux qu'on roulait dans la cour avaient surpris Léonce. Il n'attendait pas de livraison ce jour-là ! Il se tourna vers sa fille, la pointa du doigt.

— Je peux te dire, ma chère Marie-Amélie, que tu n'es pas près de remettre le nez dehors ! Tu peux me croire ! Que je ne te voie pas bouger de cette maison, sinon...

Il avait sifflé entre les dents le « ma chère Marie-Amélie ».

— Sinon...

La menace resta suspendue.

— Maintenant, je descends. Je vais bosser en bas, pour vous... pour vous donner les moyens de vivre comme des dames, nom de Dieu... comme de vraies dames, pas comme des traînées !

La hargne déformait son visage. Il hurla :

— Je vais bosser pour vous qui ne me rendez que des emmerdements ! Je descends, mais... tu ne perds rien pour attendre, toi !

En trois enjambées, il avait atteint le palier. Au moment de se lancer dans l'escalier, il beugla une dernière fois :

— En attendant, aide ta mère à la broderie ! Au moins, entre vous, vous pourrez baver sur moi !

Il allait disparaître quand Léopold surgit, en courant, tellement emporté par son élan qu'il bouscula son père de l'épaule. Depuis l'enfance, il avait pris l'habitude de grimper l'escalier quatre à quatre, de le descendre six à six, en virant à mi-pente, accroché à la boule de rampe.

— Fiche-moi par terre, toi... je te dirai rien !

Le garçon s'arrêta net à la vue des deux femmes transformées en statues de sel, l'une au centre de la pièce, l'autre dans l'encoignure de la cheminée. Il s'essuya les mains sur sa blaude. Un coup de bise lui avait glacé le visage.

— Qu'est-ce qu'il lui arrive, au père ? Que se passe...

Du bas de l'escalier, Léonce avait entendu. Il gronda :

— Il se passe que ta sœur veut rester à travailler chez le bagnard, et qu'elle veut épouser un bouseux, en plus, nom de Dieu !

Le tonnerre de sa voix roula dans le vestibule :

— Et que toi tu vas redescendre, et tout de suite ! Il y a du boulot qui t'attend à la malterie ! Ah, chez le bagnard... un bouseux, nom de Dieu... un bouseux !

Son pas sonna sur les dalles du vestibule.

On entendit la porte claquer, puis des éclats de voix dans la cour. Il était sorti. La Malie se déplia lentement, avança vers sa mère, la prit dans ses bras.

— Pardon, maman... je ne voulais pas...

— Laisse, ma fille... laisse. Il ne faut pas lui en vouloir. Il est comme ça, mais... il t'aime beaucoup, tu sais... il nous aime beaucoup. Il a tellement de soucis en ce moment. Je crois que ça finira par s'arranger. Viens...

Antoinette avait traîné le poids de ses mots sans y croire, par habitude. Parce qu'il fallait bien survivre.

Par devoir, aussi. Elle prit sa fille par la main, la précéda vers le salon. Au passage devant la fenêtre, elle marqua le pas, jeta un coup d'œil vers la campagne.

— Regarde, comme c'est beau !

L'automne embrasait déjà les bosquets sur Pocheloup. Au loin, la ligne sombre du Hazau semblait flotter sur des brumes bleutées.

— Oui, ça s'arrangera, j'en suis sûre... Enfin... j'espère ! Si... si tu fais un effort !

Elle serra plus fort la main de sa fille.

— Après tout, il n'a pas tout à fait tort... c'est grâce à lui si nous vivons mieux que beaucoup d'autres ici. Réfléchis...

La Malie ne se sentait pas la force de réfléchir. Elle reçut les derniers mots de sa mère comme un coup de poignard dans la poitrine. Envie de hurler à son tour. Elle dégagea sa main. Léopold se retrouva seul dans la grande salle à manger. Ni sa mère ni sa sœur n'avaient eu un regard pour lui. Il cria dans leur direction :

— T'en fais pas, p'tite sœur... je suis là !

Marie-Amélie se retourna.

— Léo...

Antoinette l'entraîna vers le tambour à broderie et la loupe d'eau qui les attendaient dans l'ouvroir. Jusqu'au soir, face à face, elles tirèrent l'aiguille dans la batiste pour former au point plumetis le monogramme *MAB* de son trousseau.

Six mois plus tôt, il avait été question qu'elle épousât une sorte de fin de branche bourguignonne ramenée par son père d'un voyage du côté de Beaune, un rejeton de noblesse de robe, petit et mal troussé, au visage marqué par une sévère petite vérole qui lui avait presque fermé un œil. « Voilà un beau parti, avait-il commenté après le départ du prétendant, qui fera de toi une comtesse, et de nous une entreprise au-dessus de tous les risques de justice. On parle de lui comme d'un prochain procureur de l'empereur... c'est dire ! » On n'avait pas revu le comte de M... à la brasserie. Nul n'en parlait plus. Mais Léonce avait ordonné aux femmes de s'activer à ce trousseau marqué d'un chiffre aux lettres entrelacées *MAB*.

Sur le soir, Antoinette osa :

— Pourquoi veux-tu continuer à travailler plusieurs jours par semaine là-bas, à leurs sources, chez ce... Bouloumié ? Pourquoi ne veux-tu pas épouser ce garçon ? Pourquoi veux-tu faire autant de peine à ton père ? Pourquoi ?

Elle avait parlé dans un seul souffle, d'une seule giclée de bière tiède mal fermentée. La Malie piqua l'aiguille dans la batiste sans mot dire.

— Si tu ne le fais pas pour lui, ni...

Elle soupira. La Malie lui aurait bien dit que là-bas, au moins, elle respirait, qu'elle y avait découvert le mieux-être de vivre enfin par elle-même, d'exister, de s'échapper du tombeau de la rue de Lignéville. Mais, à quoi bon ?

— Si tu ne le fais pas pour lui, fais-le au moins pour moi... pour ta mère !

Elle tourna vers sa fille des yeux rougis par l'ouvrage.

— Pense à moi... s'il te plaît.

Sept heures venaient de sonner à l'horloge du salon. La Malie piqua son aiguille dans le *B* qu'elle venait de remplir de coton rouge sang, s'approcha de la fenêtre. Au loin, la ligne sombre du Hazau avait déjà disparu, mangée par les vapeurs du crépuscule.

Elle avait pris sa décision.

Une semaine plus tard, l'orge étant devenu malt, après une journée de touraillage[1] qui l'avait fait transpirer comme un bœuf avec les ouvriers, Léopold dînait en face de sa sœur. Les airs avaient fraîchi. Dans la cheminée, un feu poussif produisait plus de fumée âcre que de chaleur. Les yeux et la gorge piquaient. On grelottait sous des laines pourtant épaisses. De tout le jour, une brume épaisse avait enseveli la brasserie, la rue de Lignéville, celle de la Samaritaine concurrente, et les premiers toits de la ville vers Saint-Rémy dont le clocher semblait perdu à jamais dans un ciel laiteux. Un vrai temps de Toussaint avant l'heure.

À main droite, couverte jusqu'aux narines d'un châle de cachemire noir à ramages fleuris, la mère ne quittait pas des yeux les faïences alignées sur la crédence, passant des fleurs de lys dans un cartouche de lauriers à un Chinois pêchant, puis au coq perché de Rambervillers, pour revenir aux fleurs de lys dont elle aimait le bleu de cobalt, qu'elle trouvait apaisant. Retenus par une ganse rouge vif en un chignon très lâche, ses cheveux encadraient un visage ivoire que la lumière dansante du chandelier dorait par instants. Elle paraissait belle ainsi, l'était sans doute, l'était certainement, pensa Léo. Une vague de

1. Séchage du malt vert, à température choisie pour obtenir la bonne coloration des grains, donc de la bière.

tendresse le submergea. Cette femme qui lui avait donné la vie, l'avait nourri à son sein, avait fait de lui un homme digne de prendre sa place parmi les hommes... la connaissait-il seulement ? Quel mystère se dissimulait derrière ce regard qui courait sur des faïences peintes ? Quelles images circulaient sous ce chignon lâche, d'une souple élégance ? Quels désirs de vie dans cette poitrine cachée sous le cachemire ? Quels projets pour sa fille, Marie-Amélie, cette sœur plantée en face de lui derrière les flammes du chandelier, cette autre femme qu'il aimait pardessus tout mais qui fuyait son regard depuis la colère du père ?

La vieille servante allait et venait, inquiète, demandant d'un signe de tête à sa patronne si elle devait encore attendre, ou si elle pouvait commencer à passer les plats. Antoinette les lui fit apporter, la libéra. La pauvre femme n'osait pas trop s'ennuiter pour rentrer chez elle dans le quartier de la Voie, de l'autre côté de la rivière. Tenant son tablier, elle s'inclina, enfila son paletot.

— Bonsoir, madame, Malie, Léo.

On devait attendre. On attendit. En silence.

La nuit était d'un noir d'encre quand les roues du landau crépitèrent sur les graviers de la cour. On entendit des ordres, des chocs de bois contre le bois, des cliquetis de chaînes, la voix grondante du maître. Un chien s'était mis à aboyer du côté de la Samaritaine. Léonce entra en tornade, empoigna les couverts. La blanquette était froide. Le munster embaumait la pièce.

Ils croquaient des pommes avec des noix quand le père gronda :

— Toi, demain, tu fais tes malles. Je t'emmène à Dijon. Là-bas au moins tu ne pourras plus nous faire honte ! Jamais. Fallait pas croire que ça durerait longtemps, ton manège de fille qui veut n'en faire qu'à sa tête ! Quand je dis... qu'à sa tête, je devrais plutôt dire... qu'à son cul !

— Léonce !

Antoinette n'avait pu retenir son cri. Pour la première fois, elle faisait front. Pâle comme une morte, les mains de part et d'autre de son assiette, bien à plat sur la table pour conjurer son tremblement, elle planta son regard dans celui de son mari.

— C'est toi qui devrais avoir honte de parler ainsi de ta fille !

Surprise par sa propre audace, elle se dressa, porta les mains à sa bouche pour contenir d'autres mots qui se bousculaient, ou la bile qui lui remontait des entrailles, bouscula sa chaise, s'enfuit vers l'escalier.

Dix heures venaient de sonner au clocher de Saint-Rémy quand Léo aida sa sœur à quitter la maison par la fenêtre de sa chambre, seule issue possible, le père ayant tout verrouillé.

— Sois prudente, ma Malie ! Ne fais pas de bêtise.

— Ne t'en fais pas. Je serai prudente.

— Tu le retrouves où ?

Elle colla ses lèvres à l'oreille de son frère.

— À la chapelle Saint-Éloi.

— À la bonne heure. Quand tu reviendras, frappe deux petits coups à ma fenêtre. Attention de ne pas le réveiller. Je t'attends. Tu reviens, hein... tu reviens ?

— Bien sûr ! N'aie crainte ! Avant une heure, je serai là. Merci, mon Léo.

Elle enjamba la fenêtre, glissa sans un bruit sur le toit de l'appentis, sauta dans la cour, lui fit un dernier signe de la main. Il la suivit du regard jusqu'à l'angle de la rue Entre-les-Eaux.

Elle disparut.

4

19 octobre 1869

Avec quatre-vingt-dix députés hostiles au régime, dont trente républicains convaincus et actifs, et une cinquantaine d'opposants conservateurs, les élections législatives du 24 mai 1869 avaient bouleversé le paysage politique. Et, parties du Café de Madrid, sur la rive animée du boulevard Montmartre, les émeutes des « Blouses blanches » avaient remué les quartiers ouvriers de Paris, couru les boulevards jusqu'au Théâtre-Lyrique où, devant un parterre conquis d'avance, madame Caroline Carvalho, radieuse Marguerite du *Faust* de Charles Gounod, avait ri si souvent de se « voir si belle en ce miroir ». Tout autour, les rues noires de monde avaient grondé comme aux pires heures des révolutions. On était passé à un cheveu d'une nouvelle catastrophe.

Louis Bouloumié avait suivi de près les convulsions parisiennes qui lui rappelaient ces années où, avec l'ami Louis Blanc, il arpentait le pavé pour prêcher la bonne parole républicaine. Les courses aussi, avec la police aux trousses, puis l'arrestation, l'exil... Il avait surtout craint pour l'ami Émile Ollivier, dont les idées républicaines étaient régulièrement contestées par une opposition dure, souvent même violente. Les bonapartistes ultras n'avaient pas digéré son action parlementaire en faveur de la loi du 25 mai 1864 qui instaurait le droit de grève, après avoir jeté dans la poubelle de l'histoire l'autre, celle de Le Chapelier qui, jusque-là, avait interdit toutes les coalitions ouvrières. Ils avaient même réussi à le faire battre aux élections dans la Seine. Mais il avait été élu dans le Var, en cette année 1869, en même temps qu'il s'y mariait avec mademoiselle Marie-Thérèse Gravier, une jeune fille de vingt-trois ans sa cadette, rencontrée dans les allées du parc de... Vittel ! Un étonnant mariage d'amour après une courte liaison que tous avaient jugée passade, voire divertissement de quadragénaire fatigué par l'action constante dans les tourmentes de la politique et dont le regard un peu appuyé d'une séduisante jeune femme avait subitement mis les sens en ébullition. Beau mariage. Avec sa famille, Louis avait été de la noce, le 23 septembre, jour d'automne d'une douceur toute méridionale. Il aimait cet Émile Ollivier que les plus grands honneurs n'avaient pas abîmé, dont les références aux valeurs républicaines collaient aux siennes comme un gant de chamois à une main d'élégant.

Souvent, durant les séjours du Parisien à Vittel, on voyait les deux amis arpenter ensemble la rive du Petit Vair, seuls ou en compagnie de la baronne de Rothschild portant large capeline tenue par une soie blanche nouée sous le menton. Ils s'y promenaient, bras dessus bras dessous, en fin de journée, au moment où, les vents s'épuisant, la rivière redevenait transparente entre ses quais tout neufs, s'arrêtaient parfois, tournés vers les eaux qui étiraient sous les saules des reflets de ciel, tentant d'apercevoir dans les herbes vives quelque gardon ou ablette, saluant d'un lever de chapeau une lavandière attardée à genoux dans sa caisse, puis reprenaient leur promenade au rythme lent du flot. Aux mouvements de voltige de la canne, on voyait bien que la discussion était vive. Quand, après quelques enjambées, ils s'arrêtaient de nouveau, que Louis prenait un pas de recul, face à son ami, et que son bras martelait à coups de canne des mots qu'Émile recevait en hochant légèrement la tête, on savait qu'ils en étaient aux inquiétantes gesticulations de Bismarck. Sans oublier Vittel, Louis se laissait aller à sa vieille passion de la politique et tentait de faire passer des idées qui, un jour peut-être, pourraient bien être mises sur la table du Conseil des ministres. On savait qu'au Palais Émile Ollivier ferraillait dur contre les vieilles lunes d'Ancien Régime toujours très actives, contre l'impératrice même, qui, aveuglée par sa fierté espagnole, prêchait la guerre contre cette Prusse qui osait prétendre au trône abandonné par une reine Isabelle de mauvaise opérette. On savait qu'il avait l'oreille attentive et bienveillante, et la volonté de traduire en décisions d'État les idées que le hasard des rencontres semait sur ses chemins de traverse.

Louis était rentré plus tôt que prévu de ce mariage. Il avait prétexté des affaires urgentes, des travaux à surveiller de près, des fournisseurs à rencontrer, des candidats au travail à recevoir. Marie s'était bien rendu compte que, si tout cela était bien réel, la fatigue avait été pour quelque chose dans son empressement à regagner la maison, une fatigue inhabituelle, lancinante, qui depuis plusieurs mois le frappait sans prévenir, à tout moment de la journée, le laissant parfois presque hagard face à des visiteurs gênés. De plus en plus souvent, il rentrait harassé le soir, incapable de retirer seul bottines et paletot, souffle court, très pâle.

Fin août, on l'avait vu à plusieurs reprises quitter sans prévenir une réunion de chantier, interrompre une visite aux nouvelles installations, s'éclipser discrètement. On le retrouvait, un peu plus tard, ragaillardi, un brin d'herbe entre les dents, l'œil plus vif et le geste plus appuyé. Il était allé respirer sous Haréloup, dans les sentes tracées par les renards entre les fougères, là où, autrefois, il allait repérer les tapis de potentille ou se désaltérer de quelques feuilles en cœur d'oxalis, le *pain de coucou* si discret sous les sapins.

Bien qu'atténuées par la consommation régulière des eaux de la Grande Source, ses crises de gravelle le faisaient toujours souffrir. Mais il entretenait avec cette douleur qui l'accompagnait depuis si longtemps une relation ordinaire de vieux couple. L'autre, plus sournoise, qui lui minait la poitrine et le mettait de plus en plus souvent à genoux, faisant monter une angoisse qui le couvrait de sueur puis, dans la seconde suivante, le faisait grelotter de froid, l'inquiétait davantage. Elle ne se montrait pas en face, l'attaquait par surprise, le saisissait entre deux rendez-vous, le torturait, l'étouffait, le forçait à s'isoler dans son bureau, une cabine de bain, parfois à se réfugier dans sa chambre. De ces crises subites, il sortait la bouche pleine d'amertume, dans une étrange apesanteur qui lui révélait l'autre face des êtres, des phénomènes et des choses. Il avait maigri. Son regard avait changé. D'une transparence laiteuse, il avait pris une teinte de vieille noisette très délicate et fragile. Impossible à soutenir sans se retrouver en proie à un curieux vertige.

On l'accompagnait de côté, désormais, le bras toujours prêt à recevoir sa main défaillante, comme en juillet de l'année précédente, sur la Grand-Place. Remerciant d'un vibrant discours politique les musiciens de la fanfare pour leur accueil si enlevé, l'ami Émile Ollivier s'était enflammé, avait invoqué Dieu, parlé de « moisson bénie », prêché la patience, l'abnégation et le courage ! Louis avait alors empoigné le bras de Charles Gounod. La poitrine encore vibrante du « Ah, lève-toi, soleil ! » de son Roméo qui triomphait à Paris, le Maître avait tourné la tête, vu la pâleur de son voisin, lui avait murmuré à l'oreille :

« Ça ne va pas, mon ami ? Voulez-vous que…

— N'en faites rien, je vous prie. Un coup de fatigue, rien qu'un coup de fatigue qui va passer ! »

Chaleur, poussière, mouvements de foule… Louis avait senti ses jambes se dérober sous lui. Il s'était redressé, avait pris une grande inspiration, avait vigoureusement applaudi l'allocution de celui qui, quelques jours plus tard, serait le dernier président du Conseil de l'Empire, avait quitté la tribune sur la pointe des pieds au moment où les musiciens embouchaient les anches et moulinaient des cuivres avant d'interpréter un approximatif air d'opéra.

Dernière note éteinte, il n'avait pas entendu la promesse faite par le célèbre compositeur au chef Dupont d'écrire pour ses musiciens de la clique une

« Marche de Vittel » puissante et enjouée qu'il aurait « plaisir à entendre sur cette même place l'année prochaine ».

Le 13 octobre au soir, tandis que des gamins échevelés couraient autour des colchiques du champ Robas sous la chapelle Sainte-Anne, Louis s'était couché après avoir demandé qu'on le laissât seul. Nul ne l'avait entendu de toute la nuit. Pas même Marie qui, à pas de loup, s'était pourtant approchée plusieurs fois, avait collé l'oreille à sa porte, n'avait perçu que son souffle régulier et quelques froissements de draps. Le matin, à son entrée dans la chambre, elle avait trouvé son mari couché en chien de fusil, les yeux grands ouverts sur le plan punaisé au mur du futur parc thermal. Il n'avait pas dormi.

— Comment va… ce matin, mon ami ? Dis-moi…

Il avait répondu d'un sourire. Ses yeux semblaient enfoncés dans les orbites noires jusqu'au milieu du crâne. Elle avait réprimé un mouvement de recul.

— Viens, ma chérie !

Elle s'était approchée. Il lui avait pris la main, l'avait invitée à venir plus près, plus près encore.

— Je ne sais pas ce que seront les jours à venir, encore moins les semaines. Je crois que…

Il posa sur elle un regard suppliant et navré à la fois. Il respirait court ; son haleine empestait la teinture d'aloès et les remugles de mauvaise cave. Il cherchait ses mots, autant par manque de vivacité d'esprit que par désir de ne pas la choquer. Elle remplit un verre d'eau, glissa la main sous la nuque de son mari, lui maintint la tête relevée pour le faire boire. Il y mouilla les lèvres, trempa la langue, n'eut même pas la force d'aspirer un peu d'eau.

— Je crois que…

— Ne parle pas, ça te fatigue trop ! J'ai fait revenir le docteur Patézon. Il va arriver d'un moment à l'autre. Il fera le nécessaire pour te soulager, pour te guérir. Je veux qu'il…

— Me guérisse ? Tu sais bien…

Elle s'était penchée sur lui, avait appuyé un baiser sur son front moite et glacé, cherché ses lèvres. Il s'était dérobé.

— Tu sais bien que Patézon ne pourra rien faire pour moi. Je suis déjà là où nul ne peut plus rien pour me sauver, pas même nos eaux si bonnes ! Dans quelques jours…

— Il peut encore te guérir ! Je veux…

— Me guérir !

Il avait laissé échapper un rire de vaisselle brisée qui l'avait pétrifiée. Jamais elle ne lui avait entendu ces hoquets, cette intonation, cette voix caverneuse et minérale à la fois.

Louis avait serré très fort la main de sa femme. Alors, elle avait regardé par la fenêtre le houppier d'un prunus que l'automne faisait flamber et, au loin, les ors des hêtres et des chênes sur les Seize-Mutins. Elle n'aurait pas voulu qu'il vît sa détresse. Il avait vu…

— Allons, ma chérie. S'est-on jamais apitoyés dans notre vie ? Souviens-toi… Nous n'allons pas commencer aujourd'hui, n'est-ce pas… Surtout pas aujourd'hui, alors que le plus important reste à faire !

Il se poussa sur les coudes, tenta de se relever. Elle l'aida, cala deux oreillers sous ses épaules, fut frappée par sa maigreur. En si peu de temps...

— Plutôt que Patézon, tu vas appeler nos fils, leur dire de nous rejoindre le plus vite possible. Je saurai attendre, mais... qu'ils ne tardent pas ! Il est des rendez-vous qu'on ne peut reporter indéfiniment, vois-tu...

Marie vit soudain s'éteindre le prunus, les hêtres devenir plomb, comme les chênes et le ciel, où, l'instant d'avant, jouaient de légers nuages mauves.

— De quoi me parles-tu, enfin ? Ce rendez-vous... Vas-tu enfin cesser de me tortu...

Incapable de retenir plus longtemps sa douleur, elle avait hurlé, des sanglots plein la gorge, des larmes ruisselant sur ses joues, ses mains battant l'air comme des ailes d'oiseau foudroyé.

— Pourquoi... pourquoi...

Elle s'effondra sur le lit, entre les bras inertes de son amour qu'elle avait toujours cru invincible. Au prix d'efforts terribles, il réussit à lever une main. Les yeux fermés, il lui caressait lentement les cheveux.

Des pas dans le couloir. Deux coups discrets à la porte. Marie leva la tête. Ils étaient restés si longtemps ainsi, immobiles, à partager le silence, que les plis des draps marquaient ses joues. Sans prendre le soin de remettre de l'ordre dans sa chevelure, elle alla ouvrir.

— Vous m'avez fait demander... Comment va-t-il, ce matin ?

Frappé par la pâleur de la femme et la détresse de son regard, le docteur Patézon recula d'un pas.

— Entrez, docteur.

Louis avait tourné la tête. Il essaya de tendre la main vers son visiteur. Le geste avorta sur le lit.

— Comment vous sen…

— Comme un homme qui a fini son travail, tout simplement, cher docteur, ni plus, ni moins.

Patézon s'était approché, avait déjà ouvert sa trousse.

— Laissez tout ça, cher ami… inutile… mais…

Patézon lança un regard à Marie dont la silhouette se découpait en ombre chinoise dans la lumière de la fenêtre. Pensait-elle à leur bonheur passé, ou aux heures à venir ?

— Mais ?

— Aidez, s'il vous plaît, ma femme à… télégraphier à mes fils quelques mots qui ne les effraient pas, mais leur enjoignent de revenir très vite. J'ai… des choses à leur dire… importantes… à leur dire. Ne perdez pas de temps.

Le médecin replia sa trousse. Le clac métallique du fermoir fit sursauter Marie, qui se retourna. Dans la lumière dorée d'automne, ses boucles diaphanes paraissaient d'un ange. Louis l'avait vue, la regarda longuement sans sourciller, esquissa un sourire. Ses lèvres s'entrouvrirent :

— Je t'aime…

Puis, regardant droit dans les yeux son vieux complice Patézon :

— Et, s'il vous plaît, ne parlez pas… en ville… ni à l'Établissement… de ma maladie… les Contrexéville pourraient bien encore dire… que c'est parce que… j'ai trop bu notre eau !

Il laissa échapper encore l'insupportable rire de vaisselle brisée, tendit la main vers Patézon, lui prit le bras.

— N'est-ce pas vous qui m'avez raconté, la semaine dernière, que… croisant un paralytique en chaise roulante… le curé de Contrex avait dit à ses grenouilles de bénitier qui l'accompagnaient : « Donnez-lui une pièce, le pauvre ! C'est une victime de… Vittel ! »

Il regardait intensément le médecin. Ses yeux étaient presque devenus rieurs.

— En effet… c'est bien moi qui…

Durant ses études, à l'hôpital, dans sa vie de praticien, il en avait vu, Patézon, des souffrances, entendu des malades en marche lente vers l'autre rive, les avait soutenus, supportés. Mais, là… jamais il n'avait ressenti à ce point un tel sentiment d'impuissance ! Une sorte de fureur l'avait saisi. Il empoigna sa trousse, prit le bras de Marie, l'entraîna vers la sortie.

— Venez, chère amie… allons nous occuper de faire revenir vos fils…

Elle l'avait suivi sans mot dire.

Louis était mort le soir du 17 octobre. Toute la journée, un corbeau avait dansé dans le parc, d'un arbre à l'autre, poussant son cri lugubre et chassant les dernières tourterelles. Au moment où Ambroise avait fermé les yeux de son père sur l'embrasement du prunus et l'incendie des chênes sur les Seize-Mutins, l'oiseau avait fui à tire-d'aile vers le lointain Petit-Montot dont la calotte fermait l'horizon. Nul ne l'avait jamais revu.

Le télégraphe avait pu joindre facilement Ambroise à Paris. Alors que le soleil d'un jour incertain roulait sa boule glacée sur les toitures de zinc de la capitale, le fils s'était précipité vers l'embarcadère de Strasbourg nouvellement rebaptisé gare de l'Est, avait sauté dans le premier wagon, entre une femme à large capeline aux cerises de celluloïd et un prêtre déjà plongé dans son livre d'heures qui avait soulevé sa barrette d'un geste vif à son arrivée et rassemblé les plis de sa soutane pour lui faire de la place. Ils n'avaient pas plus tôt dépassé les Grands Moulins de Pantin au cul de la machine à vapeur que, déjà, le curé avait posé le livre, questionné son voisin, lui parlait de la mort comme de la grande victoire de la vie. D'ordinaire si disert, l'avocat Ambroise Bouloumié avait acquiescé de mouvements répétés de la tête, sans un mot, jusqu'à Châlons-sur-Marne. De là, cueillette des cerises terminée et philosophie de l'existence épuisée, même selon saint Thomas d'Aquin, il avait fini seul le voyage jusqu'à Nancy.

L'image de son père malade l'obsédait. Qu'allait-il trouver à Vittel ? Durant son dernier séjour dans les Vosges, à la fin de l'été, il l'avait senti fatigué, certes, mais comme un homme qui se donne corps et âme à sa tâche sans se soucier un instant de sa propre personne. Pas davantage ! Cette maladie subite... ce rappel d'urgence... Ambroise n'osait penser au pire. Il avait beau en chasser l'idée en se remémorant quelques furieuses joutes oratoires dans le prétoire assorties de larges envolées de manches, rien ne pouvait l'empêcher de l'imaginer, car... à supposer que... qu'en serait-il désormais de son existence d'avocat ? Qu'allait-il advenir de sa famille ? Les affaires, l'entreprise familiale allaient-elles l'obliger à renoncer à sa passion pour le droit et la plaidoirie, au moment exact où son talent de fin juriste et ses qualités d'orateur venaient enfin d'être remarqués ? En même temps qu'il se voyait déjà contraint de désorienter le cours de sa vie, il se reprochait de ne pas éprouver plus de compassion pour ce père dont les idées trop avancées le gênaient souvent, ce père qu'il admirait au point de marcher dans ses pas de juriste, tout en contestant ses penchants hugoliens et sa vision trop idéale, selon lui, du genre humain. Poursuivre son œuvre, pourquoi pas, mais pas à n'importe quel prix !

Plongé dans ses souvenirs récents de plaidoirie, et troublé par un sournois sentiment de culpabilité, il n'avait pas aperçu les toits de Vitry-le-François, ni les emblavures de Meuse. « Vous dites sans cesse que nous ne sommes pas mûrs pour la liberté... » Il connaissait par cœur la fin de ce texte qui avait retourné l'opinion des jurés et des juges lors du procès des étudiants français de Liège, une affaire qui avait fait beaucoup de bruit. « Est-ce ainsi que vous pensez nous mûrir ? Un acte répréhensible est commis, et alors que la vérité sur les lèvres, le regret dans le cœur nous le jugeons sévèrement, alors que nous sommes prêts à déverser sur lui le blâme et le reproche, vous arrêtez nos élans et, la méfiance à la bouche, vous nous faites reculer comme indignes ; indignes, c'est le mot. » En juillet 1865, quelques centaines de jeunes « réformistes » belges avaient organisé à Liège une réunion à laquelle avaient participé une cinquantaine de Français enflammés qui avaient tenu en public des propos jugés subversifs.

Les autorités impériales les avaient accusés d'être allés, là-bas, faire l'apologie des idées socialistes. Bien qu'ils aient agi à l'étranger, l'État français les avait fait présenter devant un tribunal. « Eh bien non, nous ne sommes pas indignes, la jeunesse ne l'est pas, elle ne l'a jamais été. Indignes ! Prenez garde : c'est là un mot fatal qui pénètre les cœurs et les envahit, les uns de noble colère et d'indignation, les autres de haine et de mauvaises pensées. » Seul sur sa banquette couinante, dans les nuages de vapeur, crachés par la machine, qui lui gommaient le paysage, Ambroise répétait encore la fin de sa plaidoirie… « La jeunesse, c'est l'avenir plein de gloire et d'espérance : voulez-vous de l'avenir ? Ralliez-vous la jeunesse. Vous avez un moyen : accordez-lui votre confiance et donnez-lui la liberté. »

En posant le pied sur le quai de Nancy, il avait repris contact avec la réalité du moment : la maladie de son père, et sa… N'osant en imaginer davantage, il avait planté là sa pensée.

Pierre, le cadet, n'était arrivé que deux jours plus tard. Après de brillantes études à la faculté de Strasbourg, il venait d'être affecté comme médecin militaire au 7e régiment de ligne, du côté de Metz. Il pensait bien n'y faire qu'un passage, visant l'hôpital Saint-Martin de Paris pour y développer son sens de l'intervention sociale, essence même, selon lui, de la médecine. Bismarck très agité de l'autre côté du Rhin, la tension internationale montant de jour en jour, son unité avait été envoyée en manœuvres. Il n'avait pu être prévenu que le lendemain de l'arrivée du message à l'état-major.

Marie et ses fils avaient accompagné Louis jusqu'à son dernier souffle. Pour la première fois, debout au pied du lit, Ambroise avait vu mourir un être humain. Il avait vécu cette fin de vie pétrifié par l'émotion, tiraillé entre la douteuse curiosité du voyeur et la certitude d'avoir subi là, dans cette chambre, une déchirure définitive. Les morts de l'hôpital avaient blindé Pierre, qui avait fait de ce passage un désir de paix, tant pour le moribond que pour lui-même. Le médecin militaire avait tenu la main de son père et prié, en silence, jusqu'au moment où il lui avait fermé les yeux. Assise, le buste tendu vers celui qui ne respirait plus qu'à peine, presque appuyée sur sa poitrine, Marie n'avait pas quitté du regard un seul instant le visage de son compagnon. Avait-elle voulu le graver à jamais dans sa mémoire, en fixer tous les traits, s'assurer que jamais elle n'oublierait l'ultime image de celui qui avait tellement empli sa vie ? À plusieurs reprises, les fils avaient vu remuer les lèvres de leur mère, cru entendre un murmure. Que lui disait-elle, qu'il pouvait encore entendre ?

Ils étaient restés jusque tard dans la nuit, tous les trois, dans la lumière vacillante des chandelles, aux côtés de celui dont les airs promenaient encore, mêlés aux vapeurs de tisanes, les relents d'haleine fétide et les traces fraîches d'eau de toilette lavande.

Au loin, un coq s'était mis à saluer le jour à naître. Alors Pierre s'était levé, lentement, sans un bruit, avait posé la main sur l'épaule de sa mère, l'avait entraînée doucement vers sa chambre. Ambroise était resté seul avec le cadavre du père.

Une chaleur inhabituelle pour la saison épaississait les sangs et empesait le souffle. « On en aura ! » criait l'un en regardant le ciel d'un noir d'encre sur la butte de Pocheloup. « Crois-tu don'... depuis le temps qu'on l'attend ! » répondait l'autre en se décongestionnant le cou de l'index glissé dans le col. « Pour sûr qu'on va en avoir ! On n'est pas une ville d'eau pour rien ! » ironisait un troisième en tirant une patte rendue folle par un boulet de canon à Sébastopol. Depuis le matin, un orage tournait sur la région. Il s'était présenté à l'heure de la traite, avait subitement ramené la nuit en plein jour. Les chiens s'étaient mis à gueuler à la mort, et le filet brunâtre du Petit Vair à puer le carnage à travers tout le village. On avait entendu le tonnerre quelque part vers les monts Faucille, puis du côté du col du Poirier. Les femmes avaient rajusté la branche de buis sec des Rameaux dans les bras du Crucifié, les hommes vérifié que la porte du fenil était bien fermée à la foudre... impression d'être cernés par toutes les colères du ciel ! Puis le soleil avait fait une apparition entre deux coups de vent qui avaient fait grelotter les feuilles d'or des peupliers.

Tout l'été, on avait attendu la pluie. En vain.

Matin du 23 octobre. Jamais l'église Saint-Rémy n'avait connu une telle affluence ! En haut de la nef, des hommes en jaquette, cravate de soie et gants d'agneau beurre-frais, certains se ventilant les favoris d'un coup de chapeau entre deux commentaires au voisin sur le rapprochement d'Émile Ollivier avec les bonapartistes autoritaires : « Alors, pourquoi avoir publié son *Démocratie et Liberté*, si c'était pour en arriver là ? » Mouvement incertain de tête... grognement agacé... « On dit qu'il aurait accepté de former le nouveau cabinet... » D'autres, cravate haut nouée punaisée d'améthyste, barbiche à l'impériale taillée en pointe parfaite, le nez en l'air, observant du coin de l'œil les femmes d'en face nimbées de patchouli et d'essence de rose, semblaient chercher dans les triangles noirs de la voûte des moyens de paraître plus importants. De l'autre côté de l'allée centrale, dans les froissements de satin et l'éclat des pierres et métaux précieux, les belles toussotaient dans des gants de fil blanc, comme elles l'avaient appris dans les salons de Paris, pour marquer leur territoire mais sans incommoder. Plus bas, les bourgeois, les artisans, les élus de la commune se poussaient de l'épaule, ronchonnaient, contestaient le tracé des nouvelles rues, le plan général d'alignement, les règles nouvelles pour le respect des eaux, et se gardaient de parler de la brasserie. Au fond, dans des remugles de sueur et d'étable, les paysans se tamponnaient le front au mouchoir à carreaux, tandis que leurs femmes en blouse couvertes d'une mantille fatiguée se ventilaient l'entrecuisse à grands coups de cottes et commentaient encore l'événement du printemps dernier qui avait fait grand bruit : le suicide du Léonce Bouvier.

— L'a pas volé ! dit l'une en s'épongeant le sillon de poitrine.

— N'a que ce qu'on mérite, allez ! L'était un manr'homme, un mauvais ! répondit une autre.

— N'sait même pas ce qu'elle est dev'nue, sa femme, madame Antoinette, siffla une troisième au moment où la procession funèbre débouchait de la rue de la Perjus.

— *Exultabunt Domino*[1]...

Partout, on baissa d'un ton. Hommes découverts, femmes menton dans la poitrine et mains jointes, la foule s'écarta. Les chevaux piaffaient, écumaient, jetaient la crinière de droite et de gauche contre les mouches agacées par l'orage. Le cercueil sonna comme un tonneau vide sur la caisse du corbillard. À son passage, les plus proches se signèrent en marmonnant des bribes de prière.

— *Tribulationem et dolorem inveni : et nomen Domini invocavi*[2]...

Engoncé jusqu'au cou dans ses ornements noir et argent, précédé du porteur de croix, le curé Chapiat remonta l'allée centrale dans des nuées bleues d'encens.

— *Placebo Domino in regione vivorum*[3]...

Les porteurs déposèrent le cercueil au pied du maître-autel. Le bois se mit à luire entre les candélabres. Droites dans leur linceul de tulle noir, les femmes de la famille. De l'autre côté, en jaquette anthracite, raides dans le col cassé, regard fixe sur les flammes dansantes des bougies, les hommes, Ambroise et Pierre en tête.

---

1. « Ils vont tressaillir de joie devant le Seigneur... »

2. « J'étais en proie à la détresse et à l'affliction : et j'ai invoqué le nom du Seigneur... »

3. « Je marcherai en présence du Seigneur dans la terre des vivants... »

De l'arrière montait une rumeur confuse : raclements de sabots sur les dalles, toux et murmures ; des chaises couinaient, des appels fusaient du parvis, des retardataires se hélaient les uns les autres, des gueulées de chiens perturbés par le remue-ménage se répondaient dans les quartiers. On se poussait, voulait entrer, au moins sous le porche, on se dressait sur la pointe des pieds pour apercevoir les « vernis » de devant, ceux qui avaient trouvé place à l'intérieur. Voir mieux, et se mettre à l'abri ! Avec ce ciel qui menaçait de crever à tout instant, et ce tonnerre qui roulait maintenant loin sur le haut de Suède, vers Dombrot !

— *Requiem aeternam dona eis, Domine*[1]...

On avait remarqué les places vides, au troisième rang, à main droite, repérées d'une plaque émaillée « Famille Bouvier ». Quatre places que personne n'avait osé occuper malgré l'affluence. Remarqué, mais sans surprise ! Des mois que personne n'y avait posé les fesses. Depuis...

Ronronnement des orgues, parfums exotiques d'encens mêlés au patchouli des dames de la ville, à l'essence de rose et aux remugles d'étable, touffeur des airs d'orage... une sorte de torpeur avait bientôt saisi l'assistance. Seuls les chantres répondaient aux psalmodies du curé par d'incertaines vocalises. On soupirait ; on s'affaissait ; on s'assoupissait...

— *Libera me, Domine, de morte aeterna*[2]...

---

1. « Donnez-leur le repos éternel, Seigneur... »
2. « Délivrez-moi, Seigneur, de la mort éternelle... »

Un servant venait de verser une grosse cuillerée d'encens sur les charbons ardents. Un nuage argenté l'enveloppa. Le bruit de sonnailles du goupillon dans le bénitier ragaillardit les troupes. Un rayon de soleil tombait d'un vitrail sur le crucifix du cercueil. Il semblait que le ciel se fût ouvert pour accueillir l'humain en fin d'exil terrestre. « Exil... » Dans son linceul noir de veuve, Marie revit Rodez, les tours de sa cathédrale Notre-Dame, ressentit une nouvelle fois sa solitude d'hier après la déportation en Espagne d'un mari trop fermement opposé au nouvel empereur. Elle vit aussi le pauvre visage de son premier fils, mort à Paris, durant le périple qui devait les mener dans ce village de Vittel où ils avaient décidé de s'installer pour y mettre en valeur ses eaux, celles si bénéfiques de la Fontaine de Gérémoy. Partis à cinq, ils étaient arrivés quatre dans les Vosges. Tandis que le curé aspergeait le corps de Louis, qu'il empoignait l'encensoir, elle se dit que le pauvre petit d'homme perdu à Paris allait enfin revoir son père, et que Louis allait enfin pouvoir veiller sur son fils...

— *Domine, exaudi orationem meam* [1]...

Soudain, une vague monta du parvis, enfla sous le porche, remua l'assemblée de paysans, ouvriers, rentiers, bourgeois et curistes que les gens du pays à l'accent traînant appelaient « buveurs », Parisiens au parler pointu, vrais tristes, faux indifférents, gouailleurs et muets comme les indolentes carpes du Vair, bien plus haut dans la vallée, avant qu'il ne soit pourri par les égouts du village. L'encensoir ballant à

1. « Seigneur, écoutez ma prière... »

bout de bras, le curé suspendit son geste. Devant lui, sur toute la longueur de la nef, jusqu'à la place des Dames que dorait un pauvre rayon de soleil, la foule s'était ouverte comme devant le saint sacrement. Une femme en parure de deuil, dont les cheveux blonds très courts s'échappant d'une mantille formaient une couronne de lumière, s'avançait lentement. Son port de tête était celui d'une princesse ; ses gestes, ceux d'un oiseau des grandes altitudes ; sa pâleur, celle d'un cadavre.

Le curé Chapiat tendit l'encensoir au premier servant, joignit les mains, lança un regard incrédule en direction de son ombre fidèle, sœur Catherine, s'avança d'un pas. Un murmure montait de l'assistance : « Mar... Mar... Marie... »

La femme marcha de son pas coulé jusqu'au cercueil, empoigna le goupillon, aspergea le corps, toucha le bois du bout des doigts, se retourna.

Alors, tous les villageois la virent, la reconnurent : « Marie... Marie-Amélie... la Malie ! »

— Mais... elle était pas au couvent ?

— Pour sûr que si ! C'est pas Dieu possible que...

La femme en noir descendit l'allée centrale, s'arrêta au niveau du troisième rang, fit face au chœur pour une lente génuflexion, s'assit à la place marquée de la plaque d'émail blanc.

C'était bien elle !

— Seigneur, Marie, Joseph !

— Ben, merde alors !

La Malie, la fille du Bouvier de la brasserie de la rue de Lignéville, « not' Malie », était de retour !

La Malie...

5

Juillet 1872

— Vous avez lu ce... *Tartarin de Tarascon* dont tout le monde parle ? Irrésistible ! Il a déclenché une vraie révolution, là-bas, dans le pays des saucisses d'âne. D'Avignon à Marseille, ils en sont presque venus aux mains, dit-on dans la presse. Je viens de l'acheter. C'est à pisser de rire parfois, et... tellement vrai ! J'aime beaucoup lire. Pas vous ? Voudrez-vous que je vous le prête, Marie-Amélie, quand j'en aurai fini la lecture ?

En blouse blanche à col romain par-dessus le celluloïd, la moustache collée à l'eau sucrée, le cheveu un peu fou, poivre et sel déjà, et des yeux noirs plantés sous un immense front ivoire, l'homme en imposait d'emblée. Il avait pris un plaisir évident à prononcer « Marie-Amélie ». Assis derrière son bureau de l'Établissement thermal, il déchaussait son pince-nez pour poser les questions, le rechaussait pour entendre les réponses, en fixant intensément la visiteuse par-dessus ses verres.

— Pourquoi pas ?

La Malie avait répondu du tac au tac.

— Ou bien... je vous le passe maintenant, puis... vous me raconterez ! Vous devez aimer raconter les histoires. Est-ce que je me trompe ?

Elle ne savait comment interpréter ce « vous devez aimer raconter les histoires », se garda bien d'exprimer la moindre impression. Elle tournait le dos à la fenêtre, le voyait bien, lui, dans la lumière, savait qu'il ne la voyait qu'à contre-jour. Intrigant, cet homme qui clignait de l'œil pour l'apercevoir mieux !

— Tenez, voulez-vous que je vous en lise un ou deux extraits ?

Sans attendre la réponse, le docteur Darriaud avait déjà sorti le livre d'un tiroir, cherché une page dans les premiers chapitres, commencé la lecture d'une voix forte de chanteur d'opéra…

— « Au temps dont je vous parle, Tartarin de Tarascon n'était pas encore le Tartarin qu'il est aujourd'hui, le grand Tartarin de Tarascon si populaire dans tout le midi de la France. Pourtant – même à cette époque – c'était déjà le roi de Tarascon. Disons d'où lui venait cette royauté… »

Le lecteur avait pris un air mystérieux et goguenard, à la manière des comédiens qui jouaient des saynètes, le soir sur la scène de l'hôtel de l'Établissement. Il tournait les pages, choisissait les bons morceaux, s'en délectant d'avance.

— « Dans le petit monde du poil et de la plume, Tarascon est très mal noté. Les oiseaux de passage eux-mêmes l'ont marqué d'une grande croix sur leurs feuilles de route, et quand les canards sauvages, descendant vers la Camargue en longs triangles, aperçoivent de loin les clochers de la ville, celui qui est en tête se met à crier bien fort : "Voilà Tarascon !… Voilà Tarascon !" et toute la bande fait un crochet. Bref, en fait de gibier, il ne reste plus dans le pays qu'un vieux coquin de lièvre, échappé comme par miracle aux septembrisades tarasconnaises et qui s'entête à vivre là ! À Tarascon, ce lièvre est très connu. On lui a donné un nom. Il s'appelle le Rapide… »

Le docteur Darriaud éclata d'un rire rocailleux qui, soulevant sa moustache, fit étinceler un collier de petites dents d'un blanc éclatant.

— Le Rapide ! Pas mal trouvé, n'est-ce pas ?

Il regardait la Malie par-dessus ses binocles. Son œil noir pétillait.

— N'est-ce pas ?

Il avait haussé le ton. Elle en fut frappée. Cette voix, comme celle de son père autrefois quand elle faisait mine de ne pas l'entendre, qui annonçait toujours la colère.

Son père… Une lame glacée lui traversa le corps. En un éclair elle se revit là-bas, dans la brasserie de la rue de Lignéville, sa mère derrière sa loupe d'eau, acharnée à broder des agneaux pascals dans la percale, puis ce chiffre aux lettres entremêlées, *MAB*, pour son trousseau… À son retour à Vittel, elle était allée jeter un coup d'œil à cette maison à flanc de coteau, le long de la rue où s'alignaient les tombereaux d'orge à côté des chevaux écumants du relais de diligences. Elle l'avait revue sans émotion, comme si elle n'y avait jamais vécu, comme si ces lieux lui avaient toujours été étrangers. Seuls la voix du père, les regards de la mère lui étaient revenus, lointains, et la main de Léopold dans la sienne. Léo…

— N'est-ce pas ?

Le docteur Darriaud s'était levé, s'approcha de la Malie.

— Où êtes-vous, Marie-Amélie ? À Vittel, dans le cabinet médical de l'Établissement thermal, ou bien déjà à Tarascon, à la chasse aux casquettes ?

Elle leva les yeux vers lui. La profondeur de son regard le surprit, et la pâleur de son visage. Il hésita un instant, tira une chaise, s'installa à son côté.

— Que se passe-t-il ? Qu'ai-je dit, ou pas dit... fait, ou pas fait, qui vous trouble à ce point ? Pardonnez-moi si...

— Rien, docteur ! Soyez rassuré, rien !

— Si ! Je vois bien que quelque chose ne va pas. Je suis médecin, ne l'oubliez pas. C'est aussi mon métier de lire dans le regard du patient les douleurs qu'il ne sait pas toujours exprimer, ou qu'il ne peut pas.

La Malie se redressa, tourna la tête, fixa intensément les arbres du parc. Du bureau, par la fenêtre ouverte sur l'été, on entendait le bourdonnement régulier des abeilles dans les tilleuls en fleur. Des bouffées de miel et de rose entraient à flots, portées par un air tiède, agréable, paisible.

— Mais je ne suis pas votre patiente ! Je suis l'une des doucheuses de l'Établissement, et vous êtes mon patron.

Il avait glissé le livre dans sa poche, déchaussé ses binocles, vérifié du bout de l'index la bonne tenue de sa moustache.

— « Patron », « patron » ! Comme vous y allez ! Il n'y a qu'un patron, ici, Ambroise Bouloumié, le vôtre, le mien. Et nous sommes ses employés. Nous sommes collègues en quelque sorte ! Et vous avez même de l'avance sur moi dans la maison ! Je viens d'arriver, alors que vous, vous avez connu Monsieur Louis.

« Monsieur Louis » ! Depuis son retour, elle avait tout fait pour chasser ses souvenirs. Et voilà qu'en deux mots, et de sa voix de chanteur lyrique, ce médecin en tirait le fil. Pourquoi l'avait-il convoquée dans son bureau ? Elle n'y avait pas plus sa place que tous les autres employés de la station, du parc, des sources, ou de l'embouteillage. Son travail quotidien au-dessus de la cabine de douche ne justifiait pas un entretien particulier avec le médecin, chef du service. Perchée dès six heures du matin, elle orientait toute la journée le jet d'eau sur les curistes, les invitait à changer de position, visait telle ou telle partie du corps en fonction de la prescription médicale. Le soir, elle nettoyait les lieux, puis regagnait sa chambre dans les étages de l'Établissement dévolus au personnel. Parfois, quand la fatigue n'était pas trop prenante, elle passait sa robe noire, jetait par-dessus le châle de mariage de sa mère, en cachemire rouge, reçu à son départ pour le Carmel, redescendait, se mêlait aux buveurs dans le grand salon, où elle assistait au spectacle donné par une troupe de comédiens. Les débuts de ce théâtre avaient été laborieux. Les baladins de *L'Île du pélican*, en costumes de canotiers et de canotières très indécents, et dans des postures équivoques, l'avaient choquée, comme ils avaient choqué un grand nombre de spectateurs, dont le docteur Pierre Bouloumié et son frère Ambroise qui, dès les premiers jours de représentation, avaient dû dénoncer le contrat. La station avait été privée de théâtre pendant plusieurs semaines.

— À quoi pensez-vous, chère Marie-Amélie ?

À quoi pensait-elle en observant les tilleuls ? Des martinets en vol serré trissaient et déchiraient le ciel ; des cris d'enfants joyeux montaient de la pelouse ; on entendait un chien aboyer dans le lointain. Darriaud jouait avec ses binocles.

— Si j'ai tenu à vous voir aujourd'hui, chère Marie-Amélie, c'est parce que j'ai à vous parler de votre frère. Mais, avant, j'aimerais que vous me parliez de vous.

— De moi ? En quoi ma vie vous intéresse-t-elle ?

— On m'a raconté les funérailles de Louis Bouloumié, et votre… votre…

Il cherchait ses mots, ne les trouva pas, chaussa ses binocles, se pencha vers la Malie.

— Pourquoi avez-vous fait ça ?

— C'est un interrogatoire de police ?

Elle éprouvait subitement le besoin de se défendre. Que lui voulait cet homme ? Ce jeu avec les mots, ce regard par-dessus ses binocles, sa voix, et ce ton ! Elle ne voulait pas lui répondre. Pourtant, quelque chose de troublant l'y poussait. Impression d'entrer dans un piège dont il lui serait difficile de sortir, en même temps que désir de vider enfin un sac trop lourd à porter seule.

— Police ? Comme vous y allez ! J'essaie simplement de comprendre !

— Trois ans déjà !

Elle s'en voulait d'avoir répondu si rapidement, et de cette manière qu'il allait prendre comme un accord, elle en était certaine.

— Trois ans, en effet, mais on en parle encore. La preuve : je vous pose la question. Je suis là depuis peu de temps, alors j'ai besoin de me faire expliquer. Vous avez connu Monsieur Louis. Quel homme était-il ? Pourquoi s'est-il lancé dans cette aventure qui nous rassemble désormais ? Pourquoi ?

Elle se leva, s'assit sur un tabouret d'examen, face à la fenêtre, déterminée à lâcher la bonde. Il l'avait suivie, en tirant sa chaise, se replaça à côté d'elle. Alors, un flot dense de souvenirs déferla : la brasserie, son enfance entre une mère vivant dans la terreur chaque jour que Dieu faisait et un père violent, seulement préoccupé d'affaires pour paraître toujours plus grand, toujours plus fort, un père qu'elle avait vu si souvent lever la main sur sa femme et maltraiter ses employés.

— Des esclaves ! souffla-t-elle. Des esclaves ! Nous étions tous des esclaves : ma mère qui passait sa vie recluse, à broder à s'en crever les yeux pour ne plus le voir, mon frère qui trimait nuit et jour sans jamais un regard de soutien, et encore moins de gestes, les ouvriers qui pelletaient l'orge sur l'aire, qui touraillaient, roulaient les fûts, les chargeaient sur les charrettes, qui passaient leur hiver à tailler la glace dans les étangs voisins pour la stocker dans les immenses glacières de la brasserie… Des esclaves !

La Malie respirait court, parlait comme une automate. Le docteur Darriaud l'écoutait sans mot dire, son regard lié à celui de la femme, là-bas, sur l'horizon bleuté où dansaient les houppiers de grands chênes dans les harmonies de l'été.

Puis elle raconta cette décision du père de la marier, la présentation du promis, comte bourguignon vérolé mais futur procureur de l'empereur, et son refus du mariage arrangé avec cet homme-là dans le seul but de favoriser les affaires de la maison.

— M'accoupler avec un mâle de robe pour que mon père puisse faire de l'argent hors la loi !

La Malie s'était mise à trembler. Ses mains se nouèrent comme pour concentrer l'énergie dans ses paumes. Elle jeta un coup d'œil terrible vers Darriaud.

— Combien de femmes en sont réduites à ça : se vendre, tous les jours et partout, dans cette société où les hommes ne voient leur ventre que comme un jouet mécanique ou une tirelire, souvent les deux à la fois ? Combien ? Presque toutes ! Pas de quoi être fiers, messieurs !

La violence des mots et la dureté du regard de Marie-Amélie avaient cloué le médecin sur son siège. Il n'avait pas imaginé que la conversation pût prendre un tel tour. Il baissa la tête, retint son souffle, caressant lentement la couverture de *Tartarin*. Un long silence suivit, seulement griffé par les trisses des martinets.

— Un comte ! Faire de moi une comtesse ! Les opérettes, c'est sur scène que ça se joue, pas dans la vie ! Moi, c'était... le Polyte...

Elle murmurait, maintenant, comme si, par ses mots retenus, elle ne voulait plus réserver la suite qu'à elle-même.

— Heureusement, Monsieur Louis...

Elle se tut. Les cris des enfants dans le parc, les aboiements forcenés du chien, quelque part du côté du village, des sonnailles de vaches, plus bas, vers le Gros Buisson. Darriaud ouvrit *Tartarin*, le feuilleta, un œil sur sa voisine, l'autre sur des lignes sauvages dont il ne comprenait plus le sens. « Des chameaux déjà ! Les lions ne devaient pas être loin... »

— J'ai voulu travailler, pour échapper à ce... monstre, gagner le droit de vivre comme je le voulais. Monsieur Louis m'a engagée. J'avais seize ans. Au début, j'ai fait le service au pavillon des bains. C'est que le monde venait déjà de partout pour la cure de Grande Source, près de deux cents malades ! On n'avait pas le temps de se poser beaucoup de questions. Puis le régisseur m'a proposé, un jour, de m'essayer en salle de douches...

La Malie s'interrompit de nouveau. Elle paraissait accablée par le récit de sa propre histoire, sembla hésiter. Darriaud survolait les aventures du chasseur de casquettes, au hasard, d'une page à l'autre. « Les portefaix – pieds nus – sautaient de roche en roche avec des cris de singes. Les caisses d'armes... » Les lignes du *Tartarin* n'étaient plus que succession de signes incompréhensibles.

— C'est à ce moment que mon père m'exila au Carmel de Dijon. Oui, docteur, m'exila au Carmel !

Elle se tourna vers le médecin.

— Remarquez... c'était dans le ton, l'exil, sous l'Empire !

Son regard exprimait une telle douleur qu'il en fut troublé. Il referma le livre, le lança sur son bureau. Cela fit l'effet d'un coup de fouet sur le bois du meuble. Elle sursauta.

— Oui... J'y suis entrée le 1er septembre 1862, jour de la Saint-Gilles. Ne me demandez pas qui était ce saint... je n'en sais rien et je peux bien vous l'avouer, je m'en soucie comme d'une guigne ! Sept ans ! Sept ans à moisir entre Épiphanie et Avent, de matines dans la nuit glaciale jusqu'à complies dans la nuit d'après, à bredouiller les mêmes psaumes d'une semaine sur deux... « *Venite, et ascendamus ad montem Domini*[1]... »

Droite sur son siège, le visage baigné de lumière, très pâle, les mains toujours nouées, elle s'était mise à psalmodier. D'une finesse de cristal, sa voix, si fragile, à peine perceptible :

— « *Mens iam resurgat, torpida non amplius iacens humi*[2]... »

Le docteur Darriaud se sentit chavirer. Jamais il n'avait été bouleversé à ce point. Lui, le scientiste dont la foi habitait les seuls traités d'anatomie, de physiologie et d'hydrothérapie, sentait couler dans ses veines une curieuse onde de miel. Que se passait-il donc, là, dans ce cabinet, à côté de cette femme étrange dont le fil de voix semblait devoir se briser à chaque nouvelle syllabe ? Envie de la voir, de voir cette gorge qui exhalait une telle douceur. Il tourna lentement la tête vers elle, très lentement, inquiet à l'idée de rompre le charme. Alors il vit le profil marmoréen de la femme, et les perles d'argent sur ses joues. Elle ne chantait plus, ni pour elle, ni pour lui. Pour personne ! Silence.

— Que désormais l'âme se dresse !

Du bout des doigts, elle essuya ses larmes.

---

1. « Venez, et montons à la montagne du Seigneur... » Psaume de la troisième semaine de l'Avent.

2. « Que désormais l'âme se dresse, ne gise plus engourdie à terre... », *idem*.

— Elle s'est dressée, la mienne, ce matin du 21 octobre 1869, quand j'ai dit non à cette vie de taupe à laquelle mon père m'avait condamnée.

Elle avait repris sa voix dure et forte, appuyé sur « vie de taupe », dénoué ses mains, passé les doigts dans ses cheveux blonds très courts.

— C'est là-bas qu'on me les a coupés ! Je les garderai toujours ainsi, en souvenir de cette plaie de femme infligée par un homme que, pourtant, j'aime toujours puisqu'il est… mon père.

Elle se reprit :

— Il était…

— Comment pouvez-vous l'aimer encore, s'il est ce que vous dites ? Peut-on aimer son bourreau ?

Elle leva les mains en signe d'impuissance.

— Il était mon père, et le sera toujours, pour l'éternité.

Derrière les tilleuls bourdonnants, la crête bleue de Châtillon virait au mauve.

— Il est mort, mon père. Léonce Bouvier ! C'est Léo qui m'a raconté, mon frère. Je n'en ai rien su, à l'époque. J'étais au Carmel. Les saisons 1865-1866 avaient été désastreuses : peu d'orge et de mauvaise qualité, nouvelles poussées de choléra, concurrence de la Samaritaine, idées sociales d'Émile Ollivier et ses lois enfin favorables aux petits. Les ouvriers en avaient assez de se faire insulter à longueur de temps. Un jour, ils ont posé les pelles, les cribles à dégermer, ont cessé de rouler les fûts, refusé d'atteler les chevaux, se sont assis sur des sacs le long de la rue de Lignéville. Il était devenu fou furieux, mon père ! D'autant que les passants les voyaient là, que les plus courageux s'arrêtaient pour parler avec eux, des curieux que mon père chassait à coups d'insultes et de menaces. Pour la première fois, on jasait sur son compte au village. Jusqu'à Contrexéville, qui commençait à regarder de travers la voisine Vittel, ce trou à fumier qui avait maintenant la prétention de se prendre pour une station thermale ! Là-bas, on cognait sur tout ce qui bougeait, ici, surtout sur les blessés de la vie. Et le Léonce Bouvier était le parfait bouc émissaire. La revanche des roquets ! Pensez donc : le brasseur que tout le monde, une semaine plus tôt, craignait encore pire que la peste et le choléra réunis, la grande gueule qui savait tout, avait tout vu, pouvait tout… malmené par ses propres ouvriers, des pauvres bougres en survie grâce à lui, mais qui osaient lui tenir tête ! Il ne pouvait plus faire un pas, mon père, sans apercevoir des sourires ironiques, sans entendre des mots lâchés de loin, de très loin, mais assez fort pour qu'ils arrivent jusqu'à lui. Quand la meute tient un cadavre…

La Malie s'arrêta un moment. Quand elle disait « Mon père », sa voix prenait une curieuse résonance de fond de poitrine, plus grave, plus onctueuse. Elle se rajusta sur son tabouret d'examen. D'un geste, le médecin lui proposa son fauteuil de bureau, qu'elle refusa. Elle semblait se demander s'il valait la peine qu'elle poursuivît son récit, hésita, se passa une nouvelle fois les doigts dans les cheveux. Geste lent, d'une rare élégance. Il la voyait de profil. La trouva belle, très belle !

— C'est Léo qui l'a trouvé, un soir, pendu à une poutre de la malterie. Les gars étaient encore dans la cour, à fumer et à boire en saluant les derniers passants. Il les a appelés, s'est assis sur un sac d'orge, les yeux sur la flaque de merde que mon père avait lâchée dans ses chausses au moment de mourir. La vue du corps au bout de sa corde les a foudroyés. Léo leur a demandé de l'aide. Ensemble ils l'ont décroché. Ils étaient devenus verts. L'un d'eux, le plus petit de tous mais de loin le plus ardent au travail, celui sur qui mon père tombait toujours pour les sales boulots de nettoyage dans les cuves, s'est mis à dégueuler tripes et boyaux dans le malt. On ne l'a jamais revu.

Le ballet aérien des martinets avait cessé. La côte de Châtillon s'était repeinte au bleu de Prusse. Des traces de nuit se faufilaient déjà dans les tilleuls en fleur. Le parc s'assoupissait lentement.

— Pendu… comme un paysan, mon père… lui qui se prenait pour un prince… qui voulait faire de moi une comtesse ! Même pas une balle dans la tête ! La mort aurait été plus propre !

Elle murmurait maintenant, comme fatiguée. Son dos s'était voûté. Dans les dernières lueurs du jour, son visage paraissait d'ivoire. Elle reprit, d'une voix lasse, en soupirant :

— Voilà ! Ma mère n'a pas voulu rester dans cette maison maudite. Mon frère l'a placée dans une pension, en Franche-Comté. Pour payer, il a vendu la brasserie à monsieur Bourgogne. Le fonds ne valait plus rien. Mais les murs, les meubles, les machines, les caves… Il a placé l'argent chez un notaire qui sert une rente à vie à ma mère. Elle est désormais tranquille. Quant à lui…

Darriaud l'interrompit.

— Il a un travail sérieux, ici, à l'Établissement : en charge de la chaufferie. Dommage qu'il le gâche par ses habitudes de boisson. Il boit de l'eau, certes, mais toujours coulée sur le sucre et mélangée à l'absinthe. Il devrait être plus raisonnable. Si vous pouviez…

— Il fait ce qu'il veut, mon frère, ce qu'il peut, surtout ! Il sait qu'il peut compter sur moi, mais pas pour lui dicter son comportement. Il a trop souffert, comme moi !

— Ce que j'en disais…

Elle se tourna vivement vers lui, le fixa fermement.

— Quant à moi, deux jours après mon retour, je me suis présentée à l'église Saint-Rémy pour les funérailles de Monsieur Louis, pour bien montrer que j'estimais cet homme qui m'avait fait confiance à l'époque où j'avais voulu vivre ma vie de femme responsable. Il avait été pour moi d'une grande générosité, comme avec toutes celles et tous ceux qu'il avait choisis pour travailler avec lui. Ses idées étaient celles d'un humaniste, cher docteur, d'un humaniste ! J'ai voulu lui rendre hommage. Je l'ai fait aussi pour que chacun se rende bien compte que la fille du Bouvier n'a pas honte de ce qu'elle est, une défroquée, ni d'être la fille d'un tyran, encore moins d'un suicidé dont on a jeté le corps par-dessus le mur du cimetière ! Que voulez-vous… l'Église ne veut pas qu'ils passent, ceux-là, par son grand portail !

La Malie défiait l'homme. Elle se dressait sur son tabouret d'examen, calme et droite comme les cavaliers de Saumur qu'elle avait vus à la manœuvre, quelques jours plus tôt, du côté de la Tuilerie.

Dieu, qu'elle est belle ! pensa Darriaud. Dieu…

— Et ce Polyte dont vous avez cité le nom tout à l'heure ?

Le regard de la femme s'assombrit. Elle était encore plus belle ainsi, douloureuse et farouche.

— L'homme que j'ai aimé, que j'aime, que j'aimerai toujours. Est-ce clair ? Voulez-vous en savoir davantage ?

— C'est que... je ne voudrais...

— Hippolyte Marmillot, fils de paysan, paysan lui-même, au Petit-Ban, trop pauvre, trop bas, trop petit pour un empereur des brasseurs qui voulait faire de sa fille une comtesse ! Son père Aloïse mort, il a vendu le reste de ses terres à monsieur Louis Bouloumié, puis...

Elle ravala sa salive.

— Il est parti au Canada retrouver les Lorrains déportés là-bas par le « diable rouge » voilà plus de deux siècles !

— Le « diable rouge » ?

— Richelieu, si vous aimez mieux. Dieu seul sait si on le reverra un jour.

— Le diable ?

Elle se mit à rire, d'un faux rire qui trahissait une vraie douleur.

— Non, pas le diable, qui est partout, mais... mon Polyte !

La Malie se leva. Elle se tenait debout à côté de lui. Il était toujours rivé à sa chaise. Il respirait son parfum de femme.

— Alors, où en est-il, votre chasseur de casquettes ?

Elle avait pris un ton enjoué, comme pour se débarrasser des scories de ses confidences.

Un léger vent s'était levé, qui portait les trilles du dernier merle. Darriaud prit une grande inspiration. Pour toute réponse, il lui glissa la main sous la jupe, entre les cuisses.

La Malie eut soudain la redoutable et douce impression qu'une langue de métal brûlant la pénétrait.

6

Septembre 1873

Dans un coin du café des Halles, chez le Jean Hubert, accoudé devant son verre, surveillant la tombée goutte à goutte de l'eau sur le sucre, puis dans l'absinthe où se dessinaient d'étranges arabesques verdâtres, Léo écoutait les furieux échanges. Il s'était juré de ne plus jamais boire une gorgée de bière de sa vie. Il en était à sa deuxième fée verte [1].

Autour de lui, on s'agitait, on gesticulait, on s'empoignait.

Pourtant, la mort de Napoléon III en Angleterre, le 9 janvier, pendant ses préparatifs de retour sur le trône impérial, semblait avoir mis un terme aux errements politiques de ce dernier quart de siècle. Mais on avait encore du mal à se croire entrés enfin en République.

Le sang ouvrier et patriote versé durant la Commune coulait encore à flots dans les consciences. Comment oublier la Semaine sanglante, les tribunaux d'exception, les pelotons d'exécution du Père-Lachaise, les déportations massives ? On venait encore d'embarquer, le 24 août, à La

1. L'absinthe.

Rochelle, sur la frégate pourrie la *Virginie*, un troupeau de six cent cinquante femmes, hommes et enfants, à destination du bagne de Nouvelle-Calédonie, des gens qui avaient croupi dans les prisons versaillaises pour avoir trop aimé leur pays, et haï l'alliance abjecte de Thiers avec Bismarck ! Des centaines de Français, à fond de cale, dans des cages grillagées, nourris d'un quignon de pain et d'un pot d'eau saumâtre, que les nouveaux maîtres du pays espéraient bien voir disparaître au large sous le premier grain. Parmi eux, le journaliste de *La Lanterne* Henri Rochefort [1] et une certaine Louise Michel, femme révulsée à l'idée qu'une prison pût remplacer l'école dans cette société qu'elle voulait juste et respectueuse de tous.

Chez le Jean Hubert, entre deux parties de cartes, on commentait les nouvelles du *Petit Journal*.

La démission de Foutriquet [2] et l'entrée de Mac-Mahon à l'Élysée échauffaient les esprits. Ne rêvait-il pas, ce maréchal au nom bizarre, dont la réputation s'était bâtie dans les massacres d'Algérie, ce duc de Magenta qui se prétendait descendant des rois d'Irlande, de rétablir la monarchie en France ? Entre deux hurlements, on levait le coude, on descendait de grandes chopes de bière Samaritaine, on liquidait d'imposants canons de vins du Montfort, et on s'affrontait, d'un côté les rares soutiens des

---

1. Henri de Rochefort-Luçay, dit Henri Rochefort, journaliste et homme politique français, fondateur des journaux satiriques *La Lanterne*, puis *La Marseillaise*.

2. Surnom de Thiers dans les classes populaires.

perruques poudrées, de l'autre les nostalgiques d'un empire glorieux, avec au milieu, timides, les républicains peu en verve en ces temps de machines infernales lancées à tout bout de champ par les anarchistes. En fond de salle, les Vittel, bonapartistes et républicains, échaudés depuis près de mille ans par l'affrontement entre les ducs de Lorraine et les dames nobles de Remiremont ; au comptoir, à deux pas de la sortie pour s'éjecter en cas de surchauffe, quelques Contrex, vieux habitués amoureux du coup de rouge et des joutes verbales, au royalisme stimulé par la proximité avec les têtes couronnées du monde entier venues de toute éternité se faire dégorger les canalisations internes à leurs sources.

— Le train à vapeur à Vittel… quoi encore ? Que le pape vienne y donner sa bénédiction, à vot' Boumié ?

Plutôt bûcheron des monts Faucille qu'ouvrier tailleur de cristallerie, perché sur un tabouret, un grand gaillard se cramponnait au comptoir. Devant lui, un impressionnant alignement de chopes vides.

— Loumié ! corrigea un Vitellois qui avait répondu sans même lever la tête. Atout, ratatout et dix de der !

Claquement sec des cartons sur le tapis.

— Bon… ouais… Loumié ! Nous, à Contrex…

À la table des joueurs, on levait le coude, s'essuyait la moustache d'un revers de manche, rebattait les cartes, distribuait un nouveau jeu.

— Bouloumié !

— Quoi… Bou… loumié ? Qu'est-ce que t'veux enco', toi ?

Le bûcheron vacillait contre le zinc, fit signe au Jean Hubert de lui en servir une autre. La casquette sur la nuque, il suait à grosses gouttes. À trois mètres, on avait la gorge rêche de tabac et de son âcre fumet de musc et de suint. Il flottait dans l'air des effluves de bière rotée et des relents d'étable.

— Bou-lou-mié ! C'est son nom... nom de Dieu, s'énerva le dix de der. Tu peux pas fermer ta grande gueule, de temps en temps !

— Si t'allais la ramener à Contrex... non ? fit un autre. J'sais, y a pas not' bière, là-bas ! Y a rien, d'ailleurs, à part votre Souveraine qui fout la chiasse ! Mais tu nous reposerais les oreilles, tu comprends !

— La, quoi... qui... quoi ?

Le bûcheron avait tenté un demi-tour sur place. Il faillit basculer, se rattrapa de justesse au comptoir.

— T'as dit... quoi ?

L'eau ne gouttait plus. Le sucre était fondu. Léo tourna lentement son verre, pour mélanger les nuances de brouillard verdâtre. La fée verte était bien au rendez-vous, profonde, mystérieuse, troublante. Il la buvait des yeux avant de se la glisser dans le gosier.

— Pis l'autre, là-bas, qui dit rien ! T'es d'où, toi... dis 'oir... t'es d'où ? T'es de Contrex... ou de ce trou de merde ?

Sa moustache dégoulinait de mousse. Il postillonnait à tout va. L'un des joueurs se leva, marcha vers lui, sa canne à la main.

— Bon...

Le bûcheron se laissa tomber de son piédestal. Ses sabots sonnèrent sur le plancher comme un coup sur un tonneau vide. Il avait levé une main crasseuse et tremblante.

— Bon... J'vas pisser... pis... j'fous mon camp !

Il tituba jusqu'au fond de la salle, abandonna ses sabots près de la porte, sortit vers les cabinets sur ses chaussettes russes.

Le Jean Hubert tira aussitôt de derrière son comptoir un sac de clous, des tenailles, un marteau.

— On va bien rigoler, les amis ! Vous allez voir...

Une chope et une partie de belote plus tard, l'homme réapparut. Léo observait les gouttes d'eau sucrée tombant sur sa troisième absinthe.

— Attention, le v'là !

Chausses maculées jusqu'aux genoux, le bûcheron fit irruption dans la salle, heurta le chambranle, chercha l'appui du mur qui semblait lui échapper, enfila un pied, puis le deuxième dans les sabots, voulut faire un pas. Impossible ! Il prit soudain un air ahuri, lança un regard de détresse à l'assemblée, lâcha le mur, vacilla, se prit une jambe à deux mains, voulut la soulever comme il l'aurait fait d'une bûche, la relâcha, se prit l'autre, tira de toutes ses forces en meuglant, se redressa, poussa un cri qui fit vibrer les vitres et se retourner les promeneurs du Petit Vair. De sa niche sous l'escalier, Léo suivait la manœuvre derrière ses vapeurs de fée et la fumée des pipes.

— Appelez un médecin... nom de Dieu ! hurlait le pochetron. Vous voyez bien que mes jambes veulent plus marcher ! Elles sont devenues raides... Vite !

— Ta femme aimerait mieux que ce soit autre chose ! lança à la cantonade le Jean Hubert en alignant ses verres sur l'étagère, tandis que le maître belotier rebattait les cartes.

— Vite ! Nom de Dieu ! Un médecin ! Mes jambes veulent plus marcher ! J'suis malade, nom de Dieu ! Vous voyez pas que j'vais crever ? C'est une attaque de la tête ! Mes jambes répondent plus ! Vite...

La salle entière était pliée en deux de rire.

— T'as qu'à aller voir tes médecins de Contrex !

— Et boire ton eau d'là-bas ! Il paraît qu'elle déparalyse !

Alors le Jean Hubert annonça qu'il offrait une tournée générale.

Au même moment, à l'Établissement thermal, la Malie venait de faire son entrée dans le bureau du docteur Darriaud.

Le cou pris dans son col de celluloïd que cerclait une cravate noire négligemment nouée, le cheveu lissé juste comme il fallait, un peu fou sur les oreilles, il avait belle allure, le disciple d'Hippocrate, savant et poète à la fois. Mais ce tantôt, son air sombre, ses narines pincées, ses grognements répétés lui donnaient une allure de chien hargneux.

Il allait et venait de son bureau à la bibliothèque, de la bibliothèque au bureau, les mains dans le dos, les besicles sur le bout du nez, faisait une halte devant la fenêtre grande ouverte que consumait l'incendie des tilleuls.

L'automne était en avance. Il avait déjà semé les colchiques au petit bonheur des prairies, donné les premiers champignons de prés, tendu ses voiles de tulle sur les ronciers du Gros Buisson où mollissaient les dernières mûres. Le parc sentait l'humus et la rose, le champignon et le crottin. Hier encore, le médecin se passionnait pour la couleur du drapeau national que le comte de Chambord voulait blanc comme celui des vieux rois, au désespoir des monarchistes, qui avaient déjà accepté des républicains les trois couleurs unies dans le sang du peuple. Mais, depuis quelques minutes, il avait tout oublié, tout perdu, des éléments les plus fondamentaux d'anatomo-physiologie jusqu'aux préceptes les plus sacrés de son serment d'Hippocrate.

— Comment peux-tu penser que...

Il s'était tourné vivement vers la Malie.

— Je viens de te le dire ! Voilà deux mois que je ne... souille plus ! Et, maintenant, chaque matin, au lever, je vomis des humeurs, de la bile, de l'eau acide, alors que je n'ai encore rien mangé ni bu !

— Et quelles sont tes conclusions ?

— Tu en as de bonnes ! C'est toi le médecin, il me semble. Je te dis ce que je vis. À toi de me dire ce que ça signifie ! répondit-elle sur un ton qui ne souffrait ni contestation, ni question supplémentaire.

Il cessa brusquement de jouer les chevaux de bois, la regarda plus attentivement. Elle avait maigri. La fatigue dessinait des cernes bleuâtres sur son visage ivoire. Elle le fixait intensément. Il en fut frappé.

— Alors, tu serais...

Il lui tourna le dos, se planta devant la fenêtre, ne finit pas sa phrase. La Malie se cala bien au fond du fauteuil, les mains sur les accoudoirs, comme en consultation. Les mots s'étaient suspendus entre eux, plus douloureux encore que s'ils avaient été prononcés. Darriaud se racla la gorge plusieurs fois, à petits coups secs. Elle voyait trembler ses longues mains fines dont elle connaissait si bien la caresse.

Un silence à couper au couteau engluait le bureau du docteur Darriaud.

La Malie promenait son regard sur les reliures des livres serrés dans la bibliothèque. De loin, elle essayait d'en lire les lignes d'or sur le cuir ciré : Baron Alibert, *Monographie des dermatoses*... Ioannes Agricola, *De Helotide sive Plica Polonica*...

— Que penses-tu faire ?

En deux enjambées, Darriaud avait rejoint la Malie. Il se tenait face à elle, sa silhouette découpée au ciseau sur le cadre de lumière mauve du parc. Tout près de la fenêtre, un merle lançait son chant du soir auquel répondait un autre merle, loin vers la forêt. L'alignement des reliures luisantes avait quelque chose d'apaisant. Tout paraissait à sa place dans ce meuble, sa juste place, définitivement rangé, pour les siècles des siècles...

— Je t'ai posé une question !

Pour la première fois depuis leur première rencontre, le ton du médecin était brutal. Jamais il ne lui avait adressé la parole aussi sèchement. Planté devant elle, les mains dans les poches du pantalon, les pieds légèrement écartés, il avait l'air d'un chasseur devant son tableau de la journée. Jean Astruc, *L'Art d'accoucher réduit à ses principes*...

Marie-Amélie se mit à rire, d'un rire nerveux, sec, cristallin, qui agaça aussitôt l'homme.

— Ce n'est pas le moment de rire, ma chère ! Pas du tout ! Te rends-tu compte de la réalité de la situation ? Tu es célibataire, seule, employée dans mon service et... enceinte !

Il avait marqué un temps d'arrêt, hésité avant de lâcher ce « enceinte ». Il poursuivit aussitôt :

— Ancienne carmélite, en plus ! Moi, médecin établi, de bonne notoriété, je serais l'auteur présumé de ta grossesse ! Moi... marié !

Darriaud était retourné s'installer à son bureau, dans la position du professionnel consultant. Il avait laissé tomber ses besicles, tiré sur ses manches pour en faire apparaître les poignets ornés de boutons d'améthyste. Du revers de la main, il chassait de ses dossiers d'improbables grains de poussière.

« Je serais l'auteur présumé... » Un froid glacial avait subitement saisi la Malie. Elle frissonna, détacha son regard des reliures anciennes. De sa mère, elle avait appris à rentrer la tête dans les épaules, le temps que passe l'orage, et à dissimuler son trouble.

Le parc glissait lentement dans une nuit bleue toujours saluée par les merles qui échangeaient leurs trilles. Une douce fraîcheur baignait maintenant le cabinet. La Malie n'avait pas bougé. Elle respirait lentement, profondément, tentait de chasser de sa tête les mots « serais l'auteur présumé ».

Accoudé à son bureau, le médecin s'était pris la tête dans les mains. Il paraissait plongé dans une profonde méditation. De temps en temps, un soupir soulevait ses épaules. L'améthyste du poignet gauche lançait son dernier éclat du jour. La Malie jeta, comme une pierre dans le Vair, pour voir ses ronds dans l'eau :

— Sais-tu que Daudet publie un nouveau livre, les *Contes du lundi* ? Il paraît que Tarascon...

— Est-ce bien le moment de parler littérature ? N'as-tu pas à me dire autre chose que des foutaises ?

Si elle avait appris de sa mère à rentrer la tête dans les épaules, elle avait aussi découvert en elle, seule, les moyens de la relever et de faire front. Elle martela :

— C'est toujours le moment ! Forcer l'esprit à s'ouvrir quand il a tendance à se fermer est toujours salutaire. Ça, vois-tu, c'est le Carmel qui me l'a enseigné ! Alors, pourquoi pas avec les « foutaises » de Daudet ? C'est toi qui me les as fait connaître, souviens-toi.

Il avait joint les mains. Prière, ou effort pour contenir sa colère ? La Malie entendit une sorte de grognement qui l'aurait amusée si l'atmosphère n'avait pas été aussi tendue. Elle profita de son avantage :

— Et toi, que penses-tu faire ?

Il ne s'y attendait pas, reçut le coup de poing de la riposte en pleine face. Parut pétrifié. Sa cravate couleuvrait sur le plastron, prête à l'étrangler. Il tendit la main, saisit un briquet, souleva l'abat-jour d'une lampe, alluma la mèche, reposa le briquet en silence. La lumière naissante lui faisait un teint olivâtre.

— D'abord... qu'Ambroise Bouloumié n'en sache rien, ni sa famille, ni ses collaborateurs, ni le médecin-inspecteur de la station, mon confrère Patézon, ni... tes collègues !

Il parlait d'une voix blanche, sur un rythme saccadé qui n'était pas le sien d'ordinaire.

— Je ne sais comment il prendrait la nouvelle ! Pour toi surtout ! Moi...

Le « toi surtout ! » sonnait comme une cloche fêlée. Darriaud avait failli se nouer la langue en le prononçant. Il regardait fixement la flamme dansante derrière l'abat-jour.

— Moi…

Il cherchait davantage les idées que les mots, balbutiait. Lui, d'habitude si sûr de lui, si péremptoire, si académique.

— Moi… ensuite… que ma femme…

Soudain, il planta ses yeux dans le regard de la Malie.

— Et si… Et si tu le faisais passer ?

Il donnait subitement l'impression d'avoir découvert LA solution dans la flaque dorée de lumière coulée sur son bureau.

— Rien de plus simple ! Je connais du monde qui peut… sans problèmes, sans risques, en toute pratique scientifique et rigoureuse. Tu peux me faire confiance. C'est un acte médical comme un autre, qu'on pratique maintenant dans les meilleures conditions ! En quelques heures, tu es libérée, tu reprends une vie normale, parfaitement normale, comme si rien ne s'était passé ! Je connais… pas ici, mais à Paris… dans la plus grande discrétion et avec toutes les garanties. Faire attention que monsieur Pierre Bouloumié n'en sache rien, par exemple, ni son entourage ! De son poste de médecin aide-major de première classe à l'hôpital Saint-Martin de Paris, il a gardé de bonnes relations là-bas, qu'il ne faudrait pas choquer. Il suffit que je t'organise le voyage. Tu peux compter sur moi. Nous dirons que tu es allée voir ta mère, en Franche-Comté, deux ou trois jours, un peu plus si tu veux te reposer et découvrir Paris, faire quelques emplettes. Je connais des boutiques qui te plairont, j'en suis sûr. Ne te fais pas de soucis, je prends tout en charge, aussi bien l'intervention médicale que le voyage, le séjour, et les cadeaux que tu aurais envie de te faire. Au Printemps, par exemple... tu sais, la nouveauté près de la gare Saint-Lazare ! Quel bonheur de se balader dans ce grand magasin ! Incroyable ! Le Printemps ! Tu pourras y acheter la fameuse Marie-Blanche créée spécialement pour ses clientes de classe, un taffetas de soie noire qui fait fureur là-bas. Il conviendra bien à ton teint !

Il poussa un soupir d'apaisement.

— Je t'y vois déjà !

La Malie avait subi le déferlement sans bouger un cil. Il avait murmuré ses dernières phrases, pour se méfier des oreilles que pourraient bien porter certains murs. Elle affichait un sourire étrange. Il fut soudain pris d'un doute.

— Tu vois ce que je veux dire ? Le faire passer...

Elle voyait.

— Tu vois ?

Elle voyait si bien qu'une violente nausée la fit chavirer. D'un bond Darriaud se jeta sur un placard, en tira un haricot qu'il lui tendit. Elle y vomit tripes et boyaux. Dans sa précipitation, il avait heurté l'angle de son bureau ; la lampe avait basculé, s'était éteinte ; il la redressa vivement ; du pétrole avait commencé à couler, qu'il essuya d'un coup de chiffon. La pénombre donnait à sa silhouette des allures monstrueuses.

Les spasmes s'étaient calmés. Dans le rectangle de ciel mauve, le parc était devenu lac de silence. Seule une chouette, perchée quelque part vers le haut de la Prêle, interpellait la nuit naissante. La Malie releva la tête. Le médecin vit les larmes sur ses joues, les coulasses d'humeurs biliaires à son nez, ses lèvres, son menton, lui tendit son chiffon. Elle s'essuya dans les remugles âcres du pétrole lampant.

Des voix, sous la fenêtre, d'hommes. On parlait stuc, échafaudage, plâtre et peinture... On disait aussi qu'elle serait bonne, la chope chez le Jean Hubert, après une telle journée... Les ouvriers qui travaillaient aux transformations de l'hôtel de l'Établissement, sans doute.

Darriaud avait donné du briquet, rallumé la lampe dont la flamme filait maintenant droit vers le plafond. Une lumière vive éclaboussa la pièce. Il fit un pas vers la Malie. Le regard de la femme le transperça.

— Jamais !

Elle l'avait dit d'une voix rauque, rabotée par les acides du vomi. Il en fut frappé.

La chouette, vers le haut de la Prêle...

— Jamais ! Tu m'entends... jamais !

Ils restèrent un long moment immobiles et silencieux, elle assise dans le fauteuil face à la nuit, lui debout, bras ballants, rongé à main droite par la lumière crue de la lampe.

Un coup retentit. Quelqu'un ouvrit la porte. Une tête apparut.

— Excusez-moi, excusez-moi ! J'ai vu de la lumière... j'ai cru que vous aviez oublié d'éteindre votre lampe, docteur. Mille excuses ! Bonne soirée !

Le père Ciry, régisseur de la station, était homme de grande conscience professionnelle et de discrétion. Il se retira, ferma la porte avec mille et une précautions.

— Crois-tu qu'il t'ait reconnue ?

La Malie haussa les épaules, se leva.

— Jamais !

La fraîcheur du parc lui fit du bien. Elle marcha longtemps du pavillon des Demoiselles à la source Marie, le long de la galerie-promenoir, aspirant les airs du soir à pleines goulées. À chaque pas, elle tentait de chasser les mots de Darriaud qui lui taraudaient la tête.

Une légère vapeur ondulait son voile argenté sur la pelouse.

La Malie s'assit sur un banc, au milieu de rosiers couverts de fleurs au parfum suave. Les tilleuls perdaient leurs premières feuilles. Elle posa les deux mains à plat sur son ventre, s'insurgea.

— Te faire passer ? Te faire...

Un courant de bile lui brûla la poitrine.

— Jamais ! Quoi qu'il arrive ! Je te le jure... jamais !

Des fenêtres grandes ouvertes de l'hôtel de l'Établissement, à deux pas de là, jaillissaient des flots d'applaudissements. Après le repas, les buveurs avaient rejoint le grand salon ; ils en étaient aux divertissements, s'amusaient à déclamer des vers, résoudre des charades, jouaient des saynètes, se mettaient en scène les uns les autres. Des plaisanteries fusaient, des rires cascadaient que ponctuait un piano. Jusque dans le parc, la fumée des cigares cubains, les arabesques de patchouli rivalisaient avec le parfum des roses. Soudain, une voix de femme monta, légère et transparente :

Ô mon cher amant, je te jure
Que je t'aime de tout mon cœur,
Mais, vrai, la misère est trop dure,
Et nous avons trop de malheurs... [1]

La Malie se leva d'un bond. Dans l'allée qui menait à son logement des communs, sous la route de Norroy, elle rattrapa une silhouette à la démarche chaloupée. L'homme avançait péniblement, balançait de droite à gauche, titubait, s'appuyait contre un arbre, reprenait son chemin en battant l'air de ses bras comme des ailes de moulin. Elle l'entendit bougonner, allongea le pas, parvint à sa hauteur, le reconnut... Léo !

Au même moment, sous le regard torve de vaches occupées à ruminer, un bûcheron de Contrexéville aux chausses puantes tentait de sortir du fond de Jonchure en traînant sur la route ses sabots troués.

— Salauds de Vittel ! Va ! Sal...

---

1. *La Périchole*, opéra bouffe de Jacques Offenbach, créé le 6 octobre 1868 au théâtre des Variétés à Paris.

7

Mars 1874

— Si tu crois que c'est facile pour moi !

Confortablement installée dans un fauteuil, Apolline feuilletait son *Petit Journal*. Depuis qu'elle s'était passionnée pour « l'affaire Troppmann », cinq ans plus tôt, cette feuille à un sou lui était devenue aussi indispensable que le laudanum pour ses perpétuels maux de tête. L'affaire Troppmann : sept cadavres, une femme et ses six enfants tassés dans une fosse creusée près de Pantin et découverte dans les jours suivants par un paysan. Au même moment, le corps du mari et père des victimes, l'industriel roubaisien Jean Kinck, était retrouvé en Alsace. Une famille entière massacrée par un même assassin qu'avait activement recherché pendant plusieurs semaines Antoine Claude, chef de la Police de sûreté. On avait soupçonné l'ouvrier alsacien Jean-Baptiste Troppmann d'avoir tué au service de la Prusse ! Kinck serait tombé sur des documents secrets révélant la stratégie prussienne d'invasion de la France. Troppmann, qui aurait fait partie d'un réseau d'espionnage enraciné dans les Vosges et en Alsace, aurait été chargé par ses commanditaires prussiens de récupérer lesdits documents et d'éliminer celles et ceux qui en avaient eu connaissance. L'affaire avait pris un tour mystérieux et rocambolesque. De septembre à décembre 1869, on avait vu Troppmann partout, mais on n'avait pu le saisir nulle part !

Le feuilleton avait passionné la France. Les foules étaient venues de très loin pour voir la fosse de Pantin ; on avait monté tout autour une fête foraine qui occupait les enfants pendant que les parents donnaient dans le pèlerinage morbide, construit des baraques à frites et des guinguettes de toile et de bois sur les lieux mêmes des fouilles. « L'affaire » en avait amorcé d'autres, juteuses. *Le Petit Journal* en avait fait son fonds de commerce. Mais, le 19 janvier 1870, le filon d'or brut avait été tranché en public par le couperet de la guillotine, en même temps que le cou d'un homme. Antoine Claude avait réussi à arrêter le fameux Troppmann, au Havre, juste avant son embarquement pour les Amériques. L'empereur graveleux avait félicité et promu son chef de la police. Alors, on avait démonté les manèges de Pantin, chamboule-tout, chaloupes de balançoires rouges et blanches, baraques à frites et guinguettes, rebouché la fosse. L'espion avait été raccourci sans pour autant faire taire les partisans d'une guerre sur le Rhin voulue par les proches de Napoléon III, sa femme l'impératrice Eugénie en tête.

Proximité avec Vittel, l'Alsace et les Vosges ayant été en première ligne de l'actualité durant plusieurs mois ? Apolline s'était prise de passion pour cette affaire qu'elle avait dévorée semaine après semaine dans son *Petit Journal*.

Née de Lussac-Poitrenaud dans un hôtel particulier de Paris, bien que très attachée à son rang, elle avait vendu son âme d'aristocrate à la presse de roture pour suivre au plus près les pérégrinations d'un assassin. Dans ses articles, elle avait suivi le feuilleton, de Pantin à Épinal, et de Strasbourg au Havre, s'était amusée des errements de la police, avait vibré sur les talons du passe-muraille en oubliant l'horreur de ses meurtres, n'éprouvant aucune compassion pour ses victimes. Elle avait presque regretté son arrestation, pleuré sa décollation, qu'elle avait ressentie comme un outrage à la vie et une vengeance des petites gens sur l'exceptionnelle grandeur, même criminelle.

Depuis, elle lisait attentivement *Le Petit Journal*, aussi bien pour se meubler un temps d'inaction infinie que pour tenter d'oublier la sécheresse de son ventre de femme.

— Quand je te vois, là, ainsi… c'est un vrai crève-cœur, sais-tu… Tu le sais ?

Elle avait levé le nez par-dessus le journal. La Malie n'avait pas bougé d'un cheveu.

Elle avait tout tenté, Apolline, pour que la vie éclose enfin en elle. Avoir un enfant ! De la pierre grattée de la statue de saint Greluchon à Bourbon-L'Archambault, dont elle avait bu la poussière dans une coupe de vin blanc, aux dévotions à la déesse Rosmertha, sur la colline de Sion, à son arrivée en Lorraine, en passant par les frottements de ventre et de poitrine contre le menhir de Kerampeulven, près de Morlaix, au cœur de la Bretagne profonde, les ablutions sur la margelle ruisselante de Saint-Julien-le-Pauvre à Paris, les relations conjugales consenties au plus proche des menstrues et suivies d'un repos couché de quarante-huit heures pour bien garder les semis mâles... rien n'y avait fait ! Son ventre était resté aussi plat qu'une vieille sole. « C'est peut-être toi, mon ami, qui ne vaux rien ! » avait-elle lancé un soir d'intense refoulement des pulsions maternelles à son médecin de mari. Darriaud avait reçu la gifle sans broncher. Il en avait conçu envers sa femme une sorte de colère sourde et de dégoût qui l'avait longtemps tenu éloigné de la couche matrimoniale. « Ce n'est pas ainsi que nous y arriverons, mon cher... à nous regarder de loin, sans nous toucher ! Peut-être tes patientes sont-elles plus séduisantes et fertiles que ta malheureuse épouse ! » rabâchait-elle de plus en plus souvent entre deux articles sensationnels du *Petit Journal*. Il ne répondait rien.

Puis elle s'était couverte de dentelles, arrosée de parfums exotiques, relevé le chignon, dégageant la nuque semée de doux duvet blond, noué au cou un camée déniché Dieu seul savait où, à l'effigie d'un faune barbu et cornu, montée sur bottines à talons qui lui mincissaient le mollet et lui cambraient les reins. On la remarquait dans les rues de la station, l'admirait au club de whist, la désirait partout où passait son ombrelle. Souvent, des hommes seuls prenaient son sillage dans les allées du parc pour le plaisir de la respirer tout leur soûl et de se chatouiller l'émotion.

Darriaud avait fini par succomber, revisitant ardemment la couche conjugale, y retrouvant même du plaisir. C'est qu'elle avait décidé de s'activer, la mâtine, prenant postures et poses avant la fête des corps, des positions pendant, qu'il n'avait jamais connues, encore moins expérimentées, même durant les fêtes de carabins ! Après, elle se lovait contre lui avec des langueurs de chatte, en attendant que se produisît, enfin, dans ses entrailles, le Miracle !

Une nouvelle période d'indifférence avait suivi, ponctuée de réflexions toujours plus blessantes. Le médecin rentrait la tête dans les épaules, n'attendait que le moment de retourner à son travail à l'Établissement, repoussait de plus en plus l'heure du retour à la maison. Un soir, elle avait sombré dans une rage folle, avait cassé toute la vaisselle du souper, s'était effondrée sur le tapis en sanglotant comme une jeune veuve. Il l'avait relevée. Triple dose de laudanum. Elle s'était endormie sur le canapé, cheveux en désordre, maquillage ruisselant, les yeux noirs du khôl détrempé par les larmes. Son bustier dégrafé avait libéré l'un de ses seins couverts de minuscules nævi qu'il aimait, autrefois, compter du bout de la langue. Il l'avait longuement regardée, l'avait trouvée belle dans sa tragédie, en avait eu envie de pleurer.

L'air du salon sentait l'orage.

Apolline lança un regard noir à la Malie.

— Te voir là, notre chère Julie-Victoire pendue à ton sein, alors que j'aimerais tant la sentir téter mon lait, le mien, tu comprends...

D'une main, elle se malaxait nerveusement la poitrine, froissant *Le Petit Journal* dans un crépitement d'incendie.

— Quelle impression, dis-moi ? Qu'est-ce que ça te fait quand elle boit ainsi ton lait ? Est-ce que ça te fait mal, ou... ça te fait du bien ? Certaines disent que ça les fait presque jouir, ce phénomène de succion à cet endroit si sensible !

La Malie serrait le bébé emmailloté contre elle, lui maintenait délicatement la bouche à hauteur du bout turgescent du sein où perlaient quelques gouttes de lait.

— Dis-moi, qu'est-ce que ça te fait ?

— C'est bon… c'est très bon !

La Malie mourait d'envie d'en dire davantage, de lui expliquer la vague de bonheur qui la submergeait à chaque tétée, la délicieuse impression que le petit être revenait en elle, redevenait chair de sa chair, lui qui grandissait par elle, par elle seule, par le nectar de son corps, cette jouissance absolue née de la fusion de deux vies dans le creuset d'un seul amour nourri par le sang et le lait.

— C'est bon !

La Malie avait répété, à voix très basse, tête penchée vers celle de l'enfant, pour lui, dans le sacré de leur mystérieuse intimité. Apolline avait entendu le murmure.

— Oui, c'est bon… ça suffit maintenant ! Pas la peine d'en rajouter !

Elle s'était déjà replongée dans la lecture de sa feuille, lisait pour la troisième fois sans en retenir le moindre mot l'invention d'un nouveau jeu, en Angleterre, par le major Walter Clopton Wingfield, ce *lawn tennis* dont l'échotier affirmait qu'il remplacerait bientôt le croquet sur les pelouses d'Europe, jetait un coup d'œil en soupirant vers la Malie et l'enfant, puis tentait de se passionner pour l'aventure coloniale française : la France venait de signer avec l'Annam, à Saigon, le 15 de ce mois, un traité qui reconnaissait et confirmait sa présence sur les terres lointaines de basse Cochinchine et lui accordait la liberté de libre circulation dans ses eaux. Sa famille participait à l'épopée asiatique, un sien cousin, rescapé de Reichshoffen, dont la prestance en uniforme d'officier de chasseurs lui avait jadis émoustillé le bas-ventre. C'était avant la rencontre avec Jules, Jules Darriaud, étudiant en médecine, monté de La Châtre à Paris pour la séduire entre deux découpes de cadavres. Sous ses yeux, le portrait du major à la raquette se brouillait dans la carte d'Asie et se diluait dans le feston des côtes d'Annam.

De l'autre côté, près du berceau à fuseaux[1], la Malie rajustait son bustier. Elle avait placé une compresse sur son sein, essuyé du bout du doigt la perle de lait sur la lèvre du nourrisson endormi, effleurait le petit front de son souffle.

— C'est bon… Dors, mon bébé…

Apolline replia le journal, le jeta sur la table, se leva en faisant couiner les pieds de sa chaise sur le parquet, se planta devant la fenêtre, poussa un soupir de soufflet de forge. Une giboulée diluvienne ravinait les allées du parc, délayait les crocus, couchait les premières crosses de fougères ; tout dégoulinait : les bords des toits, les tuteurs de rosiers dressés en enfilade comme les soldats faméliques d'une armée morte, les branches nues des tilleuls que l'hiver tenait encore, sa mémoire de fille, son triste état de femme, et sa conscience de fausse mère. Elle enfouit les mains dans les plis de sa jupe au cul

1. Berceau en chêne à décor de petits fuseaux, traditionnel en Lorraine.

rebondi surmonté d'un gigantesque nœud de satin mauve, donna un coup de talon sur les lames de chêne qui sonnèrent comme le bois d'un cercueil, grommela contre la vitre :

— Mais tout ça ne cessera donc jamais !

Depuis son installation chez les Darriaud, la Malie en avait tellement entendu qu'elle avait dû apprendre à laisser glisser les rosseries sur ses plumes de canard. La naissance de l'enfant l'avait fait passer par des moments terribles de tension avec Apolline que son mari repoussait d'un tonitruant « Je vous salue, mesdames… mes patients m'attendent ! Bonne journée ! ». Il faisait un détour par le berceau, lançait un regard obligé à la petite larve rouge et bouffie perdue dans ses linges blancs, chaussait son chapeau, puis disparaissait en sifflotant. Pourtant parfumé à l'huile d'amandes douces, aux douces traces de lait caillé et à l'eau de rose de l'épouse, l'air était plus lourd qu'un sermon d'évêque, irrespirable. Mais la Malie avait appris à vivre en apnée et à se protéger des coups. Rien ne la troublait plus désormais venant de cette femme dont elle partageait l'ordinaire du matin au soir, et du soir au matin. Rien sauf la douleur d'une plaie qu'elle s'acharnait à rouvrir sans cesse, ses détresses d'écorchée vive dont nul onguent ne pouvait apaiser les souffrances, ses moments de désespoir fou qui la rendaient si hargneuse et pitoyable à la fois.

La Malie n'avait jamais su comment Jules Darriaud avait présenté à sa femme le plan imaginé pour sauver sa notoriété et son couple. Quelques jours après leur discussion et son refus de « faire passer » l'enfant, il l'avait convoquée dans son cabinet, là même où, un an plus tôt, il l'avait couchée sur sa table d'examen pour la pénétrer à la hussarde, provoquant en elle une délicieuse déchirure entre le souvenir de l'étreinte avec son Polyte, autrefois, sous la butte des Seize-Mutins où dansaient les alouettes, et le plaisir violent qui l'avait bouleversée aux larmes, un plaisir tellement intense et bon qu'elle s'y était ensuite abandonnée aussi souvent qu'il avait manifesté le désir de la trousser.

Mais ce jour-là, il ne l'avait pas poussée vers la table d'examen, n'avait pas relevé ses cottes d'une main et dégrafé son pantalon de l'autre en lui fourrant la langue dans sa bouche. Il l'avait fait asseoir sur le tabouret face à la fenêtre, l'avait clouée sur place d'un regard glacé, était passé derrière son bureau comme un automate. Les besicles sur le bout du nez, le cheveu dans le rang, il avait rajusté sur le col de celluloïd la cravate qui fendait d'un vigoureux trait noir son plastron de satin. Et il avait fait sa proposition. À la manière d'un commerçant à la table d'un marché. Ses élans d'homme amoureux, ses regards coulés derrière les besicles, sa voix de chanteur lyrique, son humour chipé aux auteurs en vue n'avaient laissé aucune trace chez le médecin qui s'était mis à tourner les pages de son agenda d'un doigt humide pour bien montrer que son temps était compté.

« J'ai bien réfléchi. Puis j'en ai parlé avec mon épouse. »

Il en avait plein la bouche de cet onctueux « mon épouse ». Un long silence avait suivi, sans doute afin qu'elle le dégustât plus pleinement, qu'elle en saisît toutes les subtilités, toutes les intentions.

« Il est bien évident que rien de cette situation ne doit filtrer au-dehors, n'est-ce pas... absolument rien ! C'est toute la réputation de la station qui est en cause ! Monsieur Ambroise ne le tolérerait pas, fort justement d'ailleurs. Dois-je rappeler qu'il est à cheval sur ces questions de morale ? C'est un homme épris de justice qui, à l'époque où il portait la robe, a mille fois affirmé dans les prétoires et les pages de journaux importants son exigence de sens civique, de respect rigoureux de l'autre et des règles sociales les plus généreuses et fraternelles. Vous vous souvenez qu'il a saisi récemment l'occasion de son élection au conseil municipal pour rappeler ses références : Jésus chassant les marchands du Temple, Napoléon purifiant définitivement la Révolution par ses codes et victoires, et la chaste Jeanne d'Arc rénovatrice de la grandeur de la Patrie. On dit qu'il sera bientôt maire... »

« Vous vous souvenez... » Il lui avait donné du « vous » ! Après lui avoir caressé les seins, avoir léché goulûment son miel de plaisir, l'avoir labourée d'une ardeur de cerf chaque jour ou presque depuis près d'un an... il en était venu à lui donner du « vous » ! Elle avait eu envie de bondir, de le gifler, de serrer cette cravate noire jusqu'à lui faire tirer la langue, de... mais elle était restée assise sur son tabouret de visite, face aux tilleuls du parc dont les feuilles rouillées se détachaient l'une après l'autre de leurs espoirs d'été.

« Vous me comprenez, j'en suis sûr, chère amie. Vous êtes sensible, intelligente. De plus, vous êtes une ancienne carmélite. Il en reste toujours quelque chose… n'est-ce pas ? »

Il s'était levé, avait fermé la fenêtre, tiré le store de coton brodé d'un caducée géant. Que faisait-elle là, dans ce cabinet qui puait l'embrocation et le Cuir de Russie [1] ? Il avait changé d'eau de senteur. « Carmélite… » L'image de sa mère lui était revenue, les yeux piqués dans la batiste derrière sa loupe d'eau… pourquoi ?

« Alors, je vais parler cru, mais juste, et définitif. Voilà ce que je vous propose : nous gardons cet enfant, c'est votre choix ! Je veillerai sur votre état et ferai en sorte que tout se passe bien pour vous et pour lui. Pendant trois à quatre mois encore, vous ferez comme si de rien n'était, utiliserez des corsets que je vous fournirai pour contenir vos formes, utiliserez crèmes et poudre afin d'atténuer le masque qui ne manquera pas d'apparaître sur votre visage. Vous continuerez ainsi votre travail en salle de douche. Puis, le moment venu, vous me demanderez officiellement un congé pour aller en Franche-Comté soutenir votre mère malade. Pour tout le monde, vous serez partie. En réalité, vous serez chez moi, où je serai votre accoucheur. Vous y resterez le temps d'allaiter l'enfant et de vous tarir. Nous le confierons ensuite à une nourrice proche de ma famille, en Berry. Puis vous réapparaîtrez, annoncerez votre mère guérie, reprendrez vos activités comme avant. »

La Malie traversait un cauchemar. Elle aurait voulu se réveiller. Devant elle, à travers le store au

1. Eau de Cologne créée en 1870 par le célèbre parfumeur parisien Aimé Guerlain.

caducée, les feuilles se détachaient encore des tilleuls. Elle se sentait mal. Derrière son bureau, Darriaud avait cessé de trompeter. Il avait empoigné son stéthoscope, le tournait et retournait dans ses mains, le frottait sur sa manche, attendait sa réaction. Elle n'était pas venue. Il avait repris :

« Ma femme est stérile ! »

Et, levant les bras en signe d'impuissance :

« Nul n'y peut rien, surtout pas elle. C'est ainsi ! La Providence, diraient certains. »

Il la regardait d'un air incisif, méchant presque. Pensait-il encore à la carmélite ? Elle en était persuadée, comme elle était persuadée que son ancien état de religieuse l'avait excité, à la bestiale, quelques mois plus tôt. La conscience d'interdit, pour le moins d'inaccessible, avait décuplé ses ardeurs de mâle !

« Alors, dès les jours prochains, Apolline se promènera dans la station et en ville, la taille arrondie par un coussin, d'abord petit, puis de plus en plus gros, jusqu'à paraître réellement enceinte. Officiellement, c'est elle qui accouchera. Cet enfant sera le mien – naturellement – et deviendra le sien ! Elle l'aimera, j'en suis certain, au moins aussi fort que sa mère biologique ! Elle l'aime déjà, d'ailleurs. Jean-Édouard, ou Julie-Victoire... Oui, elle l'aime déjà ! »

La Malie avait senti vaciller le tabouret de visite, la boule d'acide monter dans sa gorge, avait voulu se lever, partir, fuir cet endroit maudit. Elle avait été incapable de faire le moindre geste. Tout juste avait-elle pu dire :

« Mais...

— C'est ainsi ! Aucune autre solution possible, sauf à me compromettre, à compromettre la réputation de ma famille, de la station, et, plus grave, celle de la famille Bouloumié, qu'on ne manquerait pas de brocarder d'abord à Contrexéville, puis ailleurs, partout ailleurs ! Ils sont encore des étrangers, ici, ou presque ! Vous les aimez bien, n'est-ce pas ! Je me souviens de l'enterrement de Monsieur Louis. Souvenez-vous ! »

Si elle s'en souvenait !

« Sauf aussi à vous griller définitivement, ici et partout. Jetée à la rue ! Réduite à la mendicité, à la prostitution ! Savez-vous bien ce qu'est la situation d'une fille mère dans notre société ? Déjà qu'on supporte mal les célibataires, encore moins les veuves ! Alors, une fille mère, surtout religieuse défroquée ! C'est... une roulure ! Mais ça, passe encore ! Vous pouvez le supporter, j'en suis certain. Vous êtes assez solide pour espérer surmonter l'épreuve et tenter de vous faire une vie acceptable. Mais l'enfant, y pensez-vous à l'enfant ? Que deviendrait-il ? Fille publique rue de la Hache à Nancy, ou dans le quartier des casernes à Rambervillers, esclave dans une manufacture de ferraille, mineur de fond condamné à pousser des chariots dans des cloaques de charbon, rouleur de fûts de bière chez Bourgogne ? »

La Malie se tassait de plus en plus sur son tabouret. Partir... partir... partir ! Elle était toujours là, dans ce cabinet, prisonnière d'une force mystérieuse. Darriaud s'était levé. Approché d'elle, précédé par son Cuir de Russie peut-être choisi par l'autre, « l'épouse ».

« Mais vous pourrez le voir autant que vous voudrez. Nous avons décidé que vous en seriez même la marraine et que, au cas où il nous arriverait malheur, vous en seriez la tutrice avec possibilité d'adoption. Sa… seconde maman, en quelque sorte. Mais à une seule condition, toutefois : que cet enfant n'en sache jamais rien, à cause des désordres que pourrait provoquer dans son esprit une telle révélation. »

Il avait changé de ton, molli la voix, arrondi ses fins de phrases, s'approchait encore, à l'effleurer. Elle avait eu un mouvement de recul. Ce Cuir de Russie lui levait le cœur.

« Nous allons lui donner une belle vie, à ce petit ! Si c'est une fille, nous lui donnerons le plus beau parti. Elle sera heureuse. Si c'est un garçon, nous en ferons… un médecin, peut-être ! Pourquoi pas ? Un grand médecin ! »

Le vent s'était levé quand elle avait quitté le bâtiment des soins. Un vent furieux, qui soulevait des nuages de poussière et jouait à jeter les feuilles de tilleul dans des tourbillons qui les portaient haut et loin vers la ville. Courbés en deux contre la bourrasque, une main sur le chapeau, l'autre balançant fermement un parapluie roulé dans son étui, quelques derniers baigneurs se hâtaient vers l'hôtel de l'Établissement, qu'ils espéraient bien atteindre avant le déluge.

La Malie marchait droit devant sans savoir où la mèneraient ses pas. Rien, à ce moment, n'était aussi violent que la tempête qui ravageait son crâne.

Il avait plu toute la nuit du déménagement.

Le corset ne pouvant plus dissimuler son état, malgré des efforts parfois douloureux pour le supporter très serré, la Malie avait décidé de se laisser transporter chez le médecin avec quelques affaires de première nécessité. Le transfert s'était fait de nuit, afin que personne ne vît l'étrange équipage d'une femme sur un cabriolet, emmitouflée dans une couverture qui ne laissait paraître que les yeux, calée entre des baluchons de toile noire, menée par un cocher lui-même roulé dans un plaid sombre et coiffé d'une casquette de gamin des rues. Il tombait des cordes, cette nuit-là. Le cheval traînait derrière lui un nuage de vapeur que dissipait un vent tantôt lourd et gluant, tantôt fou et d'un coupant de cristal brisé. Au pied des murs de l'Établissement, sous les grands arbres du parc, des plaques de neige livides témoignaient encore des impressionnantes chutes de décembre. La veille de Noël, on avait dû lutter à la pelle contre les congères jusqu'en cœur de ville et élever des montagnes étincelantes sur la place des Dames pour dégager les rues. Puis le ciel avait soufflé sur le pays les vents mauvais de Paris qui avaient fait gonfler le Petit Vair. La rivière en avait pris ses aises dans les ruelles du vieux village, les masures de la rue de la Voie, emplissant les caves d'une boue puante. Depuis la Saint-Jean-Chrysostome, il pleuvait sans répit. La Malie grelottait sous sa couverture, de froid et d'envie de fuir. Darriaud avait fermé la capote, mais les pieds du cheval projetaient des paquets d'eau qui ruisselait sur son visage et trempait ses vêtements.

« Couvrez-vous bien ! » ne cessait-il de lui répéter, comme s'il avait craint quelque fluxion de poitrine qui eût contrarié ses plans.

Il l'avait installée au dernier étage de sa maison, juste au-dessus de la chambre matrimoniale dont elle entendait parfois les bruits familiers de tiroirs qu'on pousse, de chaises qu'on tire, des éclats de voix, de rire parfois, de querelle le plus souvent. La domestique n'avait pas accès à ce pigeonnier. Se suffisant des exigences confuses de sa patronne, elle n'avait jamais cherché à y aller voir. Depuis peu, sous prétexte de plus grande commodité de chauffage, Darriaud avait fait fermer la cage d'escalier au premier étage par une porte dont il gardait la clé pendue à son cou par une fine lanière de cuir. La Malie s'était installée, tant bien que mal. De son chien-assis, elle apercevait la crête des Seize-Mutins, la couronne du mont Saint-Jean, et les premières pentes de la Tuilerie où, autrefois, avec son Polyte... Apolline lui montait ses repas, descendait ses récipients d'aisance, renouvelait l'eau de toilette et la fournissait en linges et en livres. Quand, son service terminé, la domestique avait repris le chemin du village, la Malie était autorisée à rejoindre Madame pour quelques heures d'une compagnie sertie de fines rosseries.

Dès les premiers jours, le médecin lui avait apporté le fameux *Tartarin*, qu'elle avait refusé d'ouvrir. Elle avait réclamé *Les Contemplations* de Victor Hugo, dont elle goûtait les vers inspirés, et ses *Misérables*, qui lui offraient une étrange complicité avec la révolte de Jean Valjean. Elle venait de découvrir le texte du *Viro Major* enflammé, dédié par le poète à la communarde Louise Michel pour saluer son courageux comportement devant le Conseil de guerre de Versailles. À l'audience du 16 décembre 1871, la femme révoltée avait conclu son intervention d'une vibrante exclamation : « Si vous n'êtes pas des lâches, tuez-moi ! » Alors, ils l'avaient emprisonnée à la centrale d'Auberive (Haute-Marne), puis l'avaient déportée en Nouvelle-Calédonie. La Malie avait appris par cœur des passages de ce poème qu'elle se répétait en scrutant le coin de ciel découpé par sa lucarne...

Et ceux qui, comme moi, te savent incapable
De tout ce qui n'est pas héroïsme et vertu,
Qui savent que si l'on te disait : « D'où viens-tu ? »
Tu répondrais : « Je viens de la nuit où l'on
[souffre... »

Un soir, Darriaud était arrivé alors qu'elle en déclamait la fin, pour elle seule :

Ceux qui savent tes vers mystérieux et doux,
Tes jours, tes nuits, tes soins, tes pleurs donnés à
[tous,
Ton oubli de toi-même à secourir les autres,
Ta parole semblable aux flammes des apôtres ;
Ceux qui savent le toit sans feu, sans air, sans pain,
Le lit de sangle avec la table de sapin,
Ta bonté, ta fierté de femme populaire,
L'âpre attendrissement qui dort sous ta colère...

Stupéfait, il l'avait regardée sans mot dire, sans un geste, sans un soupir. Elle avait poursuivi :

Ton long regard de haine à tous les inhumains
Et les pieds des enfants réchauffés dans tes mains ;
Ceux-là, femme, devant ta majesté farouche
Méditaient, et malgré l'amer pli de ta bouche,
Malgré le maudisseur qui, s'acharnant sur toi,
Te jetait tous les cris indignés de la loi,
Malgré ta voix fatale et haute qui t'accuse,
Voyaient resplendir l'ange à travers la méduse.

Il avait paru très impressionné, puis, ayant repris ses esprits :

« Que t'arrive-t-il ? »

Il s'était avancé, avait tenté de lui prendre la main. Elle s'était vivement reculée, l'avait fusillé du regard, lui avait simplement répondu :

« Vous voudrez bien, docteur, me faire remettre un livre que j'ai très envie de lire maintenant : *La Mare au diable*, de George Sand. Puis, si vos moyens vous le permettent, *Madame Bovary*, de Gustave Flaubert. Je ne crains pas le scandale, moi ! Et puis, j'ai envie de voir comment, dans certains milieux, on mène une femme… à l'abattoir ! »

Il était sorti en claquant la porte. La semaine suivante, elle avait pu se plonger dans la lecture des deux livres commandés.

« Que s'est-il passé, là-haut, tout à l'heure ? Je l'ai trouvé bien sombre, quand il est redescendu. »

Deux fois sur trois, Apolline posait la même question à l'arrivée de « la femme des combles ». La

Malie répondait d'un sourire qui en disait long sur sa volonté d'entretenir une sorte de faux secret avec lui en même temps que les apparences de la complicité avec elle, qui s'en agaçait au point, parfois, de disparaître dans sa chambre pour de longues heures. Alors, Marie-Amélie partait au pas lent de la Grise sur le chemin des Ormeaux, vers la mare au diable, dans le sillage de George Sand, avec la petite Marie et son grand Germain que le diable poursuivait à travers la forêt. Apolline reparaissait, défaite, pâle, les narines pincées, prête à mordre, s'installait sur une bergère, ouvrait *Le Petit Journal*, faisait mine de s'abîmer dans les méandres du monde, un œil sur sa voisine par-dessus les potins à deux sous.

Un jour, elle était sortie, en bonnet de renard roux, grande cape de burail [1] jetée sur les épaules, les mains calées dans un manchon de zibeline. À son retour, la Malie en était au mariage de sa petite paysanne, à mi-voix. « Germain, se voyant en présence de ces fantômes enveloppés sous le même suaire, craignait fort de se tromper… » Apolline était entrée dans la pièce comme un ouragan, s'était précipitée vers sa rivale. « Le cœur lui battait. La petite Marie essayait bien de respirer fort et d'agiter un peu le drap… » Elle lui avait arraché le livre des mains, avait soulevé ses cottes, exhibé les coussins ligotés sur son ventre, les avait jetés avec violence à travers la pièce. L'un d'eux était tombé sur un vase de Chine qui s'était pulvérisé sur le marbre de la commode en faisant un bruit ridicule de faïence ordinaire. Puis elle s'était

1. Étoffe de laine et soie utilisée pour la confection de manteaux et capes d'hiver.

effondrée sur le tapis en hoquetant. La Malie avait repris son livre. « Il toucha le front de la petite Marie, qui jeta le drap loin d'elle en criant victoire. Il eut alors la permission de l'embrasser... »

Le soir de ce même jour, Darriaud avait monté les escaliers quatre à quatre.

« Que lui as-tu fait ? Dis... que lui as-tu fait ? N'est-ce pas suffisant de la provoquer matin et soir par tes minauderies, tes dissimulations, tes insupportables mimiques ? Que lui as-tu fait pour la mettre dans un état pareil ? Dis-moi ! Ta situation ne justifie pas...

— J'ai besoin de calme, docteur ! Il me faut le silence et la paix. Souvenez-vous : je ne suis qu'une carmélite défroquée, mais il me reste quelque chose de ce temps-là, n'est-ce pas... vous me l'avez dit vous-même ! Il m'en reste le goût du silence et de la paix ! Pouvez-vous comprendre, vous, l'homme de science ? »

Il passait d'un pied sur l'autre. Le chapeau avait barré son front d'un coup de sabre. Il grimaçait de rage, claquait ses gants sur le coin de la table où la flamme d'une lampe s'étirait vers les solives du plafond.

« Vas-tu me répondre, à la fin ? Que s'est-il passé ?

— Calme, monsieur, calme, pour... votre enfant, si ce n'est pour moi ! »

Elle avait posé les mains sur son ventre, bien à plat, de part et d'autre, pour bien sentir les mouvements de vie qui l'habitaient. Alors il s'était assis, avait soudain paru très las. Le jeu avec ses gants dont il tentait de nouer les doigts l'avait occupé tout entier un long moment. Seuls le crépitement de la flamme, de temps en temps, et une montée d'étincelles dans le tube de verre. Puis il s'était levé, avait jeté deux morceaux de bois dans le Godin, était resté devant le fourneau, les mains tendues dans la chaleur. Il avait rentré la tête dans les épaules. Une immense fatigue semblait l'accabler. La Malie en avait ressenti une impression étrange, avait détourné le regard, cherché dans la lucarne des traces de ciel. Son ventre tressaillait sous ses paumes. Il lui semblait sentir un petit pied ici, l'effleurement de la tête là. Chaque mouvement de vie en elle accélérait de bonheur les battements de son cœur. Darriaud semblait transformé en statue de sel. Elle avait eu envie de se lever, d'aller vers lui. En voulait-elle vraiment à cet homme par qui le miracle s'était produit ? Lui en voulait-elle d'avoir voulu le « faire passer », d'avoir fait d'elle « la femme des combles », de lui imposer cette vie de recluse et ce mensonge ? Ce mensonge ! Comment l'assumerait-elle, dans quelques semaines, quelques mois, quelques années ? Que dirait-elle – si un jour elle pouvait parler –, à cette fille ou ce garçon né d'elle et de cette silhouette d'homme en train de se chauffer les mains sur le fourneau ? Envie d'aller vers lui, de l'obliger à se tourner, à la regarder droit dans les yeux, à lui dire ce qu'il avait réellement dans la tête, dans le cœur, dans les tripes… Elle avait fermé les yeux. Sous ses paumes, l'enfant vivait déjà.

L'horloge du bas venait de sonner neuf coups. Darriaud avait fait face à la Malie. Il la fixait, comme s'il la voyait pour la première fois. Une intense détresse marquait son visage. Elle avait eu l'impression qu'il allait se lâcher, dire autre chose, lui confier… Elle l'aurait entendu !

Au rappel des neuf coups, il s'était approché, agenouillé lentement à ses pieds, avait levé les mains, pour les poser sur le ventre de la femme.

Alors elle s'était levée, violemment, avait couru se blottir entre l'armoire et le mur. Après un regard suppliant, il s'était levé, avait repris ses gants, déposé une lettre sur la table, était sorti. Elle avait écouté son pas mourir dans l'escalier, le verrou de la porte du bas claquer. Quelle force l'avait poussée à lui refuser ce partage ?

Elle avait vu le cachet. La lettre venait de Franche-Comté. Comment l'avait-il eue ? Au dos : « Léopold Bouvier, Servigney près de Saulx, Haute-Saône »… Son frère ! Elle l'ouvrit. Léo lui racontait leur vie là-bas, à lui et à sa mère, en pension à Saulx. Elle y avait retrouvé les paysages de son enfance, les biscuits de Montbozon qui sentent si bon la fleur d'oranger et lui rappelaient les fêtes de famille ; elle perdait la mémoire, mais sa santé était bonne. « Tu lui manques. Elle te réclame. » Lui, Léo, avait trouvé du travail pas très loin ; il était peigneur de laine chez un gros éleveur de Servigney, un village où il ne se passait jamais rien, hormis les fêtes religieuses. Il œuvrait toute la journée à côté d'un brasero où chauffait le peigne pour assouplir le poil des cordons, les mains dans le beurre pour faciliter le démêlage. « Rien à voir avec la bière, tu vois ! Bien sûr, je pue le suint et la graisse, mais ça va. De toute façon, il n'y a pas de filles au village. Alors… Et puis, je vois de moins en moins la fée ! » Cette bonne nouvelle l'avait bouleversée. Elle en avait eu les larmes aux yeux.

Trois semaines plus tard, dans sa soupente, Darriaud à l'accompagnement médical et Apolline aux linges, la Malie accouchait d'une petite fille coiffée de noir comme lui, au teint ivoire comme elle.

Julie-Victoire, la nouvelle-née, poussa son premier cri au moment même où la femme du médecin se vidait la tripe en meuglant dans une cuvette où clapotaient les humeurs sanguinolentes de la mère.

8

Juin 1883

— Tout de même, cher maître, je suis inquiet !

Charles Garnier eut un sourire amusé.

— Allons, allons ! On se calme, cher ami ! On se calme ! Je suis certain que nous n'avons aucun souci à nous faire. Nous sommes ici sur un terrain solide, croyez-moi !

Anselme ne demandait qu'à le croire. Mais, comme tous ses contemporains, il se demandait si on sortirait un jour de la crise déclenchée par la faillite soudaine de l'Union générale !

Pour avoir pris des engagements cavaliers en Europe centrale, alimenté des chantiers à risque dans les Balkans, voulu contrôler le marché des assurances et celui de l'eau en créant la Société lyonnaise des eaux, financé des opérations douteuses en Afrique du Nord, le tout au service de l'Église présente au sein de son conseil d'administration et des monarchistes réunis sous la bannière blanche du comte de Chambord, la banque avait implosé après avoir vainement tenté de racheter ses propres actions en Bourse. Elle s'était effondrée comme un vulgaire château de cartes, se déclarant victime des banquiers juifs Rothschild, entraînant dans ses ruines des pans entiers de la métallurgie, du monde des mines et de nombreuses entreprises du bâtiment. On avait arrêté puis jeté en prison son patron, Eugène Bontoux, ancien fraudeur aux élections législatives, avant de le laisser fuir en Espagne. La perspective du chômage terrorisait plus encore que celle de son misérable allié, le choléra. Partout on sentait que les mois à venir seraient difficiles.

D'autant plus difficiles que le temps, lui aussi, était devenu fou. Depuis deux ans, les saisons se chevauchaient, se confondaient, se dissolvaient les unes dans les autres. Après un froid sibérien de décembre, janvier 1880 avait connu des températures de printemps qui avaient conduit à une débâcle mémorable des fleuves et des rivières. La Loire avait laissé se morceler sa banquise, dont des plaques géantes avaient atteint l'Atlantique ; de Châtillon au Havre, la Seine s'était encombrée de glaçons tellement massifs qu'ils avaient emporté le pont des Invalides. Après avoir patiné en rond sur la Saône et la Moselle, on avait assisté au désastre, avec une pensée émue pour le général mosellan Jean-Baptiste Eblé, qui, un gros demi-siècle plus tôt, n'avait pas hésité à se jeter dans l'eau de la Berezina à la tête de ses pontonniers pour construire les ponts nécessaires au sauvetage des restes de la Grande Armée. Un grand nombre de ces braves étaient morts, pas de froid ni de noyade, mais écrasés par les blocs de glace que charriait le fleuve. Même le Petit Vair, à Vittel, avait pris des allures de Berezina !

L'été suivant avait séché sur pied les plants de pommes de terre, grillés avant même d'avoir pu fleurir, et calciné les emblavures dont les cendres avaient rampé sur les flancs du Poirier jusqu'à l'hiver suivant, d'une mollesse de sénateur. Partout en France, les petites gens avaient faim. Dans les campagnes, ils trouvaient un peu de quoi survivre. Mais en ville les bandes de miséreux hantaient les fins de marché pour y récupérer légumes fatigués ou fruits pourris, couraient les ruelles des beaux quartiers à la recherche de reliefs de bamboche, n'hésitaient pas à s'affronter pour un quignon de pain ou une couenne de lard. Pour finir d'éteindre les espoirs d'une population aux abois, les financiers avaient en un clin d'œil croqué les dernières ressources du pays, de violentes tempêtes s'étaient abattues en octobre sur l'Aquitaine et la Provence, poussant jusqu'en Lorraine leurs vents déments qui avaient couché des arbres et arraché des toitures, et les inondations les plus terribles du siècle avaient noyé, début décembre, la Normandie, le Nord, la Saône, le Doubs, les bassins de la Moselle et du Petit Vair qui, dans sa colère, avait emporté les bacs de lavandières et l'une des trois passerelles jetées sur la rivière pour rassembler à Vittel les peuples ducaux du Petit-Ban et les capitulaires du Grand-Ban. La misère était en route. L'hiver passé, trop long et humide, sans vrai froid ni fausses pauses des maladies de poitrine, les mineurs de Decazeville et Anzin avaient commencé à donner le ton de la révolte populaire. Jusqu'où iraient-ils, ces politiques qui s'étripaient sur le dos du peuple pour la couleur d'un drapeau, et leurs complices, les bandits de grands chemins de la finance ?

Anselme était nerveux. Il revint à la charge :

— Pensez-vous que cette débandade soit de nature à remettre en question tous nos projets pour la station ?

Du plat de sa cuillère, il frappait à petits coups sa tasse de café. Charles le connaissait soupe au lait, imprévisible souvent, frimeur et coureur toujours, happé par le premier jupon aperçu, mais génial dès qu'il s'asseyait à sa table à dessin.

— Je vous l'ai dit et je vous le répète, martela Charles. Je suis persuadé que nous n'avons pas à nous faire de mouron, mon ami, pas du tout !

— Pourtant... vous voyez bien l'état du marché ! Où les patrons vont-ils trouver les sous pour financer tous leurs chantiers ?

Charles posa sa main sur celle d'Anselme pour interrompre le carillon de faïence qui commençait à l'agacer.

— C'est que je ne peux pas travailler pour rien, moi ! Je n'ai pas votre notoriété, encore moins votre aisance financière ! Je ne suis pas Prix de Rome, moi ! Je n'ai pas construit l'Observatoire de Nice, ni le Casino de Monte-Carlo, encore moins l'Opéra de Paris ! De plus, je ne suis pas ami des Bouloumié. C'est à vous qu'ils ont confié toutes leurs constructions de prestige, pas à moi !

— Qui vous demande de travailler pour rien ? Et puis, Prix de Rome, architecte de renom et ami des grands entrepreneurs de notre temps, il ne tient qu'à vous de le devenir, mon cher, qu'à vous !

Charles parlait sur un ton bonhomme, le sourire aux lèvres, la barbiche clairsemée en désordre. De temps en temps, il lissait sa maigre moustache posée comme une ombre furtive sous des narines épaisses. Sur le col mou, il portait une large cravate de satin noir, la même que celle dissimulée par l'ami Rodin sous le buisson de sa barbe.

— Ne tient qu'à moi… facile à dire ! Mais…

— Taratata ! Quand on veut, on peut ! affirma Charles sur un ton qui ne souffrait aucune repartie. Souvenez-vous d'où je viens, nom d'un chien ! Si vous l'avez oublié, je vous le rappelle. Je ne suis pas né architecte ! Mon père était forgeron dans la Sarthe. À force de travail, il est devenu carrossier-charron, puis propriétaire d'une petite entreprise de location de voitures hippomobiles à Paris, où je suis né. Voyez, je ne suis pas sorti de la cuisse de Jupiter ! Mes premiers cours de dessin, c'était à l'école de la rue Racine. Puis je suis entré comme tireur de traits chez Léveil et chez Lebas ; c'est là que j'ai connu Viollet-le-Duc. J'y ai appris ce qu'est un plan avant d'entrer à l'École royale des beaux-arts de la rue Bonaparte. Voilà ! Après, tout s'est enchaîné : le Prix de Rome, la Villa Médicis, l'Opéra… du travail, rien que du travail !

Anselme l'écoutait d'un air distrait. Il connaissait la chanson, air et paroles, s'était remis à faire tinter la cuillère contre la tasse vide.

— Allez-vous cesser ce tintamarre, nom d'un chien ? Qu'est-ce qui vous rend si nerveux ?

— Je vous l'ai dit ! Je crains que les Bouloumié ne soient obligés de renoncer à leurs projets.

— Que *messieurs* Bouloumié… Pierre et Ambroise Bouloumié !

Charles avait repris sèchement son adjoint. Il savait se montrer aussi cassant, cruel parfois, avec les imprudents qui osaient manquer de respect à ceux qu'il aimait, qu'il savait être chaleureux avec leurs amis et les amis de leurs amis.

— Vous saurez, mon cher... Anselme...

Il avait hésité sur le « Anselme » pour marquer davantage encore son irritation naissante.

— Vous saurez que rien n'a jamais arrêté la famille Bouloumié, ni les représailles politiques, ni les difficultés techniques, ni les malversations des autres ! Perdre de l'argent n'a jamais été un souci pour eux. Ils n'en ont jamais eu puisqu'ils ont toujours réinvesti leurs bénéfices dans le développement de la station thermale. Quand le premier d'entre eux est arrivé ici, voilà à peine trente ans, il a trouvé une mare, l'ami, une mare à grenouilles et crapauds ! Coooâ... coooâ... coooâ...

Il arrondissait la bouche en cul de poule, s'était mis à coasser dans le salon de l'Établissement, en levant la tête pour se faire mieux entendre, et de plus loin. Des femmes à chignon, d'autres couvertes de capelines aux voiles piquetés de fleurs, des hommes barbus le poing sur un pommeau d'ivoire tournèrent le regard vers le trublion, le reconnurent, s'amusèrent de le voir amuser ainsi son partenaire de détente. Tous connaissaient ses talents de comédien pour l'entendre chaque soir ou presque sur la scène du théâtre dans d'irrésistibles improvisations, ou des pièces dont il prenait plaisir à être l'auteur et l'interprète.

— Voyez ce qu'il en est maintenant ! Hier, les grenouilles... coooâ ! Aujourd'hui, l'un des lieux les plus fréquentés de France par la belle société, les blessés de la guerre et les malades, et vous croisez dans le parc la comtesse de Moltke-Hatzfeld, ambassadrice du Danemark, le marquis et député de Grammont, le dramaturge – mon ami – Eugène Labiche, l'ancien ministre Pinard, le général Fleury, le duc de Bellune, les poètes José de Heredia et François Coppée, le sénateur et professeur au Collège de France Émile Deschanel, vous déjeunez à leur table du Grand Hôtel comme si vous les connaissiez depuis toujours, vous déambulez à leur côté sous la galerie, le gobelet à la main, vous riez avec eux à mes sornettes du soir, quand je gesticule sur la scène de notre théâtre ! Sans compter les autres, tous les autres, les centaines d'autres, nos commensaux de tous les jours qui viennent se refaire une santé, ou l'entretenir, à la Fontaine de Gérémoy, à la Grande Source, à la Source salée ou à celle des Demoiselles ! Car, en plus d'être entreprenante, cette famille Bouloumié exige que les bienfaits de ses eaux servent toute la société, du manouvrier à l'empereur, et du cardinal au bedeau !

Il baissa le ton :

— On dit que Monsieur Louis était proche des francs-maçons, qu'il fréquentait les carbonari, qu'il était fils spirituel de Voltaire, Saint-Simon et Fourier. Du socialisme, mon cher ! Du socialisme appliqué ! Oui, mon cher ! C'est ce que nous vivons ici, avec eux, et c'est ça qui me plaît !

Lui, d'habitude si pâle malgré les longues parties de croquet sous le soleil du parc, avait soudain le visage pourpre de passion. Ses yeux roulaient comme des billes incandescentes ; prêtes à l'envol, les deux ailes de sa cravate noire s'agitaient sur le gilet de velours souris.

— Alors, si vous doutez encore d'eux après tout ce que je vous ai dit…

— Je n'en doute pas !

Anselme avait posé la cuillère, s'était redressé sur son siège, se forçait à prendre une posture d'homme déterminé et sûr de lui. Il avait belle allure. Il le savait.

— Alors, si vous n'en doutez pas, foncez, nom d'un chien, au lieu de jouer au chat perché sur un bord de baignoire ! Foncez, Anselme Fortens ! Foncez !

Il avait donné du poing sur la table, faisant sursauter les tasses et clinquer les soucoupes.

— Allons, c'est moi maintenant qui fais ce bruit ridicule !

Les tables se dégarnissaient les unes après les autres. L'heure du retour à la buvette approchait.

— Tenez, à propos de baignoire, un conseil : pour vous détendre, allez donc faire un tour aux bains demain, après-demain, ce soir, quand vous voudrez. Une bonne douche, bien giflante, vous détendrait et vous rajusterait les idées dans la tête, croyez-moi !

Surpris, Anselme allait répondre en l'air, une promesse vaseuse…

— Vous irez ? J'en parle à mon ami le docteur Darriaud. Vous le connaissez… c'est lui qui dirige l'établissement des bains. Je lui en parle ce soir. Je lui dis que vous irez demain, à… voyons… sept heures du soir, après notre séance de travail sur les plans de la double galerie, qui urgent. Ça vous fera le plus grand bien ! Croyez-moi !

L'écho du « Croyez-moi » tournait encore sous les lambris du salon que Charles Garnier traversait déjà le parc en direction du jeu de croquet où l'attendaient des complices en veste de drap beige sous un panama serti d'un ruban marron glacé.

Assise sur un banc de repos derrière sa cabine de douche, Marie-Amélie attendait son vingt et unième baigneur de la journée. Il faisait chaud, d'une chaleur moite rendue plus collante encore par les vapeurs des bains. Fatiguée. Certes, le travail était pour quelque chose dans cette fatigue, mais une pensée obsédante, surtout, lui prenait toute son énergie : revoir sa fille... revoir Julie-Victoire... revoir sa fille !

Dix semaines après son accouchement, Jules Darriaud avait pris seul des décisions qui l'avaient terrassée. L'enfant serait mise en nourrice dans son pays. Ils feraient le voyage ensemble. La Malie continuerait de donner le sein jusqu'à l'arrivée à Gargilesse. Pourquoi avait-il choisi ce village perdu au plein centre de la France ? « Parce que l'air y est doux et vif à la fois, que ma famille y a ses origines, au pied du château du comte Antoine-Charles du Bost du Breuil, un homme généreux dont mon père était le régisseur », avait-il répondu sans reprendre souffle, comme si tout allait de soi, comme si la question elle-même avait déjà été incongrue. « C'est grâce à la bienveillance naturelle de ce seigneur que ma mère connaît une fin de vie paisible, et que je suis devenu médecin. Voilà ! » Le mot « seigneur » avait choqué la Malie. Comment pouvait-on parler encore ainsi, en 1874, alors que la Révolution était passée par là depuis déjà un siècle et que la République continuait de s'enraciner dans l'histoire de France ? Elle se dit que ce pays-là avait bien du retard encore sur l'évolution de la société, en conçut une vraie crainte pour l'avenir de sa fille. En feraient-ils une servante au service de l'homme, une domestique soumise à l'autorité patriarcale qu'elle avait connue rue de Lignéville, en feraient-ils un ventre, rien qu'un ventre ? « Et puis, c'est là qu'a vécu cette George Sand que vous aimez tellement, n'est-ce pas ? Vous devriez être rassurée ! » Elle le fut, en effet, se dit que, là où était passé l'auteur de *La Mare au diable*, il devait bien rester quelque chose de son esprit de justice et de respect de la femme ! Gargilesse... Là, Darriaud confierait sa fille à une femme choisie par sa famille. La petite y resterait aussi longtemps que la nature l'exigerait et qu'il le déciderait, sous le contrôle de sa vieille mère, rentière à La Châtre. Il avait décidé. Ni la Malie, ni Apolline n'avaient eu leur mot à dire. Pour une fois, elles étaient solidement liées l'une à l'autre, mais par la seule contrainte de l'homme !

Une semaine plus tard, les paquets faits, ils avaient embarqué de nuit à bord d'un petit coupé de louage qu'il avait tenu à mener lui-même. Il connaissait la conduite d'attelage, pratiquée depuis longtemps pour le plaisir et la frime, le dimanche, sur la prairie de la Tuilerie.

Au petit matin, ils longeaient déjà la vallée de la Suize, s'engageaient sous l'imposant viaduc de Chaumont, prenaient la route de Châtillon-sur-Seine, dont ils atteignaient le soir l'auberge d'étape. Bercée par les cahots, la petite Julie-Victoire avait dormi de la première à la dernière lieue, se réveillant seulement pour réclamer le sein que lui offrait aussitôt une Malie crucifiée à l'idée de devoir se séparer bientôt d'elle. L'enfant couchée dans un berceau de fortune, ils avaient fait un repas frugal devant une fenêtre qui surplombait le fleuve. La Malie avait chipoté en observant les reflets dansants de la lune sur les eaux. Muette. À plusieurs reprises, elle avait senti qu'il était prêt à lui parler. Mais rien n'était venu. Ce n'est qu'en fin de repas qu'il lui avait proposé de partager la même chambre. Elle avait failli le gifler.

Le lendemain, ils s'étaient arrêtés à La Charité-sur-Loire. En l'aidant à descendre du coupé, il lui avait seulement dit : « Demain, nous serons rendus. Je vous déposerai chez la nourrice, avec la petite. Vous y resterez trois jours, que le passage de l'une à l'autre se fasse dans les meilleures conditions. Pendant ce temps, j'irai voir ma mère, à La Châtre. Puis je reviendrai vous chercher et nous rentrerons. » Elle n'avait rien répondu. Il ne lui avait pas refait la proposition de passer la nuit ensemble.

La beauté de la Creuse lui avait coupé le souffle. D'emblée, le pays avait plu à la Malie, comme lui avait plu la femme ronde qui s'était précipitée vers eux en poussant des petits cris de souris. Alertée par les crachotis de roues sur les graviers de la rue, la nourrice avait jailli d'une maison de poupée cernée de massifs de capucines où bourdonnaient des milliers d'abeilles.

« Je savais bien que c'était vous ! Je savais bien ! »

D'une main elle retenait un pan de son tablier, de l'autre, posée à plat sur la poitrine, elle tentait de contenir une émotion qui lui faisait monter les larmes aux yeux.

« Mon Dieu, vous voilà ! Mon homme me dit : “C’est encore trop tôt ! Pas encore eux !” Mais j’étais sûre que c’était vous ! J’étais sûre… »

Darriaud avait sauté de son siège de cocher, avait marché vers elle, les bras tendus, lui avait pris les mains. Elle l’avait salué d’une esquisse de révérence. Il lui avait répondu d’un coup de chapeau.

« Mon Dieu, que je suis heureuse ! Et Madame ? Et la petite ? »

Rouge de bonheur, elle sautillait sur place, s’avançait vers la voiture.

« Attendez… »

D’un seul élan, Darriaud avait bondi sur le marchepied, ouvert la portière, s’était penché dans la caisse, avait soufflé à la Malie :

« Souvenez-vous… vous êtes sa nourrice de Lorraine, pas sa mère ! »

Il l’avait fusillée du regard.

« Pas sa mère ! Sa nourrice ! Sa mère, c’est… ma femme ! Compris ? »

Puis il lui avait tendu la main pour l’aider à descendre.

La Malie avait été aussitôt saisie par les parfums de noisette poivrée de la capucine et des roses qui couvraient d’un arc d’or la porte basse.

Elle avait passé les trois jours entre cette femme robuste et volubile, son mari, petit bonhomme à la grosse moustache tombante que d’aucuns disaient faire partie des « meneux de loups », et leurs deux enfants, un garçon qui courait déjà derrière son père au cul des ânes, et le dernier-né, âgé de neuf à dix mois – la brave femme ne savait plus au juste –, qui se traînait sur les dalles de la cuisine en couinant comme un goret.

Ils lui avaient parlé de leur pays, de la Creuse encaissée entre les collines qui donnait de « si bons poissons ! », de « monsieur du Breuil, ce si bon monsieur du château ! », et de « Madame George... Ah ! Madame George ! ». Là, la femme avait dû reprendre sa respiration, avant de poursuivre : « Si simple, si bien avec tout le monde au village ! Pensez donc, elle qui connaissait tout Paris ! Elle habitait là, à côté, la petite maison encastrée avec son escalier, vous voyez... elle l'avait appelée "villa Algira", on n'a jamais compris pourquoi. Vous voyez, là... » Elle avait pointé le doigt vers les toits pentus, à un jet de pierre derrière les arbres. « Pensez : deux pièces blanchies à la chaux, des plafonds de planches... rien de plus ! Elle allait manger à l'auberge Malesset, juste en dessous, avec Monsieur Alexandre [1]. On a eu bien du chagrin quand elle est morte... si, si, du chagrin ! »

La Malie l'écoutait en observant le berceau, près de la cheminée, dans le coin le plus protégé de la maison, à l'abri des courants d'air. Entendre parler ainsi de George Sand lui faisait du bien. Bien en chair, la peau bien tendue, des seins volumineux à grand-peine contenus par un solide bustier de calicot, la nourrice portait bien sa trentaine d'années et ses deux maternités. Elle inspirait confiance à la Malie, qui semblait lui plaire au point que, durant

1. Alexandre Manceau, jeune graveur de talent, amant de George Sand. Il lui avait offert cette maison où ils vivaient paisiblement leur création et leur amour, à l'écart de Nohant.

ces trois jours, elle lui avait concocté de bons plats du pays : le gouéron aux pommes, les œufs à la couille d'âne, le pannequet berrichon[1]...

La Malie avait beau faire des efforts pour goûter tous ces plats préparés avec une telle générosité, rien n'y faisait : elle ne pouvait pas avaler. Elle avait mis son manque d'appétit sur le compte du voyage, les fatigues de la route, la chaleur et la poussière...

« On s'y attache, hein ? »

La Malie avait sursauté.

« C'est comme si c'était le sien, hein ? »

Elle avait senti, dans sa poitrine, une insupportable boule de plomb.

« Voyez, moi, j'ai du mal à m'en séparer, le sevrage venu ! C'est comme si c'était le mien. Vrai, le mien ! C'est dur, des fois. »

La Malie n'avait pu contenir sa douleur. Elle avait éclaté en sanglots.

« Tout bon, ma belle, tout bon ! Ça passera, tu verras, ça passera ! Moi aussi... »

La Malie n'avait pas pu en entendre davantage. Elle avait couru se réfugier dans le coin du grenier où ils lui avaient aménagé une chambre rustique mais propre. Dans le noir, elle avait vainement cherché le sommeil. Au cœur de la nuit, sa fille s'était mise à pleurer. Elle avait alors entendu la nourrice la tirer de son berceau, s'installer pour lui donner le sein :

---

1. Gouéron : lamelles de pommes macérées, recouvertes de pâte. Œufs à la couille d'âne : œufs pochés dans du vin rouge et du vinaigre et servis avec des lardons. Pannequet : crêpe à base de pommes de terre.

« Viens, viens, ma belle, bois, prends mon bon lait... »

Une ritournelle avait suivi :

Do, do, do do do,
J'irons à la rivière,
J'irons à la rivière,
Do, do, do do do,
J'irons à la rivière
Laver tes drapeaux.
La la la...

Dans l'oreiller qui sentait bon le sainfoin, la Malie s'était vidée de toutes les larmes de son corps.

Le lendemain matin, fringant et beau comme un seigneur, Darriaud était arrivé. Après un dernier regard à sa fille, une dernière caresse sur la joue, un ultime baiser sur le front, la Malie avait pris sa place dans la caisse du coupé.

Deux jours plus tard, à la nuit noire, il l'avait déposée devant la gare de Langres pour qu'elle arrivât à Vittel de jour, par le train, afin que chacun sût bien, en ville, qu'elle était rentrée d'un séjour chez sa mère, en Franche-Comté. D'un curieux élan, au moment de la quitter sur la place déserte, il avait voulu la prendre dans ses bras. Elle s'était recroquevillée. Il avait insisté. Alors, elle avait couvert son cuir de cocher d'un flot de bile.

Assise sur un banc de repos, derrière la cabine de douche, la Malie attendait donc son vingt et unième baigneur de la journée. Elle avait hâte de finir ce dernier soin pour rentrer chez elle, s'enfermer dans ses deux pièces de l'Établissement, et lire. Seule la lecture lui permettait d'échapper quelquefois à l'obsession de revoir sa fille. Elle avait découvert *Les Méditations* de Victor Hugo, se répétait chaque jour ces vers qu'il avait écrits pour elle, elle en était certaine :

Demain, dès l'aube, à l'heure où blanchit la
[campagne,
Je partirai. Vois-tu, je sais que tu m'attends.
J'irai par la forêt, j'irai par la montagne.
Je ne puis demeurer loin de toi plus longtemps [1].

Les jours d'intense fatigue, elle revoyait tout, du jour de la rencontre avec l'homme qui l'avait engrossée jusqu'à l'abandon à Langres, au milieu de la nuit, sous un ciel d'orage, devant une gare perdue dans une campagne dominée par les hauts remparts de la ville, en bordure de la Marne dont les flots noirs semblaient l'inviter au plongeon. Elle se souvenait d'avoir dû lutter contre des forces venues du plus profond de son être qui la poussaient à s'y jeter. Mais... *Salve, Regina, mater misericordiae*... lui étaient revenus les mots chantés autrefois sous les voûtes du Carmel, à Dijon. Pourquoi là, derrière cette gare, à ce moment où elle allait enjamber la

1. Victor Hugo, *Les Contemplations*, 1856. Poème écrit le 4 octobre 1847 et daté par le poète du 3 septembre, veille du quatrième anniversaire de la mort par noyade, à Villequier, de sa fille Léopoldine.

balustrade ? *O clemens, o pia, o dulcis Virgo Maria.* Mystère !

De plus en plus bas, le ciel menaçait d'engloutir gare, campagne et rivière. De temps en temps, des éclairs découpaient l'horizon en tranches d'un bleu métallique qui faisait froid dans le dos. Personne, pas un chat. Seul l'appel d'une chouette, quelque part, du côté de ce qui semblait être un bosquet sur l'autre berge de la rivière.

Pour se tarir, elle avait suivi à la lettre les consignes de la nourrice de Gargilesse. Dès le premier jour là-bas, avec le terrible sentiment de commettre un crime contre la nature et de tuer sa fille, elle lui avait obéi, se serrant très fort la poitrine avec une large bande de lin après y avoir appliqué des lambeaux de feuilles de chou. Elle l'avait fait en ravalant ses larmes, seule dans ses combles, sous une charpente où couraient des loirs. Puis elle avait bu les tisanes de sauge et de persil que lui tendait la brave femme en regardant ailleurs. Rien n'y avait fait ! « Deux ou trois jours, une neuvaine tout au plus… » lui avait-elle dit le dernier jour en préparant une nouvelle gamelle d'infusion qu'elle verserait dans une cruche de grès pour le voyage. Elle lui avait donné une autre bande, d'autres feuilles de chou emballées dans un torchon humide pour les garder fraîches. Le lait coulait, coulait… ce lait de vie que, blottie contre elle, au plus chaud de ses bras et de son cœur, sa petite fille aurait dû boire ! Elle sentait ses seins gonfler, la peau se tendre, la douleur se propager jusqu'aux aisselles et dans ses chairs intimes, comme pour la punir de n'avoir pas su résister à l'homme.

Impression qu'ils allaient exploser, la déchirer, l'anéantir, elle, la mère indigne !

C'était… voilà bien longtemps ! Julie-Victoire avait près de dix ans, maintenant. Elle ne l'avait jamais revue. Malgré ses promesses, Darriaud ne lui avait jamais permis de refaire le voyage de Gargilesse, encore moins celui de Paris, où la fillette avait été placée dans un pensionnat dont elle ignorait l'adresse et le nom. Apolline l'évitait. Quand il leur arrivait de se rencontrer, en ville ou dans le parc, elle changeait de direction, prenait un autre chemin, s'éloignait à petits pas de folle, en relevant sa jupe pour fuir plus vite et en retenant sa capeline à rubans. Quant au mari, leurs relations n'étaient que très professionnelles, d'une distance qui étonnait même les autres employés, souvent mieux traités qu'elle. La Malie avait fini par s'y faire. Elle savait qu'elle aurait sa revanche : un jour… elle reverrait sa fille !

Le vingt et unième baigneur venait d'arriver. Il avait frappé comme un collégien qui, pour la première fois, demande la porte du professeur principal. Côté femmes. Obligés de rentrer chez eux, dans les villages voisins, les doucheurs hommes n'avaient pas pu prendre ce client supplémentaire, sauf à marcher de nuit dans une campagne souvent visitée par les loups et quelques détrousseurs de petits chemins. Alors, exceptionnellement, le docteur Darriaud avait orienté le dernier baigneur de la journée vers la Malie, parce que, avait-il dit à l'architecte, « Elle loge sur place, seule, sans enfants. Elle n'a pas d'obligations familiales, et elle n'est pas à cheval sur les sacro-saints principes de séparation des hommes et des femmes dans les lieux de soins ». Sûr de lui, il n'avait même pas demandé son avis à sa doucheuse ! Quand elle avait vu sur sa liste le prénom de son dernier client de la journée, « Anselme », passé la surprise, la Malie avait senti, dans la décision exceptionnelle de son patron, une tentative de la jeter dans les bras d'un homme capable de lui faire oublier leur mensonge et de le débarrasser d'elle à peu de frais ! Un mouvement de colère l'avait transpercée, comme un fer de lance dans la poitrine. Puis elle s'était dit que, parfois, la stratégie finit par se retourner contre son concepteur.

Grand, mince, serré dans un costume pied-de-poule grège qui tombait impeccablement sur des bottines à boucles et bouts vernis, poignets à boutons de nacre, col rigide montant souligné par une cravate souple en cours d'évasion d'un gilet de satin peau de taupe, il avait l'allure d'un dandy en même temps que d'un homme sérieux prêt à prendre toutes les responsabilités du monde. Son regard de velours sous des sourcils épais parcourut en un éclair tous les recoins de la cabine, du sol au plafond et de l'entrée à la machinerie, comme s'il redoutait le pire dans ce lieu de torture, qui plus est réservé aux femmes, en même temps qu'il en attendait le meilleur. Il en humait les vapeurs encore imprégnées de parfums corporels féminins, et de traces vivaces de patchouli. La Malie l'avait jaugé d'un coup d'œil. Dans la foule des aristocrates à manières, artistes grivoises, malades blafardes ou tordues qu'elle traitait chaque jour depuis des années, il détonnait.

L'homme fit un pas vers elle, retira la cigarette neuve éteinte qu'il portait négligemment au coin des lèvres, lissa sa chevelure qu'il avait noire et dense, séparée du côté gauche par une raie soigneusement tirée.

— Anselme Fortens ! C'est monsieur…

La Malie avait remarqué ses doigts tachés d'encre et le crayon qui dépassait de la pochette.

— … monsieur Garnier qui m'envoie.

Il se mit à rire, d'un rire de comédien, un peu forcé, très faux. Plus pour dissimuler le trouble qui l'avait gagnée que pour vérifier l'inscription de son dernier client du jour, la Malie consulta une nouvelle fois sa liste, prit le temps de chercher encore le nom qu'elle avait déjà repéré vingt fois, le trouva : Anselme Fortens, architecte.

— Il m'envoie, parce qu'il pense que ça me fera du bien. Je suis un peu fatigué, d'après lui. Qu'en pensez-vous ?

Seulement occupée à paraître professionnelle, rien que professionnelle, elle n'en pensait rien, rien du tout !

— Que dois-je faire ?

Elle aurait seulement voulu s'assurer que son chignon était encore bien en place – après son accouchement, elle avait renoncé à la coupe carmélite –, tenu par une ganse prune, que le trait de ses sourcils avait bien passé la journée, que son col de petite fraise blanche qui moussait par-dessus la blouse blanche du service ne s'était pas avachi. L'homme avait remarqué son effet sur l'employée des douches, cette femme qu'il devinait bien faite sous son vêtement de travail, les traits de son visage fins et réguliers.

Quel âge peut-elle avoir, se demanda-t-il en se rapprochant, trente-deux, trente-cinq, trente-sept ans ?

— Filer derrière ce paravent, retirer vos vêtements, passer votre tenue de bain, nouer cette serviette autour de votre taille, puis revenir ici, face à cette barre que vous empoignerez solidement des deux mains. C'est tout !

Elle avait parlé d'une voix blanche qu'elle n'avait pas reconnue, comme d'une autre femme qui l'aurait habitée, profita du moment où Anselme Fortens disparaissait derrière le paravent pour se réfugier dans son coin repos, et s'assurer dans le miroir qu'elle était présentable.

Que se passe-t-il, se dit-elle en corrigeant un sourcil indiscipliné, que t'arrive-t-il, ma fille ?

Le baigneur avait pris sa place, présentait le dos à la doucheuse, blanc nuancé de bronze. Il avait la jambe fuselée, finement musclée... Jambe de petit marcheur de ville... corps d'employé de bureau et d'amateur de salons... Elle empoigna la buse, tourna les robinets, dirigea le jet, aspergea. Elle eut aussitôt, pour la première fois de sa vie d'employée des bains, l'impression de caresser elle-même ce corps offert à ses soins, et le désir de le faire. L'homme poussa quelques petits cris d'oiseau. Elle força la pression sur les reins. La vapeur gomma bientôt la silhouette du gracieux rond-de-cuir cramponné à la barre d'acier.

La Malie sut, à ce moment-là, que cet Anselme Fortens, architecte, la mènerait... vers sa fille !

9

Mai 1885

La France mijotait depuis des mois dans la sauce puante du Tonkin. Pour avoir voulu renforcer la présence de Paris partout dans le monde afin de damer le pion à une Allemagne de plus en plus intéressée par les colonies, Jules Ferry avait condamné à l'enlisement dans les rizières de Lang Son les troupes du colonel Herbinger, massacrées par les Pavillons noirs chinois. Menée par Clemenceau, une brutale révolte parlementaire avait succédé au désastre, renvoyé Ferry à la rue, loin du fauteuil de président du Conseil pris à Fallières deux ans plus tôt. Et malgré l'émotion qu'elle suscitait déjà, l'annonce programmée de la mort prochaine du poète devenu icône nationale Victor Hugo ne parvenait pas à calmer la fureur populaire.

— Pensionnat des Tilleuls…

— Où est-ce ?

La Malie s'avança, en guimpe de mousseline blanche qui lui moulait le buste, serrée à la taille par une fine cordelette torsadée. Son ample jupe du dessous, en taffetas prune, froufroutait à chaque pas. Elle avait laissé ses longs cheveux ruisseler sur ses épaules, les repoussant du dos de la main, à chaque indiscipline, d'un geste élégant et rapide. Elle était là, simple, sans afféterie aucune, nature, telle qu'en elle-même, telle qu'il aimait la voir, la sentir, la toucher, la caresser.

— Viens… et je te dirai !

Anselme lui avait pris la main, l'attirait vers lui. Elle s'écarta d'un pas de côté, par jeu, pour forcer le désir. De là où il était, assis sur le lit, dans la chambre de service de sa doucheuse, il aurait pu apercevoir les premières promesses du printemps, mais il ne voyait que la femme. Quelque part sous la fenêtre entrouverte, des mésanges pioupioutaient. Lui n'entendait qu'elle.

Après leur rencontre dans la cabine de douche, il n'avait eu de cesse de la revoir, de se faire éclabousser par son regard, de se faire masser, meurtrir presque par son jet qu'elle savait faire violent parfois au point de le déséquilibrer, doux le plus souvent sur ses reins où naissaient des frémissements qui se propageaient par tout le corps, jusqu'à son bas-ventre. Certaines fois, il avait quitté la cabine sans se retourner de crainte qu'elle ne vît à quel point elle l'avait… ému ! Il avait pris l'habitude de venir, le soir, après le travail avec Charles, qui lui lançait : « Tu y vas ? Tu as raison ! Ça te fait le plus grand bien. Je te l'avais dit ! » avant de conclure, à la belle saison, d'un tonitruant « Moi, je vais au croquet ! » et, l'hiver, d'un non moins enthousiaste « Moi, je vais me faire plumer au whist ! ». Il l'avait revue, un peu par défi lancé à lui-même. Comment une femme aussi belle pouvait-elle vivre seule ? Il s'était renseigné. Comment une femme aussi désirable pouvait-elle ne pas avoir d'amant ? On ne lui connaissait aucune liaison, ni relation durable ou de passade, aucune amitié, qu'elle fût de femme ou d'homme, aucun intérêt autre que pour son travail. L'énigme l'avait taraudé au point qu'il avait décidé de venir se faire doucher au moins deux ou trois fois par semaine. L'occasion était belle aussi de tester son pouvoir de séduction qui, jusque-là, n'avait pas souffert le moindre échec. Les femmes qu'il avait connues ne s'étaient jamais plaintes de l'avoir fréquenté !

— Tu me dis…

Féline, elle était venue s'asseoir sur ses genoux, l'entourait de ses bras. Il avait fourré le nez dans son cou, respirant le bon parfum de sommeil encore niché dans ses cheveux, lui prit le lobe de l'oreille entre les dents, mordilla. La chair tendre cédait et résistait à la fois. Elle resserra son étreinte.

— C'est à Paris…

— C'est vaste, Paris ! Tu n'as pas davantage de précisions ?

Il avait dénoué la cordelette, passé une main sous la guimpe, caressait le dos de la femme qu'il avait cru séduire mais qui l'avait conquis, lui le bravache, le séducteur, le dompteur de filles à prendre. Effet ou non de leur différence d'âge – elle le dominait d'une petite dizaine d'années –, il s'était vite laissé aller à une forme de soumission qui ajoutait encore à son plaisir. La Malie lui donnait ce que, jusque-là, aucune jeune gazelle de son tableau de chasse n'avait pu lui offrir. Trop fougueuses, trop imprévisibles, trop décervelées dans les arabesques parfois sportives de l'élan amoureux ! Avec elle, il se sentait partager en toute plénitude la grâce des corps, la chaleur de l'amour et la délicatesse de l'esprit. D'où tenait-elle toutes ces qualités ? Elle avait toujours refusé de répondre à ses questions sur son passé, se contentant d'un « Je suis là ! c'est l'essentiel, n'est-ce pas ? Pourquoi se poser des questions, encore et toujours des questions ? ». Il n'en posait plus, attendait les siennes, auxquelles il répondait en minaudant comme un gamin.

— Dans le XVIe arrondissement, tu sais, le tout neuf arrondissement qui a repris une partie d'Auteuil et de Passy, vers le champ de courses, je crois… tu vois ?

Elle ne voyait pas. Paris lui était aussi étranger que la Lune ou la Chine. Mais elle voyait se rapprocher le moment où, peut-être, elle retrouverait sa fille. Depuis le jour d'été naissant où, onze ans plus tôt, elle avait jeté un dernier regard vers elle avant de monter dans le coupé qui devait la larguer comme un ballot sur le quai de la gare de Langres, pas une semaine sans un plan, toujours avorté, pas une seconde sans l'image de la fillette dans le regard ! Elle la voyait assez grande, mince, brune, visage fin éclairé par des yeux noisette, à sa ressemblance, jamais à celle de son père ! Son père…

— Tu as une adresse ?

Elle se coucha lentement sur le lit, guimpe relevée, poitrine découverte que léchaient des mèches de ses longs cheveux. Elle paraissait de porcelaine dans la clarté laiteuse tombée du ciel par la fenêtre entrouverte. Émoustillées par les premières tiédeurs de l'année, les mésanges pioupioutaient toujours dans les massifs.

— Allée des Tilleuls…

Elle se redressa vivement. Il donna un coup de langue sur l'aréole d'un sein, laissa courir ses doigts sur le velours de l'échine. D'un mouvement vif de la tête, elle avait rejeté ses cheveux sur l'épaule. La guimpe avait glissé de ses bras.

— Comment as-tu fait ? Où as-tu trouvé tout ça ? Tu ne me dis pas n'importe quoi, n'est-ce pas… rien que pour me faire plaisir, et… prendre le tien ? Dis-moi… tu ne me mens pas !

Le jeu de la peur la rendait plus belle encore. Anselme se mit à rire. Il s'était couché à côté d'elle. Dans le contre-jour, les yeux mi-clos, il la voyait de profil, suivait le fil d'argent de sa peau tracé par la lumière. Pour la première fois de sa vie, il découvrait l'aura d'une femme.

— Je te répondrai si tu me dis pourquoi tu veux absolument trouver cette fille de Darriaud, pourquoi il te l'interdit, pourquoi tu y tiens tellement ! Donnant… donnant !

Un long silence s'installa entre eux.

— Jusqu'à présent, je ne t'ai pas posé de questions, mais… comprends… je me les pose tout de même ! C'est curieux, ce besoin de retrouver cette enfant qui n'a aucun lien de parenté avec toi. Curieux, ma belle !

La Malie s'était figée. Elle fixait le plafond, respirait plus court, prenait de temps en temps une grande inspiration comme si elle allait se mettre à parler. Mais ne disait rien, semblait seulement attentive aux chamailleries des mésanges. Anselme lui prit la main, une main tiède et moite de femme angoissée qu'il ne connaissait pas.

— Pardonne-moi si je t'en demande trop. Mais ce n'est pas par curiosité malsaine, tu sais. Simplement... Darriaud et Charles Garnier sont amis et... je ne suis que l'assistant de Charles ! Il peut me renvoyer quand et comme il veut, sans explications à qui que ce soit. Tu comprends ?

Elle comprenait.

— Déjà que... ils savent que toi et moi... Darriaud a déjà fait comprendre qu'il ne supporte pas bien notre relation.

— Mais de quel droit, je te prie ? Il n'est ni mon père, ni mon...

Elle s'était redressée d'un coup, s'interrompit net, le dévisageant avec brutalité.

— De quel droit ? Je te demande un peu ! De quel droit ?

Anselme avait laissé passer le coup de torchon. À son tour de regarder le plafond. Elle s'était recouchée, lentement, sans le lâcher du regard. Depuis plus d'un an qu'ils se voyaient régulièrement, toujours chez elle, qu'il passait la nuit plusieurs fois par mois dans sa chambre de service, la Malie avait fini par éprouver une réelle affection pour le baigneur arrivé un jour dans sa cabine de douche sur ordre de son patron Garnier. L'aimait-elle ? Elle se le demandait souvent, se savait incapable même de se le dire. Son inquiétude quand il tardait à la rejoindre, l'angoisse qui la saisissait quand il mettait plusieurs nuits d'absence et de vide entre eux, le plaisir qu'elle éprouvait à le voir revenir après ses voyages à Paris où il avait – disait-il – des affaires à traiter, ses éblouissements de bonheur quand ils se donnaient l'un à l'autre et laissaient les corps vivre leurs pulsions les plus intimes, passer du désir à la possession la plus farouche... était-ce tout cela, aimer ? Il lui semblait désormais ne plus vivre que pour s'abandonner à cet homme, cueillir son abandon à lui, et... retrouver sa fille !

Après son aventure avec Darriaud, elle s'était crue à l'abri de ces émois, source le plus souvent de tragédie, n'avait pas connu d'autre homme malgré des vagues de désir nées d'une silhouette aperçue dans le couloir des soins, qu'elle s'efforçait de noyer très vite dans un brouillard parfois plus troublant encore. Quelques-uns avaient bien remarqué qu'ils ne la laissaient pas indifférente, s'étaient même imaginé qu'ils lui faisaient forte impression, s'étaient rapprochés d'elle, l'avaient invitée à les rejoindre sous la galerie, dans leur chambre même pour les plus effrontés qui croyaient la femme à ce travail capable d'activités plus intimes, voire destinée surtout à l'après-douche ! Une femme hors de la maison, occupée à autre chose que les soins à son mari et à ses enfants, ne pouvait être que disponible à tous les besoins des baigneurs ! Toujours, elle avait reçu la proposition, pire, le geste, comme une brûlure, comme une lame enfoncée dans une plaie trop fraîche qui libérait alors son flot de douleurs et de sang. Depuis la naissance de Julie-Victoire, aucun homme ne l'avait touchée.

Puis, un jour... grand, mince, serré dans son costume pied-de-poule grège, bottines à boucles et bouts vernis, poignets à boutons de nacre, col rigide montant, cravate souple flottant sur le gilet de satin peau de taupe, l'allure d'un dandy, le regard de velours sous des sourcils épais... Anselme !

— J'ai...

Elle avait saisi le drap à pleines mains, le froissait nerveusement, si fort que les jointures avaient blanchi.

— Tu as...

Anselme s'était adossé au bois de lit. Il caressait le front de cette femme si belle dont, du souffle, de la langue, du bout des doigts, il avait parcouru tous les itinéraires du plaisir, dont il goûtait le miel et s'enivrait de la lumière portée par son regard. Ses cheveux en vagues sur le drap, la nuque, les épaules de porcelaine dans l'éclosion du jour... La Malie était très pâle. Loin, du côté du parc, des roues sur les graviers, le pas d'un cheval, lent, paisible, ordinaire.

— J'ai...

— Tu peux tout me dire, ma chérie. Je suis un tombeau ! Jamais rien de ce que tu me diras ne sortira de moi, je te le jure !

La Malie parut soudain se détendre. Elle relâcha le drap, prit une grande inspiration.

— Voilà ! Je suis l'une des plus anciennes employées de l'Établissement. Monsieur Louis Bouloumié m'y a engagée dès mes seize ans, ce qui a rendu mon père furieux...

Elle élimina le souvenir d'un revers de main.

— Mon père... peu importe ! Quand le docteur Darriaud est arrivé, je connaissais si bien le travail qu'il m'a confié quelques responsabilités. Nous sommes devenus...

Elle s'interrompit soudain, chercha ses mots, se demandant si elle devait en dire davantage à Anselme.

— Devenus… presque… amis. Il m'invitait, de temps en temps, au thé ou à souper chez lui. J'ai fait la connaissance de sa femme, Apolline, d'une autre classe, un peu…

D'autres attelages déchiraient maintenant le gravier des allées, des cris d'enfants, des voix de mères, des appels de maîtres à des chiens en goguette. Le parc s'éveillait.

— … un peu… distante, froide, parfois même… un peu méprisante envers l'employée que j'étais… que je suis. Puis…

La Malie se tourna de côté, vers la fenêtre. Il ne voyait plus que les vagues de ses cheveux, la nacre de son épaule dans le contre-jour, la courbe de sa taille et la forme de ses jambes repliées sous le taffetas prune de la jupe.

— Puis Apolline est devenue grosse. Son mari n'eut plus d'égards que pour elle, qui le lui rendait très mal. Elle se mit à le traiter comme un domestique. Il encaissait, mettant ses fantaisies et sautes d'humeur sur le compte des bouleversements de son corps qu'elle supportait mal. Elle lui reprochait de l'avoir mise dans cet état, craignait d'être déformée par sa grossesse…

La Malie parlait très vite, d'une voix à peine audible, les mots bousculant les mots, les phrases chevauchant les phrases.

— Après la naissance – une fille, à tout prendre elle aurait préféré un garçon –, elle manifesta aussi peu d'attention au bébé que s'il se fût agi d'un jeune chiot. Alors, Darriaud me proposa de venir plus souvent encore, de retrouver chaque jour la nourrice – Apolline ne voulait pas allaiter de peur de s'abîmer la poitrine –, d'être, auprès de l'enfant, ce que la mère n'était pas. Pendant plusieurs mois, j'ai joué ce rôle de deuxième mère... jusqu'à ce que le médecin décide de mettre la petite Julie-Victoire en nourrice dans son pays, le Berry. Je l'y ai accompagnée, l'ai laissée là-bas, mais je m'y étais attachée. Et puis... il avait insisté pour faire de moi sa marraine. J'ai accepté. Je suis sa marraine ! Il avait dit que je pourrais la voir quand je voudrais. Mais sa femme a tout de suite interdit toute relation, même par lettre. Alors, pour avoir la paix, il m'a écartée, même ici, au travail. Je n'ai jamais revu ma fill... eule.

Au loin, du côté du village, huit heures tombaient du clocher de Saint-Rémy.

Elle se retourna brusquement, lui adressa un douloureux sourire. Elle pleurait. Il l'attira vers lui, tout contre lui, la serra si fort qu'elle crut étouffer. La ceinture de la jupe s'était défaite. Le taffetas découvrait son ventre, le triangle d'ébène à la naissance des cuisses, les jambes qu'elle nouait à présent avec celles de l'homme. Il en fut bouleversé.

Au loin, le rappel de l'heure, dans la tour de la grande église, et sa réplique chevrotante, du clocher branlant de Saint-Privat.

Anselme eut l'impression d'en savoir assez. Il reprit :

— Tu veux savoir comment j'ai su ?

Elle se blottit dans ses bras, petite fille, pelotonnée, tremblante, comme soudain prise de froid. Il tira à regret le drap sur elle, et la couverture, la tint bien au chaud de sa chaleur.

— Mon patron Charles Garnier et le docteur Darriaud se voient souvent, pour des raisons techniques, les indications médicales nécessaires à la conception des lieux de soins, pour l'amitié aussi. À force de se fréquenter, ils sont devenus assez proches, tu le sais. Un jour, c'était la semaine passée, nous étions tous les trois dans le bureau du médecin, à réfléchir sur un plan. À un moment, il a fallu aller jeter un coup d'œil sur le chantier. Alors ils m'ont laissé seul sur place. J'avais quelques tracés à modifier, et deux ou trois notes à mettre au propre. La veille, tu m'avais encore parlé de sa fille et de ta volonté de la revoir. Je me suis dit que je trouverais peut-être des indices, là. J'ai fouillé la bibliothèque, les tiroirs du bureau, et je suis tombé sur une liasse de lettres récentes à en-tête du pensionnat des Tilleuls, allée des Tilleuls, Paris. J'ai ouvert la dernière, datée du 21 avril, tu vois… récente…

— Tu l'as prise ? Tu l'as emportée ? Je peux la voir ?

— Je ne voulais pas voler une lettre à Darriaud. Personne ne vient dans son bureau, à part Charles et moi, et la femme de ménage. Il aurait tout de suite compris qui avait fait le coup. Je ne voulais pas prendre ce risque ou le faire prendre par quelqu'un d'autre ! Comprends-moi ! Se faire pincer aurait ruiné tes espoirs.

Elle comprenait, bien sûr. Mais elle aurait tellement voulu toucher ce papier qu'avait touché sa fille, lire ses mots, découvrir son écriture !

— Je ne l'ai pas volée, mais je l'ai lue.

— Que disait-elle ?

— Elle disait... oh, peu de choses : qu'elle mangeait bien, que sa santé était bonne, qu'elle en espérait de même pour eux, que le français lui plaisait bien, moins le calcul. Mais ce qui m'a surpris : elle n'attendait pas de les voir. La froideur de sa lettre... Comme si elle avait été adressée à des étrangers.

— As-tu jeté un coup d'œil aux autres lettres ?

— Oui, très vite, tu l'imagines. Ils pouvaient revenir d'un moment à l'autre. Toutes les mêmes, à quelques détails près. Toujours la même froideur. Impression de lettres dictées, toujours sur le même modèle, avec les mêmes mots, la même...

Anselme déposa un baiser dans les cheveux de la Malie blottie tout contre lui.

— ... la même... indifférence. Curieux, tout de même, pour une gamine de son âge qui doit pourtant avoir besoin de ses parents ! À cet âge-là, un enfant a besoin de ses parents, nom d'un chien ! Ou alors...

— Ou alors ?

Il baisa une nouvelle fois les cheveux de la femme.

— Ou alors... je ne sais pas ! Son père, très occupé à la rigueur ! Mais sa mère ! Une gamine de cet âge doit être en manque de sa mère, non ?

La Malie se dégagea. Drap et couverture la découvrirent. Telle une statue d'albâtre, elle s'était dressée devant lui.

— La prochaine fois que tu iras à Paris, je pourrai peut-être aller avec toi ! Je pourrais peut-être l'apercevoir ! Dis... tu y retournes quand, à Paris ?

Anselme ne put soutenir son regard, suppliant et pointu à la fois. Un instant, il se sentit flotter. Elle, si belle, et si douloureuse !

— Dans quinze jours, trois semaines peut-être. Comme je n'ai plus grand-chose à faire ici, je dois aller sur le chantier du Sacré-Cœur, à Montmartre. Je vais peut-être y décrocher des missions techniques. Après la mort d'Abadie, tu sais, l'architecte qui en a dessiné les plans et dirigé les premiers travaux, les équipes ont été perturbées. J'aimerais bien entrer sur un tel chantier, tellement prestigieux, même s'il est très contesté par les politiques.

Elle ne savait pas qui était Abadie, n'avait pas envie de le savoir.

— Tu m'emmèneras, dis ? Tu...

Féline, elle se coula contre lui, jambes mêlées, poitrine à fleur de poitrine, souffle dans souffle...

— Viens !

Le coup de la demie tomba de Saint-Rémy sur les lavandières du Petit Vair et les gamins qui fouettaient la tête de moine[1] sur la place des Dames. Saint-Privat bégaya son écho.

La journée promettait d'être belle.

Elle le fut.

L'ampleur du chantier lui coupa le souffle ! Elle en avait déjà vu, la Malie, des fouilles, des tranchées, des échafaudages, des monceaux de pierres, des escouades d'ouvriers, des convois de tombereaux tirés par des ardennais plantureux et solides ! Mais

1. Fouetter la tête de moine : jouer à la toupie.

là, c'était dix fois, vingt fois Vittel dans ses moments de chantiers les plus imposants !

— Rends-toi compte, l'exploit ! lui répétait un Anselme aussi agité qu'un chat aux prises avec quatre souris. Bâtir un tel immeuble sur un sol aussi incertain ! Elle est aussi creuse qu'une fourmilière, cette butte ! Abadie a dû – tiens-toi bien ! – faire creuser quatre-vingt-trois puits de trente-huit mètres de profondeur, y couler des piliers de béton reliés par des arches, pour tenir l'ensemble !

Elle se tenait bien, cramponnée à son bras. À leurs pieds, Paris, infini, fondu dans une brume laiteuse, le serpent argenté de la Seine, le dôme d'or des Invalides, la rumeur de la ville.

— On dit même, maintenant, que c'est le Sacré-Cœur qui supporte la Butte, et non l'inverse ! Quel prodige technique !

Ils étaient arrivés à Paris deux jours plus tôt. Ils avaient dû prendre le temps d'organiser leur absence afin qu'elle ne parût suspecte à personne. D'abord, Anselme avait pris le train, avec outils et bagages, après avoir promis à Charles Garnier de le revoir là-bas. Ce qu'avait accepté l'architecte qui, lui aussi, devait regagner la capitale pour d'autres grands travaux, et y marquer son territoire !

Puis, une semaine plus tard, la Malie avait annoncé à Darriaud son inévitable départ pour la Franche-Comté, sa mère y étant malade. Elle devait y aller la soigner. Il avait reniflé d'une manière peu élégante en affichant un curieux rictus, comme pour lui dire : « Tu te moques de moi, ou quoi ? » Alors, elle lui avait mis sous le nez une lettre de Léo. Son frère lui écrivait qu'il avait depuis quelques semaines des problèmes de poitrine, et que sa mère avait de plus en plus la tête ailleurs, qu'il lui arrivait de refuser la nourriture des jours durant, qu'elle était devenue maigre à faire peur ! Le médecin avait tordu le nez, relu la lettre de Léo, regardé son employée d'un air suspicieux.

« Alors, comment vais-je faire, moi, avec les douches ? Vous me mettez dans l'embarras. En pleine saison ! Rendez-vous compte... en pleine saison ! »

Elle se rendait compte. Mais l'embarras de Darriaud lui avait presque donné envie de rire. Elle en avait éprouvé une sorte de plaisir que, pour ne pas compromettre son plan, elle avait tenté de dissimuler, sans y parvenir vraiment.

« Tu t'en moques, n'est-ce pas ?

— Pardon ? »

Il avait fait un pas de côté, rajusté sa cravate, s'était repris :

« Et... combien de temps comptez-vous rester là-bas ? »

Il avait insisté sur le « vous ».

« Le temps nécessaire pour faire le point avec eux, les soigner, rencontrer des médecins...

— Rencontrer aussi un valet d'architecte, peut-être... »

Un métal brûlant, dans les veines de la Malie. Comment savait-il ? Que lui avait-on dit ? Avait-il vu, ou remarqué par lui-même ? Il la fixait d'un étrange œil de corbeau habité de fugaces lueurs bleues. Elle avait détourné le regard. Peut-être jouait-il simplement au poker. Sur les rayons de sa bibliothèque, toujours les mêmes livres, *Monographie des dermatoses*... Ioannes Agricola, *De Helotide sive Plica Polonica*... Oui, il jouait à mentir pour la piéger !

« Je n'ai jamais aimé les Tartarin, pas plus aujourd'hui qu'hier, pas plus de Tarascon que de Vittel ! »

Elle l'avait sonné. Un court instant, il avait paru vaciller. Mais il avait encaissé le coup. Alors, s'étant ressaisi, blême, il s'était approché à la bousculer, lui avait soufflé au visage :

« Tu me le paieras !

— Je paie déjà, depuis onze ans ! Je paie chaque jour... le prix fort ! N'est-ce pas suffisant ? »

Une colère froide donnait à sa voix un éclat métallique qui avait surpris Darriaud.

« Parle plus bas, je ne suis pas sourd ! On pourrait t'entendre !

— Si on m'entendait, que feriez-vous ? Iriez-vous bramer par toute la station que je suis folle à lier, que je délire, que j'exerce sur vous un chantage de femme vénale ? Que je suis une putain, moi... la mère de votre fille ! »

Sous la violence de la repartie, il était devenu livide.

« Tais-toi !

— Même mon père n'a pas réussi à me dompter, pourtant il était autre chose qu'un chasseur de casquettes, lui ! Voulez-vous que je vous dise... »

Il avait reculé d'un pas, considérant la femme comme s'il la voyait pour la première fois.

« Oui, je paie depuis onze ans ! Ne serait-ce pas votre tour, maintenant ? »

Il avait glissé les mains dans ses poches pour conjurer le tremblement qui l'avait saisi, était resté un long moment immobile face à cette femme dont, malgré lui, il percevait la douleur. Il n'avait pas peur d'elle. Il avait mal, avec elle. À pas lents, il avait marché vers son bureau, s'y était assis lourdement, comme écrasé par une charge trop pesante, avait tiré un papier d'une liasse, l'avait signé d'un trait nerveux, glissé dans une enveloppe avec d'autres papiers qu'elle n'avait pas eu le temps de voir, s'était levé.

« Vous pouvez y aller. Je me débrouillerai. Bon voyage ! »

La Malie avait pris l'enveloppe, tourné les talons. Elle allait sortir quand la voix l'avait fait tressaillir :

« À bientôt ! »

Arrivée chez elle, elle avait trouvé, dans l'enveloppe, pliés avec l'autorisation d'absence… quelques billets de banque.

Le soir même de leur débarquement sur le quai de la gare de l'Est, après avoir posé les bagages dans son deux-pièces en soupente de la rue du Château-d'Eau, Anselme l'avait menée en omnibus à travers les rues de Paris jusque dans les quartiers neufs des lisières du bois de Boulogne. La voiture débordait de passagers. Jusqu'au Trocadéro, ils avaient fait le parcours sur l'impériale, cramponnés au bastingage, le nez et les cheveux au vent de la course qui, à force de jouer avec le ruban de satin mauve, avait défait son chignon. Elle riait à gorge déployée, s'étonnait de tout, voulait tout connaître.

L'air embaumait le cuir, le crottin, l'écume musquée des chevaux, l'ylang-ylang des bourgeoises corsetées, en chapeau fleuri surmonté d'un plumet à la saint-cyrienne ou voilette mouchetée, la taille à l'empan des deux mains, d'une grâce de libellule. Émoustillés par l'ardeur du soleil, les parfums et la liberté de ses cheveux, les hommes lui lançaient des regards envieux, tandis que, agacées par leurs minauderies de collégiens, les femmes marmonnaient en malaxant la soie de leur ombrelle repliée. Des cascades de soleil ruisselaient sur les façades dorées jusque dans les rues et les fonds de ruelle encombrés d'une foule grouillante.

Anselme jubilait comme un gamin de la voir s'amuser du spectacle de la capitale, lui montrait ici un passage de boutiques qu'il promettait de lui faire emprunter tantôt, la perspective de la rue de Lübeck, « ainsi baptisée pour rappeler la victoire française de novembre 1806 sur les Prussiens ! » et, là-haut, sur la Butte, le squelette de bois du Sacré-Cœur dressé contre le ciel. Il lui avait montré, au 61 de la rue La Fayette, l'hôtel du *Petit Journal* – l'image d'Apolline lisant avait alors surgi de la mémoire de la Malie, s'était imprimée sur la façade –, puis, ayant aperçu des ouvriers en train de visser de nouvelles plaques de rues, lui avait expliqué pourquoi l'ancienne rue de Morny venait de prendre le nom de Pierre Charron, un moraliste ancien dont elle n'avait jamais entendu parler ; enfin, à l'arrivée sur la place du Trocadéro, il avait raconté la prise du fortin de même nom, en 1823, devant Cadix, comme s'il en avait été l'un des combattants et, sur les révolutionnaires libéraux espagnols, la victoire du corps expéditionnaire français emmené par le duc d'Angoulême, qui avait permis de rétablir le Bourbon Ferdinand VII sur le trône de Madrid en offrant à l'ancienne place parisienne du Roi-de-Rome son nom tout neuf de vieux régime. Anselme s'était enflammé : « Comment ont-ils pu, ces monarchistes d'opérette, remplacer le nom du fils de Napoléon par celui d'un fortin perdu sur une côte d'Espagne dont nul n'avait que faire en France ? Comment ? »

Jamais il ne lui avait parlé de sa passion pour l'histoire. La Malie s'en était étonnée. Alors, dans le cabriolet qui les avait transportés jusqu'au 67, boulevard de Montmorency – « haut lieu de la littérature de notre temps, lui avait-il dit, c'est là que les frères Edmond et Jules de Goncourt recevaient leurs amis, Maupassant, Zola, Alphonse Daudet... » –, il lui avait confié sa passion pour l'Empire, le premier, celui qui avait « enraciné définitivement en France les valeurs de la République tellement malmenées aujourd'hui ! La preuve : le Sacré-Cœur ! Comment peut-on, dans notre pays, laisser construire un monument à la gloire de l'Église catholique ? » Il gesticulait, s'emportait, tressautait dans le cabriolet qui, déjà, dansait de tous ses ressorts sur les pavés du nouvel arrondissement. « C'est une insulte de pierre aux courageux communards qui, eux, voulaient vraiment vivre en fraternité ! Ces pauvres victimes de Thiers et de ses sbires ! » Le cocher tendait l'oreille. « Pourquoi crois-tu que je me suis installé rue du Château-d'Eau ? Pourquoi ? » La Malie lui avait pris la main. « Parce que c'est là que Louise Michel a donné ses premiers cours d'institutrice, chère amie, à Paris, au

14 de cette rue, chez madame Vollier. Voilà pourquoi j'habite à cet endroit ! » Le vent de la course faisait voltiger sa cravate et donnait à sa chevelure des allures d'étrille. Mais il s'en moquait comme d'une guigne. Lui qui, à Vittel, soignait tellement sa mise se laissait aller dans les rues de Paris à un abandon de dilettante. Dans la lumière mauve du soir, il rayonnait de fierté et de bonheur. Il s'était penché vers la Malie, lui avait soufflé à l'oreille : « Je t'aime. » Pour la première fois. Un flot de miel avait coulé en même temps dans leurs veines.

Une porte massive dans une muraille que débordaient des ramures de tilleuls en fleur et de marronniers gommeux, une enseigne en arc de cercle sur le fronton, *Pensionnat des Tilleuls*. L'établissement était d'un sinistre à se pendre. La Malie frissonna. Anselme la prit par l'épaule, la serra très fort contre lui, à l'étouffer.

— C'est là, dit-il.

Quelque part dans le parc s'égosillaient des merles.

— C'est là, répondit-elle simplement.

Ils avaient laissé derrière eux l'agitation du cœur de ville. Des rumeurs et des senteurs de forêt s'égaraient entre les hôtels particuliers. Il faisait bon, et tiède et calme, mais sinistre devant ce portail massif encadré de pierres taillées dans un mur de prison. *Pensionnat des Tilleuls*.

Au bout de l'allée, le cocher déployait la capote du cabriolet. Anselme lui avait demandé d'attendre.

— Crois-tu que...

Elle montrait la poignée de sonnette, tendait la main, allait la saisir.

— Surtout pas ! Pas ce soir ! Pas comme ça ! On revien...

Soudain, une serrure qui claque, le lourd portail qui s'ouvre, lentement, très lentement. Alors, dans l'entrebâillement, avant qu'apparût qui que ce soit, ils purent voler quelques images qu'elle n'oublierait pas de sitôt : une allée de terre ocre bordée de festons métalliques sous des buis taillés, au fond un imposant bâtiment de faux antique, perdu dans les frondaisons d'un parc enseveli sous des cascades de cytises... Un lourd panier au bras, une femme en manteau de drap prune, petit chapeau à cerises et mitaines de dentelle noire, se déhanchait à tirer sur le vantail. Elle les aperçut, s'interrompit, les dévisagea un moment, referma le portail, marcha sur eux.

— Que voulez-vous ?

Œil d'agate noire veinée de gris, lèvre plissée tremblotante sous une ombre de moustache, tête engoncée dans les épaules, elle n'avait pas salué, gardait ses distances. La femme à moustache répéta, d'une voix rauque :

— Que voulez-vous ?

Anselme fit un pas vers elle.

— Je suis un jeune architecte, et voici mon épouse. Nous sommes en promenade dans ce quartier si riche en belles constructions. Cette allée, surtout ! Une vraie leçon d'architecture et d'urbanisme !

La femme à l'œil noir le considéra des pieds à la tête et de la tête aux pieds d'un air soupçonneux, jeta un coup d'œil à son « épouse », revint à lui, qui ne lui laissa pas le temps de reprendre :

— Ce domaine, par exemple, me semble intéressant. Sa situation, son implantation dans le parc, son harmonie générale… Est-il possible de le visiter ? C'est pour mon métier, vous comprenez !

— Moi, je ne peux rien vous dire. Je ne suis…

Elle ronchonnait de sa voix caverneuse plutôt qu'elle ne parlait.

— Comment est-il possible de prendre un rendez-vous, pour une visite ?

Il jeta un rapide coup d'œil complice à la Malie.

— De plus, nous cherchons une bonne école, pour notre fille, et… nous avons entendu parler de…

— Je n'ai pas le temps de vous répondre, monsieur. Mon service est fini. Je dois rentrer chez moi. Écrivez à la directrice. Elle vous répondra. À cette heure-ci, pas la peine de sonner, plus personne ne viendra vous ouvrir. Ou bien…

Elle parut réfléchir, rajusta son panier couvert d'un torchon à carreaux d'où dépassait le goulot d'une bouteille.

— Ou bien… passez ici même demain tantôt, à cinq heures du soir, c'est l'heure de la promenade. Vous poserez la question aux professeurs qui accompagnent les pensionnaires. Ils sauront vous en dire plus que moi, allez !

Elle n'avait pas fini sa phrase que, déjà, elle avait tourné les talons, filait à petits pas secs, disparaissait derrière le cabriolet dont le cocher pendait un sac d'avoine au filet du cheval.

— Demain… cinq heures !

Le lendemain, ils avaient refait le même trajet, toujours à l'impériale, sous un ciel menaçant. Éclatées sur les pavés du Trocadéro, quelques gouttes avaient fait éclore des parapluies gris, noirs, rouge sang ou bleu d'outremer, chassant les enfants derrière leurs cerceaux vers les omnibus du retour. Floraison spontanée, hérissée ici et là d'appels de mères, d'ordres de pères, et de cris de gamins. Puis, avec un vent frais tombé du nord, le ciel s'était éclairci, avait viré au mauve sur le mont Valérien. Ils avaient choisi de marcher jusqu'à l'allée des Tilleuls, à contre-courant de quelques landaus et phaétons menés par des serviteurs en livrée qui, en plumes de nandou, satin, cigare cubain et gants de fin pécari, cavalcadaient vers les réceptions du soir.

Un vif courant d'air venu de la Seine les accueillit à l'entrée de la rue. Il portait des effluves d'humus et d'herbe fraîchement coupée qui rappela aussitôt à la Malie le bois du Hazau et les prairies des Mouchottes où, avec Léo, elle allait courir autrefois. Celles aussi du mont Saint-Jean, où elle aimait observer les alouettes… Polyte… Elle frissonna, chassa l'image, ramena son châle sur ses épaules. Anselme la prit par la taille.

— Tu as froid ?

Elle répondit d'un sourire qui voulait signifier « Je vais bien ». Mais il avait remarqué sa pâleur d'albâtre.

— Tu es sûre ?

Elle tendit ses lèvres. Il les baisa furtivement.

— Attention, on pourrait nous voir !

— Et alors ! Je m'en moque, qu'on nous voie !

Elle avait répondu sur un ton sec qui le mit mal à l'aise.

— Viens, avançons ! J'ai hâte de…

Ils étaient presque arrivés devant le portail verdâtre façon prison. Anselme tira la montre de son gousset.

— Cinq heures, pile ! Ils ne devraient pas tarder…

Il n'eut pas le temps de finir sa phrase. Le portail s'ouvrait déjà, tiré par un homme en vareuse grise, une casquette vissée sur l'oreille, un tâcheron, le jardinier peut-être. L'allée de terre ocre bordée de festons métalliques apparut, les buis taillés, le bâtiment de faux antique, le parc enseveli sous des cascades de cytises… L'homme se redressa, jeta un coup d'œil à la rue, à main droite, à main gauche. Derrière lui, toujours à l'intérieur de la propriété, des jeunes filles en noir, raides comme des piquets de clôture. Il fit un signe. Encadré par deux femmes en longue robe noire, couvertes d'un voile rassemblé en sac sur la nuque à la manière des religieuses, le groupe sortit du parc, en file par deux, les plus petites devant. La surveillante qui fermait la marche avait une allure de fort des Halles. Les jeunes filles allaient d'un pas vif, regardant droit devant, toutes vêtues d'un uniforme noir, jupe au mollet pour les plus jeunes, aux chevilles pour les dernières, en bottines haut lacées et bas épais de laine noire, le bustier noir couvert d'une chape noire en forme de col marin festonné de blanc, chapeau-galette noir à ruban blanc posé sur un chignon bas très serré.

Ils s'étaient adossés au mur d'enceinte pour permettre le passage de la troupe. Le cœur de la Malie battait à tout rompre. Elle aurait voulu pouvoir détailler tous les visages, apercevoir enfin celle qu'elle avait abandonnée onze ans plus tôt dans une ferme du Berry, la reconnaître, lui faire voir qu'elle était là, elle, sa mère, sa seule et unique mère ! Mais les sauts de cabri de son cœur, et son tremblement, et cette buée soudaine qui estompait tout... elle ne voyait rien, qu'un groupe noir dans une rue noire franchissant un portail verdâtre de prison. Les dernières filles allaient passer devant elle, tandis que le cerbère, à grandes enjambées, avait rejoint sa collègue de tête pour des consignes d'itinéraire quand, soudain, la Malie saisit un regard, des yeux bleus, si bleus, presque transparents... les yeux d'Antoinette, sa mère à elle ! La fille était grande, mince. Elle regardait droit devant, semblait sourire, à la rue, au ciel, à la forêt promise. Ses cheveux en chignon, d'un blond très doré, sous le chapeau-galette noir à ruban blanc...

— Julie...

La Malie n'avait pu s'empêcher, au moment où la jeune fille passait juste devant elle. Un murmure... une plainte... un appel... Anselme lui donna un coup de coude. La surveillante s'était arrêtée, observait la colonne d'un œil aussi noir que sa robe, attendait de reprendre sa place en queue du cortège.

— Julie...

Alors, la jeune fille aux yeux bleus, si bleus, presque transparents, aux cheveux si blonds sous le chapeau-galette noir à ruban blanc, sembla subitement marquer le pas ; elle tourna la tête, présenta son visage de face ; son regard croisa celui de la Malie.

— Jul...

— Allons, allons, marchez, mademoiselle, marchez ! Ne vous laissez pas distraire ! Marchez !

Ne restait du défilé que des senteurs de savon de Marseille et de lavande qui jouaient dans les remous du vent du nord. La Malie s'accrocha au bras d'Anselme, qui la sentit défaillir.

— C'est elle !

Le souffle lui manqua soudain. Impression de se noyer.

— Je l'ai vue ! C'est elle !

Les sanglots l'emportèrent.

Au même moment, à une portée de regard de l'allée des Tilleuls, Victor Hugo agonisant écrivait sa dernière ligne :

Aimer, c'est agir.

10

Janvier 1895

Ma chère sœur,

Tu sais combien je répugne à t'importuner avec nos affaires de famille, mais je sais que la santé de notre mère te préoccupe. Aussi, je me dois de te donner des nouvelles qui, pour l'heure, ne sont pas bonnes. Malgré les soins que lui donne le médecin de Saulx, elle décline au point de perdre maintenant la raison. La semaine passée, je suis allé la voir. Elle ne m'a pas reconnu ! C'était la première fois. Comment te dire ce que m'a fait de ne pas être reconnu par notre propre mère ? Je n'ai pu rester qu'une petite heure à son côté, tellement j'avais mal de la voir ainsi, tellement aussi elle sentait mauvais. Pardonne-moi de te l'écrire si brutalement, mais c'est la pure vérité, et je ne vois pas pourquoi je ne te le dirais pas. Elle ne mange plus seule, fait ses besoins sous elle. Je ne sais combien de temps cette vie va encore durer, une vie infernale pour moi qui la vois ainsi, mais pas pour elle, qui ne se rend plus compte de rien. Dans ses rares moments de raison, elle est d'une méchanceté qui, parfois, me fait regretter de la voir sortir de sa torpeur. Le médecin me dit qu'elle peut durer encore comme ça des mois, des années même ! Tu ne peux pas t'imaginer…

La Malie posa la lettre sur la table, choisit une bûche, la jeta dans le foyer. Le Godin reprit aussitôt ses ronflements familiers. Elle resta un long moment debout devant la fenêtre, à regarder la neige que la bise couchait en violentes rafales sur le parc.

Depuis plusieurs semaines, l'hiver et la politique pétrifiaient tout le pays. Un hiver hargneux, sec et glacé, qui avait pris les mares, les étangs, le Petit Vair, et même les sources. Il avait fallu tout fermer à l'Établissement, purger les conduites, les bacs en charge de la doucherie, les installations sanitaires des hôtels, du Pavillon de Cérès au Grand Hôtel, en passant par le Casino. Le sol était gelé sur trois à quatre coudées, au point que les morts attendaient en silence leur retour à la terre, épaule contre épaule, dans le local technique du nouveau cimetière. On n'osait plus s'aventurer en forêt pour les affouages, ni aux Seize-Mutins, ni dans le bois de la Voivre, de crainte de se faire tuer par les branches qui s'abattaient sans prévenir dans un bruit de cristal brisé. Du côté de Châtillon, des paysans avaient aperçu des loups à deux pas des maisons…

… Tu ne peux pas t'imaginer le mal que ça me fait de la voir ainsi et de ne pouvoir rien faire pour l'aider à retrouver sa tête. Elle est tellement malheureuse que j'en perds le sommeil. Alors, je suis parfois dans de tels états de fatigue que mon travail s'en ressent. Mon patron me secoue, et ça repart… mais jusqu'à quand ?

Demain, si je trouve un cheval, je vais aller à Saulx. Si je n'en trouve pas, j'irai à pied. J'ai de bons brodequins. Voilà douze jours que je n'ai pas vu notre mère. Dans quel état vais-je la trouver là-bas ? Je n'ose y penser.

J'espère que tu vas bien et que le froid n'est pas si terrible chez nous qu'ici. Tous nos puits sont gelés, même le plus profond de la Courbière, malgré ses presque vingt coudées. On doit faire fondre la neige pour avoir l'eau des bêtes et des gens ! Sacré hiver ! Vivement le printemps.

Je t'embrasse.

Ton frère qui pense toujours à toi,

Léo

Quant à la politique…

Le coup de poignard lyonnais en plein cœur du président Sadi Carnot, en juin de l'année précédente, avait rendu fous tous les élus, du plus bas niveau au plus élevé, du conseiller municipal au sénateur. Félix Faure venait de succéder à l'Élysée à un Casimir-Perier qui, tétanisé par un climat politique où la gauche tout entière était assimilée à un ramassis d'assassins, n'avait réussi à contenir sa peur que durant cinq mois et deux semaines. Pourquoi avaient-ils ordonné à la Veuve de l'Abbaye-aux-Cinq-Pierres [1] de trancher la tête de Vaillant, qui, lui, n'avait tué personne ? Pourquoi ? Son pétard lancé à la Chambre des députés avait fait plus de peur que de mal dans la fourmilière parlementaire. Bien davantage encore que sa bombe au palais Bourbon, le cri qu'il avait lancé, « Vive l'anarchie ! Ma mort sera

1. La guillotine, installée sur l'emplacement du couvent des Hospitaliers de La Roquette. La place était pavée de pierres, dont cinq, très grandes, qui portaient l'échafaud.

vengée ! », au moment où sa tête allait rouler dans le panier d'osier, avait glacé d'épouvante les tenants d'un pouvoir suspendu au fil ténu d'une République monarchiste et salique convoitée par les restaurateurs de l'ordre ancien. Ils étaient tous devenus fous… de terreur !

« … que le froid n'est pas si terrible chez nous… »

La Malie frissonna. Elle avait eu beau bourrer jusqu'à la gueule le Godin qui ronflait comme un soufflet de forge, elle avait froid. Faim et froid. Elle était seule.

Les derniers baigneurs avaient quitté la station thermale début novembre. Partis à reculons, les artistes attardés, musiciens, comédiens et chanteurs qui l'avaient animée durant toute la saison avaient regagné Paris où régnait un Rodin prosterné aux pieds d'une jeune sculptrice, Camille Claudel – « Ma très bonne à deux genoux devant ton beau corps que j'étreins » –, surveillée, depuis le 31, boulevard du Port-Royal, par son tyrannique frère Paul – pas encore converti au catholicisme triomphant par effet de deuxième pilier miraculeux, un soir de Noël, dans la nef de Notre-Dame de Paris – terrifié à l'idée que la libre vie d'artiste de sa sœur pût nuire à sa carrière naissante de diplomate. L'automne ayant coulé sa grisaille dans la ville et ses ors sur les forêts, Ambroise et Pierre Bouloumié avaient tout fermé dans l'Établissement thermal pour, aussitôt, ouvrir les chantiers des constructions nouvelles à livrer clés en main pour la saison suivante : hôtel de Châtillon, villas Nino et Haréloup, première tranche du gigantesque hôtel Continental.

Pour la première fois, le couple Darriaud était parti passer l'hiver dans le Berry que, pourtant, Apolline abhorrait. Comment avait-il réussi à la convaincre ? Nul ne le savait ! Pas même lui qui, durant les préparatifs de voyage, se demandait encore s'il allait là-bas fuir quelque chose ou quelqu'un, ou retrouver, dans les replis de la vallée Noire, des souvenirs, des élans d'enfance, des fantômes. Tous les jours précédant leur départ, Apolline avait arpenté les allées du parc d'un air perdu, s'arrêtant au niveau des passants, se posant face à eux, prête à leur parler mais restant muette, regard étrangement fixe, repartant en grommelant et balançant son ombrelle à bout de bras, gesticulant parfois entre les dernières roses. Le bruit avait couru que l'absence de sa fille l'avait un peu dérangée. Les femmes, surtout, se le disaient sur un ton d'apparence compatissant, mais qui dissimulait mal leur bonheur de se croire, elles, mieux loties que « la femme du docteur thermal ». Et elles le plaignaient, lui, un « homme si doux, adorable, délicieux et disponible », de devoir partager ses jours, voire ses nuits, avec une créature aussi « difficile à vivre ». C'est que, en société, Darriaud paraissait toujours ce « bel homme » qu'elles croisaient en minaudant près de la vasque des Demoiselles ou sous les galeries. Pourtant, en tête à tête avec Madame, il était devenu sombre, soupçonneux, irritable et méfiant. L'exercice de grand écart entre les soins nécessaires à sa belle image d'homme du monde et la réalité de sa relation avec celle qui partageait son mensonge lui coûtait une énergie considérable. En réalité, il était épuisé, perdait vite de sa superbe, ne se présentait plus en société que contraint et forcé. Mais plus il se faisait rare, plus les baigneuses le trouvaient « délicieux » et désirable.

Darriaud avait reçu le coup le plus dur, dix ans plus tôt, le soir où la Malie s'était présentée à son bureau, juste après avoir raccroché son tablier de doucheuse à la patère. La journée avait été dense. Elle était rentrée de Paris depuis quelques semaines. L'image de Julie la hantait, ses yeux bleus, si bleus, presque transparents, ses cheveux si blonds sous le chapeau-galette noir à ruban blanc...

Anselme avait trouvé du travail sur le chantier du Sacré-Cœur de Montmartre. Elle ne le reverrait qu'une fois son installation réussie dans la capitale, sans toutefois songer à l'y rejoindre définitivement. Elle vivait de bons moments avec cet homme, éprouvait de l'affection pour lui, davantage peut-être, lui était reconnaissante de l'avoir rapprochée de sa fille, mais savait qu'elle ne l'aimait pas au point d'envisager de vivre avec lui. Si désir et plaisir les transportaient souvent en même temps en des lieux de fusion dont il était difficile de revenir désunis, elle n'oubliait pas que tout – ou presque – les séparait : la culture d'origine, le milieu de vie ordinaire, et l'âge !

À quarante-deux ans, elle voyait déjà son avenir filer derrière elle à chaque nouveau pas, ressentait comme une menace les avertissements d'un corps fatigué par le travail et gâté par les journées passées dans la sombre clarté des cabines de douches et, surtout, dans une humidité qui lui rongeait les os. Dans quelques années, elle serait une vieille femme indifférente aux besoins de son corps, alors que lui serait encore un homme jeune, séduisant et puissant. Peut-être même se lasserait-il bientôt d'une relation que le temps finirait bien par lui présenter comme ambiguë : partageait-il sa vie avec une amante vraie, ou une mère de substitution ? N'y avait-il pas de l'incestueux dans le rapport avec cette femme de dix ans son aînée ? Lui semblait ne s'être jamais posé la question. Mais elle y pensait souvent, elle. Et ne se le dirait-il pas un jour, dans quelques mois, demain ?

À cette époque, Anselme n'était que supplétif dans l'équipe d'architectes en charge de la conception d'un clocher conforme au vœu des pieux fondateurs Legentil et Rohault. Il avait fort à faire dans ce Paris nouveau accouché au forceps par Haussmann et disputé maintenant par des républicains d'opérette, une Église missionnaire hargneuse, et des ambitions personnelles aussi ardentes dans la construction des nouveaux quartiers que dans celle des nouvelles institutions. La Malie était sa sécurité, sa référence unique, le pilier sur lequel il basait tout son édifice personnel et professionnel. Charles Garnier l'avait bien remarqué, qui avait été surpris par la sérénité nouvelle de son jeune confrère et sa volonté de s'intégrer aux équipes de bâtisseurs de la gigantesque meringue montmartroise, par la facilité avec laquelle il s'était fait admettre et reconnaître par les compagnons et maîtres qui œuvraient là-haut dans des loges étroitement surveillées par les équipes ultramontaines de feu le cardinal Pie, mises en place dès l'ouverture du chantier, avec l'appui du comte de Chambord. Il se passionnait pour la taille de pierre, le montage de colonnes vertigineuses, le lancement des voûtes sacrées sur le vide sidéral des nouvelles philosophies, naturalistes et athées, qu'elles étaient destinées à étouffer sous les mamelons de la Vierge, ne voyait que les montagnes de cette pierre blanche de Château-Landon choisie par son illustre confrère Paul Abadie pour sa dureté et sa capacité à se nettoyer elle-même sous la pluie. Jamais auparavant il ne s'était pris de passion à ce point pour son métier. Le temps lui manquait pour tenter l'aventure dans d'autres bras que ceux de sa doucheuse. Il ne pensait pas au lendemain. Il lui arrivait même parfois d'oublier la veille. Ça tombait bien, la Malie n'avait imaginé aucun futur avec lui, ni avec quelque autre homme. Elle gérait son quotidien, le regard suspendu à celui de Julie.

« ... que le froid n'est pas si terrible chez nous... »

Le jour où elle s'était enfin trouvée face à sa fille, dans la même pièce, la Malie avait cru mourir sur place, entre un Darriaud étranglé par une cravate cramoisie et son Apolline perchée sur bottines à talons, sertie dans un corsage moulant orné de dentelles lilas. Muet, le médecin ! Hystérique, sa femme qui dansait autour des fauteuils, tapait de la semelle, virevoltait, occupait tout l'espace avec ses falbalas et ses mots lancés à la volée.

Immobile au milieu du salon, Julie offrait à sa « marraine » le bleu de ses yeux, la pâleur de porcelaine de son visage, le blond solaire de sa chevelure.

Pour en arriver à cet instant, la Malie avait dû forcer le médecin, jouer la meute face au cerf embourbé jusqu'à la panse dans sa fondrière. C'était ce fameux soir où, exténuée, elle avait raccroché son tablier de doucheuse à la patère.

Dix ans déjà ! Mais elle s'en souvenait comme de la veille...

Elle avait fait irruption dans le cabinet médical, surpris Darriaud, le nez dans ses dossiers du jour, occupé à classer, à contrôler le programme préparé par ses aides, jouant à faire de l'ombre à la lumière sous sa lampe dont la flamme filait un trait de métal incandescent dans le tube de verre. À son apparition, il était resté bouche bée, des éclats de visage taillés à coups de serpe par l'obscurité, les mains à plat sur le cuir, l'une caressant l'autre, l'autre caressant l'une, jusqu'à former un inquiétant nœud de vipères juste à côté du coupe-papier. Les améthystes à ses poignets lançaient des éclairs.

Elle s'était avancée, avait tiré un fauteuil, celui du temps de *Tartarin*, s'y était installée, bien au fond, les bras rivés aux accoudoirs. Il avait aussitôt compris qu'elle ne sortirait pas de son cabinet comme elle y était entrée, s'était calé la tête dans les épaules, avait laissé courir son regard sur les reliures de la bibliothèque : *Monographie des dermatoses*... Ioannes Agricola, *De Helotide sive Plica Polonica*... en attendant qu'elle prît la parole.

— Je suis venue vous dire..., commença-t-elle.

— Je n'ai rien à attendre, ni à entendre de toi ! Le sauras-tu un jour ?

Il s'était brusquement déployé, s'appuya des deux poings sur le bureau.

— Je ne veux rien entendre, comprends-tu ? Rien ! Tu n'es qu'une intrigante, une...

Soudain dressé sur ses ergots, il avait déployé son cou de vautour pour une riposte violente. Tout son corps frémissait de colère, ses lèvres tremblaient, ses mains dénouées voletaient dans le halo comme des ailes d'oiseau noir poursuivies par les éclairs d'améthyste.

Dans son fauteuil, la Malie n'avait pas bougé d'un cheveu. Elle le dévisageait avec un aplomb qui renforça encore sa fureur. Il avait tenté un tir de barrage, n'avait réussi qu'une salve de fête foraine. Elle attendit, le temps de quelques inspirations lentes et profondes, reprit :

— Je suis venue vous dire que je souhaite rencontrer ma fille le plus tôt possible.

Elle crut qu'il allait s'étrangler, le vit tenter de se lever, se rasseoir, effleurer le coupe-papier, saisir à pleines mains le plateau de son bureau, s'y cramponner à la manière d'un naufragé à une planche de salut.

— Sors ! Sors d'ici, immédiatement ! Sors ! Tu m'en…

Il s'était mis à hurler si fort que sa voix couina, resta bloquée dans sa gorge, qu'il se mit à tousser comme un poitrinaire, à cracher, pleurer de rage. La morve lui pendait au nez, étincelait dans les traits de lumière de la lampe. La Malie attendit. Elle avait tout son temps. Il le savait.

— Je ne sortirai pas que vous n'ayez décidé de tenir enfin votre promesse, comme j'ai tenu la mienne. Savez-vous ce qu'est l'honneur, docteur, le respect de ses engagements, et le respect de l'autre ?

Il s'étranglait dans sa cravate, se dégagea le cou d'un doigt dans le col de celluloïd.

— Vous m'aviez assurée que je pourrais voir ma « filleule » comme je le voudrais, que je pourrais correspondre avec elle, m'entretenir avec elle, partager avec elle ses espoirs, ses désirs, ses peines, que je pourrais la guider dans la vie. C'est bien là le rôle de la « marraine », n'est-ce pas ? Accompagner, soutenir, aider, n'est-ce pas ? C'est le rôle que vous m'aviez choisi, n'est-ce pas ?

— Que veux-tu ? De l'argent ? Une meilleure position ? De l'argent pour aller t'établir en ville, à Paris ?

La Malie se mit à rire aux éclats. Son assurance le pétrifia.

— Vous n'avez rien compris, docteur, ou vous ne voulez pas comprendre !

Elle claqua des deux mains le cuir des accoudoirs. Il eut l'impression qu'elle l'avait giflé.

— C'est ma fille que je veux, pas de l'argent ! Ma fille !

— Mais tu sais bien que...

— Je sais bien... quoi ?

— Que... que tu... Apolline...

Il bredouillait, essuya d'un revers de manche son sous-main, renifla, suivit des yeux le fil incandescent de la flamme dans le tube de verre jusque sous l'abat-jour.

— Apolline... ne l'acceptera jamais !

— C'est votre affaire, pas la mienne !

— C'est impossible, vois-tu, impossible ! Et puis, songe à la petite !

— Une petite de près de douze ans, docteur ! Une jeune fille, bientôt une femme, une bien belle femme, d'ailleurs, comme sa mère !

Elle ne sentait plus la fatigue de la journée, bomba la poitrine, regarda droit dans les yeux Darriaud, qui semblait s'affaisser.

— Aussi belle que sa mère, docteur ! Que voulez-vous : les chiens ne font pas des chats !

Elle esquissa un rire bref, franc et cristallin.

— Tu veux dire que…

— Que je l'ai vue ? Bien sûr ! Que je sais où elle vit, étudie et se promène, chaque soir, de cinq à sept ? Bien sûr ! Qu'elle m'a aperçue, déjà ? Qu'elle pourrait me reconnaître ? Peut-être !

Darriaud semblait foudroyé. Il avait repris son jeu de mains, les plaquait l'une sur l'autre pour conjurer leur tremblement, les joignit pour une drôle de prière.

— Comment sais-tu ? Comment as-tu pu sa…

— Peu importe comment j'ai pu savoir où elle est ! Ce que je veux, c'est la voir sans être obligée de me cacher, la prendre dans mes bras, lui dire que…

Une vague d'émotion l'avait gagnée, déferlait dans sa gorge. Elle la ravala.

— … que je l'aime, et qu'elle peut compter sur moi, sur sa…

Elle sentit des larmes lui venir. L'image du médecin ratatiné derrière sa lampe à décors impériaux antiques se brouilla. Elle prit une profonde inspiration.

— … qu'elle peut compter sur moi ! Moi, sa… marraine !

Darriaud parut se dégonfler. Il toussota, décroisa les doigts, se rajusta sur son siège. Profiter du moment de faiblesse de la Malie pour reprendre l'avantage…

— C'est Fortens, n'est-ce pas, Fortens qui...

Du manche du coupe-papier, il s'était mis à marteler le bois du bureau sur un rythme de castagnettes.

— Alors... c'est Fortens ?

— Croyez ce que vous voulez ! Dites ce que vous voulez ! Faites ce que vous voulez ! Je verrai bientôt ma fille, je me promènerai avec elle dans les allées du parc, je l'emmènerai en promenade avec les curistes à Domrémy, à La Mothe, à Gérardmer, nous irons ensemble visiter ma mère et mon frère, en Franche-Comté. Julie connaîtra la famille de sa... marraine !

— Julie-Victoire !

— Si vous voulez. Pour moi, c'est Julie !

Il tambourinait de plus en plus fort sur le bureau, de plus en plus rapide, de plus en plus agaçant.

— Et si je n'étais pas d'accord ?

— D'abord vous seriez un homme encore moins honorable, ce que je n'ose imaginer, tant vous avez déjà atteint le fond de la veulerie...

Il cessa soudain son jeu de castagnettes. Sa main se crispa sur le manche du coupe-papier.

— Ensuite, vous devriez subir ce que vous n'avez pas décidé vous-même, avec tous les risques que suppose une telle situation.

— Vous pensez à elle ?

— Je ne pense qu'à elle !

Il se mit à réfléchir, posa le coupe-papier, tenta de rajuster sa cravate échappée du gilet.

— Vous n'avez pas le choix.

— Croyez-vous ?

— J'en suis certaine. Je vous explique : vous continuez à me tenir éloignée de ma fille, et je révèle tout, à ma famille, à la vôtre, à la ville, à nos patrons. Je me grille, certes, mais vous flambez avec moi ! Vous savez que monsieur Ambroise Bouloumié ne plaisante pas avec ce genre d'affaires, pas plus que son frère, le docteur Pierre ! Quant à vous réinventer une sinécure comparable à celle de Vittel... à votre âge !

L'ironie de la Malie, son audace et ses menaces déversaient du vitriol dans les veines de Darriaud.

— Ensuite, à supposer que vous décidiez de retirer Julie du pensionnat des Tilleuls pour la dissimuler ailleurs, loin de moi, dans un endroit prétendu inaccessible – un couvent ? Je vous rappelle que je connais bien ces prisons à ciel ouvert –, vous ne vous en tireriez pas mieux, car elle saurait tout avant de partir. Elle saurait quel homme est son père, et qui est réellement sa mère !

— Comment ?

— Ne cherchez pas ! Vous ne pouvez pas trouver. Mais tout est prévu !

— Fortens, à Paris ? Encore lui !

La Malie se remit à rire, aux éclats.

— Alors ?

— Tu es le diable !

Son rire redoubla. Elle avait rejeté la tête en arrière. Vraiment, elle s'amusait bien, là, dans ce bureau médical noyé de ténèbres.

— J'ai appris à le connaître, celui-là, chez les carmélites, pour mieux le combattre. C'est sans doute pour cette raison que je m'en sors assez bien, aujourd'hui, face à vous !

Elle laissa le silence couler entre eux. Puis :

— Alors ?

— J'ai besoin de réfléchir, de trouver le moyen d'en parler avec Apolline, de te présenter à Julie-Victoire…

— Julie !

— Si tu veux…

— Si vous voulez !

— Si vous voulez.

Le mois suivant, à l'heure du thé, la Malie avait cru mourir sur place, entre un Darriaud étranglé par sa cravate et une Apolline hystérique, face à Julie qui lui offrait la profondeur de son regard bleu, si bleu qu'il en était transparent.

Le lendemain même de la rencontre, « filleule » et « marraine » remontaient bras dessus bras dessous la rue Montfort, dans la ville morte de La Mothe, jusque sur la place de la Pierre-Hardie où elles firent une pause, le temps d'un silence habité par les trilles d'un rossignol, le temps d'une communion, le temps d'un salut d'écureuil curieux descendu du grand hêtre voisin, les joues pleines de pignes de pin.

La neige tombait toujours aussi dru, fouettée par une bise en rafales qui la plaquait contre les troncs des tilleuls. Des voiles de poudreuse dansaient devant la fenêtre. La Malie relut la lettre de Léo, en désordre, pour le plaisir de ses nouvelles, pour la douleur aussi.

« Tu ne peux pas t'imaginer le mal que ça me fait de la voir ainsi et de ne pouvoir rien faire pour l'aider à retrouver sa tête. Elle est tellement malheureuse que j'en perds le sommeil »…

Les mots de son frère lui taraudaient le cœur.

« On doit faire fondre la neige pour avoir l'eau des bêtes et des gens ! Sacré hiver ! Vivement le printemps. Je t'embrasse. Ton frère qui pense toujours à toi »...

Elle irait bientôt là-bas, en Franche-Comté, dès que le temps le permettrait, avant la nouvelle saison thermale.

Bientôt !

11

Juillet 1895

Sur votre désir, j'ai examiné hier, en présence de Monsieur le Curé (Constant Gravier) l'église paroissiale de Vittel. L'état de cette construction laisse beaucoup à désirer ; je dirai plus : me paraît inquiétant. L'un des quatre piliers soutenant la tour s'écrase, la tour s'incline sur lui et le surcharge. Le beffroi du clocher est mal attaché ; il serait prudent, jusqu'à nouvelle inspection, de ne plus sonner à grande volée. Vu cet état, je ne puis, Monsieur le Maire, que vous engager à faire examiner très soigneusement, par Monsieur l'Architecte diocésain du département, cet édifice, et à lui demander un rapport sur la consolidation, qui me paraît des plus urgentes.

Sous le buste d'une Marianne au moins aussi perplexe que lui, Ambroise Bouloumié se grattait la tête en lisant la lettre de l'architecte Nachon, disciple de Garnier. Une bataille de plus à mener !

Celle de l'assainissement avait déjà été ardue.

Refusant de transporter leurs fumiers suintant et leurs fosses à purin hors la ville – chacun tenant à exposer devant sa porte l'importance de son cheptel, donc sa fortune ! –, les paysans s'étaient ligués, avaient fait de l'opposition parfois violente, s'étaient alliés aux brasseurs qui, malgré les décisions municipales, avaient continué, des mois durant, à déverser leurs déchets dans le Petit Vair.

Une autre, plus politique, avait consommé une énergie considérable qui aurait été plus utile ailleurs ; mais elle avait permis le rétablissement du train de sept heures supprimé de façon arbitraire par la Compagnie de l'Est (on avait soupçonné des manigances administratives dont la voisine jalouse, Contrexéville, était coutumière), permettant ainsi au flot de curistes de se déverser dans la station par sept trains montants et d'en repartir par autant de descendants.

Celle enfin, plus technique, de la communication, avait été gagnée haut la main sans qu'il eût été nécessaire de ferrailler : on avait fait venir le télégraphe en ville, où le poste était tenu par le maître d'école, le brave monsieur Tocquard, et à l'Établissement, où il était très utile à l'administration, et aux baigneurs. L'eau coulait maintenant de fontaines soigneusement réparties dans des rues bordées de trottoirs, et les ménages la recevaient directement chez eux sans qu'il eût été besoin d'engager des fonds publics, la dépense d'adduction ayant été prise en compte par la toute nouvelle SGEMV, la Société générale des eaux minérales de Vittel. Du côté des hôtels, les chantiers n'avaient pas davantage traîné.

Autrefois coupé en deux par l'Histoire et les remous nauséabonds de la rivière, pacifié et réorganisé par l'abbé Chapiat et les Bouloumié, le village était devenu une ville que les « étrangers » en bottines vernies, pantalon de drap clair ou jupe longue à troussequin rebondi pouvaient traverser sans se crotter. On flânait dans ses rues, s'attardait à ses terrasses, observait d'un œil amusé les derniers gestes de la campagne lorraine et d'une culture en voie de disparition.

Mais cette tour de l'église Saint-Rémy, on n'allait tout de même pas la laisser s'effondrer sur la tête des fidèles ! Sans être un suppôt de la papauté, Ambroise Bouloumié était sensible à certains bienfaits de la religion. N'avait-il pas pris le parti de l'école catholique que les anticléricaux de la République venaient de condamner en obligeant les familles de France à suivre exclusivement les cours des hussards en blouse grise de Jules Ferry ? Ne s'était-il pas fendu d'une lettre de protestation adressée au préfet, qui lui avait valu la révocation de ses fonctions de maire, juge de paix suppléant, délégué cantonal et… lieutenant de louveterie ? N'avait-il pas remercié ce même préfet de tant de prévenance d'un ultime mot qui avait fait le tour de la ville, celui du département, et avait même circulé dans quelques couloirs ministériels :

Monsieur le Préfet,

J'ai l'honneur de vous accuser réception de votre arrêté du 1er octobre par lequel vous me révoquez de mes fonctions de lieutenant de louveterie. Je ne vous cacherai pas que ce nouvel acte d'énergie républicaine me paraît de nature à inspirer une vive satisfaction à toutes les bêtes de mon canton ; aussi, ne voulant pas vous imposer la lecture d'une trop longue lettre qui pourrait vous soustraire à leurs félicitations, je me hâte de vous adresser l'expression de mes sentiments les plus distingués.

Et n'avait-il pas envoyé sa fille Germaine à l'école des sœurs de la Congrégation Notre-Dame de Mattaincourt, créée par le bouillant patriote et pédagogue prêtre lorrain Pierre Fourier plus de deux siècles plus tôt ?

Que ce fût par proximité de cœur et d'esprit, ou par exigence de sécurité publique, il ne laisserait pas la tour de Saint-Rémy tomber, ni les cloches devenir muettes dans ce pays dont il était, en même temps, le premier entrepreneur et le premier résistant ! Le souvenir de celles de la cathédrale Notre-Dame de Rodez, berceau de la famille, lui était doux.

Il agirait !

Dans sa cabine de douche, la Malie en était à sa douzième baigneuse de la journée, la dernière. Le succès était tel que l'établissement des bains avait dû être agrandi une nouvelle fois, et l'installation d'acheminement des eaux modifiée. On avait perché un réservoir sur le toit. L'eau y était montée par des pompes qu'actionnait un vieux retraité, le cheval Goliath, ancienne monture de cuirassier qui, loin des champs de bataille, passait sa fin de vie à tourner d'un pas de sénateur, à l'aveugle dans son manège, puis à lambiner sur la prairie de Gérémoy pour la bonne herbe grasse et le repos. La Malie l'avait pris en affection ; elle lui rendait souvent visite. Goliath reconnaissait son pas, hennissait doucement à son approche, se laissait flatter l'encolure et déposer un baiser sur la lèvre, là où les poils étaient si doux et la peau si veloutée. Elle lui racontait sa journée. Il l'écoutait en hochant la tête. Elle lui promettait de revenir le lendemain. Il saurait attendre.

Tombée de si haut, par des conduites très verticales, sans coudes ni étranglements, l'eau giclait de la lance avec une force inouïe, percutait la ceinture adipeuse d'une Parisienne à l'accent pointu, maquillée jusqu'au bout des ongles, qui poussait des beuglements de bête en gésine, ruisselait sur ses cuisses, glougloutait dans la bonde chargée d'effluents gras et salés. La baigneuse suffoquait, sautait d'un pied sur l'autre, hurlait qu'on l'épargnât et qu'on insistât en même temps « sur ces endroits de [s]on corps qui s'abandonnent honteusement à l'âge ! ». Elle avait parlé ainsi en entrant dans la cabine, le buste enveloppé dans la grande serviette blanche marquée en rouge *SGEMV*, la bouche en cul de poule et les genoux plus cagneux que ceux du brave Goliath après des campagnes harassantes sous des hommes caparaçonnés d'acier.

« À l'âge et aux mauviettes désossées à la Sainte-Isabelle, arrosées d'un cru bourguignon qui parle d'amour, suivies de montagnes de crème pâtissière ou Chantilly ! » avait secrètement complété la Malie en vérifiant le bon réglage de sa buse. Puis elle avait ouvert la vanne. La danse de Saint-Guy avait alors commencé, dans le brouillard blafard de la cabine.

On tenait enfin un bel été ! Ni trop chaud, ni trop frais, juste bon pour le bain, les promenades dans le parc, les excursions plus lointaines comme, par exemple, le voyage ferroviaire d'une journée vers la source de la Moselle et le chantier du Théâtre du

Peuple[1] de Bussang, où se donneraient bientôt des pièces rustiques et édifiantes dans des décors somptueux : la forêt vosgienne elle-même. On embarquait tôt dans les voitures de première classe, cuir et bois précieux, arrivait à destination pour un pique-nique autour des premiers balbutiements du grand fleuve cher au poète latin Ausone, sous les sapins, au son des clarines qu'agitaient dans la montagne des troupeaux de petites vaches vosgiennes noir et blanc, observait l'impressionnante cathédrale de bois en cours de construction sous l'œil attentif de son fondateur Maurice Pottecher, passait par les sources pour le traditionnel gobelet ferrugineux de Bussang – « Bussang... sang bu » –, rembarquait en voiture cuir et bois précieux tirée par une locomotive suante et crachante, arrivait à Vittel sous un ciel peint en bleu de Prusse par le crépuscule, fourbus et heureux, prêts à passer rapidement à table avant le spectacle du casino régi par Deltombe, du théâtre parisien des Variétés. Ou bien on partait à vélocipède sur les chemins de campagne, les femmes en tenue d'amazone, la capeline retenue par un foulard de soie noué sous le menton, les hommes en veste de tweed, pantalon de golf pour le passage de la chaîne et casquette anglaise. On pédalait dans la montée de They, se rafraîchissait dans la traversée du bois Rune, criait de joie et de frousse dans la descente des vignes du Montfort, rentrait par la douce descente de

1. Créé en 1895 par Maurice Pottecher (1867-1960), manufacturier et homme de lettres vosgien, ce théâtre est toujours en activité.

Haréville qui permettait de reprendre souffle le long du pré Jeanneton avant de regagner la ville.

Bel été !

Depuis la mort de sa mère, la Malie n'était pas retournée en Franche-Comté. L'alarme tirée par son frère, six mois plus tôt, était justifiée. À son arrivée à Saulx, elle avait trouvé Antoinette assise face à la fenêtre ouverte sur l'abside de l'église, malgré le froid, dans un état tel qu'elle n'aurait pas pu l'imaginer. Elle s'était approchée lentement, en lui parlant à voix basse, comme si elle avait senti qu'elle avait à l'apprivoiser. Léo était resté sur le pas de la porte.

« Maman, maman… c'est moi, Marie-Amélie, ta fille ! Maman… »

La chambre avait l'air propre, mais puait pourtant un insupportable mélange d'embrocation au camphre, de merde et de camomille. Sur une table appuyée au mur, surmontée d'un grand crucifix, des reliefs de repas : un quignon de pain, une cruche d'eau, une assiette pleine de fèves figées dans une graisse épaisse. Une chaise de paille échevelée. Un lit en désordre, couvert d'un plumon rouge si gonflé qu'il semblait toucher le plafond ; sur les oreillers et les draps, de grandes taches jaunâtres. Au pied de ce lit, sur une commode déglinguée, une cuvette, un broc, un cube de savon de Marseille et une serviette de toilette maculée roulée en boule. Et au plein milieu de la pièce, un seau hygiénique en tôle émaillée bleue au couvercle écaillé. La Malie avait eu un haut-le-cœur.

La dernière fois qu'elle était venue, elle avait encore pu embrasser sa mère, lui donner des baisers, la faire parler d'elle, des visites de Léo, de ses promenades dans la petite ville, vers le château Robert, jusqu'au puits du Gourgeau dont Antoinette avait même pu lui dire que le nom signifiait, en patois local, « trou d'eau, tourbillon ». La Malie avait vu les yeux de sa mère briller de fierté d'avoir pu, ainsi, donner à sa fille un renseignement qu'elle avait reçu d'une vieille, logée dans la même pension, sa presque voisine de chambre. Antoinette avait dit « une vieille » sur le ton de la jeune qui tient à garder ses distances avec les misères de l'autre, alors qu'elles avaient peut-être le même âge. La Malie avait pu aussi raconter sa vie à Vittel, ce qu'elle faisait, comment elle le faisait, avec qui, pourquoi, mais elle avait été incapable de lui dire, en réponse à ses questions, ce qu'était devenue telle connaissance d'autrefois, ou telle entreprise alliée, ou cliente, ou fournisseur de Léonce. Elle lui avait expliqué que seul son travail aux thermes l'intéressait, qu'elle ne mettait jamais les pieds en ville, qu'elle n'y avait gardé aucune attache d'hier. À plusieurs reprises, parce que le besoin était fort de partager avec sa mère un fardeau trop lourd pour elle seule, elle avait failli évoquer Darriaud, Anselme, leur… amitié, les escapades parisiennes, le chantier du Sacré-Cœur. Le prénom de sa fille lui était venu aux lèvres de manière insistante, mais elle l'avait retenu. Julie…

Puis elles étaient sorties, bras dessus, bras dessous ; elles avaient bouclé le tour des onze puits de Saulx en bavardant comme deux collégiennes en goguette, d'un même pas, d'une même envie de ne plus se quitter. Léo n'était pas venu avec elle, ce jour-là. Il avait préféré rester à Servigney, les laisser seules, pour ce qu'elles avaient à partager qui ne le regardait pas. « Paroles de femmes, paroles secrètes ! » lui avait-il dit en excuse. Et il avait ajouté, dans un murmure : « Paroles sacrées ! » La Malie en avait été surprise, en avait ressenti une étrange chaleur par tout le corps. Le regard de son frère, à ce moment-là, avait fait le reste. Ils étaient tombés dans les bras l'un de l'autre, étaient restés longtemps étreints, corps contre corps, cœur contre cœur, à se sentir vibrer l'un pour l'autre, à se respirer à l'animale, pour se reconnaître, se savoir par l'odeur encore et toujours de la même famille.

Mais là, entrant dans cette chambre empestée, elle avait plongé dans un cloaque qui avait tout de l'enfer.

« Maman... »

Elle avait posé la main sur l'épaule de sa mère, s'était penchée vers cette femme qui n'avait pas tourné la tête, pas même réagi au contact.

« Maman, c'est moi, Marie-Amélie... »

Alors, elle avait vu ces yeux vides, posés sur rien, plantés comme deux clous d'acier dans un masque de porcelaine, salis de la même grisaille que les sinistres vitraux du Carmel. Toujours immobile sur le seuil, Léo se forçait à prendre de grandes inspirations malgré la puanteur. Il savait, lui, ne découvrait rien, sauf la douleur de sa sœur face à celle qui, désormais, vivait dans un autre monde, un monde qui leur était inaccessible. La Malie jeta vers lui un regard qu'il ne put soutenir. Il empoigna l'anse du seau hygiénique.

« Je vais... »

Il ne finit pas sa phrase, quitta la chambre avec le récipient. Son mouvement avait été naturel et spontané. Peut-être faisait-il ainsi à chacune de ses visites.

« Maman, ma petite maman... c'est moi... »

La Malie avait pris la main de sa mère dans les siennes, une main couverte de peau de serpent, lisse et glacée, inerte.

« Maman... je t'aime. »

Elle s'était laissée glisser aux pieds de celle qui ne l'entendait pas, n'avait pas pu retenir ses larmes. Elle avait pleuré, en silence.

« Maman... »

Alors, elle avait senti un mouvement dans ses cheveux, lent et doux. Elle avait levé la tête, lentement, très lentement, pour préserver l'effet du miracle. Regard toujours perdu dans le gris du ciel derrière la tour carrée de l'église, visage de porcelaine traitée à la grisaille, Antoinette avait réussi à tendre le bras ; sa caresse était d'une légèreté de plume de rossignol.

Quand Léo était revenu, balançant le seau vide qu'il avait lavé à grande eau, il les avait trouvées toutes les deux immobiles, avait hésité un instant à ressortir, avait fini par s'asseoir sur un coin du lit. Lui, l'homme, en retrait, effacé, oublié, avait choisi de voler en secret un peu du miel que les deux femmes de sa vie s'offraient en silence dans la paix d'une chambre puante ouverte sur un vitrail de ciel gris.

Antoinette était morte deux mois plus tôt, au temps des mirabelliers en fleur. La Malie rentrait d'une promenade solitaire sur le chemin de Norroy jusqu'au vallon du Parfondrupt. Dimanche soir. Les vergers moutonnaient, la campagne embaumait la violette. De grands vols de ramiers tissaient une trame serrée entre les fils de nuages très haut perchés. Signe de grand beau temps durable, on entendait les cloches de They pourtant engoncé entre le Petit-Montot et le haut de Piémont. À son arrivée chez elle, elle avait trouvé un message télégraphique tranchant : « Maman morte hier – Ent. mardi – Léo ». Elle avait rassemblé quelques effets, sauté dans le premier train du lundi.

Son frère était revenu avec elle à Vittel. Il ne voulait pas. Elle avait réussi à le convaincre. Il n'avait pas résisté longtemps. Pour l'avoir à son côté durant la période la plus proche de la mort de la mère, elle l'avait installé de bric et de broc. Darriaud avait tenté quelques allusions à cette présence d'homme chez elle, qu'elle avait pulvérisées en deux mots. Il doutait qu'il fût son frère. Elle n'en avait que faire. Léo était allé plusieurs fois en ville. Elle avait craint sa rechute dans les bras de la fée verte. Mais il était toujours rentré clair et net. Elle n'avait jamais posé de questions sur ses rencontres. Il n'avait fait aucun commentaire. Elle le voyait souffrir. Il recevait ses mots et sa présence avec plus de bonheur qu'il ne l'aurait fait de remèdes de médecins. Elle l'obligeait à manger. Il se forçait. Elle craignait pour lui. Il le savait.

Puis Léo était reparti à Servigney. Il lui écrivait souvent, une fois par semaine au moins, souvent deux ou trois phrases seulement, pour ne rien dire, uniquement pour vérifier, par sa réponse, qu'elle était toujours là, qu'elle veillait, qu'il pouvait compter sur elle.

Une autre lettre lui était arrivée, au temps des premières cerises.

Paris, 15 juin 1895,

Ma chère amie,

Oserai-je te dire que tu me manques ? Il n'est pas un jour que je ne pense à toi, que je n'aie envie de courir vers toi, que je ne te désire comme un fou. Mais que je revienne à Vittel te poserait bien trop de problèmes, sans pour autant résoudre les miens. Et je ne suis pas sûr que Charles Garnier se réjouirait de me voir arriver. Nous sommes toujours en excellents termes et je lui voue toujours la même admiration, mais sa conception de l'architecture, résolument néoclassique, ne me convient plus. Il y a autre chose à faire de nos jours, me semble-t-il, que d'imiter les Grecs anciens ou les Romains, d'aligner des colonnes, de faire tailler des frontons de temple et des chapiteaux en forme de feuilles d'acanthe ! Quant à ce qui se construit sur la Butte... ils auraient mieux fait de laisser cette montagne en champ d'artillerie que de la couvrir de cette pièce montée qu'ils ont baptisée Sacré-Cœur ! Tu te souviens, ce chantier ? Mais... qu'y faire ? L'architecture a toujours été mise, hélas, au service de la gloriole des roitelets et des papes qui, un sceptre en main ou une tiare sur la tête, se croient devenus les maîtres du monde ! Regarde Versailles, par exemple ! Pourquoi donc la Commune a-t-elle sombré dans les marécages monarchistes de Thiers ?

Oui, je pense à toi sans cesse. J'ai besoin de toi. De ton cœur, de ton corps, de ton esprit. Avant de te connaître, j'étais un griffonneur de plans qui se prenait pour le Créateur. Maintenant que je t'ai connue, il me semble avoir trouvé ma place : je sais désormais que j'ai tout à apprendre du monde alors que je me targuais déjà de tout connaître, que ma vie ne fait que commencer alors que je la pensais déjà en grande partie consumée, que je peux être alors qu'il me semblait déjà avoir été. Oui, ma chère amie, tu m'as révélé à moi-même. Pas un jour que je ne sois pris du désir de te revoir, de partager avec toi de nouveaux moments lumineux, d'explorer dans ton sillage tous les horizons de vie que je ne connais pas encore. Peut-être ne les connaîtrai-je jamais, d'ailleurs. Je peux bien te l'avouer : avant toi, j'ai connu d'autres femmes (oh ! pas des dizaines, malgré l'air de tombeur que j'aimais prendre). Chacune d'elles m'avait invité à des communions intimes qui m'avaient laissé plus désireux encore de conquêtes impressionnantes pour moi-même et pour les autres, mais aucune ne m'avait bouleversé. Toi, tu l'as réussi ! Oui, j'ai besoin de tes caresses pour apprendre encore à vibrer, de ton souffle pour nourrir le mien, de ton corps pour me faire prendre conscience de mes limites de mâle en même temps que de l'infinie réalité de l'être.

Mais si je revenais, ou si tu revenais, je me rends bien compte que je ne serais qu'un voleur avide de tes richesses intérieures, un pillard, un bandit des grands chemins de l'âme !

Pardonne-moi de m'abandonner à des envolées lyriques dignes du plus médiocre vaudeville. Si j'ai quelque talent pour tracer des traits sur le papier, j'ai toujours eu beaucoup de mal à lui confier des mots. Et puis, je peine à exprimer ce que je ressens parce que, me semble-t-il, c'est tout simplement indicible !

J'ai donc décidé de partir.

Je veux aller dans des pays où, peut-être, je pourrai me débarrasser des conventions professionnelles apprises ici, des pays neufs, d'autre culture, de vision du monde très différente de celles que nous imposent nos écoles et leurs maîtres. Je sais tout ce que je leur dois, mais j'ai besoin d'aller me frotter à d'autres manières de créer.

Je sais tout ce que je te dois, mais j'ai besoin de mettre entre nous les plus longues distances afin de ne pas te ruiner pour me construire. Comprends-moi, ma chérie.

Je pars donc la semaine prochaine pour l'Indochine. J'embarque mardi à Bordeaux. Quand tu recevras cette lettre, j'aurai déjà quitté Paris.

Tu seras sans cesse et partout avec moi. Je t'écrirai, et j'attendrai tes lettres, si tu veux bien me répondre.

Je crois bien que... je t'aime.

Anselme

P-S : Je te souhaite de vivre avec Julie le bonheur paisible que tu mérites. Dès que je serai arrivé là-bas, je t'écrirai. Tu auras ainsi l'adresse pour me répondre. Et à mon retour, si tu le veux toujours, nous nous reverrons.

« J'embarque mardi… »

La Malie avait jeté un coup d'œil au calendrier pendu au mur de sa cuisine. Mardi ! Il était en train d'embarquer à Bordeaux.

Alors, elle avait eu l'impression qu'une bête fauve lui dévorait la poitrine.

12

Avril 1900

Les cassandres avaient annoncé la fin du monde.

De l'épidémie de peste et de choléra qui devait terrasser l'humanité au tremblement de terre géant à même d'engloutir tous les continents, en passant par l'explosion de la planète provoquée par la rencontre inopinée avec un astéroïde, toutes les dramaturgies avaient été imaginées, qui avaient fait le bonheur des marchands et de l'Église. Les premiers avaient poussé à la consommation en arguant de la fin assurée des plaisirs terrestres : il fallait donc en profiter tant qu'il en était encore temps. La seconde avait fait brûler des cierges et vendu des messes de repentir et d'actions de grâce en telle quantité que les curés en avaient manqué de cire et de voix. Du plus petit village à la plus grande ville, ces serviteurs de Dieu n'en pouvaient plus de compter le retour dans le troupeau des brebis égarées terrorisées par la perspective du Jugement dernier.

À Paris, la resplendissante nef du Sacré-Cœur de Montmartre avait vibré, des semaines durant, des implorations de processionnaires brandissant sur velours brodé d'or et d'argent les portraits des saints tutélaires, autour des échafaudages du campanile en cours d'élévation.

À Vittel, sous la tour crevassée et branlante de Saint-Rémy, on avait chanté les louanges des mêmes saints protecteurs du pays en les suppliant d'obtenir du Fils du Père à barbe blanche, perché sur un nuage de blanc de zinc, le pardon, l'indulgence, et la survie de l'espèce.

Pour être plus assurées encore du résultat de la démarche, la République « laïque » et la Sainte Église catholique, apostolique et romaine avaient même associé Jeanne d'Arc aux destinataires de la prière, tandis que les anticléricaux s'étaient empressés de libérer des toiles d'araignée de l'Histoire officielle l'héroïne de Beauvais, Jeanne Hachette. D'un seul élan populaire, politique et spirituel, les deux Jeanne avaient été appelées à servir main dans la main, sous des bannières différentes – l'une au *Jhesus Maria*, l'autre aux deux mousquets en faisceau –, un objectif sacré : sauver la France de l'apocalypse en même temps que de l'écartèlement engendré par la catastrophe de 1870. Ensemble, l'une un grand papillon noir à cocarde sur la tête, l'autre coiffée de la halette de batiste blanche, portraiturées sur des cartes postales, des images pieuses et des manuels scolaires, étroitement enlacées, invitaient au combat pour la reconquête de l'Alsace et de la Lorraine !

En attendant l'heure de la revanche sur les chevaliers teutoniques, on chantait dans les tavernes, on gueulait dans les bistrots, on faisait ânonner par les enfants des écoles, on reprenait en chœur, dans les églises, après l'*ite missa est*…

Vous n'aurez pas l'Alsace et la Lorraine
Et malgré vous nous resterons français.
Vous avez pu germaniser la plaine,
Mais notre cœur, vous ne l'aurez jamais [1] !

Toutes les supplications avaient été entendues, tous les vœux exaucés : le 1er janvier, dans les familles, les guinguettes, en ville et à la campagne, chez les riches au caviar-champagne, et chez les pauvres au saucisson-piquette, pour bien s'assurer qu'on était encore vivant, et célébrer les temps nouveaux, on avait fait la fête !

Le monde politique n'avait pas été en reste, qui avait redoublé d'activité en inaugurations, célébrations et décisions exemplaires, témoins de son désir de changer la société, comme la tentative du ministre Millerand de limiter la durée de la journée de travail à dix heures pour les femmes et les enfants, à douze heures pour les hommes, l'autorisation accordée aux policiers de porter un revolver, ou l'érection, dans le bassin de la Couronne où jouaient des cygnes, à Nîmes, de la statue d'Alexandre Falguière représentant un Alphonse Daudet amaigri par la syphilis mais inspiré. Découvrant cette nouvelle dans *Le Petit Journal* qu'elle s'était mise à lire, la Malie avait nourri une pensée amère et amusée pour Tartarin.

Quant aux créateurs, ils avaient senti souffler un vent nouveau venu du Sud : aux cimaises du cabaret

1. « Vous n'aurez pas l'Alsace et la Lorraine », chanson patriotique de 1871 (paroles de Gaston Villemer et Henri Nazet, musique de Ben Tayoux).

Les Quatre Chats, à Barcelone, un jeune Pablo Picasso venait d'accrocher des toiles encore assez conventionnelles mais qui annonçaient déjà... une autre manière de voir le monde.

Des temps nouveaux venaient de naître.

Ne restait plus qu'à repousser la frontière du Nord-Est jusqu'au Rhin !

— Tu ne crois pas que tu en fais trop, Julie ? Sois un peu prudente, tout de même !

La jeune femme avala une gorgée de tilleul, regarda la Malie de ses yeux bleus transparents. Elle était belle, élégante, fine dans sa robe marquée à la taille par une large ceinture de satin bleu de Prusse. Sur le bustier de fine dentelle, la petite fraise du col raidi portait un visage délicatement maquillé. Elle avait le menton un peu rond de sa mère, les pommettes haut placées, comme elle, qui lui donnaient un faux air oriental. Ses cheveux blonds rassemblés en chignon sur le haut de la tête, tenus serrés par une ganse de satin bleu, la couronnaient d'or. La Malie était fière de sa fille, mais elle tremblait pour elle, qui lui semblait par trop téméraire.

— Que craignez-vous, marraine ? Que voulez-vous qu'il m'arrive ? Je suis prudente ! Et puis, je ne fais que revendiquer ce que toute femme devrait avoir obtenu depuis toujours. Ça vaut bien la peine de prendre quelques risques. Ne croyez-vous pas ?

Elle avait beau savoir que Julie parlait juste, qu'elle ne s'engageait jamais dans une manifestation, ni dans une salle de causerie, sans s'être assurée du caractère pacifiste de l'assemblée. Mais elle ne pouvait pas oublier qu'un coup de folie de fanatique pouvait toujours faire basculer la réunion la plus fraternelle dans l'horreur. L'attentat du Havre, douze ans plus tôt, en était bien la preuve.

— Souviens-toi de ce 22 janvier, des coups de pistolet tirés à bout portant sur…

La tentative de meurtre sur la personne de Louise Michel avait révulsé tout le pays, sauf les résidus de Versaillais, qui y avaient vu un juste retour de la vieille histoire et l'opportun moyen de stigmatiser les socialistes partageux, les associations ouvrières naissantes et les suppôts de Satan en lutte contre le pape Léon XIII pourtant réputé généreux et proche de la classe ouvrière.

— Je sais, marraine, je sais ! Vous me le répétez à chaque fois que nous parlons de mon engagement politique. Mais qu'y pouvons-nous ? Nul n'est à l'abri d'un dérangé, ici, à Vittel, comme à Paris, Bordeaux, Lyon, ou Le Havre ! Vous pouvez vous faire poignarder demain dans une allée du parc thermal durant votre promenade, sur la place de la gare en me raccompagnant au train, dans votre cabine de douche…

La Malie savait qu'elle avait raison. Mais ce soir-là, au Havre, douze ans plus tôt, au théâtre de la Gaîté, les choses avaient failli très mal tourner. Louise Michel, « la sainte laïque » de Jean Jaurès, venait d'accéder à la tribune pour y parler du droit des femmes et des hommes de France – et d'ailleurs – à vivre dignement du juste fruit de leur travail quand un fou, qui avait surgi en poussant de grands cris, « Je suis un chouan… je suis un chouan ! », avait escaladé l'estrade, était arrivé à hauteur de Louise et avait tiré deux coups de feu à bout portant. Les balles avaient atteint l'oratrice à la tête. L'une avait entamé légèrement le cuir chevelu. L'autre avait pénétré dans le crâne. Fort heureusement, le cerveau n'avait pas été touché. Louise s'en était bien sortie. Elle en avait été quitte pour, jusqu'à la fin de ses jours, de permanentes et parfois violentes migraines. Refusant de porter plainte, elle avait même dit, selon certains témoins, à son agresseur : « Merci, l'ami ! Tu m'as mis un peu de plomb dans la tête ! »

Julie connaissait cet épisode par cœur, pour l'avoir entendu à chaque fois qu'elle parlait avec la Malie de son action, de ses espoirs. Mais la place de la femme dans la société, sa participation à la vie de la cité, la reconnaissance de ses qualités intellectuelles en même temps que de cœur, son salaire de misère comparé à celui de l'homme, à volume et qualité de travail comparables, ne valaient-ils pas un engagement total ? Julie s'enflammait, citait George Sand et son *Consuelo*, Olympe de Gouges et sa *Déclaration des droits de la femme et de la citoyenne*, Julie-Victoire Daubié, qui avait réussi à décrocher le premier baccalauréat féminin de France en 1861, au terme d'une effroyable bataille contre les mandarins herminés d'université [1], et combattu le mariage tel que pratiqué alors, la femme n'y étant qu'un objet de marchandage commercial et le moyen d'arrondir la fortune familiale.

— Jusqu'à Marie d'Agoult qui dut se faire appeler Daniel Stern – un nom d'homme ! – pour pouvoir publier ses livres. Rendez-vous compte, marraine, de

1. Lire, du même auteur, *Julie-Victoire, première bachelière de France* (Éd. ESKA).

l'état dans lequel nous sommes tenues ! Des esclaves, des esclaves ! Et, dans le peuple, pire encore : esclaves parmi les esclaves ! Esclaves d'hommes esclaves ! Comment peut-on supporter une telle iniquité ?

La passion avait rosi ses pommettes, agrandi les lacs de montagne de ses yeux, lancé dans les airs ses mains fines et blanches comme deux ailes de colombe.

— Rendez-vous compte, marraine !

Elle choisit un échaudé dans le plat, se mit à le grignoter, du bout des dents. La Malie se rendait compte. Comment ne l'aurait-elle pu, elle qui, après avoir été le jouet d'entrecuisse d'un homme sûr et fier de sa conquête, avait été contrainte d'accepter le seul terrible rôle de figurante dans la vie de sa propre fille ? Les propos de Julie la taraudaient, la déchiraient, lui faisaient prendre toute la mesure du crime de mensonge dont elle avait été à la fois complice et victime. Oui, elle s'en rendait compte ! Cet esclavage-là, elle en portait la marque dans sa chair, dans son esprit, taillée à la pointe du scalpel, cautérisée au fer rouge, fermée à jamais sur un abcès purulent.

— Vous ne dites plus rien !

La Malie se força à émerger de la torpeur qui l'avait saisie.

— Que veux-tu que je te dise ?

— Je ne sais pas, moi… que vous êtes d'accord… que vous ne l'êtes pas ! Que je délire… que j'ai raison ! Que…

La Malie regarda sa fille droit dans les yeux, prit une grande inspiration. Elle se dit que le moment était venu.

— Je veux te dire que... tu... que j'ai envie que tu laisses tomber ce « vous » qui me fait froid dans le dos, qui nous sépare !

Surprise, Julie soutint son regard, haussa les épaules, ouvrit les mains vers elle en signe d'assentiment. Elle n'avait pas réfléchi, osa seulement :

— C'est comme vous vou...

— Ce n'est pas une obligation, bien sûr, mais une invitation. Si tu voulais bien, j'en serais très heureuse...

Julie se pencha vers elle, lui prit les mains.

— C'est comme... comme tu veux, marraine.

Elle se leva à demi, lui posa un baiser d'ange sur le front. Une vague de bonne chaleur traversa la Malie.

— Mais que vont dire mes parents ? Ils m'ont toujours imposé de garder des distances, je leur dis « vous », à eux, père et mère !

— C'est leur affaire, pas la mienne ! Et c'est notre relation à nous deux, pas avec eux ! Si tu... aimes, alors...

Elle avait failli dire « Si tu m'aimes... », saisit sa tasse, but un grand trait de tilleul pour dissiper le trouble.

— J'aime ! Alors... tu... ma marraine !

Elle s'était recalée dans son fauteuil, jeta un coup d'œil par la fenêtre. Des coups de vent tiède agaçaient les jeunes feuilles des arbres, jetaient dans la pièce de pleines brassées de parfums forestiers. C'était l'époque de floraison des peupliers. L'air embaumait le printemps. Julie parut troublée.

— Où en étais-je ? Ah oui, mon père ! Il prétend que je ferais mieux de me trouver un mari bien solide qui saurait me faire une ribambelle de marmots que je préparerais à la communion solennelle en bavant du latin de messe, de me passionner pour le bœuf en daube ou la marinade de chevreuil que mon époux aurait tiré lui-même après m'avoir tirée comme une catin de la rue Saint-Denis, de me faire prendre goût pour la culture de géraniums de balcon…

— Mais…

— Je ne supporte pas l'odeur de cadavre des géraniums !

Effets de l'âge, ou fatigue, ou émotion toujours vive de se trouver en face de cette jeune femme, sa fille… intensité du moment ? Oserait-elle lui en dire davantage, là, tout de suite ? La Malie était incapable de répliquer. Elle qui n'avait jamais manqué d'esprit de repartie se sentait gauche, potiche, empotée, paralysée, en accord total avec ce qu'elle venait d'entendre mais prisonnière d'un secret qui, chaque jour un peu plus, faisait d'elle une terre brûlée. Elle se secoua.

— À cinquante-sept ans, j'ai encore de la ressource, nom d'un chien ! murmura-t-elle.

— Qu'est-ce que tu dis ?

— Rien… pour moi… pour moi seule ! C'est moi qui délire… pas toi ! Depuis vingt-six ans, je délire, ma f… chère Julie ! Depuis…

— Si, je t'ai entendue parler de… d'un chien ?

Elle n'avait pas remarqué le dérapage. La Malie s'était reprise de justesse, empoigna la tisanière. Un ange passa, seulement troublé par le glouglou du tilleul dans les tasses.

Une semaine déjà que Julie était arrivée à Vittel ! Le temps avait passé plus vite qu'une comète. Tout juste le loisir de voir, dans le parc, fleurir les premiers lilas, se gonfler les boutons de la roseraie, reverdir les prairies de Poiriéloup d'où l'on embrassait d'un seul regard la cascade de collines appuyées sur le couchant. Ses malles étaient prêtes. Elle devait prendre le train dans deux jours pour Paris.

— Et ton travail ?

— Toujours dans l'école de madame Vollier, rue du Château-d'Eau. Elle est morte depuis longtemps, mais la nouvelle propriétaire a voulu garder son nom. Je suis fière d'y travailler : c'est là qu'enseignait Louise Michel quand elle est arrivée à Paris !

Rue du Château-d'Eau ! La Malie fut prise d'un vertige. Anselme… Elle se ressaisit.

Julie avait remarqué.

— Que se passe-t-il ?

— Rien ! Rien qu'un petit coup de fatigue.

La Malie se força à sourire.

— Ça va, je te jure !

— Tu devrais te reposer…

— Oui, je sais ! Je le ferai ! Bientôt ! Mais toi, ton travail… il te plaît toujours autant ?

— De plus en plus, tu veux dire ! Au point que mon père s'en inquiète. Il me fait souvent des reproches, du genre : « Quoi, tu passes toutes tes journées, tes nuits presque, à préparer ta classe, alors que tu es en âge de fonder une famille ! Quand donc penseras-tu à toi, à nous ? » Il m'énerve à un point que tu ne peux imaginer. Mais tu le connais, il faut toujours qu'il ait le dernier mot, qu'il ait raison, envers et contre tout et tous.

La Malie surmonta une poussée d'angoisse qui lui prenait la gorge.

— Et ta… mère ?

— Quoi, ma mère ?

— Qu'en pense-t-elle ?

— Oh, elle, tu sais…

Elle s'interrompit soudain, sembla réfléchir. Son visage exprimait une douloureuse tendresse.

— C'est curieux, ce que me fait ce tutoiement ! J'ai l'impression…

Elle chercha ses mots, ou à lire clairement dans ses émotions, parut suspendue un moment dans cette pièce parfumée au printemps de peuplier et tilleul.

— C'est bon, tu sais, très bon !

Puis, le regard de nouveau fiché dans celui de la Malie :

— Après tout, tu aurais pu, toi, être ma mère ! Oui, te dire « tu », c'est très bon ! Je me sens soudain presque plus proche de toi que d'eux ! Curieux… non ? À vrai dire, si j'avais eu le choix, vois-tu…

Elle regardait fixement la Malie qui se leva d'un bond, emporta la tisanière. Le silence coula entre les deux femmes avec l'eau bouillante sur les nouvelles fleurs de tilleul.

— J'ai rendez-vous vendredi prochain, au 14, rue Saint-Georges, à Paris. C'est là qu'est le siège de *La Fronde*, tu sais, le journal de Marguerite Durand. Il est possible que je signe des articles pour elle.

Pour faire taire le silence trop bavard, elle s'était remise à parler, mais trop haut, trop fort, trop artificiellement, en suivant des yeux tous les mouvements de la Malie, de dos, qui prenait un temps fou à préparer la nouvelle infusion.

— J'aime beaucoup mon travail de maîtresse d'école. Je crois le faire bien, en tout cas avec passion, mais je dois aussi me battre, en même temps, pour que nous autres, les femmes, puissions vivre normalement. Regarde ce qui se passe aujourd'hui ! Ça bouge un peu : Viviani vient de proposer de nous admettre au suffrage municipal, on parle de fonder le Conseil national des femmes françaises, l'École des beaux-arts de Paris vient d'être autorisée à recevoir des filles, et Jeanne Chauvin sera peut-être, cette année, la première avocate de France. Elle a tous ses diplômes depuis trois ans. Les hommes la repoussent, mais ils commencent à s'essouffler. Avant l'hiver, elle devrait avoir prêté serment ! Tu te rends compte ? Le mouvement est en marche ! Bientôt nous pourrons voter ! Alors s'ouvriront les grandes réformes sociales et on connaîtra la paix, ma chère marraine, la paix ! Tu te rends compte ?

Si la Malie se rendait compte ! Elle ne bougeait plus. De dos, immobile, comme une statue. L'eau ne coulait plus sur les fleurs de tilleul. Le vent jouait toujours avec les parfums forestiers. Sous la fenêtre, un charroi fit crépiter les graviers de l'allée. D'une voix éraillée, un homme rythmait le pas du cheval. Silence. Julie se leva, marcha vers la Malie, la prit par la taille.

— Que fais-tu ?

Elle pleurait.

Sur le vélodrome, les concurrents s'alignaient pour la troisième course. Une bonne trentaine, lunettes collées au front, en pantalon de golf, maillot ajusté, le vélocipède fermement tenu par le guidon en attendant l'inspection de départ. Le long de la main courante, la foule des grandes compétitions. Jour de fête nationale profane combattue par des élus de vieille tradition qui, en bien des endroits, attachés à la « France fille aînée de l'Église », avaient refusé de branler les cloches. À Vittel, on avait sonné à la volée !

Au son des fifres et tambourins, clairons, tambours et trompettes, on célébrait la fameuse prise d'une prison parisienne vide, la Bastille, un peu plus d'un siècle plus tôt, par une bande de soudards que les récents auteurs de l'Histoire revisitée avaient baptisés « patriotes ».

Depuis le matin, des gymnastes blancs formaient des figures savantes et osées sur la prairie, des ponts, des viaducs branlants, des pyramides humaines incertaines, sautaient le cheval-d'arçons, jouaient à l'ange planant, émoustillaient les dames en rang d'oignons contre la lisse, serrées de près par des hommes bien décidés à contrôler leurs élans. La chaleur aidant, tant de force physique, de muscles bandés, de mâle assurance et de défis à l'équilibre les mettaient dans une forme d'émoi proche de l'extase. Elles s'interpellaient, tournaient l'ombrelle d'un air dégagé, riaient d'un rire de gorge grave et roulant, se secouaient discrètement les cottes, histoire de se ventiler le bas-ventre. « Les rideaux collent aux fenêtres ! » avait lancé l'une. « N'y a qu'à les décrocher ! » avait répondu une voix mâle rabotée par l'alcool et le tabac.

Casqués d'acier lançant des éclairs, les pompiers avaient fait une démonstration de pompe à bras, fiers d'un pissot de lance tout juste capable d'éteindre un feu de bûcherons. Ils avaient les gestes du montreur d'ours et dans leurs bottes la lourdeur pataude de l'ours.

On avait annoncé des cavaliers. Déjà des effluves de crottin circulaient, avec des relents de bière et de vin rouge, des reflux aigres de pâté en croûte, des filets vifs de goudron de Norvège, de cuir et de beurre d'escargot copieusement enrichi d'ail. Quelque part, du côté de la ville, résonnaient des cuivres, roulaient des tambours, tandis que, venant du parc, quelques harmonies de violoncelles tentaient de se glisser dans le brouhaha. Des enfants poussaient le cerceau dans l'herbe, d'autres se cramponnaient à leur mère qui les écartait d'un genou ferme, d'autres encore jouaient à s'attraper par le col marin ou geignaient en se frottant les yeux. La retraite aux flambeaux de la veille au soir par les rues de la ville les avait épuisés. Crottés et fourbus, excités par la foule, ils survivaient en guignant les pommes d'amour d'un étal de fortune et en attendant le soir.

Les cavaliers apparurent vers la Tuilerie, aperçus d'abord par les élégantes des tribunes en capeline et mitaines de dentelle. Elles les pointèrent d'un mouvement d'éventail en poussant des cris de souris entre les flammes tricolores qui claquaient au vent. Canotier à la main, les hommes en jaquette se dressèrent. Ils virent au loin poudroyer le chemin, tirèrent une bouffée de cigare, lancèrent le menton en avant pour leurs premiers commentaires : le cheval, ils connaissaient ! Les hussards... Chantilly... Auteuil... Reprises par les postures de gymnastes et les gaucheries de pompiers, les belles n'écoutaient que d'une oreille, prenaient parfois l'air agacé, se forçaient à sourire, jouaient de l'ombrelle et de l'éventail, cherchaient dans l'étalage des mâles assurances blanches ou bardées de cuir et d'acier de quoi susciter de nouveaux émois dont les privait un quotidien de routine.

Trois semaines plus tôt, on avait fait une répétition générale à l'occasion de la fête organisée pour la sortie de l'embouteillage de la millionième bouteille de Grande Source. Présidée par le maire et patron de la Société des eaux, Ambroise Bouloumié, et par son frère Pierre, cette fête avait rassemblé en ville, puis sur le vélodrome, tous les Vittellois et curistes ! Et, le soir de ce 19 juin mémorable, on avait pu applaudir la pétillante revue *La Millionième Bouteille*, écrite et interprétée par Nino Garnier, baptisé pour la circonstance « Nino de la Rive gauche ». De mémoire de baigneur comme d'indigène, on n'avait jamais connu une telle effervescence à Vittel !

Les juges s'étaient approchés des coureurs. Ils leur donnèrent les dernières consignes, les invitèrent à enfourcher les machines. Place à la compétition !

Au pied de la tribune, au milieu des femmes en halette et des hommes en habits de dimanche et canotier maladroit, la Malie s'imprégnait de cette atmosphère de fête. Être perdue dans la foule, ballottée par la liesse populaire, lui faisait un bien fou. Elle avait besoin de voir un autre monde que celui des baigneuses douchées cramponnées à leur barre, de respirer un autre air que les brouillards de sa cabine, de croiser d'autres regards que ceux de Darriaud. Le médecin ne lui adressait plus la parole désormais que pour des ordres, semblait ne plus la voir que pour l'éviter. Les visites successives de Julie à sa « marraine » l'avaient rendu très soupçonneux et agressif. Il regrettait de s'être laissé impressionner par une employée, fût-elle la mère de sa fille. « Jamais je n'aurais dû céder ! se répétait-il sans cesse. Jamais ! C'est là que j'ai commis l'erreur de ma vie. J'aurais dû tout faire pour qu'elles ne se rencontrent pas, verrouiller davantage la mère ici, et envoyer plus loin la fille, beaucoup plus loin, l'enfermer au couv... » Là, il s'arrêtait, poursuivi par l'image du Carmel qui lui rappelait trop son désir de la femme aiguisé par l'impression qu'elle donnait alors d'être inaccessible.

La dernière fois que sa fille était venue, il l'avait trouvée bizarre, entière dans ses choix de vie, indépendante, voire rebelle, proche, trop proche de l'employée des bains-douches qu'elle avait visitée chaque jour. Il leur avait constaté une complicité empreinte d'affection, en avait été troublé d'abord, irrité ensuite. Il l'avait vue repartir sans tristesse, soulagé de se savoir protégé par la distance, s'était retrouvé seul, avait apprécié le silence de sa maison vide et l'apparence de paix revenue.

Apolline l'avait quitté l'année précédente pour des horizons qu'elle avait qualifiés de « moins encombrés, plus sereins, plus libres ». Les derniers jours de sa présence à Vittel, elle passait sans transition de l'abattement à l'exaltation, tantôt se repliait sur un divan dans la position du fœtus, à moitié nue, les yeux dans le vague et la lèvre tremblante, refusant tout contact et toute nourriture, tantôt s'attifait comme une fille des rues pour sortir en riant, gesticulant, aller apostropher les étrangers du parc qui, souvent, s'en amusaient. Même les violentes averses d'orage ne la retenaient pas. On l'avait retrouvée, une fin d'après-midi, sous des trombes d'eau, le corps moulé dans le satin ruisselant, les cheveux collés, le maquillage déteint, qui tournait autour du pavillon des Demoiselles, les bras levés vers le ciel, en poussant des cris étranges. On l'avait menée en douceur sous la galerie, puis chez elle. Darriaud avait songé appeler un confrère psychiatre, n'en avait rien fait. Il se demandait encore pourquoi.

On attendait l'arrivée des cavaliers, qui caracolaient à présent du côté de la double galerie, pour donner le départ de la course cycliste. En attendant, des gymnastes, décidément infatigables, s'étaient alignés, jambes écartées, mains aux hanches, face à la tribune où ondulaient des vagues tricolores. Le cheveu gominé, la moustache pointée en portemanteau, le justaucorps immaculé frappé en pleine poitrine de la marque du club, ajusté aux muscles et parties intimes qu'il comprimait pour mieux les révéler, ils avaient fière allure ! Quelques-uns se détachèrent, escaladèrent les premiers par l'arrière, prirent leur équilibre sur leurs épaules, firent signe aux suivants qui les escaladèrent à leur tour. La tribune retenait son souffle. De la foule massée le long de la main courante fusaient des quolibets : « Vas-y, Arthur, bombe le torse ! », « Glisse pas, Mimile, tes femmes te r'gardent ! » Ils allaient stabiliser le troisième niveau quand l'un des soutiens de premier rang flancha. Alors, la nouvelle pyramide implosa sous les rires et les sarcasmes : « Qu'est-ce tu fous, l'Tatave, t'as bu d'la Contrex ? » Les applaudissements crépitèrent ; les rires secouèrent la foule ; la rumeur enfla, gagna la tribune.

Les fringants cavaliers venaient d'arriver, soutenus par l'hallali sur pied sonné par des veneurs en grande livrée rouge et vert, auxquels répondaient, quelques cavalcades en retrait, d'autres veneurs de même tenue. Un frisson parcourut l'assemblée.

Alors, le docteur Pierre Bouloumié enfourcha sa machine. Lui, que l'on rencontrait parfois pédalant sur les routes du pays avec des groupes de touristes, avait décidé d'ouvrir la compétition cycliste en bouclant lui-même, avec les sportifs, le premier tour de piste. Il démontrerait ainsi, bien plus que par les mots, les bienfaits du sport pour la santé humaine. Le peloton en aurait quinze à effectuer. Le coup de feu retentit. Les coureurs s'élancèrent.

— Polyte ?

La Malie crut devenir folle. Foudroyée, consumée, anéantie. Elle répétait à haute voix, comme une automate...

— Polyte...

Elle sentit le sol se dérober sous ses pieds, s'adossa à la main courante, ne vit plus, n'entendit plus rien.

Là-bas, près de la ligne de départ... cet homme seul... ce profil, cette façon de froncer le sourcil dans le soleil, cette silhouette...

— Polyte... mon Polyte !

13

Juin 1903

— Je suis heureuse que tu aies accepté de venir.

— Pouvais-je faire autrement ?

Les deux femmes tressautaient sur la banquette percée de la calèche de louage. Voilà deux jours, elles s'étaient retrouvées dans l'immense salle des pas perdus de la gare de l'Est. Revenir à Paris avait coûté à la Malie. Elle avait craint d'y raviver le souvenir de son voyage avec Anselme dont, depuis le départ, elle n'avait reçu que deux courriers d'Indochine, une carte de Saigon représentant le delta du Mékong au pochoir – il y parlait en deux mots de son voyage, finissait par un « Je t'aime » suivi d'un laconique « Mais tu dois m'oublier » – et une longue lettre expédiée de Lang Son, consacrée presque entièrement au massacre perpétré par les Français du général de Négrier et au suivant, « qu'ils n'avaient pas volé », subi par nos troupes coloniales, défaite cuisante qui avait valu à Jules Ferry, « Ferry-Tonkin », de chuter lourdement de son fauteuil de président du Conseil. Il semblait très affecté par la découverte d'une réalité coloniale tellement différente des promesses humanistes rabâchées en métropole. Ses mots le révélaient à couvert : « Tristesse…

conditions de vie des autochtones... un avenir plus généreux... »

Le premier monument qu'elle avait aperçu en arrivant à Paris, à main droite alors que le train encrassait le ciel et freinait sous les hauts murs des moulins de Pantin, avait été la meringue du Sacré-Cœur dont les mamelons lourds de désirs militants se dressaient en échafaudages de part et d'autre du campanile. Puis, par-dessus les toits populaires des quartiers laborieux de l'Est, lui était apparue, à main gauche, la pointe fine de la tour Eiffel. Anselme...

Julie l'attendait dans la cohue de la gare, sous la voûte de fer et d'acier ; elle l'avait aperçue de loin grâce au journal *La Fronde* qu'elle agitait à bout de bras au-dessus des chapeaux à cerises et plumes de nandou, tuyaux de poêle en peau de phoque, casquettes de porteurs de la Compagnie de l'Est et casques empanachés de militaires en goguette. Elles s'étaient longuement étreintes, puis avaient descendu le boulevard de Strasbourg où des dizaines d'omnibus cornaient au cul d'attelages lents et patauds. Elle l'avait installée dans sa soupente du 14 de la rue du Château-d'Eau, dans les murs qui avaient accueilli Louise Michel, lui avait préparé son lit tandis qu'elle dormirait sur un fauteuil. La Malie avait protesté. Julie avait tenu bon : « Tu dormiras là, ou alors... à l'hôtel des ramasse-tout... » avait-elle lâché dans un grand éclat de rire qui avait fouetté la Malie et, en un éclair, gommé la fatigue du voyage. Elles étaient allées se promener dans le quartier, avaient repéré dans une vitrine de librairie une belle édition reliée en cuir fauve de *Tartarin de Tarascon* que la Malie avait tenu à acheter sur-le-champ. « Tu lis ça, toi ? » lui avait demandé Julie en la charriant un peu. « Je lis ça, moi... et bien d'autres livres encore... si tu savais ! » lui avait répondu la Malie en jouant le mystère. Elle savait déjà ce qu'elle en ferait, le moment venu. Mais il était encore trop tôt pour en parler à sa filleule. Puis elles avaient dîné en tête à tête, au milieu de ballots de fripes, sous des guirlandes de défroques, dans une gargote du passage Brady qui sentait bon la saucisse grillée, silencieuses, simplement portées par l'aigre plainte d'un accordéon que faisait courir entre les tables un musicien assis sur le tapis de chanvre d'une estrade. Une heure plus tard, elles se laissaient happer par le sommeil. Tout au plaisir de se revoir, elles n'avaient pas échangé trois mots.

Darriaud avait assuré à sa fille qu'il prendrait à sa charge tous les frais, y compris ceux de train de sa « marraine ». Il lui avait confié une liasse de billets de banque dans une poche de fin cuir souple aussitôt dissimulée dans son bustier.

Jusqu'à Bourges, le train les avait promenées au petit trot dans une campagne cossue de jardins au cordeau hérissés de rames de haricots et garnis de grosses cloches à melon luisantes sous le soleil, de prairies où somnolaient des vaches grasses à peine troublées par le souffle rauque de la machine, de bosquets parcourus par des ruisseaux bleu de ciel. Ici, perché sur une échelle, un homme cueillait des cerises et jetait des bouts de branches rouges de fruits à des enfants chamailleurs. Là, assis dans l'ombre fraîche de peupliers bavards, on pêchait à la ligne dans la rivière assoupie. Plus loin, un groupe de femmes, de lourds paniers aux bras, allaient d'un pas ferme vers le village dont la pointe du clocher dérivait sur un rideau d'arbres. Il faisait chaud, d'une bonne chaleur sèche de fin de printemps. Peu après Vierzon, elles avaient aperçu, pataugeant dans les eaux du Cher, des groupes de gamins qui riaient aux éclats en s'aspergeant, dessinant dans les éclaboussures de fugitifs arcs-en-ciel. Elles avaient fait un bon voyage.

« Je suis vraiment très heureuse que tu sois là. »

Julie s'était penchée vers la Malie, lui avait murmuré quelques mots à l'oreille, tendu le bout de papier bleu reçu quelques jours plus tôt. Tout contre elle, une grosse bourgeoise en falbalas avait pris un air pincé sous l'œil goguenard d'un voyageur de commerce bouffeur de curé qui, de la gare d'Austerlitz aux silhouettes d'Orléans, avait tenté de convaincre un vieux à barbichette impériale blotti dans l'encoignure d'en face de la justesse de vues du ministère Combes. Ses malles encombraient le compartiment. La Malie avait relu le télégramme : « Mère au plus mal. Vous réclame ensemble, toi, marraine. Père », l'avait replié puis rendu à Julie qui l'avait glissé dans son sac en observant, par la portière, les reflets de soleil sur les ardoises des premiers toits de Bourges.

« Curieux, je crois que je n'éprouve rien ! avait-elle ajouté. Pourtant, c'est ma mère ! Est-ce normal, à ton avis ? Ou bien, serais-je… monstrueuse ? »

Les soupirs de la locomotive, les grincements stridents des freins et le fracas des roues sur les aiguillages avaient couvert les hésitations de la Malie.

Le voyageur de commerce s'était déjà dressé ; il tanguait entre ses malles. Menton sur le bec de canne, longs cheveux aux épaules semées de particules blanchâtres, le vieux regardait fixement les lècheries de vapeur contre la vitre. L'air empestait la graisse, le chien mouillé et le saucisson à l'ail. On s'était mis à croquer du charbon.

« Tu ne m'as pas répondu... »

La Malie avait empoigné son bagage.

« Viens ! »

Malgré la suspension de la voiture, les deux femmes se sentaient les os de verre pilé et les chairs en lambeaux. Après les escarbilles de la machine à vapeur, elles croquetaient la poussière âcre du chemin. Dans la traversée du bois de Bouard, le cocher avait proposé une halte à l'hôtel du Bœuf, à Châteauneuf-sur-Cher, qu'il connaissait bien. « Pour le cheval ! avait-il hurlé en tordant le cou vers ses passagères... pour le cheval ! » Ils avaient roulé le long de la rivière, sous les imposantes murailles du château flanqué de ses tours médiévales, contourné la dentelle d'une église éclatante sous le soleil de midi, « La basilique des enfants ! avait hurlé l'homme en se tordant le cou une nouvelle fois. Belle, n'est-ce pas ? », dépassé les vieilles halles dont les arcades de bois couvaient une escouade de buveurs de vin blanc, retenu le cheval devant l'auberge. Le patron avait cuit sur-le-champ une omelette aux cèpes du pays pour les dames et activé le feu sous un sandre large d'une main, arrosé à l'or de Quincy, pour l'homme, qui s'était assoupi d'un bloc une fois vidé le dernier verre.

La route d'après-midi avait été très longue, interminable. Sur la place de Lignières encombrée de charrois et de chevaux au ferrage, des enfants en blouse noire les avaient salués dans des nuages denses de corne brûlée ; à Saint-Christophe-en-Boucherie, l'immense couvent au toit de tuiles plates avait paru vouloir les absorber tous : elles, la carriole, son guide et le cheval ; au carrefour de la Tuilerie de Bouchenoire, ils avaient failli verser à cause d'une ornière si profonde que la carcasse de la machine avait craqué et menacé de se rompre au cul de la bête, laquelle avait roulé des yeux de crapaud sous les coups de fouet du maître. Le ciel s'était mis à l'orage. D'énormes taons tournaient, ronflaient, excités par le mouvement de l'attelage brusquement ralenti par une marée de moutons bêlants qui remontaient seuls le courant. L'air était devenu épais, irrespirable. Elles avaient eu soudain l'impression que l'horizon noir de la vallée Noire s'était fondu dans les nuages noirs d'où tombaient des rideaux argentés de pluie.

Au premier coup de tonnerre, ils entraient dans La Châtre. Au deuxième, elles posaient leurs bagages dans le vestibule carrelé de noir et blanc d'une maison meublée de vieux chêne parfumé à l'encaustique.

Darriaud descendit l'escalier.

— Je vous attendais. Depuis deux semaines, seul, ici...

Il était maigre et jaunâtre, parlait d'une voix sourde, tendait le cou pour les mieux voir dans la pénombre. Elles s'avancèrent. Il embrassa sa fille, salua la Malie à distance d'une courte inclinaison de buste, leur fit signe de monter sur ses pas. Julie leva la main, voulut lui dire que... D'un geste, il lui fit signe de se taire et de le suivre, monta quelques marches d'un pas vif.

— Tu crois que...

La Malie s'interrompit. Darriaud s'était retourné.

— Suivez-moi !

Malgré les stores et doubles rideaux tirés, la chambre baignait dans une douce clarté. Des fauteuils à haut dossier et accoudoirs fuselés l'encombraient, des chaises couvertes ici d'un peignoir, là d'une robe de chambre de velours grenat, entre des commodes de bois sombre verni et une haute armoire dont la marqueterie figurait des rinceaux de feuillage semés d'épis de blé et de coquelicots. Sur les commodes, des vases élancés ou ventrus débordaient de fleurs, et des lampes électriques en pâte de verre aux végétaux luxuriants diffusaient une lumière orangée qui habillait de miel les objets, les meubles, les tentures, les visages, et la grande panthère en grès flammé [1], à doux reflets d'or, dont l'échine tendue suivait la courbe onctueuse d'un chevet noir d'ébène. Dans un angle, une harpe à la caisse de résonance incrustée de lierre doré portait, négligemment jetée, une sorte de vieille pelisse blanche. Et de part et d'autre du lit, à portée de main, des piles de *Petit Journal* alignées : *Premier*

1. Lire, du même auteur, *Le Loup de Métendal*, dont l'action se situe dans l'univers des grès flammés de Rambervillers, entre 1840 et 1918.

vol humain – Orville Wright – à bord du premier aéroplane… Au centre, un lit à large piétement et tête à décor de fougères dont les feuillages s'ouvraient en bouquets d'or sur la tenture murale vieux rose. La chambre sentait l'eau de rose, l'eucalyptus, l'encens et la pisse de chat.

Un flux d'acide coula dans les veines de la Malie restée sur le seuil. Envie de fuir, de dévaler l'escalier, de courir dans la rue, de s'aller perdre dans la campagne, sous l'orage, de s'y dissoudre dans les trombes d'eau qui martelaient les persiennes, de s'y laisser foudroyer, d'y disparaître à jamais.

Julie s'était avancée vers la tête de lit, tendit le bras. Alors, une main osseuse trembla vers elle, des doigts crochus informes.

— Te voilà ! Enfin… te voilà !

Front bas, menton dans le col de celluloïd trop large pour un cou trop maigre, le cheveu rare tombant sur les oreilles, Darriaud s'était réfugié dans le coin de la harpe. Il avait l'air d'un vieux héron des bords du Petit Vair.

— Approche… encore.

Julie fit un pas vers le lit.

— Viens !

Elle s'y assit, d'une fesse, sur le bord du matelas. Le visage d'Apolline était terrifiant. Elle regarda jouer la lumière dans le pelage lisse de la panthère.

— Et la Malie, elle est là ?

Darriaud jeta un regard vers la visiteuse restée sur le seuil, eut un mouvement vers elle, se recala, bras croisés, dans le coin de la harpe.

— Elle est là ?

— Oui, mère, elle est là.

— Alors, qu'elle s'approche, elle aussi... Viens...

Julie fit un signe qui jeta une ombre fugitive sur la panthère. Le tonnerre roulait sur la ville. On respirait de la poix. La Malie fit un pas vers le lit, puis deux. L'autre main osseuse, tremblante, aux doigts en crochets informes, se dressa, lui indiqua de passer de l'autre côté du lit.

La main tapotait le drap immaculé.

— Là !

La Malie s'approcha encore, s'assit à son tour. Aperçut le visage terrible de la femme qui avait voulu les revoir, ensemble. En un éclair surgirent de sa mémoire les masques mortuaires des carmélites décharnées qu'elle avait dû veiller, autrefois, les ressauts d'agonie, les soupirs, et la voix grave du confesseur, pour l'extrême-onction, « *Misereatur tui omnipotens Deus, et dimissis...* ». Apolline s'était mise à tousser, chaque quinte s'achevant par un interminable râle qui lui tirait du corps larmes et bave. Méconnaissable. Seul son regard rappelait encore la femme d'autrefois.

Darriaud se précipita, un mouchoir à la main, épongea joues et commissures, se retira dans son coin en glissant sur le parquet. La pelisse blanche frémissait ; les cordes de la harpe vibraient sous sa caresse, éveillant une musique d'ange.

La mourante tendit les mains. Julie et la Malie les lui prirent, froides et flasques comme les truites mortes du Vair, les gardèrent au chaud. Le tonnerre roulait toujours sur la ville. On étouffait.

— Suis heureuse... heureuse ! Merci. Je ne voulais pas partir sans...

Darriaud avait fait un pas en avant, un mouchoir à la main. D'un mouvement de tête, elle lui fit comprendre qu'il devait rester à sa place, là-bas, dans le coin de la harpe. Il recula. Apolline reprit :

— Je ne voulais pas partir sans…

Elle ouvrit grand la bouche. L'air lui manquait. Ses mains se crispèrent sur celles des deux femmes, les tordant au point de leur faire mal. Ses cheveux collés lui faisaient une sorte de casque gris jaunâtre. Elle lançait des regards angoissés et suppliants vers le plafond. Qui implorait-elle ? Pourquoi ? Une flamme timide alluma ses yeux. Elle les fixa longuement l'une après l'autre, puis, dans un souffle :

— Demain… non pas demain… après-demain…

— Mais…

Julie s'était penchée vers elle, à lui effleurer le visage de ses cheveux.

— Après-demain !

— Mais pourquoi pas…

— Besoin… demain… parler… à ton père.

Elle exhala un profond soupir. L'effort lui avait coûté. Elle ajouta, presque imperceptible :

— N'aie crainte… serai encore là… je…

Ses yeux se fermèrent lentement. Les mains se relâchèrent. Elle s'était endormie.

— Laudanum !

La voix de Darriaud les fit sursauter.

— Laudanum ! Elle souffre tellement que…

— De quoi souffre-t-elle ? demanda Julie en détachant sa main.

Le médecin se contenta de hausser les épaules, quitta la chambre en silence.

La pluie s'était calmée. L'orage roulait plus loin sa colère, vers les fonds sombres de la vallée Noire. La panthère à doux reflets d'or épousait de son échine la courbe onctueuse du chevet d'ébène.

— Viens, allons défaire nos bagages.

Clair, le ciel de Gargilesse, débarrassé des scories de la veille ! De la route du Haut-Verger surplombant la gorge tortueuse de la Creuse, on avait vue sur les prairies, les forêts, les ondulations de terrain soulignées çà et là par des haies et bosquets occupés à jouer à saute-mouton sur des crêtes molles. Il faisait doux. L'orage avait lavé l'horizon, levé les voiles sur le décor simple et grandiose à la fois, rafraîchi l'atmosphère. La terre exhalait des senteurs de fleurs et de vie animale ; abeilles et papillons se partageaient l'espace ; haut dans le bleu transparent, une buse dessinait de larges cercles planants.

— Qu'on est bien ! murmura Julie.

— Qu'on est bien ! répondit la Malie.

Les douleurs du voyage oubliées malgré une nuit courte habitée par d'étranges fantômes, elles avaient salué Apolline, recroquevillée dans son lit de fougères, qui d'un signe les avait remerciées et leur avait signifié qu'elles pouvaient disposer. « À demain… », avait-elle soufflé d'une haleine sèche et fétide. Puis elles avaient pris place dans le cabriolet de famille que Darriaud leur avait fait préparer et atteler. Le paysan cocher était déjà sur son siège. Il avait fait claquer la chambrière. L'attelage s'était lancé sur la route.

À midi, ils avaient fait halte à Cluis, au café de la Paix dont les œufs à la couille d'âne, dégustés sous la glycine en cascade, arrosés d'un modeste rouge local bien rond, les avaient mis en émoi. Le paysan parlait fort, levait le coude avec une aisance surprenante, rota d'aise à l'arrivée du chèvre de Pouligny, en remit une couche gouleyante juste après le clafoutis aux guignes noires qu'il poussa d'un verre plein à ras bord. Il avait fallu le secouer pour lui faire reprendre les rênes d'un cheval docile habitué à l'abandon de son maître.

— Oui, on est bien, répéta la Malie en prenant la main de Julie.

À l'entrée dans Gargilesse, les roues du cabriolet firent crépiter les graviers de la rue. Le château dressait ses tours dans une débauche de feuillage et d'arbustes fleuris. Impressionné par la pente, le paysan se mit à jurer en patois, puis tourna vivement le frein couinant de la machine. Les deux femmes riaient à gorge déployée. Plus elles riaient, plus il gueulait. Alertés par le bruit, des chiens jaillirent d'une cour, se mirent à danser une sarabande féroce autour de l'attelage qu'ils abandonnèrent bientôt. Le calme revint. Ils étaient arrivés devant la maison de poupée cernée de massifs de capucines où bourdonnaient des milliers d'abeilles. La Malie demanda l'arrêt. Le paysan tira sur les rênes. L'attelage s'immobilisa. Rien n'avait changé. Mais tout était différent ! Pas de nourrice pour l'accueil ! Les volets étaient clos ; des orties avaient envahi les plates-bandes ; ni coq, ni poules, ni canards. Le vide et l'abandon. La Malie en fut frappée. Elle resta un long moment assise dans le cabriolet, à observer ce lieu où, vingt-neuf ans plus tôt, elle avait confié la petite Julie-Victoire à la femme ronde qui s'était précipitée vers elle en poussant des petits cris de souris.

— Qu'as-tu, marraine ? demanda Julie, soudain inquiète.

— Rien... Je la trouve belle, cette petite maison. Tu ne trouves pas ?

— Si, peut-être, comme les autres de ce village ! Elles sont toutes belles.

Elle s'était penchée vers elle, la regardait par en dessous.

— Mais, pourquoi as-tu voulu venir ici ? Gargilesse... Comment connais-tu ce coin perdu ?

La Malie se sentit soudain très lasse. Impression subite d'être devenue une vieille femme. Une boule se forma dans sa poitrine, la même qu'autrefois, un autrefois qu'elle avait cru noyé dans le flux des années passées à doucher les curistes au fond de sa cabine. Elle se sentit pâlir.

— Si nous marchions un peu, marraine..., proposa Julie.

— Tu as raison, marchons. Je voudrais voir le refuge de George Sand. C'est...

Julie avait déjà mis pied à terre. Elle tendit la main, l'aida à descendre.

— Merci, ma Julie.

— Pourquoi voulais-tu voir cet endroit ? dit Julie en cueillant une capucine dans le massif devant la maison fermée.

La Malie flotta un instant. La boule roulait dans sa poitrine, lui faisait le souffle court et brûlant.

— C'est... c'est ici qu'elle s'était retirée avec Alexandre Manceau, son amant, en compagnie d'un certain Depuizet, un chasseur de papillons.

Parler de George Sand qu'elle aimait depuis toujours lui redonna confiance en elle. Elle se mit à marcher d'un pas assuré vers l'auberge Malesset, dégringola l'escalier de la petite cour.

— Ils avaient table ouverte, ici, il n'y a pas si longtemps encore, tu sais... une quarantaine d'années... c'est hier !

Un torchon noué autour du cou, un autre pendu à la taille dans la ceinture de son tablier, l'homme de l'auberge leur indiqua la villa Algira, deux maisons sur l'arrière.

— « Villa Algira » ?

— C'est comme ça qu'ils appelaient cette maison, chère madame, répondit l'homme. Il paraîtrait que c'est le nom d'un papillon qu'ils avaient trouvé ici ! C'est comme ça, ajouta-t-il en chassant une mouche d'un violent coup de torchon.

Trois enjambées plus tard, elles étaient au pied de l'escalier appuyé contre la façade percée d'une porte à deux battants et d'une simple fenêtre à petits carreaux. Sur le toit, un chien-assis aveuglé par un volet déglingué.

— Mais c'est tout petit ! Tu m'as dit qu'ils étaient trois, là-dedans... Comment pouvaient-ils faire ?

Celle-là aussi paraissait abandonnée. Agrippé à l'angle du mur, un vieux rosier s'ébrouait dans la brise, semant ses pétales sur des cœurs de Marie que la pluie d'orage avait couchés, mêlés à des vestiges de pivoines gonflés de semence. Le soleil réchauffait des parfums d'humus et de chèvrefeuille.

— Curieux...

La Malie se demanda si ce « curieux » qualifiait le lieu, ou son comportement, que Julie avait toutes les bonnes raisons de trouver… curieux !

— J'ai tellement aimé lire sa *Mare au diable*, sa *Petite Fadette*… tellement !

Se tournant vers Julie, elle ajouta, sur un ton passionné qu'elle voulait enjoué :

— Sais-tu qu'elle a milité toute sa vie pour que les femmes trouvent leur juste place dans notre société, jusqu'à vouloir qu'elles soient reçues à l'Académie française, elles aussi, à l'égal des hommes ? Le savais-tu ?

Elles étaient rentrées à la nuit tombante. Darriaud n'était pas là. Une femme du quartier, aperçue la veille, se tenait assise au chevet d'Apolline, un pot de camp sur les genoux. Une bonne odeur de soupe de légumes tentait de couvrir dans la chambre l'encens, la pisse de chat et le vomi. Des auréoles brunâtres dégradées sur les bords tachaient le drap.

— Il va revenir, dit-elle. Maintenant qu'vous êtes là, j'y vas.

Elle se leva, fit un signe de la main à la malade, sortit. Dix heures du soir sonnaient dans le vestibule quand le médecin rentra. Il monta directement dans la chambre, jeta un coup d'œil à sa femme, salua les deux autres d'un mouvement de tête, se retira sans un mot, traînant derrière lui l'odeur capiteuse du cigare. Julie regarda la Malie d'un air étonné. Elles se couchèrent en silence.

Le lendemain matin, alors qu'un rayon de soleil réussissait à s'infiltrer par les persiennes, marquant le parquet d'une flaque surprenante, Julie se présenta, s'approcha de sa mère, qui la repoussa d'un lent revers de main. Ses traits s'étaient encore creusés. Du fond de leurs orbites, ses yeux lançaient des éclairs douloureux et terrifiants.

— Tantôt… je vous… ferai venir… le moment…

Elle ferma les yeux. Julie se précipita, crut… Elle respirait encore !

Depuis le seuil, la Malie avait observé la scène sans bouger d'un pouce. Elle fixait maintenant la tache de soleil sur le parquet. Julie se redressa, caressa l'échine de la panthère d'or sur sa commode d'ébène, soupira, joignit les mains. La Malie crut qu'elle priait. Mais qui ? Et pour quoi ?

Une heure plus tard, elles arrivaient à Nohant, visitaient la petite église de la place, se posaient un moment sur le premier banc, face à l'autel qui, quelques années plus tôt, avait porté les anneaux d'or de Solange Sand et Jean-Baptiste Clésinger. Lieu tragique : le mariage maudit de sa fille avec le sculpteur qu'elle-même convoitait avait mis la « bonne dame » en colère noire, et provoqué sa terrible rupture avec Frédéric Chopin [1].

Puis elles franchirent le portail de la propriété qui en avait vu tant passer, des humbles, des illustres, des artistes et des politiques, des amants en grâce et des éconduits, suspendirent le pas devant le perron, s'engagèrent à main gauche dans l'allée menant droit au potager et, dans son prolongement, au parc.

---

1. Lire, du même auteur, *Frédéric, le roman de Chopin* (Éd. ESKA).

Personne. Le domaine semblait endormi depuis la mort de la maîtresse des lieux, vaincue par la maladie dans sa chambre bleue de l'étage engorgée du froid humide du printemps pourri de 1876, et celle de son fils Maurice, à la veille du nouveau siècle.

— Tu avais deux ans quand elle a écrit ses derniers mots, « Laissez verdure ». Personne n'a jamais vraiment su ce qu'elle avait voulu dire. C'est une énigme, n'est-ce pas ?

Julie ne répondit pas. Elle allait, un pas derrière la Malie, dans l'étroit chemin, entre potager et remise, qui menait au petit cimetière. Elle se demandait encore ce qu'elles faisaient là, ensemble, dans ce parc, et ce qu'elles avaient fait la veille, là-bas, à Gargilesse. Quel pèlerinage ? Pour quelle cause inconnue ?

Les fraises du jardin dispersaient leur parfum, et les œillets, et les roses en grappes de la pergola. Un écureuil fila dans l'ombre de l'appentis. Elles se glissèrent sous le grand cyprès, découvrirent les tombes familiales couvertes d'aiguilles sèches, leurs croix de guingois, et la grosse pierre grise, toute simple, taillée à l'équerre, qu'elles effleurèrent du plat de la main. Elles se tinrent longtemps là, épaule contre épaule, entre les sépultures de Maurice Dupin, dit de Francueil, père de la romancière, de Marie-Aurore de Saxe, sa grand-mère, et l'autre, anonyme, minuscule dalle de marbre blanc surmontée d'une petite croix blanche [1], à écouter les murmures du vent dans les

1. La tombe de Jeanne, premier enfant de Solange Sand et Jean-Baptiste Clésinger, morte en 1848, âgée de huit jours.

branchages, le chant des oiseaux qui égayaient le verger voisin, les abois d'un chien, loin du côté de la bergerie.

Le cabriolet les attendait sous les grands tilleuls de la place. Elles rentrèrent à La Châtre par la route blanche et poudreuse, tracée comme une voie romaine à travers le bocage, entre de pauvres fermes où caquetaient des poules rousses et noires.

— Venez, elle vous attend.

Darriaud avait revêtu un costume de drap sombre, au pantalon étroit planté dans des bottines vernies à boutons. Une cravate de soie grise jabotait sur son gilet, épinglée par une perle aussi luisante qu'une goutte de vif-argent. Ses besicles sur le bout du nez lui faisaient un étrange museau de renard.

— Allons, venez !

Il attaqua la première marche d'escalier. La pendule du vestibule grelotta une heure d'après-midi. Les deux femmes tapotèrent leurs vêtements pour en chasser la poussière du chemin. Elles montèrent.

— Laisse-nous... veux-tu !

La voix d'Apolline était faible, mais le ton très ferme. Darriaud quitta la chambre.

— Quant à vous... approchez.

Du même geste que deux jours plus tôt, elle les invita à s'asseoir de part et d'autre du lit.

— Avez-vous fait... une bonne promenade... au moins ? Où êtes... vous... allées ?

— En visite chez George Sand, à Nohant, répondit Julie.

— À la bonne heure... elle au moins...

Elle devait chercher son souffle pour chaque mot, se mit à tousser. La quinte fut si violente qu'elle lui fit l'effet d'un terrible ressort. Elle se dressa, découvrit son buste squelettique, battit l'air de ses mains noueuses, chercha celles de ses visiteuses, les trouva, retomba comme une loque, le menton englué dans une bave sanguinolente. Julie l'essuya d'un coin du drap, la recouvrit.

— Reposez-vous, mère !

— Non ! J'aurai tout... mon temps... bientôt... l'éternité ! Avant... je dois...

Elle tourna la tête vers la Malie.

— Mais veux-tu... ouvrir cette... fenêtre... au large... le soleil... la lumière... besoin...

La Malie se leva, tira les doubles rideaux, le store, fit jouer la crémone, ouvrit la fenêtre, poussa les volets. Le soleil inonda la chambre. Avec les bruits de la ville. Sur sa commode acajou, la panthère se métamorphosa soudain en vague de lumière.

— J'ai... à vous dire... mais... il faut d'abord me promettre que... vous serez toujours... que vous... vous aimerez toujours...

— Mais, voyons, mère ! Pourquoi voudriez-vous que..., s'étonna Julie en lançant des regards inquiets à l'une puis à l'autre.

— Si ! Je le veux ! Il... faut me promettre... là... tout de suite ! Prenez-vous la main... promettez...

Par-dessus le lit, la Malie tendit la main. Le rituel commençait à remuer profondément Julie. Elle scrutait le visage de sa mère, tentait d'y lire les réponses aux questions qui se bousculaient maintenant en elle, n'y déchiffrait que des lignes de douleur. Jamais elle n'avait vu ce regard à sa mère, droit, profond, angoissé, mais pitoyable. Jamais la main de la Malie n'avait serré aussi fermement la sienne, les doigts entrelacés, étreinte presque brutale, comme pour souder les deux corps, nourrir ensemble une seule chaleur. Aussi loin qu'elle se souvenait, jamais un tel bouleversement ne l'avait atteinte. Que se passait-il, là, maintenant, dans cette chambre inondée de soleil, ouverte sur la rumeur de la ville ? Qu'allait-il se passer entre ces trois femmes… l'une, sa mère, si étrangère depuis toujours, à l'article de la mort… l'autre, sa marraine, si proche, si complice, si… Elle foudroya sa pensée d'un regard à la panthère en chasse dans la lumière.

— C'est bien ainsi ! Maintenant… voilà…

Apolline tendit lentement le bras, posa une main glacée sur les deux mains unies, légère comme un vol de mésange bleue, rejeta la tête en arrière. Des coulasses brunâtres craquelaient dans son cou jusqu'au sillon de la poitrine. Elle ferma les yeux, se remit à parler, d'une imperceptible voix de confession :

— Ma fille… ma chère Julie-Victoire… ma chérie… bientôt… ce soir, tout à l'heure, je ne serai plus de ce monde…

Une nouvelle quinte la secoua, violente, sèche, très brève. Elle avait gardé les yeux fermés, tenait toujours les mains unies.

— Avant de mourir, ma chérie, je veux entendre… il faut que tu me dises… que tu n'en voudras jamais… à ton père… ni à… ta… marraine… que tu me… le jures ! Quant à moi… je n'aurai que… ce que je mérite.

Julie se raidit. Du métal en fusion coula dans ses veines. Ces mots… cette exigence… incompréhensible ! Elle vit des larmes rouler sur le visage de sa mère. Envie de bondir, de la prendre dans ses bras ! Mais… incapable d'un geste… le bord d'un gouffre… elle n'allait pas…

— Jure, ma chérie… s'il te plaît…

Le ton était suppliant, l'haleine fétide. Les larmes suivaient la voie brunâtre des coulasses de bave jusque sur la poitrine. Julie s'entendit répondre :

— Je vous jure, mère !

— Dis-moi « tu »…

Elle s'entendit répéter :

— Je te jure, mère !

Il y eut un long silence. Même les bruits de la ville s'étaient évaporés.

— Voilà… ma Julie-Victoire, ma fille… c'est la dernière fois que… je t'appelle ainsi.

Elle ravala un sanglot. Sa main se crispa sur les mains des deux femmes. Elle souffla :

— Ma chérie… ma fille… je… ne suis pas… ta mère.

Silence.

— Ta mère… c'est…

Silence.

— Ta marraine… la Malie !

14

Mars 1905

La Malie avait quitté La Châtre le soir même, dans une patache pourrie, jusqu'au train de Châteauroux. Darriaud n'avait pas reparu. Comme une automate, bagages bouclés en un tour de main, Julie était partie dans l'après-midi, sans un mot, sans un regard, sans un geste. Depuis, elle n'avait pas donné signe de vie.

À Vittel, dès sa descente du train, la Malie avait appris la disparition d'Ambroise Bouloumié, maire et patron de la station thermale.

Pour bien négocier le virage du siècle, et engager sa ville et sa société dans une bonne dynamique, l'homme avait lancé des chantiers épuisants. Il s'était usé, tué à la tâche. La construction de la grande galerie ouverte bordée de magasins et boutiques venait de s'achever, celle aussi de l'élégant pavillon de Pomone, aux confortables quarante chambres. L'autre pavillon, dit « Pavillon lorrain », le temple protestant, la chapelle anglicane, les écuries pour les chevaux et calèches sur l'avenue de Norroy sortaient de terre et, à l'entrée du parc, on commençait à assembler les pierres du grand escalier qui devrait relier le terre-plein du Grand-Hôtel à l'esplanade des Sources. Pour alimenter ville et station, Ambroise

Bouloumié avait négocié et obtenu l'installation d'une usine d'électricité le long du chemin des Grenouilles, et pour le confort des Vittellois comme des étrangers, tout en luttant contre typhus et choléra toujours à l'affût, fait réaliser un réseau d'assainissement et de distribution d'eau potable exemplaire. Quant à l'église Saint-Rémy, il en avait fait restaurer la tour branlante et, sur ses deniers personnels, l'avait habillée d'un nouveau dallage et enrichie d'une tribune équipée d'un orgue.

L'approvisionnement de l'embouteillage en récipients en verre étant rendu aléatoire par l'éloignement des fabriques et son coût prohibitif à cause du transport, il venait de décider, en partenariat avec quelques autres entreprises de Lorraine, brasseries notamment, de créer une verrerie industrielle à Gironcourt-sur-Vraine, les Établissements de Gemmelaincourt et Gironcourt, à proximité de la houillère de Gemmelaincourt et de la sablière de Saint-Menge, à trois lieues de Vittel.

Comme s'il avait senti son temps compté, il avait proposé à son frère Pierre d'accélérer le mouvement, de presser les chantiers, de construire, de créer, de développer. Une course contre la montre s'était engagée, aussi violente que celles disputées chaque dimanche par les cyclistes du vélodrome, aussi pathétique que l'acharnement du boxeur amateur sonné sur le ring du professeur Quillier, aussi passionnée que celle qui avait fini d'épuiser Louis, moins de quarante ans plus tôt.

Il avait expiré durant la nuit du 27 juin 1903, dans sa maison de Gérémoy, au milieu de ceux qu'il aimait passionnément. Mort paisiblement, comme s'endort le travailleur sûr d'avoir bien fait ce pour quoi il était venu sur terre.

La Malie avait assisté à ses funérailles, à son banc du troisième rang de Saint-Rémy, à la place marquée d'une plaque d'émail blanc « Famille Bouvier ». Puis, noyée dans l'immense cortège, elle avait accompagné la dépouille de son patron jusqu'au nouveau cimetière du chemin de la Croisette. Elle se souviendrait longtemps des mots vibrants du député et conseiller général Gautier : « Ce soir, à Épinal, lorsque nous nous réunirons, nous couvrirons votre place d'un voile de deuil et nous évoquerons votre mémoire, non pas les luttes stériles à jamais enfouies dans le passé, mais les bienfaits innombrables que vous avez répandus dans ce pays », et de ceux, lourds d'émotion, du président du conseil général des Vosges, ancien chef du gouvernement de la France, Jules Méline : « Le Département n'oubliera pas les services qu'il a rendus ici [...] en portant à son maximum de prospérité cette station de Vittel qui est devenue une de nos grandes stations thermales ; il a créé en somme des richesses qui répandent jusque très loin leurs ondes bienfaisantes. »

Devant la fosse, au premier rang d'une foule figée, tandis que les cloches égrenaient encore un glas pesant sur la ville, au coude à coude avec leur mère qui contenait à grand-peine ses sanglots et l'oncle Pierre, pâle comme une statue antique, Germaine et Jean Bouloumié écoutaient en fixant le cercueil du père. Seraient-ils capables de poursuivre l'œuvre entreprise ? En auraient-ils le courage et la force ?

Plusieurs heures après la mise en terre, alors que la fosse était déjà comblée, ils étaient restés là, nombreux, à bavarder, se remémorer des souvenirs, évoquer les réussites d'hier dues à cet homme qu'on venait d'inhumer, imaginer des espoirs incarnés maintenant par ses enfants jeunes encore que saurait bien préparer et encadrer l'oncle Pierre, seul désormais aux commandes de l'entreprise. On n'avait pas envie de se quitter. On voulait assurer l'avenir en s'appuyant sur le passé. Nul n'était prêt à laisser dehors ce cadavre d'homme, comme s'il se fût agi d'un défunt de sa propre famille.

La Malie s'était longtemps traînée dans les allées neuves de ce cimetière de la Croisette. Elle se sentait très lasse, cassée encore de partout, corps et cœur, par le voyage de La Châtre, se voyait vieille, se savait devenue très vieille, trop vieille. De loin, elle avait observé ces femmes, ces hommes, rassurés par le bavardage, en marche lente vers la ville et les bistrots. On entendait des ordres à des chevaux, des claquements de fouet, des pétarades de voitures automobiles. Un vent frais s'était levé, froid presque, glacial.

La bise ! pensa-t-elle. Manquait plus que ça !

Alors, elle l'avait revu, là-bas, prêt à franchir le portail, lui... l'homme du vélodrome, cet homme seul, ce profil, cette façon de froncer le sourcil dans le soleil, cette silhouette...

— Polyte !

Trois mois plus tard, le bruit avait circulé, sous les galeries et dans les lieux de soins de l'Établissement thermal, que le docteur Darriaud avait décidé de se retirer définitivement sur ses terres du Berry. Depuis son retour, il n'avait plus participé aux dîners, sorties, spectacles, pas plus qu'aux réunions professionnelles avec ses confrères recrutés par Pierre Bouloumié, installés sur le site même des sources ou en ville.

La Malie l'avait aperçu à plusieurs reprises du côté de son bureau, passe-muraille gris dans la pénombre des couloirs, filant sous les tilleuls comme un malfaiteur, faisant tout pour les éviter, elle et tous les autres. Une fois, elle s'était trouvée nez à nez avec lui sur le seuil du bâtiment des bains-douches, elle sortant, lui entrant. Teint jaune brunasse du potimarron, cheveu plat filé en queue de rat, plastron avachi sous le col mou serti d'une cravate incertaine, il avait piqué du nez en grognant, tourné les talons, disparu vers le chalet aux ânes où il n'avait rien à faire au milieu des enfants qui piaffaient d'impatience autour des petites carrioles de promenade.

Puis, un jour, une note avait circulé, signée par Pierre Bouloumié, annonçant le départ du docteur, portant à l'ensemble du personnel les « regrets de la Direction générale » de voir partir un « collaborateur aussi fidèle, efficace et dévoué », lui souhaitant de la part de tous « une longue et paisible vie de repos bien mérité dans le pays de sa famille ». La note donnait aussi le nom du remplaçant, que la Malie n'avait pas pris la peine de lire. Elle aussi venait de décider d'arrêter de travailler, après plus de quarante années passées dans le brouillard de sa cabine, cramponnée à sa buse, à fouetter des dos, des chutes de reins et des cuisses plutôt bons à peler comme les oranges de Noël qu'à caresser en murmurant des douceurs.

Le soir même, elle avait emballé dans du papier de soie, puis dans un papier fort, ficelé comme un rôti, après y avoir écrit sur la page de garde, de son écriture appliquée, « Bonne lecture ! » et signé « Marie-Amélie », le bel exemplaire relié cuir du *Tartarin de Tarascon* acheté pendant sa balade à Paris en compagnie de Julie, puis l'avait confié à la poste : « Au docteur Darriaud – Établissement thermal – Vittel ».

Ma chère mère,
Rien ne m'y oblige, si ce n'est le sentiment fort que j'éprouve pour toi depuis notre première rencontre. J'aurais pu ne pas le faire. Le temps aurait continué à couler ainsi entre nous, nous éloignant sans doute l'une de l'autre à chaque seconde consommée. Peut-être aurait-il mieux valu en rester à cette séparation que j'avais décidée ce terrible jour, à La Châtre. Mais je n'y tiens plus. Pardonne-moi si je t'importune. Je t'écris !

La voix de la Malie tremblait d'émotion. C'était la première fois qu'elle recevait des nouvelles de Julie, sa fille, depuis le voyage du Berry. Chaque jour, elle avait espéré recevoir une lettre d'elle, une dépêche. Chaque jour, elle avait voulu lui écrire. L'avait fait. Mais toujours, au moment de confier la lettre à la poste, elle renonçait. Que de fois elle était allée se promener du côté du bureau télégraphique avec l'intention d'expédier un mot à « Mademoiselle Julie-Victoire Darriaud, 14, rue du Château-d'Eau, Paris » ! Elle arpentait le trottoir de la place des Dames, passait et repassait devant la porte du bureau, se demandant ce qu'elle pourrait bien lui dire en une dizaine de mots, si elle était encore à cette adresse proche de la gare de l'Est, si…

Elle désirait plus que tout renouer avec cette femme, sa fille. Mais elle avait été complice, vis-à-vis d'elle, du plus terrible mensonge. La honte l'accablait par bouffées, qui lui gonflaient alors le cou ; elle se sentait devenir écarlate, prête à tomber en poire blette sur le trottoir, finissait toujours par renoncer, accusant l'âge qui la privait de courage. Soixante-deux ans ! Autrefois, elle aurait osé ! Hier encore… Elle rentrait à la maison du Petit-Ban la tête dans les épaules, et le cœur en naufrage.

Alors, le Polyte savait…

— « Pardonne-moi si je t'importune… »

La Malie lisait à haute voix, comme pour mieux s'imprégner des mots de Julie, pour les offrir aussi à l'homme qui partageait désormais sa vie.

Le soir de l'enterrement d'Ambroise Bouloumié, elle avait marché au milieu des groupes en route vers la ville, silhouette parmi les silhouettes, loin derrière cette allure d'homme qu'elle venait d'apercevoir pour la deuxième fois en quelques mois. La bise s'était levée, cinglante et sifflante. « En v'là pour trois, six ou neuf jours, avait lancé un vieux en pointant sa canne vers le ciel du nord. C'est pas avec ça qu'on aura d'la récolte encore cette année, nom de Dieu ! » Une rumeur lui avait répondu. La Malie avait relevé son châle, s'en était couvert la tête. Elle avait eu l'impression d'être retournée plus de quarante ans en arrière, au temps où on l'avait voilée, au Carmel. Hormis d'une capeline pour de rares circonstances particulières, elle ne s'était plus jamais couverte. Mais là… la bise, et…

Ils avaient descendu la rue de la Croisette, dépassé la chapelle Saint-Éloi, allaient atteindre la passerelle sur la rivière, quand elle vit l'homme quitter l'étrange cortège, prendre à main gauche, s'engager dans la rue en pente du Petit-Ban. Elle marqua le pas, le temps de prendre suffisamment de distance pour n'être pas remarquée, prit elle aussi à main gauche. La bise ébouriffait les tilleuls en fleur, leur arrachant des soupirs de soie, soulevait des voiles de poussière qui tournoyaient dans la rue avant de se déchirer aux arêtes des toits. Sorti d'un soupirail, un chat noir lui fila entre les pieds, franchit d'un bond le muret d'un jardin, disparut dans des haricots tout frais ramés. Elle ne perdait pas de vue l'homme, qui avait ralenti le pas. Saint-Rémy sonna six heures du soir. Un soleil glacé coupait les ombres au couteau sur les pavés. Elle vit l'homme s'arrêter devant une maison qu'elle avait connue autrefois, la ferme d'Aloïse Marmillot. Le Polyte ! C'était bien lui ! Une force soudaine l'avait poussée vers cette maison. Elle avait frappé, attendu, refrappé, attendu encore…

Les gifles de la bise contre les volets. Le chat noir, dans la rue, fou derrière des feuilles, mortes déjà, arrachées aux tilleuls.

Il avait ouvert. Elle avait fait un pas. Ils s'étaient trouvés face à face, lui dans le couloir, elle sur le trottoir, les bras ballants, incapables du moindre geste. L'éternité les avait enveloppés. Il lui avait tendu enfin les mains. Elle s'était jetée contre lui.

« Polyte, mon Polyte, toi...
— Malie... »

Pardonne-moi si je t'importune. Je t'écris !

Tu peux brûler ma lettre, n'en pas lire davantage, me jeter au feu avec elle, m'oublier. Mais avant, je veux quand même que tu saches que je t'aime.

La femme de mon père est morte à La Châtre le lendemain de mon départ. Il m'a télégraphié à Paris. Je n'ai pas répondu. Je n'y suis pas retournée, jamais ! Je ne l'ai jamais revu et ne veux plus le voir. J'ai juré. Je ne lui en veux pas ! Mais je ne veux plus le voir. Il n'existe plus dans ma vie. Son mensonge l'a tué. Peut-être même n'a-t-il jamais existé. Je suis née de père inconnu, mais d'une vraie mère que j'aime : toi.

Tu peux brûler ma lettre, je te le répète, refuser ma main tendue. Je le comprendrais. Pourtant, j'éprouve un besoin irrésistible de revenir vers toi, de me blottir dans tes bras, maintenant que je sais qui tu es, ce que tu as vécu, comment tu l'as vécu. Je voudrais revenir vers toi. L'accepteras-tu ?

Assis en bout de table, impassible, le Polyte écoutait. Il venait de jeter une brassée de sarments dans le feu.

Après son retour du Canada, il avait chassé rats et souris, sorti les vieux matelas et sommiers gonflés d'humidité et puants de vermine, mis à flamber dans le fond du jardin les couvertures pourries de nids de loirs, nettoyé de fond en comble la maison paternelle, fait venir de nouveaux meubles qu'il avait associés aux anciens encore valides, amélioré le confort avec l'eau courante, des tentures aux murs pour couper le froid d'hiver et garder un peu de fraîcheur l'été, un poêle Godin qui ronflait comme un sonneur d'octobre à mai, avec quelques rares pauses les jours de soleil généreux. Mais il avait gardé le vieil âtre ouvert dans la cuisine, dont les parfums de sève brûlante et les crépitements de papier froissé emplissaient la maison de traces de bonheur. Il avait su placer correctement l'argent produit par la vente de ses terres avant son départ, l'avait retrouvé à son retour enrichi de quelques petits intérêts, en avait croqué un peu pour la maison. Mais il en restait suffisamment pour assurer des vieux jours rustiques et raisonnables.

— Que comptes-tu faire ?

— La revoir ! répondit la Malie sans réfléchir. La revoir, bien sûr !

Le Polyte sourit. Pourquoi avait-il posé la question, puisqu'il en connaissait d'avance la réponse ? Il se leva, jeta une nouvelle brassée de sarments dans le feu. Une vive lumière crépitante bondit dans l'avaloir. Il vint vers elle, lui posa la main sur l'épaule. Elle aimait ce geste. Il était sa manière à lui de dire « Je t'aime ». Jamais il n'avait prononcé ces mots, qu'elle aurait pourtant voulu recevoir, qu'elle avait reçus, d'un autre. Elle eut une pensée fulgurante pour Anselme. Où était-il ? Que faisait-il maintenant ? Était-il seulement toujours en vie dans ce pays du bout du monde ? Le reverrait-elle un jour ? Et si…

Elle inspira profondément, contempla un instant les flammes. Dans ses mains, la lettre tremblait.

Notre monde me révolte de jour en jour davantage. Même s'il nous invite à vivre, parfois, des moments riches et très émouvants... la preuve ! C'est le 21 janvier dernier que j'ai décidé de t'écrire. Dans la multitude qui accompagnait la dépouille de Louise Michel. J'étais dans la foule. Son corps venait de Marseille, où elle était morte en rentrant d'Algérie. Nous l'avons menée jusqu'à la tombe où l'attendait sa mère, au cimetière de Levallois. En silence ! Un silence qui a terrifié les autorités bien plus que tous les cris du monde ! La tombe de sa mère... C'est là que je me suis souvenue de leur attachement, de leur amour ! Louise s'était sacrifiée pour faire libérer sa pauvre mère après son arrestation par l'indigne Thiers. N'oublions pas !

C'est là que ton image s'est imposée à moi. Et... me voici !

Oui, ce monde me révolte. Sa violence, le dédain des riches et des puissants envers les petits, l'indignité des politiques qui ne pensent qu'à se gaver en affamant le peuple, les marchands vénaux et leurs complices banquiers usuriers, les enfants esclaves des manufactures, les femmes méprisées !

— Quel réquisitoire !

Le Polyte s'était appuyé des deux coudes sur le docteur Charcot de retour du continent antarctique à la une de *L'Illustration*. La tête dans ses mains en coupe, il regardait fixement sa femme pour découvrir, dans un plissement de front, une crispation de mâchoire, la marque des émotions qui l'avaient bouleversée pendant sa lecture, et tenter d'effacer de sa mémoire d'homme émigré les images qui s'y bousculaient à mesure qu'elle avançait dans la lettre de sa fille : l'esclavage des nouveaux étrangers condamnés à travailler très dur sur la ligne de chemin de fer de Calgary, dans des camps de bûcherons, ou comme « coureurs de bois » à la recherche de fourrures, là-bas, au Canada, le parcage des Iroquois sur de misérables lambeaux de terres aux confins de l'immense territoire qui pourtant était le leur depuis la nuit des temps, la condition des femmes dans l'industrie naissante, soumises aux pulsions animales de patrons avides d'argent et de chair fraîche... « Les femmes méprisées ! » Il lisait sur son visage la vieille douleur réveillée par les mots de Julie.

Mais Dieu ! qu'elle était belle, la Malie, si belle, comme quand ils allaient autrefois voler à son père de rares heures de paradis sous les bois de la Vauviard. Plus belle même !

Ils s'étaient mariés en septembre, au temps des prunes dont elle avait fait une tarte qu'ils avaient dégustée avec Léo et la Berthe en rentrant de l'église. Ils avaient longuement hésité : se marier devant le curé, ou sans lui ? Sentant le peu d'empressement de celle qui allait devenir sa femme, le Polyte avait dit : « On peut s'en passer... Je n'y tiens pas plus que ça ! Nous ferons comme tu voudras. » Elle avait finalement décidé qu'ils échangeraient tout de même les anneaux d'or bénis, pour la force du symbole. « Comme tu veux ! » lui avait-il répondu. Alors, elle lui avait offert, comme si elle venait de les écrire elle-même, les vers lus et appris autrefois, au Carmel, puis répétés comme un exorcisme destiné à tuer en elle l'image de démons donnée aux anges du plaisir par le directeur de conscience du couvent :

(Lui) Les contours de tes hanches sont comme des [anneaux,
œuvre de mains d'artiste.
[...]
(Elle) Viens, mon chéri ; sortons à la campagne ;
passons la nuit au village ;
de bonne heure, aux vignes,
allons voir si le cep bourgeonne,
si le bouton s'ouvre,
si les grenadiers fleurissent.
Là je te donnerai mes caresses[1] *!*

Le cep avait bourgeonné. Le bouton s'était ouvert, comme hier sous la Vauviard. Les grenadiers avaient fleuri.

Le curé avait fait des difficultés, exigé des rencontres de préparation au mariage immédiatement repoussées, fini par accepter le service sacré minimal, par crainte de voir lui échapper deux âmes précieuses en ces temps de violents affrontements entre l'Église et le monde mécréant ! Seuls les avaient accompagnés à la mairie et au pied de l'autel leurs témoins : Léo, pour elle, et, pour lui, une vieille voisine, la bonne Berthe, qui se souvenait du gamin, avait soigné son père et avait bien voulu s'occuper de son linge à son retour du Canada ; elle lui apportait de temps en temps un pot de camp de soupe, un

1. Le Cantique des cantiques, VII, 2 et VII, 12-13 (traduction œcuménique de la Bible, Alliance biblique universelle-Le Cerf).

ragoût de mou dont il aimait la saveur caramel, ou la moitié d'une quiche onctueuse et dorée, épaisse comme la main.

Puis la Malie s'était installée avec son mari dans la maison d'Aloïse Marmillot, le « cul-terreux du Petit-Ban » tellement honni par son père, Léonce Bouvier, l'artisan-brasseur du Grand-Ban. Le jour de son arrivée dans ses nouveaux meubles, elle n'avait pu s'empêcher de goûter le plaisir de la revanche, à retardement certes, mais revanche tout de même !

Des lumières s'allument, dans le monde, des espoirs. Même si elles prennent parfois l'allure de violences condamnables. Il est des actions qui donnent à penser que l'humanité pourra, un jour, vivre mieux : l'assassinat du grand-duc Serge, gouverneur de Moscou et oncle du tsar, et la révolte récente des paysans russes sont de celles-là. Quant à la prétendue réhabilitation de Dreyfus : quelle hypocrisie ! Il ne fallait pas le condamner ! Mais mieux vaut cette coulpe collective, même affectée, que de le savoir toujours croupissant dans un cloaque de l'île du Diable ! Ne crois pas que je sois devenue anarchiste. C'est plutôt vraie républicaine que je suis, en ces temps de fausse monarchie.

La Malie s'arrêta de lire. Une phrase complète était rageusement barrée, rayée de plusieurs traits tellement appuyés qu'ils avaient presque perforé le papier ; la plume avait becqué, projetant à la ligne une ribambelle de taches d'encre de plus en plus minuscules, curieuses planètes perdues dans l'infini. Elle poursuivit la lecture en silence, pour elle seule, tandis que son homme choisissait deux ou trois ceps bien secs, les disposait sur les chenets, remuait les braises du bout des pincettes. La chaleur fit bientôt suer le bois noueux, qui se mit à chanter. Une lumière nouvelle emplit le foyer, jetant des ombres dansantes sur la crédence. Le Polyte respira à pleins poumons le parfum ambré de mars, celui du dernier nettoyage de la vigne, l'annonce du printemps.

La Malie reprit sa lecture.

Je travaille moins assidûment à l'école car j'ai commencé à faire du théâtre. J'en avais envie depuis longtemps. Lire Phèdre *ou* La Chute de Satan *de notre cher Hugo à mes élèves me donnait le frisson. Quand j'ai vu Ève Lavallière sur la scène des Variétés, dans* Le Vieux Marcheur *de Lavedan, j'ai été bouleversée. Quel art de l'émotion ! Et puis j'ai applaudi Sarah Bernhardt dans* La Sorcière *de Sardou. Alors là ! C'était l'année de notre voyage à La Châtre. Je ne t'en ai pas parlé parce que je n'imaginais pas que ces chocs me mèneraient à monter sur scène, moi aussi. Petits rôles, petites qualités de comédienne... mais je joue ! Sarah Bernhardt... avoir découvert après coup qu'elle a soutenu Zola et Dreyfus, qu'elle a milité pour Louise Michel, et qu'elle se bat aujourd'hui encore contre la peine de mort me gonfle d'enthousiasme. C'est plus que du talent chez ces femmes-là que les hommes ne rêvent que de culbuter, c'est la manifestation de l'Esprit !*

Mais je me livre trop. Pardonne-moi de te fatiguer avec mon délire. Pardonne-moi de t'avoir écrit cette lettre. J'espère que tu vas bien.

Accepterais-tu de me revoir, ma chère mère ? Maintenant, si tu veux bien !

Je t'embrasse.

Julie

La Malie s'était empressée de lui répondre. Bien sûr qu'elle acceptait de la revoir ! Le plus tôt serait le mieux !

Mais cette histoire de théâtre la tracassait, comme cet esprit de révolte dont débordait la lettre. Maintenant qu'elle venait de retrouver sa fille, pour la deuxième fois, elle n'allait pas la perdre, tout de même ! Après les vagues d'attentats qui avaient secoué le pays, avec l'épée de Damoclès d'une nouvelle guerre destinée à récupérer l'Alsace-Lorraine, dans le tourbillon des mouvements ouvriers fermement décidés à s'opposer par tous les moyens aux « pouvoirs bourgeois » partout en Europe, de telles tendances à la rébellion trouvaient chaque jour de nouvelles bonnes raisons de se renforcer, voire d'aller jusqu'au passage à l'acte. Le Congrès de l'Internationale ne venait-il pas de proscrire toute participation des socialistes à tout gouvernement bourgeois, et la Charte syndicale d'Amiens de déclarer solennellement travailler à la nouvelle « révolution directe et violente » ?

Que sa fille pût être embarquée dans des mouvements comme ceux-là terrifiait la Malie. Qu'elle abandonnât son métier de maîtresse d'école pour faire du théâtre, aller vers cette vie de saltimbanque qu'elle avait pu observer à la station thermale, qui défrayait encore la chronique, avec ses comédiennes au cœur chaud et ses séducteurs de carton-pâte...

Elle en avait perdu le sommeil, passait par de longues périodes de silence, dont elle ne sortait que pour poser des questions angoissées à son mari. L'une d'elles la taraudait sans cesse : la révolte de Julie, son désir d'évasion, qu'elle satisfaisait en endossant la peau de personnages de théâtre, n'étaient-ils pas le résultat malheureux du mensonge dont elle avait été complice, elle, sa mère ? Alors, l'angoisse la prenait ; son cœur se mettait à battre la chamade ; elle transpirait, devait se lever, se réfugier à la cuisine, se plonger dans la lecture du *Jean-Christophe* de Romain Rolland.

Pour évacuer son trouble, elle se disait que dans la même situation, avec la même histoire personnelle, elle aurait probablement partagé ces pensées de Julie, hier, qu'elle aurait même combattu avec elle pour davantage de respect de l'autre et de liberté pour tous, qu'elle aurait peut-être aimé, elle aussi, monter sur scène, jouer la comédie, se faire applaudir, se donner l'impression d'être aimée de dizaines, de centaines, de milliers de personnes à la fois. Mais elle n'avait pas la même histoire que Julie ! Alors, un semblant de paix lui revenait. Et puis... elle s'était résignée.

Sagesse venue avec le temps ? « À mon âge, n'est-il pas normal de voir tout cela de plus loin ? » demandait-elle au Polyte, le soir, pendant le souper. Il rentrait la tête dans les épaules, taillait de larges quartiers de pomme qu'il partageait, un pour elle, un pour lui, cassait des noix qu'ils croquaient ensemble ; le bon jus de la pomme épousait les huiles de la noix, emplissait la bouche d'une saveur sucrée à bel arrière-goût d'amande, coulait dans la gorge en silence, laissant sur la langue la double envie de s'en réjouir encore et de se taire. « Qu'en dis-tu, mon Polyte, c'est l'âge, ou… » Elle ne pouvait s'empêcher de relancer la conversation, minaudait sur un cerneau tant qu'il ne lui répondait pas. « Que veux-tu que je te dise ? » finissait-il par lâcher en poussant délicatement la noix vers elle. « Je ne sais pas, moi… ce que tu en penses ! » Elle appuyait son regard, jouait à rassembler les miettes sur la table en un petit tas qu'elle butinait ensuite, du bout d'un doigt passé sur les lèvres, poursuivait : « Tu en penses bien quelque chose, dis-moi ! » Elle savait prendre un ton suppliant qui le faisait craquer. Alors, un sourire amusé en coin, il répondait, en tranchant un nouveau quartier de pomme : « Tu sais bien que je pense comme toi ! Vois ce que sont tes pensées… tu connaîtras les miennes ! » Et, ce soir-là, il avait ajouté : « Si nous allions, demain, voir si les alouettes ont déjà pris leur envol sur la Vauviard ? » Il lui avait tendu le quartier dont elle avait croqué la moitié ; il avait croqué le reste en cassant une nouvelle noix. La lumière qui venait de s'allumer dans les yeux de sa femme l'avait rassuré. « Oui, nous irons demain observer les alouettes de la Vauviard. J'en ai envie, très envie ! »

Julie arriva au début de l'été. Par le train du soir. Au volume de ses bagages, ils comprirent qu'elle n'était pas venue pour une simple visite. Ils s'en réjouirent, mais secrètement. Le temps des mots pour le dire n'était pas encore venu !

Pour la forme, « Pas question de vous déranger ! », elle avait voulu loger à l'hôtel Terminus, en face de la gare, chez monsieur Petitjean, de bonne réputation. Ils avaient alors balayé l'idée de l'hôtel, décidé de la mener à la maison, de l'installer dans la chambre du haut, là où, autrefois, le père Marmillot mettait à mûrir les bonbonnes d'eau-de-vie de mirabelle, goulot ouvert, simplement couvertes d'un chiffon pour permettre l'évaporation, la « part des anges », là où avaient séché les haricots embrochés en ribambelle sur un fil, et quelques feuilles du tabac cultivé à l'abri des regards derrière le mur du jardin. La pièce en était restée imprégnée d'un curieux parfum de fête et de décoction, de bistrot et de chambre d'hôpital.

— Hum… ça sent bon ici ! lança Julie en posant ses bagages. Je crois que je vais bien m'y imprégner du pays, d'autant que j'en ai une furieuse envie !

Elle accrocha son chapeau à la patère, fit le tour de la chambre, toucha le chêne de l'armoire, fit un tour, puis deux, comme le chat avant de trouver la bonne place pour dormir, ouvrit la fenêtre au large, resta un moment silencieuse à contempler les toits du Petit-Ban, les murs ridés de la vieille église Saint-Privat et dans la perspective, en ombre chinoise sur le ciel rose du couchant, la tour neuve de Saint-Rémy.

— C'est l'ancien village, ici ! Quel contraste avec la station thermale.

Elle baissa le ton.

— Je ne la connais pas bien, cette station ! Je n'y suis venue que deux fois. Mais je vais la découvrir, avec toi… n'est-ce pas ?

Puis elle murmura :

— C'est beau ! C'est calme ! C'est bon ! Je me sens bien ici !

Elle quitta la fenêtre, s'assit sur le lit, lentement, observa sa mère comme si elle la voyait pour la première fois.

— J'ai quelque chose à te demander. Je voudrais que tu n'en sois pas choquée.

Son trouble dissipé, le Polyte les avait laissées. Lorsqu'il avait aperçu la jeune femme sur le quai de la gare, le visage rayonnant des derniers rayons du soleil, il avait été frappé. Pour lui, le temps venait de se dissoudre brutalement. C'était la Malie qui arrivait, autrefois, là-bas, au Canada. Elle descendait du train, telle qu'il l'avait imaginée durant une éternité de solitude, venait le rejoindre, partager son sort d'exilé, vivre avec lui la vie dont ils avaient rêvé. L'impression avait été si forte qu'il avait dû prendre le bras de sa femme, s'y cramponner, s'obliger à bredouiller trois mots d'accueil que Julie n'avait pas entendus. Même regard, même façon de se mouvoir, libre et contrainte à la fois, même port de tête... quelle ressemblance !

— Promets-moi que tu ne seras pas choquée !

— Comment veux-tu que je te promette si je ne sais pas ?

— Promets-moi !

Le Polyte était redescendu. On l'entendait qui remuait de la vaisselle dans la cuisine.

— Je te promets.

— Voilà : autrefois... parce que...

Elle cherchait ses mots, ne les trouva pas.

— Je t'appelais « marraine »...

Le bruit, en bas, des assiettes sur le bois de la table. Puis des verres. Et le pas traînant du Polyte sur le pavé.

— C'était à l'époque où je croyais encore que…

La Malie s'était assise sur une chaise, entre l'armoire et la fenêtre ouverte sur le crépuscule. Elle écoutait sans broncher.

— Aujourd'hui, je ne me sens pas cap…

Elle se leva, s'agenouilla devant la Malie, lui prit les mains.

— Je ne veux pas te donner du « ma mère », comme je le faisais avec l'autre. J'aurais trop l'impression…

Sa tête bascula, comme si la honte l'avait soudain alourdie.

— Mais je ne peux pas non plus t'appeler… je ne peux pas t'appeler « maman ».

Elle poussa un profond soupir.

— Quelque chose, au fond de moi, m'en empêche. Ce mot m'est plus qu'étranger… ennemi ! Je peux bien t'avouer que je me suis fait violence, avant de venir, pour l'adopter. Seule, j'ai tenté de l'apprivoiser, de le prononcer, de le répéter, mais il sonne toujours faux, ce mot maudit, il bute sur mes dents, m'englue la langue. Même au théâtre, il sort mal ! Dans mes répliques, je le vois s'approcher avec angoisse, je le reçois comme une gifle, je l'escamote, je le chasse. Je ne me sens bien que quand il est passé, derrière, englouti par les autres mots qui, eux, déferlent sans retenue.

Elle avait parlé d'une traite, sans reprendre souffle, d'une voix monocorde et, soudain, très lasse.

— Permets-moi de t'appeler simplement « Malie ». Dis, tu veux bien ?

La douleur l'avait rendue suppliante. La Malie glissa les doigts dans les cheveux de sa fille, la caressa longuement, respira son parfum, un parfum exotique qu'elle ne connaissait pas, léger et aérien, mélange de cannelle, de rose, et de…

— Rien qu'une fois…, murmura la Malie.

Julie releva la tête. Elle était très pâle. Elle tremblait.

— Une fois, seulement, insista la Malie. Rien qu'une fois, s'il te plaît… que je l'entende au moins une fois dans ma vie !

Silence, en bas. Par la fenêtre ouverte, des cris de corneilles, autour des peupliers, le long des rives du Vair, qui se chamaillaient pour la nuit. Des grenouilles coassaient.

Silence. Les deux femmes se tenaient par les yeux, rivées l'une à l'autre, inséparables désormais. La pénombre cachait leurs larmes. Inséparables, mais…

— Une fois ! Une seule fois… s'il te plaît…

— Maman…

La table était mise, un grand plat de fraises à la crème au plein milieu, avec des échaudés à l'anis ; une carafe de vin transpirait à côté de la miche fendue de trois tranches, dans la lumière jaune de la suspension ; la poêle attendait, avec le lard, le beurre et le ravier d'œufs battus pour l'omelette. Mais… personne !

Les deux femmes gagnèrent le jardin, y retrouvèrent le Polyte, assis sur le banc de pierre qu'il avait construit contre le mur, là où, autrefois, poussait le tabac de son père.

À leur appel, il leva la tête, comme surpris, ébahi.

Il était ailleurs !

15

Janvier 1910

— Je vais aller chercher un médecin. Tu ne peux pas rester comme ça !

— Mais non, répondit la Malie du fond de son lit, d'une voix rauque, hachée, qui faisait mal rien qu'à l'entendre.

— Tu ne guériras pas toute seule… j'y vais !

Pour toute réponse, Julie vit la main de sa mère se dresser sur les draps, lui faire signe qu'elle ne voulait pas d'un médecin.

— Comme tu veux, mais…

Rien n'allait plus depuis quelque temps, dans la maison Marmillot comme sur l'ensemble de la planète. On avait l'impression d'être entrés de plain-pied dans une série d'années terribles.

Dès mars 1906, les catastrophes s'étaient succédé. D'abord, le terrible coup de grisou et l'effroyable coup de poussier qui, en quelques secondes, avaient fait onze cents morts dans les mines de charbon du Nord-Pas-de-Calais, transformant en chapelet funèbre la liste de noms des communes martyres que personne n'oublierait jamais : Noyelles-sous-Lens, Sallaumines, Méricourt, Billy-Montigny, Fouquières-lez-Lens…

En janvier 1908, la glace ayant cédé sous leur poids, trente patineurs s'étaient retrouvés dans l'eau du lac du bois de Boulogne ; trois d'entre eux s'étaient noyés.

Puis toute la France du Nord avait été plongée dans un brouillard à couper au couteau, glacial et impénétrable, qui, une fois dissipé, avait abandonné la terre à un ciel hargneux. On se souviendrait longtemps des orages de grêle de mai et juin, et des pluies diluviennes de juillet, au moment du transfert des cendres d'Émile Zola au Panthéon, qui avait déclenché des manifestations antisémites d'une violence redoutable. Paris avait retenti de vociférations soufflées jadis par la Ligue antisémite de Jules Guérin : « Mort à Zola ! Mort à tous les Juifs ! Zola et Dreyfus sous la guillotine ! »

La Malie suivait l'évolution de ce monde dans *Le Petit Journal* que le Polyte ne parcourait que d'un œil distrait, parfois furibard. Depuis plusieurs mois, elle se sentait fatiguée, sans vraie raison… fatiguée !

Comme si la folie des hommes n'était pas encore suffisante, la terre s'était brutalement fâchée durant la nuit du 27 au 28 décembre, infligeant à l'Italie du Sud une terrible secousse qui avait rasé Reggio de Calabre et Messine. Maisons de pauvres et palais, hôtels, bureaux de télégraphe et téléphone, hôpital, port, tout y avait été ruiné en vingt-trois secondes ! Un raz de marée terrifiant avait suivi le tremblement de terre, qui avait couché les derniers immeubles encore debout, jeté les barques et bateaux du port à l'intérieur des décombres. On avait compté d'abord quatre-vingt mille morts, puis cent mille, puis cent cinquante mille ! Quant aux blessés, impossible de les dénombrer ! La catastrophe avait fait la une de tous les journaux. L'émotion était immense, à la mesure du drame.

« Pauvres gens, ne cessait de répéter la Malie en tournant les pages de son journal, pauvres gens ! »

Le sang d'humaniste de Pierre Bouloumié n'avait fait qu'un tour. Dès le 1er janvier, à la tête d'une équipe de son Union des femmes de France, il avait quitté Vittel, sauté dans le premier train en partance pour l'Italie. Trois semaines sur place, à panser des plaies, réduire des fractures, rechercher des survivants, les nourrir, tenter de réduire la misère d'un peuple qui avait tout perdu jusqu'à l'espoir de survie ! À son retour, dans une Vittel paralysée par un froid sibérien – on avait enregistré jusqu'à moins vingt-cinq degrés dans le parc –, il avait témoigné de l'horreur de la situation dans un livre que la Malie avait lu d'une traite, dont elle avait relu les passages les plus terribles, en mâchant son impuissance :

… *Malheureuse mère recueillie à Naples ! Au moment de la catastrophe, elle est précipitée du troisième étage sur un amas de décombres ; au-dessus d'elle ses deux filles sont restées accrochées et grièvement blessées, à demi écrasées. Elle est immobilisée par les amas de débris de toutes sortes qui l'enserrent. Du sang tombe sur son visage, des cris de douleur, des appels désespérés étreignent son cœur de mère ; ce sont ses filles qui sont là, tout près d'elle, expirantes. Elle les encourage mais ne peut tenter le moindre mouvement pour aller à leur secours. Les heures s'écoulent, les gémissements plaintifs succèdent aux cris de douleur, le sang ne coule plus que par gouttes plus espacées, aucune voix ne répond plus aux appels ; peu à peu le silence se fait ; la mort a achevé son œuvre, sans que cette pauvre mère réduite à l'impuissance ait rien pu tenter pour sauver ses enfants, pour adoucir par sa présence leurs derniers moments et recevoir leur dernier soupir.*

Six mois plus tard, après un avril d'une chaleur tropicale, suivi de gelées si fortes et brutales qu'elles avaient tué une grande partie de la vigne méridionale, la terre s'était fâchée de nouveau, avait secoué la Provence au point de ruiner trois villages : Lambesc, Rognes et Saint-Cannat, d'en sinistrer plusieurs autres, de coucher dans la tombe une cinquantaine de victimes, enfants et parents saisis en plein sommeil.

Puis, alors que les lampions de la retraite aux flambeaux fumaient encore dans toutes les villes et tous les villages de France, le ministère Clemenceau s'était effondré sous la pression d'un rude climat social. Lui avait succédé, présidé par Briand, un cabinet dit de « cohésion nationale » qui avait dû organiser de difficiles élections législatives, assumer l'exécution publique de Liabeuf [1], affronter une dure

1. Jean-Jacques Liabeuf, ouvrier cordonnier au chômage, injustement condamné pour proxénétisme, se venge à sa sortie de prison : il tue un agent de police et en blesse plusieurs autres. Il sera guillotiné dans la nuit du 1er au 2 juillet 1910. L'exécution, publique, sera à l'origine d'une émeute violente qui provoquera la mort d'un second policier et laissera dans la rue plusieurs centaines de manifestants blessés au cours des affrontements avec les forces de l'ordre.

grève de cheminots brisée par un ordre de réquisition si impopulaire que le nouveau gouvernement avait chuté au profit d'un bourgeois savamment drapé dans d'opaques idées de gauche : Joseph Caillaux.

Pour corser le tout, alimentée par des pluies de fin du monde, la Seine avait décidé de quitter son lit dès les premiers jours de 1910, envahi les caves de Paris, les stations et galeries du métro, transformé les rues en canaux vénitiens, fait surgir des armées terribles de rats. Le zouave du pont de l'Alma trempait sa barbiche orientale dans des eaux glauques et poisseuses. On ne se déplaçait plus qu'en barque ou sur des passerelles de fortune.

De toutes parts, la France prenait l'eau !

À Vittel, on réussissait malgré tout à transformer encore les problèmes en solutions. Comme l'incendie de la maison Bazelaire qui, de catastrophe, était devenu une opportunité : la ville avait fait de son emplacement un espace ouvert sur l'église Saint-Rémy, un petit square fleuri fréquenté par les dandys à cigare et les belles à ombrelle où veillait désormais le buste en bronze de l'ancien maire, Ambroise Bouloumié. Quant à la bagarre entre le maire et le curé, Constant Gravier, sur fond de séparation de l'Église et de l'État, à propos du loyer du presbytère, elle avait tourné au renforcement des liens entre pouvoirs locaux spirituel et temporel, au plus grand bénéfice d'une communauté soucieuse avant tout de paix. Et la jalousie pathologique de Contrexéville avait poussé Vittel à construire un nouvel embouteillage, industriel celui-là, qui permettrait bientôt de doubler la production. Sur la colline de Lorima, le

« jeu de golf » attirait désormais des centaines d'élégants en culottes courtes, le champ de courses accueillait des milliers de drogués au goudron de Norvège, et le casino regorgeait d'une foule sans cesse croissante d'allumés des jetons et plaquettes dans les faisceaux embrumés des salles où la nuit vivait plus intensément que le jour.

— Je vais chercher un médecin !

Sur le pas de la porte, Julie tordait ses gants.

— Pas la peine... ça va...

— Que tu le veuilles ou non, j'y vais !

Depuis trois jours, la Malie luttait contre une fièvre de cheval. Le Polyte avait dû changer ses draps et oreiller matin et soir, les laver, les mettre à sécher dans la chambre du haut chauffée à blanc, brûler des feuilles d'eucalyptus pour tenter d'assainir l'atmosphère, préparer la vieille décoction – recette de son père – de vingt feuilles de ronce, une feuille de houx et une feuille de lierre, qui aurait dû venir à bout du rhume ravageur de sa femme. Mais rien n'avait agi ! La malade s'affaiblissait de plus en plus, terrassée par une toux rauque venue du fond de la poitrine. Alors, il avait fait télégraphier à Julie, qu'elle vienne de Paris, qu'elle arrive vite pour la soigner. Mort d'inquiétude, il s'affolait. Il était complètement perdu !

— Hum, je n'aime pas beaucoup ça !

Le vieux médecin rangeait le stéthoscope dans sa trousse.

— Vous allez lui poser des vésicatoires sans tarder. J'espère qu'il n'est pas déjà trop tard pour qu'elles fassent leur effet bénéfique. Il faut me tirer toutes les mauvaises humeurs de cette poitrine-là ! Tout de suite ! Sinon, je ne réponds de rien !

Debout contre le pied du lit, le Polyte était blême. Il voyait seulement les cheveux de sa femme débordant du plumon. Surtout, il entendait le soufflet de forge de sa respiration, et sa toux si terrible qu'elle lui arrachait gorge et poitrine. Combien il aurait préféré être à sa place, souffrir à sa place, mourir à sa place !

— Mais qu'est-ce...

Julie osa une question au médecin qui cherchait un endroit pour s'installer et rédiger son ordonnance. Elle lui poussa une chaise vers la petite table, devant la fenêtre. Des flocons dansaient, formaient des volutes facétieuses derrière les vitres.

— C'est une fluxion de poitrine. Pas étonnant, avec ce temps. Elle n'est pas la seule, en ce moment, allez ! Mais...

Le Polyte n'entendait plus rien. Les mots « fluxion de poitrine » venaient de le pénétrer comme un fer chauffé au rouge. En un éclair, il revit les images du Canada : des coureurs de bois, pourtant gaillards solides et résistants même au choléra, terrassés par cette fichue « pulmonie », comme on l'appelait là-bas, qu'on enterrait après quelques jours seulement de maladie, des paysans, des colons même que leur fortune et les meilleurs médecins n'avaient pu sauver.

— Vous allez me poser ces vésicatoires !

Le médecin se tourna vers lui.

— Vous en avez, au moins ?

Le Polyte se contenta de lever les mains en signe d'ignorance. Ils n'avaient jamais eu à se servir de ce matériel-là, elle et lui. Son père, autrefois... Mais il avait dû s'en débarrasser lors du grand nettoyage de la maison, à son retour.

— Ma voisine en a, j'en suis sûr...

Il avait répondu sans conviction, comme résigné, soumis à un sort inéluctable. Julie s'en étonna.

— Et puis...

Le médecin parlait en écrivant. Il avait chaussé ses besicles, se raclait la gorge, sentait l'eau de Javel.

— Vous irez me chercher du sirop d'ipécacuana, trois cuillères à soupe : une le matin au réveil – si elle dort –, une à midi, et une le soir. Attention, pas une de plus parce que, à forte dose, c'est un émétique. Elle risquerait de vomir. Et, dans son état de faiblesse, il vaut mieux qu'elle garde le peu qu'elle prend. Vous lui poserez aussi, matin et soir, un bon cataplasme de farine de moutarde aussi chaud qu'elle pourra le supporter. Et puis... continuez les tisanes et décoctions...

Il leva le nez, renifla, regarda vers le Polyte.

— Comme ce que je sens, là : eucalyptus, ronce. Ça devrait empêcher la formation d'un abcès. Parce que, si ça venait à se former...

— Alors ?

Julie avait fait un pas vers le médecin, qui avait déjà refermé sa sacoche, renouait sa grosse écharpe de laine autour du cou, remontait son col.

— Alors...

Ils attendaient encore sa réponse quand ils entendirent claquer la porte du couloir. Une bourrasque de neige s'engouffra dans la maison, tourna autour de l'âtre où brûlait un bon feu de bois de curé, marqua le sol de mouillures éphémères.

— Ben, y en a du mal, là-dedans !

La voisine soulevait la ventouse d'une main, appuyait de l'autre sur la peau de la malade pour faire entrer l'air. On entendait des sifflements sinistres.

— Regardez-moi ça, noires comme du charbon ! Oui, y en a du mal à retirer de votre poitrine, ma pauvre dame ! Mais on va y arriver, allez don' !

D'énormes vésicules violettes déformaient le dos de la Malie. Le Polyte s'approcha, écarta les cheveux de sa femme, d'un beau gris cendré mais collés par la mauvaise sueur, lui déposa un baiser dans le cou. Un pauvre sourire lui répondit. Il avait mal pour elle. La voisine appliqua le scarificateur sur la première vésicule. Claquement sec des lames. Puis sur la deuxième. Puis... À chaque claquement, le Polyte avait l'impression que la machine de la vieille lui déchiquetait le cœur. Le sang noirâtre s'écoulait en minces filets. Julie s'était réfugiée dans sa chambre.

— Ça va lui faire du bien, allez ! Avec le sirop, les cataplasmes et les tisanes, elle sera sur pied avant trois jours, tu peux m'en croire ! Mais faudra pas faire de bêtises, hein ! Je veux pas vous voir dehors avant la nouvelle lune, hein !

Le Polyte ne demandait qu'à la croire. Elle s'était penchée, hurlait dans les oreilles de la Malie comme si sa maladie l'avait rendue sourde. Elle lui donnait du « vous » à cause de son origine du Grand-Ban. La Malie était une dame de là-bas ! Alors que le

Polyte… La voix de la vieille grondait tandis qu'elle épongeait le sang.

— Pis va falloir manger de quoi reprendre des forces, hein ! Une bonne potée, allez ! Vous faites pas de bile. Quand elle ira un peu mieux, je vous en ferai une !

— Mais je s…

— Tatata ! De quoi je me mêle ! Les gamelles, c'est l'affaire des femmes. J'ai dit que je la ferais, je la ferai !

Elle se rapprocha du Polyte, lui parla dans l'oreille. Elle haussait le ton de temps en temps pour couvrir les quintes de toux de la Malie.

— Il l'a pas dit, le médecin, mais moi je lui donnerais en plus un bon grog à la mirabelle. Avec ça, elle suerait comme un bœuf, ça lui ferait sortir toutes les mauvaises humeurs, elle sentirait plus son mal, elle dormirait bien ! Ce que je t'en dis, moi… t'en as, au moins ?

S'il en avait ? Un coin de cave tout entier était réservé à l'eau-de-vie de mirabelle du père, en bonbonnes et en bouteilles ! Et puis, il y avait la carafe, là, dans le buffet, toujours à portée de main.

— Bien sûr, j'en ai !

— À la bonne heure ! Parce que je t'en aurais rapporté.

— J'en ai, merci…, conclut le Polyte.

Elle avait recouvert sa malade, tiré le grand plumon rouge, remballait l'attirail dans son panier.

— Pis, chauffe-moi cette maison, allez, faut du feu partout ! Faut qu'elle ait bien chaud ! dit-elle en s'emballant dans son châle jusqu'au nez.

Elle disparut dans une nouvelle bourrasque de neige qui déferla sur le pavé du couloir.

Le Polyte avait déjà chaussé ses brodequins et enfilé sa canadienne quand Julie réapparut.

— Alors ?

— Ça devrait aller ! Je vais à la pharmacie pour les médicaments.

Il cherchait l'ordonnance, ne la trouvait pas, se mit à tout retourner dans la chambre. Avec le remue-ménage de la voisine…

Et puis la présence de Julie le troublait.

Depuis qu'il l'avait vue pour la première fois à sa descente de train, il ne pouvait se défaire d'une impression curieuse, d'une émotion, d'un trouble qui le gênait au point de devoir parfois quitter la pièce où elle se trouvait. La Malie s'en était aperçue, l'observait du coin de l'œil, se demandait ce qui pouvait bien se passer dans cette tête, dans ce corps d'homme.

— Tu veux que j'y aille ? proposa Julie. Tu pourrais rester avec elle, si elle avait besoin…

— Non, merci, je vais y aller. Il fait un temps à ne pas mettre une… Parisienne dehors ! C'est un temps de Vosgien, ça, tu vois !

Elle sourit.

— D'accord, mais c'est ma mère, tout de même ! dit-elle sur un ton qui le toucha. J'avais prévu d'aller à Saint-Baslemont ce soir. Je devais y retrouver mon amie Ève. Mais je vais rester avec toi. On ne sait jamais. Tu peux avoir besoin de moi.

Le Polyte sentit une vague de chaleur parcourir son corps. Julie venait de lui parler comme lui parlait la Malie autrefois, sur le même ton, avec la même voix, et le même regard.

— Tu peux y aller, à Saint-Baslemont. Avec tous ces soins, ça va aller mieux. Ne te fais pas de soucis.

— Non, je reste avec toi, avec elle. Je veux t'aider à la soigner. J'irai là-bas demain ou après-demain. Mon amie Ève est là pour plusieurs semaines... alors, tu vois, il n'y a pas d'urgence. C'est la première fois qu'elle vient en hiver. Elle n'imaginait pas ce pays aussi beau sous la neige ! Mais il faut dire que, de là-haut, sur sa colline... Mais je te retarde. Vas-y ! Je veille.

Elle lui avait pris les mains, le fixa intensément, comme autrefois la Malie, sous la Vauviard.

— J'y vais !

Elle était restée longtemps, après le départ du Polyte, devant la fenêtre, à se demander si c'était la maladie de sa mère, ou le trouble de l'homme qui lui avait fait prendre la décision de reporter sa visite à son amie Ève Lavallière. Elle se sentait bien, là, dans cette maison, entre elle et lui, avec eux. L'idée la traversa soudain de la mort possible de la Malie. Que faire si la maladie venait à mal tourner ? Rester là, avec le Polyte, vivre avec lui la vie au quotidien, partager les jours au jardin l'été, près du feu l'hiver, et... les nuits, chacun dans son coin ? Pourquoi avait-elle eu cette idée de monter ce soir au château perdu de son amie, par un tel temps, et sur des routes impraticables ? Pour fuir le regard de cet homme qui ne lui était rien, mais provoquait en elle de douces vagues de chaleur ? Pourquoi ?

Une violente quinte de la Malie la tira de ses réflexions. Elle s'approcha de la malade, lui prit la main, la regarda intensément. Un curieux sentiment de culpabilité la prit, qu'elle chassa aussitôt en murmurant « maman… ».

Ipécacuana, grog à la mirabelle sucré au miel d'acacia, vésicatoires, potée de la voisine avec ses tranches de lard épaisses de deux doigts, repos et chaleur, la Malie fut vite sur pied. Fragile, mais remise ! Elle toussait encore un peu, fatiguait vite, sentait encore de temps en temps des poussées de fièvre qui lui gonflaient le cou et lui donnaient l'impression d'étouffer, mais elle était remise. Quand le Polyte la prenait dans ses bras, le soir, au lit, il sentait les boursouflures de son dos, glissait sa main sous la chemise de nuit, la caressait doucement.

« C'est bon, murmurait-elle, c'est bon, mon Polyte… c'est bon ! »

Elle s'endormait, tournée vers lui, dans ses bras. Il restait longtemps éveillé, à la regarder, déposait des baisers sur le bout de son nez, sur ses paupières, sur son front, légers comme des plumes d'alouette, pour ne pas la réveiller. Elle était toujours là. Il avait eu peur. Elle souriait de nouveau. Il était heureux.

Julie avait réservé un phaéton pour se faire transporter à Saint-Baslemont, quelques jours plus tard. Elle avait eu du mal à trouver un propriétaire d'accord pour grimper là-haut avec son attelage. Enfin, celui-là avait accepté après l'avoir prévenue qu'il ferait le maximum pour y arriver, sans toutefois le lui garantir. Il avait fait ferrer ses chevaux à crampons, pour éviter les glissades toujours très dangereuses sur la neige glacée, mais…

— On y va, ma petite dame, lança-t-il en faisant siffler la chambrière sur les oreilles des chevaux. On y va, mais je ne sais pas si nous arriverons au château ! C'est que la pente est raide ! Enfin... essayons. En avant !

Le Polyte ressentit un petit pincement au cœur en voyant la voiture s'éloigner, puis disparaître derrière les vieux murs de Saint-Privat. Il n'osa pas s'avouer qu'il espérait son retour rapide, un échec dans la montée du château, une pente trop verglacée pour y engager les chevaux sans risques, des congères de neige...

Il regagna la cuisine en traînant les pieds dans le couloir. Assise devant l'âtre, emballée dans une couverture, la Malie vit son regard triste.

— Elle va revenir, Julie... ne te fais donc pas de soucis ! dit-elle sur un ton taquin. Elle va revenir !

— Mais je... elle peut partir, aller vivre sa vie... ça ne me...

Il chercha ses mots, lança, comme une protection ridicule :

— Et puis, après tout, elle n'est pas ma fille !

Un nuage gris traversa le regard de la Malie.

— Justement !

Il ne trouva rien à répondre. « Justement ! » Qu'avait-elle voulu dire ? Il tourna longuement ce « Justement » dans sa tête, empoigna le panier à bois, sortit refaire la provision.

Julie avait connu Ève Lavallière au théâtre des Variétés. Elle tenait un rôle de figuration dans *Un ange*, d'Alfred Capus. C'était un an plus tôt. Ève avait enflammé le public et les critiques dans son rôle d'Antoinette qu'elle avait enlevé avec une maestria proche du génie dramatique. Au point que le critique et académicien Émile Faguet, à la plume très acide parfois, pouvait écrire dans *Le Soleil* : « Elle y est magistrale, si un aussi gros mot peut s'appliquer à une personne aussi menue et aussi gracieuse. »

Comme tous ceux qui approchaient l'artiste, Julie était tombée sous le charme. Une relation d'amitié était née entre les deux femmes, qui les poussait à se voir régulièrement à Paris, dans le somptueux appartement d'Ève, sur les Champs-Élysées, noir et or, avec salle à manger à colonnes de marbre, fresques rappelant l'aventure exquise d'Adam et Ève au paradis terrestre, lit sorti d'une usine d'avions – pour mieux s'envoyer en l'air ! –, piscine et domestiques… à Vittel, où Ève aimait venir se ressourcer dans la proximité de Sarah Bernhardt, le sillage du shah de Perse, la suite de ducs, comtes, princes et princesses que les libéralités de son compagnon, le directeur des Variétés Fernand Louvreau, dit Samuel, lui permettaient de fréquenter, ou dans l'imposante forteresse médiévale de Saint-Baslemont que ce même Fernand avait découverte durant une promenade de curiste, puis achetée sur-le-champ.

Ève et Fernand étaient venus souvent ensemble dans ce beau coin des Vosges, jusqu'à la naissance en 1895 de leur fille Jeanne que le père, se souvenant de son origine aristocratique italienne, avait fait baptiser en grande pompe à Saint-Pierre de Rome. Pour bien marquer l'importance de ce jour, et placer mère et fille sous la protection divine – il était très superstitieux et se voulait homme d'esprit –, il avait pendu au cou d'Ève une médaille en or à l'effigie de la Vierge Marie.

Puis, parce qu'il prenait sans doute plus de plaisir à initier sur scène et au lit les petites danseuses de son théâtre qu'à roucouler sagement avec la mère de sa fille, Fernand s'était détaché d'elle. Ils étaient venus moins souvent, avaient rompu, trois ans plus tard. Il lui permettait de venir encore à Saint-Baslemont, lui assurait même qu'elle en serait un jour... propriétaire ! Elle venait donc seule désormais, ou en compagnie de Jeanne, aussi souvent que la vie parisienne effrénée et la relation avec son nouveau chevalier servant – et banquier d'occasion –, le diplomate allemand baron von Lucius, le lui permettaient.

Un redoux soudain avait balayé la neige, décroché les glaçons des toitures, gonflé le Petit Vair qui roulait des flots menaçants entre ses rives quand Julie regagna la maison Marmillot. Assurée de la bonne convalescence de sa mère, elle était restée cinq jours dans le château perché de son amie. Cinq jours à jouer au loto et aux cartes, entretenir les feux dans la grande demeure à courants d'air, parler théâtre et travailler le texte de la comédie en trois actes *Le Bois sacré*[1] qu'elles allaient devoir interpréter dès le début du printemps. Cinq jours de partage de l'amitié et de la passion, loin des compromissions et gesticulations parisiennes. Loin aussi des hommes qui poursuivaient la comédienne, du plus humble éperdu d'amour pour elle, au plus prestigieux, tels

1. Comédie de Robert de Flers et Arman de Caillavet, créée le 22 mars 1910 à Paris, au théâtre des Variétés.

Édouard VII d'Angleterre ou le roi d'Espagne Alphonse XIII, devenu à ses pieds un enfant capricieux avide de ses grâces. Loin, pour Julie, de la présence troublante du Polyte.

La Malie était maintenant tout à fait remise de sa fluxion de poitrine. Mais elle n'avait pas encore pointé le nez dehors. Tous le lui avaient interdit. Trop froid, trop humide ! Elle allait et venait dans la maison, s'était remise aux tâches ménagères, à la lecture, passait le plus clair de son temps devant la cheminée, à regarder jouer le feu. Elle avait perdu son allant, paraissait lasse et préoccupée, semblait souvent absente. Quant au Polyte, il courait de la réserve à bois à la boulangerie, du fourneau, pour la popote, au grenier, où il avait dû mobiliser toutes les gamelles, bassines, et chaudrons disponibles, et les placer sous les gouttières produites par la fonte brutale des neiges. Il avait même voulu monter sur le toit pour remanier des tuiles, prétendant que des vents forts les avaient bousculées. Il avait fallu toute l'amoureuse autorité de sa femme pour l'en empêcher. « Tu ne vas tout de même pas prendre le risque de te rompre le cou pour ça ! lui avait-elle lancé. C'est à croire que tu en as assez de me supporter et que tu préférerais… » Elle n'avait pas pu achever, les lèvres clouées par celles de son homme. Il avait eu beau insister, expliquer que leur toit n'est pas haut, que sa pente est faible, que, là-bas, au Canada, il en avait « vu bien d'autres et pris des risques autrement plus grands »… rien n'y avait fait ! « Si tu montes là-haut, avait-elle conclu, alors je m'en vais pour ne jamais revenir, et je sors comme ça, dans la rue, sans châle, sans manteau, sans pelisse… rien ! Tu ne me reverras jamais ! C'était bien la peine de faire tout ça quand j'étais malade, pour en arriver là ! » Il avait beau savoir qu'elle n'en ferait rien, il céda, se contenta d'aligner les récipients sous la charpente en attendant que la cataracte s'épuise. Après tout, il n'était pas si certain qu'elle ne l'aurait pas fait !

Julie leur raconta le détail de son séjour chez son amie. Leurs longues conversations principalement, et leur conception de la relation qu'une femme doit entretenir avec un ou des hommes, qui les amena à rire pour masquer leur désapprobation quand elle leur dit avoir passé une soirée avec Ève, au coin du feu, à commenter cette citation attribuée à Victor Hugo : « Une femme qui a un amant est un ange, une femme qui a deux amants est un monstre, une femme qui a trois amants est une femme. » Ils avaient ri jaune. Le Polyte avait fui son regard. Mais elle avait rapporté jusqu'au moindre mot leurs hypothèses, justifications et arguments comparés, mis à l'épreuve de leur propre vie. « Que j'accepte que le prince Henri de Bavière et le roi Manuel de Portugal m'offrent en même temps de l'or et des diamants en échange de quelques câlineries ne me donne pas l'impression d'être un monstre ! » avait dit Ève en ouvrant des écrins et en étalant colliers, bracelets, fleuves, rivières et leurs affluents. « Tiens, prends si tu veux ! Tous ces produits de l'amour ne sont faits que pour être partagés, tout comme l'amour lui-même, quelles que soient les conditions de ce partage. » Julie avoua avoir hésité à se servir.

— Ils sont tellement beaux, ces bijoux ! De pures merveilles ! Je verrai toujours les jeux de lumière des chandeliers dans les pierres taillées !

Les yeux de Julie brillaient de plaisir. Elle parlait en prenant des poses, tentait parfois d'imiter les intonations aériennes de son amie, ses mots veloutés, sa manière si séductrice de chantonner certaines répliques, de les travailler au souffle, à la gorge et à la langue, de se les mettre en bouche pour les mieux déposer dans l'oreille de l'autre. Elle y arrivait souvent. La Malie était fascinée par l'aptitude de sa fille à faire prendre pour qualités ce qu'elle tenait, elle, pour des perversions. Elle y allait de temps en temps d'un « Mais enfin... » réprobateur, ou d'un « Ne crois-tu pas... » qui ne parvenait pas davantage à interrompre le flot si mouvant du récit. La comédienne était en scène ; les réactions du public n'avaient d'autre effet que d'inciter à forcer le jeu. La Malie finit par se dire que sa fille se laissait emporter par son talent oratoire et les vagues tumultueuses de son imagination. Qu'elle ne croyait pas la moitié de ce qu'elle disait. Que, surtout, elle n'était pas capable de le vivre ! La preuve : ses lettres, son enthousiasme pour les idées féministes, révolutionnaires, son attachement de pensée à Louise Michel, tout aussi inquiétants, d'ailleurs. Elle avait déjà eu du mal, il n'y avait pas si longtemps, à comprendre cet engagement politique de sa fille. Maintenant, elle ne comprenait plus rien ! Tassé dans son fauteuil, les yeux sur la danse des flammes dans l'âtre, le Polyte flottait dans une étrange apesanteur.

— Tenez, la relation avec son ambassadeur allemand, ce baron von Lucius ! Elle le fréquente seulement parce qu'il accompagne chacune de ses lettres d'un chèque très coquet et que, à chaque visite, il lui apporte dentelles, soies orientales et fourrures. Elle le trouve gentil, parfois même adorable, vit avec lui des moments... oubliables ! Elle ne l'aime pas. Mais lui l'aime comme un fou ! Alors...

— Alors ?

La Malie avait pris la parole d'une voix sèche. Ce qu'elle venait d'entendre dépassait tout ce que, jusque-là, elle avait pu imaginer. Certes, elle en avait vu et connu, des rendez-vous galants, des rencontres clandestines, des liaisons sulfureuses, des accouplements scandaleux dans les hôtels de la station thermale, autrefois. Certes, elle savait que ça continuait de même manière, ici et ailleurs, à Vittel, à Paris et à Romorantin, et que ça continuerait aussi longtemps que le monde serait monde ! Mais que ce fût à ce point calculé, négocié, érigé en principe de vie et méthode d'enrichissement...

— Alors quoi, Malie ?

La repartie de sa fille avait été brutale. Elle ne sut si elle devait parler davantage ou se taire. Elle osa :

— Alors, elle est décidée à continuer à vivre ainsi, pendue aux bourses des hommes...

Julie partit d'un éclatant rire de gorge qui emplit toute la maison, roulant comme le tonnerre d'août, gras comme les rives du Petit Vair après la crue, surprenant, provocateur, grossier presque.

La Malie se rendit seulement compte de l'incongruité de sa réplique, de sa maladresse, de sa bêtise. Se sentit rougir jusqu'aux oreilles. Aurait voulu rattraper ses mots, les ravaler, les empêcher de tourner, tourner dans le rire de sa fille. Le Polyte sursauta. Une grande fatigue l'accablait.

— Je vais me coucher ! annonça-t-il aux femmes en s'extrayant de son fauteuil.

Le ton de sa voix signifiait clairement qu'il en avait assez entendu.

— Je te suis ! conclut la Malie.

Ils abandonnèrent Julie devant le feu croupissant de l'âtre.

La nuit fut longue. Ils restèrent longtemps à plat dos dans le lit, côte à côte, main dans la main, à écouter les gouttes d'eau tomber du toit dans les gamelles du grenier, à contempler les jeux entre les solives d'un curieux clair de lune.

Le lendemain matin, l'homme des Postes apporta une lettre, adressée à « Madame Marie-Amélie Bouvier à Vittel (Vosges-France métropolitaine) ». Le Polyte le fit entrer jusque dans la cuisine. Il pleuvait à verse. L'homme dégoulinait. Il s'épongea le nez d'un coup de mouchoir, tendit la lettre qu'il tenait fermement.

— C'est bien vous ? Vous êtes madame Marmillot, mais bien fille Bouvier, Marie-Amélie ?

Julie était assise devant l'âtre ; elle présentait ses pieds au feu et lisait *Le Petit Journal*. Elle tourna la tête vers sa mère, soudain plus intéressée par la lettre que par l'ouverture du Vél' d'Hiv' à Paris.

— C'est bien moi, répondit la Malie d'une voix glacée.

— Alors, voilà !

Le Polyte proposa une mirabelle à l'homme, qui l'accepta sans faire de manières, trinqua, vida son verre d'un trait en reniflant, puis fila sous l'averse qui redoublait.

— Qu'est-ce ? demanda Julie.

— Va savoir ! lui répondit sa mère.

La Malie avait bien vu le timbre et aperçu la flamme marquée « Saigon ». Elle tremblait de tous ses membres, glissa la lettre dans la poche de son tablier.

Le Polyte s'était resservi une goutte de mirabelle, pour meubler le temps et l'espace figés entre les deux femmes. La Malie lui lança un regard angoissé qui le transperça. Elle monta vivement dans sa chambre.

Ma chère amie,

Suis-je bien inspiré de vous adresser cette lettre, maintenant, après tant d'années de silence ? Peut-être ne la recevrez-vous jamais. Cette incertitude de bouteille à la mer me donne le courage de vous l'écrire et de la jeter dans un sac de la poste maritime.

Je voulais simplement vous dire que je ne vous ai pas oubliée, jamais ! Et que, si vous le voulez, nous pourrons nous revoir. Car je rentre bientôt en métropole. Je serai là en juin prochain, à Vittel, pour une cure de repos réservée aux coloniaux, décidée par mon administration…

Les lignes dansaient sous les yeux de la Malie. Son cœur battait une sarabande insensée. Elle dut s'asseoir sur son lit.

Ne me répondez pas. Inutile. Je ne recevrais pas votre lettre, étant sans cesse en déplacement jusqu'à mon embarquement. Ma chambre est déjà réservée à l'hôtel des Colonies. Vous serez avertie de mon arrivée. Je me réjouis d'espérer vous revoir.

Veuillez croire, chère Marie-Amélie, à ma fidèle et très affectueuse amitié.

Anselme Fortens

« Je serai là en juin prochain… à l'hôtel des Colonies… ma fidèle et très affectueuse amitié… Anselme »…

La Malie s'allongea, aurait voulu dormir, tout oublier.

Impossible !

16

Juillet 1915

L'enfer était sur terre.

On le savait désormais !

Quelques coups de feu tirés sur un archiduc autrichien par l'étudiant serbe Gavrilo Princip, à Sarajevo, dans une Bosnie-Herzégovine dont le nom éternué restait imprononçable pour bien des combattants, avaient suffi à embraser une Europe convulsive.

Nombre de dirigeants politiques autistes et autant de chefs militaires ambitieux n'attendaient que ce moment pour s'emparer d'un siège, suspendre une nouvelle breloque à leur uniforme, accrocher une nouvelle étoile à leur képi. Aucun de ceux-là ne serait déçu ! Leur chance était en marche. Quant aux autres, ouvriers, paysans, instituteurs, jeunes, moins jeunes dans les tranchées, femmes dans les champs et les fabriques, enfants sans maître dans les écoles ni soutien à la maison, leur sort les inquiétait peu.

Ils la tenaient enfin, cette fameuse revanche tellement espérée, les traîneurs de sabre et leurs complices des palais républicains, royaux et impériaux ! Ils allaient pouvoir donner libre cours à leur passion, faire s'étriper leurs peuples pour la satisfaction de leur ambition personnelle, le tracé de nouvelles frontières, que permettrait le dépeçage de cadavres d'empires, la conquête de nouveaux marchés, la suprématie d'une religion, la reconquête de… l'Alsace-Lorraine que tous présentaient depuis toujours, sur des cartes postales lénifiantes, comme deux sœurs en bonnet régional enlacées et éplorées.

Du plus près d'un théâtre d'opérations très différent des Variétés où, Julie dans son ombre, Ève brillait dans la comédie de Paul Gavault, *Ma tante d'Honfleur*, au plus loin derrière les mers et océans, soumis au Français Clemenceau avide de vieux sang bleu, au Prussien Guillaume II obsédé par son rêve de grande Allemagne et à l'États-Unien huguenot Wilson acharné à combattre la religion sclérosée de la vieille Europe, ils n'étaient pas nombreux, les joueurs prêts à parier sur un succès de François-Joseph, l'empereur usé d'une Autriche-Hongrie malade de son obésité territoriale ! La curée avait commencé.

Déjà, après leur avoir fait croire qu'elle serait courte, cette guerre, leur avoir garanti qu'elle serait la dernière, celle qui assurerait la paix à leurs enfants, à leurs petits-enfants et à la descendance de ceux-ci, qu'elle offrirait à l'Europe une sérénité et un bonheur durables, donnerait aux peuples les moyens d'être heureux et aux Alsaciens-Lorrains soumis à la botte prussienne depuis près d'un demi-siècle l'immense privilège de redevenir français, des colonels et généraux faisaient abattre par leurs propres camarades, pour l'exemple, les meilleurs de leurs soldats rendus lucides par la pratique au quotidien du combat des chefs !

Le 4 décembre précédent, un conseil de guerre avait fait condamner à mort et exécuter sur-le-champ six fantassins de la 19e compagnie du 298e régiment d'infanterie qui s'étaient repliés, en exécution d'un ordre donné par leur sous-lieutenant Paulaud. Passant par là, trouvant ces hommes sur l'arrière, le prestigieux général à grandes moustaches Étienne de Villaret les avait fait arrêter. Exécution ! Afin de redonner à tous « le goût de l'obéissance » ! Attachés au poteau à la croix des chemins du village de Vingré, le caporal Paul-Henry Floch, greffier, les paysans soldats Jean Blanchard, Francisque Durantet, Pierre Gay, Claude Pettelet et Jean Quinault avaient reçu la décharge de plomb tirée par des hommes portant le même uniforme qu'eux, terrorisés, aveuglés par les larmes. La veille encore, ils avaient escaladé ensemble le parapet de la tranchée, sous la mitraille allemande. Mais, ce matin d'exécution, derrière la crête qui repoussait le village, la musique avait lancé le « Chant du départ » pour couvrir les hurlements de fureur des troufions révoltés par tant d'injustice. Le poing levé, ils avaient été des centaines à gueuler dans ce bout de campagne picarde contre les marionnettes d'état-major qui donnaient ces ordres inhumains et faisaient tuer des Français par d'autres Français, tous meilleurs qu'eux. La salve avait retenti. Puis six claquements de pistolet : les six coups de grâce par un officier sans honneur. Puis… le silence. Et les sanglots des révoltés anéantis. Ne restaient que des lettres à la famille, écrites la veille au soir, par les malheureux, que porterait bientôt le vaguemestre :

3 décembre 1914
11 h 30 du soir

Ma chère bien-aimée,

[...] Mes pauvres parents, ma pauvre mère, mon pauvre père, que vont-ils devenir quand ils vont apprendre ce que je suis devenu ? Ô ma bien-aimée, ma chère Michelle, prends-en bien soin de mes pauvres parents tant qu'ils seront de ce monde, sois leur consolation et leur soutien dans leur douleur, je te les laisse à tes bons soins, dis-leur bien que je n'ai pas mérité cette punition si dure et que nous nous retrouverons tous dans l'autre monde [...], demande pardon pour moi à tes bons parents de la peine qu'ils vont éprouver par moi, dis-leur bien que je les aimais beaucoup et qu'ils ne m'oublient pas dans leurs prières, que j'étais heureux d'être devenu leur fils et de pouvoir les soutenir et en avoir soin sur leurs vieux jours mais puisque Dieu en a jugé autrement, que sa volonté soit faite et non la mienne. Au revoir là-haut, ma chère épouse.

Jean Blanchard

Pendant que les hommes de l'armée française s'entretuaient, quelques jours seulement après l'odieux massacre de Vingré, soldats anglais et allemands sortaient de leurs tranchées, se serraient la main et, entre les barbelés, se mettaient à jouer au ballon en attendant de fêter ensemble l'un des plus sanglants noëls de l'histoire de l'humanité !

C'était à Ypres où, en grand secret, les mauvais génies prussiens s'apprêtaient à expérimenter sur du bétail humain l'efficacité de gaz asphyxiants qui se révéleraient pour le moins foudroyants !

À Vittel, on nourrissait les pires craintes. Pour les enfants du pays, qui étaient partis avec tous les autres, la fleur au fusil et des chants de victoire plein la gorge. Et pour le pays lui-même, tellement éprouvé déjà par les Français de Richelieu, de Mazarin, les cosaques et les uhlans. On se souvenait trop bien des guerres précédentes, de toutes les autres guerres qui s'étaient abattues sur la Lorraine depuis la nuit des temps. La mémoire, diabolique, sait faire surgir des limbes les images enfouies. En ces temps de grands troubles, elle ne s'en privait pas ! C'est que la dernière de ces guerres, celle de 1870, avait laissé des traces profondes et douloureuses. On en avait vu défiler, dans la ville, des blessés, des estropiés, des mourants livrés du front par charrois entiers aux hôtels de la station thermale transformés en hôpitaux ! Et on savait que les mêmes infortunés et terribles voyageurs reviendraient bientôt hanter les rues.

Dès les premiers jours des hostilités, au temps des dernières tartes aux mirabelles, on avait entendu, sous le vent du nord, la canonnade de la trouée de Charmes. Et on avait tremblé ! Alors, on s'était remis à prier dans la neuve Saint-Rémy, aux accents plaintifs de l'orgue d'Ambroise Bouloumié, sous les voûtes de la vieille Saint-Privat, jusque sur le chantier en plan de la nouvelle chapelle Saint-Louis, au cœur du parc thermal, et en famille, dans l'intimité de la maison rendue douloureuse par la montée au front d'un père et de ses fils, sous les images d'Épinal au portrait du grand protecteur de la Lorraine, saint Nicolas.

Médecin, Jean Bouloumié avait été réquisitionné et aussitôt envoyé vers les lieux de combat. Il avait confié à son oncle Pierre, qui venait d'être promu commandeur de la Légion d'honneur pour toute une « vie d'honneur, de dévouement et de travail[1] », l'ensemble embouteillage et station, dont l'avenir s'était subitement assombri. À l'angoisse du devenir de ses ouvriers sur le champ de bataille, s'ajoutait celle du travail à leur donner au retour, pour les plus chanceux qui rentreraient. Quel travail, dans quelle entreprise ? La Société générale des eaux minérales de Vittel survivrait-elle à cette nouvelle guerre fratricide européenne ?

Une semaine avant le déclenchement des opérations, les transports en petite vitesse avaient été supprimés dans tout le réseau Est, provoquant une chute immédiate de plus de cinquante pour cent des expéditions d'eau en bouteilles. Puis, dès le 4 août, l'armée avait réquisitionné le pavillon de Cérès, aussitôt transformé en hôpital auxiliaire de l'Union des Femmes de France, d'une capacité de deux cents lits. Cent autres lits avaient été ajoutés à l'hôtel des Sources.

Appelé dans la capitale par ses responsabilités nationales au sein de la Croix-Rouge, obligé de suppléer son neveu Jean à la tête de l'entreprise, Pierre Bouloumié s'était mis à des séries épuisantes

1. Déclaration du conseil municipal de Vittel en date du 3 août 1914.

d'allers-retours Vittel-Paris. Malgré l'aide locale de son dévoué sous-directeur, monsieur Moitessier, il vivait la nouvelle situation avec peine. D'autant plus qu'à la fatigue s'ajoutait l'angoisse : son épouse Marthe et sa fille Simone avaient refusé de quitter la station, malgré les menaces d'extension du front. Dès le 23 août, aux côtés des médecins militaires, mère et fille avaient accueilli dans les hôtels-hôpitaux de fortune les premiers mourants et blessés des terribles batailles de cette fameuse trouée de Charmes qui avait héroïquement fermé aux Prussiens la route de Paris.

Finances en piteux état, la Société des eaux avait tout de même pris la décision de poursuivre les activités à son assemblée générale de 1915. On continuerait à mettre l'eau en bouteilles et à l'expédier, par chariots, par voitures, par les rares trains que laisserait circuler l'armée, et par... péniches, qui pouvaient encore naviguer sur la branche sud du canal de l'Est, vers la Saône et le Rhône ! Et on ouvrirait la saison thermale en orientant la publicité vers les populations anglo-saxonnes jusque-là très amoureuses des stations allemandes. De grands noms étaient déjà annoncés ; ils en attireraient d'autres, plus ou moins prestigieux. On avait même enregistré la réservation d'une femme que d'aucuns qualifiaient de « fascinante », coqueluche du Tout-Paris et égérie du monde politico-mondain : Mata Hari !

Divertissements réduits, les efforts de tous se porteraient sur les soins véritables aux malades et aux blessés, dont le flux devenait impressionnant au point que l'état-major avait dû réquisitionner, en plus des établissements déjà en fonction, le casino, le

Vittel-Palace, les hôtels Continental, des Sources, Terminus, et le Nouvel Hôtel. L'activité thermale se poursuivrait donc dans un mouchoir de poche. Fort heureusement, le service de santé militaire avait tout de même donné son accord pour que les médecins de la station pussent user des installations de radiographie et radioscopie dont il avait pris le contrôle. On fonctionnerait au ralenti, pour tenter de sauver l'essentiel. On le sauverait !

— Que lis-tu ?

Assises sous le grand noyer du jardin, les deux femmes lisaient en silence. La question de Julie tira sa mère d'une profonde évasion. Droit devant, derrière les groseilliers, apparaissait puis disparaissait le chapeau de paille du Polyte sur la houle blanc et or des pieds de pommes de terre en fleur. Il faisait beau ; délicieuse, la température incitait à l'abandon des corps et à la douce divagation de l'esprit. N'eût été la rumeur de la guerre, au bas de la ville, faite des crépitements incessants des roues de charrettes, de cavalcades de chevaux et de pétarades de camions, on se serait cru… au paradis !

— Pardon ?

— Que lis-tu ?

La Malie referma le livre, présenta la couverture.

— *Jean-Christophe*, de Romain Rolland.

— Mais tu l'as déjà lu… non ?

— Oui, autrefois, à l'époque où il paraissait en feuilleton dans *Les Cahiers* ! C'était… il y a… dix ans !

— Et ça te plaît tellement !

— Davantage encore maintenant.

Un doigt dans son livre pour garder la page, la Malie répondait à Julie en observant les mouvements du chapeau de paille entre les rangs vert tendre des haricots grimpants. Des dizaines de vives abeilles visitaient sans relâche les étoiles bleues de bourrache, juste à côté d'un massif de grands pavots en habits de cardinal habité par une compagnie de bourdons au vol lourd. Elle surveillait son homme depuis qu'elle l'avait vu, à plusieurs reprises, grimacer en se relevant, comme empêché de l'intérieur par des filins douloureux. Il l'inquiétait.

— Pourquoi « davantage encore maintenant » ?

La Malie empoigna la cruche posée sur le bloc à fendre le bois.

— Tu veux ?

— Ça va, merci.

Elle se servit un verre d'eau fraîche qu'elle dégusta comme elle l'eût fait d'une liqueur rare, répondit, sans quitter des yeux le chapeau de paille :

— Parce que les temps sont maintenant ce qu'ils sont, et que celles et ceux qui permettent de s'élever un peu au-dessus de la mêlée sont des bienfaiteurs de l'humanité !

Elle avait dit d'une traite, un bel et bon sourire au coin des lèvres, regardait sa fille dont les yeux bleus reflétaient le ciel d'été.

— Dis-m'en plus… tu veux ?

Julie avait refermé *L'Âne de Buridan*, la comédie de Robert de Flers, habitué de Vittel qu'on rencontrait souvent dans les rues de la ville ou les allées du parc thermal, et de son complice Arman de Caillavet. Elle espérait bien y tenir un petit rôle dans quelques mois, lors de sa reprise aux Variétés, au côté d'Ève qui venait de rentrer de Londres où elle avait joué pour la Croix-Rouge. Après ses deux tentatives de suicide par noyade dans la Seine, très affectée par la mort de Fernand Samuel, son ancien compagnon et directeur du théâtre – « Le seul homme que j'aie vraiment aimé », lui avait-elle avoué sur le quai en partant –, la comédienne avait accepté la tournée anglaise, pour « trouver un peu d'oxygène », loin des soupirants importuns et des lieux où ils avaient vécu leur amour pourtant tumultueux. Au moment du départ, devant le train fumant prêt à s'élancer vers le nord, de sa voix fine et vibrante qui bouleversait les salles, couvrant Julie de ses profonds yeux sombres, elle lui avait redit ses vers publiés récemment par la revue *Comœdia*, dédiés à cet homme qu'elle n'oublierait jamais :

Sur son front bosselé de vive intelligence
Ailé de petits bords se pose son chapeau
Mordant, son clair regard durci d'indépendance,

Une main de poupée brandit un dur copeau,
Être complexe, bon, féru de fantaisie
L'artiste en lui atteint des hauteurs infinies.

La mort les avait rapprochées. Celle-là, de Samuel, le directeur des Variétés, l'artiste au « front bosselé de vive intelligence », et l'autre, de Darriaud, deux ans plus tôt. Une complicité plus forte que la camaraderie de plateau était alors née entre les deux femmes.

Darriaud...

Le vieux médecin thermal avait fini sa vie seul, reclus dans sa maison de La Châtre. Il ne sortait plus, ne voyait plus personne, pas même sa fille. Deux lettres à « Julie Darriaud, 14, rue du Château-d'Eau à Paris 10ᵉ », tombées dans le désert, avaient été ses dernières tentatives de contact. L'absence de réponse lui avait signifié ce qu'il avait reçu comme son indignité. Sa gouvernante l'avait trouvé, un matin, recroquevillé au pied de son escalier. Une large plaie à la tête, baignant dans une mare de sang. Déjà froid ! Le médecin avait conclu à une chute consécutive à une perte d'équilibre ou de connaissance. La mort remontait déjà à plusieurs heures. Mais, à la position de son corps et aux marques de ses ongles sur le tapis, il avait confié à la femme seulement ennuyée à la perspective de perdre son travail que le malheureux avait dû vivre une terrible agonie. La vieille n'en avait pas été émue plus que ça ; elle avait télégraphié la nouvelle à Julie, qui avait tout réglé à distance avec le notaire de famille. Les choses étaient simples : Darriaud avait tout donné, argent, défroques, meubles, bijoux, maison, chevaux et attelages, à un couvent voisin. Le notaire lui avait demandé si elle voulait exercer une forme de recours. Elle avait éclaté de rire et seulement exigé que fût placée dans son cercueil, pour le repos éternel au côté d'Apolline, la belle édition reliée en cuir fauve du *Tartarin de Tarascon* qu'il ne manquerait pas de trouver dans la bibliothèque du médecin défunt. Le maître tabellion à manches de lustrine s'était exécuté. Elle n'avait pas eu à faire le déplacement.

La Malie rouvrit *Jean-Christophe*, le feuilleta, cherchant un passage à lire à haute voix.

— Je vais t'en lire un court extrait...

Elle trouva :

— « Christophe haletait : malgré sa crainte d'attirer sur lui les regards, il ne pouvait rester immobile à sa place ; il s'agitait, il se levait, et la musique lui causait de si violentes secousses, et si inattendues qu'il était contraint de remuer les bras, les jambes, au grand dommage de ses voisins, qui se garaient comme ils pouvaient de ses ruades... »

Julie écoutait en mâchonnant un brin d'herbe, suivait d'un œil distrait le vol lourd des bourdons autour et dans le cœur des gros pavots en habits de cardinal. Sa mère se redressa, tendit le cou : le chapeau de paille dansait toujours dans le potager.

— Voilà !

— C'est tout ?

— Je te le passerai, si tu veux !

— Quand tu m'auras dit pourquoi tu le trouves intéressant au point de le relire. Moi, quand je lis un livre, il est lu, je passe à autre chose ! Mais là...

— J'étais passée à autre chose ! Mais, vois-tu, cette guerre...

— Qu'est-ce que cette guerre a à voir avec ce livre ?

— Depuis un an que nos hommes s'étripent à deux pas d'ici, à cause de l'Allemagne, je me pose une question qui s'obstine à rester sans réponse : comment et pourquoi un peuple aussi cultivé, qui a produit autant de grands poètes : Goethe, Schiller, Heine... de musiciens de génie : Beethoven, Bach...

de philosophes comme Kant... qui fréquente autant l'esprit, la beauté et, j'ose le dire, le divin...

Elle reprit son souffle. Julie était ébahie.

— Comment et pourquoi ce peuple est-il capable de produire autant de haine et de malheurs ?

Son regard s'était posé loin derrière les rames de haricots, par-dessus la houle blanc et or des pieds de pommes de terre en fleur, sur la frange de ciel mauve brodée dans les cimes de la Voivre.

— La perfection approchée se confondrait-elle, au bout de la course humaine, avec la pire perversion ? Dis-moi... la tendresse avec la cruauté... l'amour avec la haine ? Dis-moi ! Aurais-tu trouvé la réponse, ou une partie seulement, dans ton théâtre ? Dis-moi !

La Malie avait parlé très bas, sur un ton presque suppliant ; elle réfléchissait à mi-voix, semblait chercher en elle des clés de vie. Julie n'en croyait pas ses oreilles ! Comment cette femme, qui avait passé son existence dans une cabine de douche à la station thermale, à arroser des épaules et des culs d'obèses, pouvait-elle...

— Mais...

La Malie avait remarqué la stupéfaction de sa fille. Elle plaça, comme une banderille, pas suffisamment appuyée pour blesser, assez pour marquer la peau rêche des certitudes :

— Je ne suis pas une ânesse de Buridan, ma f... chère Julie !

Son rire sonna franc sur le jardin comme des clarines de montagne.

— J'cn sais ricn, mè... Malic. J'cn sais ricn !

Elle tendit la main vers sa fille.

— N'oublie pas que j'ai été carmélite, à l'âge où les filles préparaient leur trousseau ou rencontraient leur gars dans les buissons de la Tuilerie. Si je me suis nettoyée des dogmes, c'est à grands coups de brosse de curiosité. Les livres… les livres ! Tu sais, arroser des chutes de reins pendant plus de quarante ans, ça laisse du temps pour la réflexion. Et puis, j'avais parfois des clients fidèles très cultivés qui aimaient parler avant, pendant ou après les soins, de beaux poètes comme François Coppée, Heredia… Les livres !

La lèvre inférieure de la Malie tremblait. Julie lui prit la main, la regarda droit dans les yeux, se laissa gagner par une étrange et douce lumière, se sentit soudain submergée par une vague qui gonfla sa poitrine, porta jusqu'à ses lèvres un « Mam… » qu'elle ravala avec ses larmes. Balbutia :

— Je veux bien de l'eau, s'il te plaît, Malie.

Elle venait de se rendre compte que sa mère avait toujours vécu debout. Mais elle était devenue une vieille femme, et le temps à partager serait court, maintenant. Que faisait-elle, elle, à Paris, dans des deuxièmes rôles de pièces de troisième classe ? L'accident de son amie Ève n'était-il pas un signe ? Lui revinrent en un éclair tous les détails, circonstances, conséquences…

— Tu m'as l'air subitement bien songeuse !

— Je pense à Ève…

La Malie n'aimait pas parler de cette comédienne allumeuse d'hommes dont la presse rapportait les frasques, cette coqueluche déshabillée qui avait fait de son corps une intarissable source de revenus. Elle aurait voulu passer à autre chose, mais…

— Je me souviens de ce qui lui est arrivé. Curieux, non ? Tes questions, tout à l'heure, m'ont ramenée à elle. Jamais je n'oublierai ce 8 février 1911… jamais ! Ni ce qui a suivi.

La cruche de terre transpirait sur le bloc. L'eau était encore fraîche. Elles la burent à petites gorgées en se tenant par les yeux.

— La répétition se passait bien, ce jour-là, dans une ambiance excellente. Samuel était là ; il venait d'accueillir Robert de Flers, désireux d'assister au travail de la compagnie mais, surtout, d'approcher encore et encore Ève, qui lui chamboulait les sens. Tout se passait à merveille ; on filait la pièce quand, tout à coup, une couronne de cordages détachée des cintres s'est abattue sur Ève et l'a méchamment blessée. Choc terrible. Ève est tombée comme foudroyée. Elle ne bougeait plus, saignait beaucoup, respirait à peine. Panique sur scène. On la relève, on la fait transporter à la clinique des sœurs du Saint-Sauveur. Le professeur Gosset l'examine. Il grimace : notre amie a peu de chances de s'en sortir. Il décide d'attendre quelques jours, qu'elle se réveille ou que… Ève ne revient pas à elle. Alors les médecins décident de lui ouvrir le crâne pour le nettoyer du sang qui s'y est accumulé ; c'est l'opération de la dernière chance. Samuel donne son accord. On l'ouvre, on trouve un amas de sang caillé qui comprime le cerveau, on le retire, on nettoie, on referme le crâne comme une cave à cigares ! Et on attend, on attend !

La Malie était suspendue aux lèvres de Julie.

— Miracle ! Le lendemain, notre Ève ouvre les yeux. Elle se réveille ! Elle est vivante ! Elle vivra ! Les médecins nous préviennent qu'elle n'est pas tirée d'affaire, qu'elle sera peut-être infirme, qu'elle ne recouvrera peut-être pas toutes ses facultés, que... peu nous importe : elle vit... elle vivra !

Julie parlait vite, tous ses mots soutenus par des gestes justes et touchants. Le Polyte les avait rejointes. Il se ventilait le visage à grands coups de chapeau de paille. Son front et sa poitrine dans l'échancrure de la chemise, luisaient de bonne sueur. Il but une gorgée d'eau fraîche dans le verre de sa femme.

— Attention ! Ne bois pas trop frais ! Tu vas prendre le mal !

— Ça va... n'aie crainte...

Il posa la cruche dans l'herbe, s'assit lentement sur le bloc, entre les deux femmes. Il sentait bon la terre, les fleurs, le soleil et le vent léger de la prairie. Plus bas, sur la route de Mirecourt, le fracas des roues des chariots militaires et la pétarade des camions de troupe engorgeaient l'entrée de la ville.

— Saloperie de guerre ! marmonna-t-il dans sa moustache. Bande de sal...

Il se retint de justesse, par égard pour les dames, ses voisines. Julie avait déjà repris :

— Six semaines après l'opération – c'est la tradition de la clinique –, très impressionnée par les qualités d'infirmières et le dévouement des sœurs de Saint-Sauveur, Ève assista à la cérémonie du *Magnificat* avec tous les malades et opérés sauvés par la science des hommes et… la volonté de Dieu. Vêtue d'une belle robe blanche bordée d'hermine, au bras d'une sœur, elle est allée déposer une rose rouge aux pieds de la Vierge. Au dire des nombreux témoins, elle était…

Julie chercha le bon mot. Visiblement, l'aventure de son amie l'avait profondément marquée.

— … transfigurée !

Elle-même, prononçant les quatre syllabes de façon très appuyée, semblait impressionnée.

— Je ne l'ai pas vue à ce moment-là, mais, depuis…

— Je vous laisse !

Le Polyte se leva, chaussa son chapeau, passa prendre un sarcloir dans la remise, repartit vers le jardin.

— Sois prudent ! Ne t'expose pas trop !

Pour toute réponse, il se contenta de lever l'outil et la main libre comme pour faire comprendre qu'il s'en remettait à… la Providence.

— Et toi ?

— Moi… quoi ?

— Et toi, dans tout ça ?

— Moi ? Je survis ! Mes petits cachets au théâtre et les cours que je donne à droite, à gauche, à des enfants des beaux quartiers, plus quelques petits… à-côtés… me logent, me nourrissent, m'habillent…

— Des petits « à-côtés » qui te déshabillent, aussi, peut-être !

La Malie avait remarqué l'allure nouvelle que se donnait sa fille depuis quelque temps : le maquillage tout en contrastes, les yeux soulignés au khôl, les bustiers d'aspect lâche mais qui faisaient pigeonner la poitrine, les jupes fourreau fendues jusqu'à mi-cuisse, la coiffure courte et ondulée qu'elle allait faire rafraîchir chaque semaine chez les dames Lallemand, dans le parc autour de la Source bienfaisante, pour le spectacle du casino ou les courses. Sa manière, aussi, de minauder, apprise au théâtre, sans doute, mais conservée dans la conversation ordinaire : cette façon de faire un sort à chaque mot, de marquer chaque respiration d'un gonflement de gorge, et ce regard capable de traverser l'autre de part en part en l'invitant à la conquête, ces chatteries que le Polyte s'efforçait de ne pas remarquer, mais qui le travaillaient malgré lui. Où en était-elle de sa révolution en marche, de son désir de conquêtes sociales, de la reprise du flambeau abandonné sur une margelle de tombe, du côté de Levallois, par Louise Michel ? La Malie se souvenait du passage de la lettre qui l'avait tellement perturbée, quelques années plus tôt ; elle le connaissait par cœur, aurait pu le lui rappeler, là, sans avoir à forcer sa mémoire : « Ce monde me révolte. Sa violence, le dédain des riches et des puissants envers les petits, l'indignité des politiques qui ne pensent qu'à se gaver en affamant le peuple, les marchands vénaux et leurs complices banquiers usuriers, les enfants esclaves des manufactures, les femmes méprisées ! »

— Je veux que tu saches que je ne laisserai jamais qui que ce soit s'intéresser de trop près à ma vie. Elle est ce qu'elle est, résultat de ce que je suis, de ce que j'ai vécu, de ce que j'espère encore, malgré tout.

Elle réfléchit une seconde.

— De ce que j'ai vécu, surtout !

La Malie se sentit transpercée par les mots qu'elle venait d'entendre. Elle baissa les yeux. Entre ses pieds, des fourmis noires en colonne transportaient brindilles et débris de feuilles du potager vers le mur de la remise. Entre les vagues du fracas de guerre, elle entendait les coups réguliers de sarcloir du Polyte dans la terre. Elle s'en rassura.

— Mais l'accident d'Ève a beaucoup bouleversé ma vie ! La sienne d'abord, bien sûr, puis la mienne. Elle vient de rentrer de Londres. Elle voudrait remonter sur les planches. Mais la mort de Samuel l'a choquée, et privée de son meilleur soutien. Elle a hérité de Saint-Baslemont. Elle veut tout donner à sa fille. Le théâtre… peut-être… l'an prochain… à l'Athénée, dans *L'Âne*… mais j'ai l'impression qu'elle n'y croit plus ! Moi non plus, d'ailleurs ! À quoi sert toute cette comédie ? Tu peux me dire ? À obtenir ça ?

Elle avait levé le doigt vers l'entrée de la ville, de l'autre côté de Saint-Privat, vers le crépitement des roues de chariot et des fers sur les pavés, et la pétarade des camions-ambulances.

— Quel monde !

Un chat franchit d'un bond le mur de clôture, s'approcha, sauta sans hésiter sur les genoux de sa mère.

— Eux, au moins…, murmura-t-elle en se penchant pour donner une caresse au chat. Puis, se reprenant :

— Et toi… Anselme ?

La question gifla la Malie.

— Quoi, Anselme ?

— Sa visite, l'été dernier ?

— Bien, agréable. Il avait beaucoup changé ! C'est que, les colonies…

— Et avec le Polyte ?

La Malie se sentit soudain soumise à un interrogatoire qui ne lui plaisait pas. Que pouvait bien lui vouloir Julie ? N'était-ce qu'une défense contre ce qu'elle avait pris pour une agression, tout à l'heure, quand elle lui avait maladroitement lancé ces « petits à-côtés qui déshabillent » ? Ou bien voulait-elle en savoir plus sur une période dont elle ignorait tout, ou presque ?

— Ils ont beaucoup parlé de leurs voyages, l'un du Canada, l'autre de l'Indochine, de la manière dont notre culture s'impose par tous les moyens aux peuples considérés comme « primitifs », de la honte qu'ils ont ressentie aux antipodes de la planète, dans des pays fort différents, mais pourtant… la même honte !

— Et de toi ?

La charge commençait à agacer la Malie.

— Ils ont parlé de toi ?

— Pourquoi voudrais-tu qu'ils aient parlé de moi ?

— Comme ça, comme ça… Tout de même, chacun, en son temps, et à sa manière, a fait ou fait… partie de ta vie… non ?

Le chat s'était lové dans le creux de ses cuisses. Il dormait. Devait rêver. De temps en temps, il poussait des petits miaulements plaintifs. La Malie aurait voulu bouger, se lever, rentrer à la maison, couper court. Mais elle était fixée là par les rêves d'un chat.

— Tu as envie de le revoir ? Il va revenir, Anselme ?

Rehaussé au khôl, l'œil bleu transparent de Julie avait pris des reflets d'acier.

La Malie comprit alors que la blessure de leur séparation par le mensonge originel ne guérirait jamais !

17

Juin 1919

11 novembre 1918. 11 heures moins le quart du matin. Vrigne-Meuse.

Le soldat de première classe Augustin Trébuchon, estafette de la 9e compagnie, porte un pli à son capitaine. Une balle allemande le couche aux pieds de ses camarades au moment même où, à un jet de grenade, l'officier donne l'ordre au clairon Octave Delalucque de sonner enfin officiellement ce fameux cessez-le-feu. Il ne l'a pas joué depuis si longtemps que le soldat n'en connaît plus l'air. Le capitaine le lui siffle…

11 heures : sept fois la même note, suivie du rappel. La guerre est finie ! C'était la « der des der ». Le monde ne connaîtra plus désormais que la paix ! Alors, de toutes les tranchées, de tous les trous à rats, de toutes les granges puantes de merde et de chairs pourries, les soldats bondissent, brandissant leur fusil, un mouchoir noué à la baïonnette, hurlant à pleine poitrine : « Vive la France ! »

Alors, de tout le champ de bataille, de Calais à Belfort, d'une bande de terre trouée de cratères, percée de boyaux, retournée avec les cadavres dont elle se nourrira jusqu'à la fin des temps, de ce sol maudit et sacré rouge de sang monte une formidable « Marseillaise ».

Partout on tire des salves, on pleure de joie, on hurle, on fait sonner les cloches, en ville, dans les villages, jusqu'au fond du plus perdu des hameaux le plus éloigné du front, on célèbre enfin... la paix !

Devant l'âtre crépitant, la Malie lisait le récit des dernières heures de la grande tragédie. Pour la centième fois ! Chaque jour, elle ne pouvait s'empêcher de reprendre son journal, le même, corné maintenant, jauni, marqué par les doigts. Elle relisait les mêmes articles, les mêmes lignes, les mêmes mots, comme pour se convaincre encore de la fin du cauchemar. Elle poursuivait avec la relation du terrible incendie qui avait tué une pauvre femme, le soir même de l'armistice, à une vingtaine de lieues de là, dans la petite ville de Rambervillers où se créaient jusqu'à la tragédie les plus beaux grès flammés du monde. La malheureuse victime était de ces créateurs qui avaient fait rayonner l'Art nouveau à la charnière des siècles, de ces beaux artisans aux doigts de lumière[1] !

Elle avait froid, se sentait transie jusque dans la poitrine ; son ventre était glacé, ses extrémités aussi gelées que si elle venait de les sortir des flots du Petit Vair en plein décembre, après la lessive. Elle avait beau se couvrir les épaules d'un gros chandail et les jambes jusqu'à la taille d'une couverture de laine, se rapprocher du feu au point de craindre les gerbes

1. Lire, du même auteur, *Le Loup de Métendal*.

d'étincelles que lui jetaient les bûches de chêne lancées sur les chenets par le Polyte qui d'un autre côté bourrait le Godin jusqu'à la gueule… rien n'y faisait : elle avait froid !

Après un hiver figé dans une gangue de glace, persuadés que le Ciel serait généreux envers ses enfants tellement éprouvés par la folie meurtrière des hommes, on avait attendu un vrai printemps, doux et paisible, couvert d'or par les humbles jonquilles du parc, salué par les trilles de merles enfin dégourdis. Mais il avait gelé à pierre fendre à la Saint-Grégoire, neigé à la Saint-Anselme au point de former des congères dans la basse rue de la Voie, gelé encore en mai sur les bourgeons de lilas grillés avant même d'avoir pu éclore. Puis, entortillés par une bise hargneuse qui soulevait les tuiles et claquait les volets contre les murs, des rideaux de pluie glaciale s'étaient abattus sur le pays. En ce mois de juin, l'un des plus froids de l'histoire connue du temps, les gazettes disaient observer chaque jour sur les sommets vosgiens de nouvelles chutes de neige, qui couvraient d'un terrible linceul les terres gorgées de sang du Collet du Linge et les horribles tranchées de l'Hartmannswillerkopf à jamais fermées sur les cadavres mêlés des ennemis d'hier.

Entre deux averses et trois coups de vent, à Vittel, on tentait d'effacer les traces désastreuses laissées dans les hôtels, établissements de soins et parc de la station thermale par les troupes des États-Unis, plus destructrices que les plus sauvages bandes de pillards et toutes les nuées de sauterelles du monde.

Dès leur arrivée, en juillet 1917, alors que les hôtels de la station transformés en hôpitaux regorgeaient de milliers d'hommes massacrés descendus des champs de bataille de Verdun, les États-Uniens avaient séduit la population et les équipes médicales françaises par leur comportement généreux et bon enfant. Puis, petit à petit, ils avaient pris possession des lieux, abattant des cloisons, arrachant des huisseries, perçant de nouvelles fenêtres, malmenant la literie, brûlant les meubles dès l'automne pour se chauffer. Le général Pershing lui-même avait poussé la volonté d'annexion jusqu'à exiger pour lui la propriété de madame Bouloumié, veuve d'Ambroise, et pour son état-major tout le pavillon de Cérès, souhaité que fussent mis dehors les blessés français pour ne loger que ses hommes, et tenté de réquisitionner jusqu'aux locaux techniques de la station, au risque de la ruiner définitivement. Bientôt, on avait vu ces militaires envahissants, à poil, faire leurs ablutions en public, se donner en spectacle dans le parc et se répandre en ville, où ils importunaient filles et femmes jusqu'à forcer leur pudeur. Certes, la situation était autrement moins tragique que celle vécue par les combattants du front, mais elle avait douloureusement marqué des familles déjà très éprouvées par la mort ou le retour en loques d'un père, d'un fils, ou d'un proche parent !

À Versailles, dans une Galerie des Glaces devenue temple de la diplomatie guerrière, en uniforme pour les uns, chapeau lustré en peau de phoque pour les autres, à grands moulinets de canne, effets de manches et envolées oratoires, on bataillait fort pour poser le point final de cette terrible aventure que tous pourtant avaient voulue, et mettre à genoux l'Allemagne. On voulait la réduire définitivement, cette cruelle Allemagne, la mettre sous tutelle de la future et espérée Société des Nations, dont le siège serait installé à Genève, entre deux banques dont la neutralité n'avait d'égale que la convoitise, la priver de tous moyens de récidiver, soumettre son peuple, anéantir ses politiques, contenir les velléités de l'Église de Rome, qui inquiétait le huguenot président Wilson, une Église qui en cette année de triste euphorie étudiait le projet de canonisation de Jeanne d'Arc en même temps que la République laïque l'ajout de la même héroïne au panthéon de ses martyrs. Les brebis du troupeau y perdaient leur latin de messe, mais les courtisans du pouvoir choisissaient déjà leur fauteuil, les généraux astiquaient leurs étoiles, et les banquiers leurs plaques de façade que dévisserait bientôt la tourmente financière.

Les morts qu'on avait pu rendre à leurs familles achevaient de refroidir dans leur tombe, tandis que les autres, les millions sans sépulture, pourrissaient dans les terres de Somme, de Champagne et de Lorraine sous les blés nouveaux, croix de fer et croix de guerre soudées dans la rouille d'une fraternité condamnée par les chefs.

Sous les stucs, les ors et les lambris d'un roi qui, en son temps, régnant sur des monceaux de cadavres, avait osé se comparer au soleil, ils juraient que celle-là serait « la der des der », en préparant déjà les hommes, les arguments et les armes pour... la suivante !

À Vittel, comme ailleurs, on n'en finissait pas de voir le terrible cortège des mères, des veuves, des sœurs voilées de noir, un bouquet de fleurs des champs à la main, marcher vers le nouveau cimetière, déambuler d'un pas incertain dans les allées, rester longtemps immobiles devant une tombe souvent vide, les yeux rivés à une plaque que le marbrier voisin avait gravée d'un nom, d'un prénom, d'une date, parfois d'un lieu, « Chemin des Dames », « Fort de Vaux », « Les Éparges », puis rentrer en ville, seules, marmonnant des secrets effroyables, des mots d'amour happés par le vent, des folies d'attente d'un miraculeux retour, les joues ravinées par des rivières de larmes.

Son âge ayant été jugé dépassé, le Polyte n'avait pas été enrôlé. Les sergents recruteurs lui avaient préféré des jeunes, de plus en plus jeunes, vifs, emportés, exaltés parfois, qui avaient fait de belles moissons pour les mitrailleuses ennemies et les pelotons d'exécution amis commandés par des officiers criminels, des garçons qui ne connaîtraient de la femme qu'un sourire de Madelon et un entrecuisse de putain au bordel de l'arrière, des hommes qui ne verraient jamais se lever leur avenir !

Il avait souffert de cette désertion forcée, le Polyte, s'était senti soudain jeté dans la fosse commune des vieux inutiles tout juste bons à biner trois lignes de patates et deux rangs de haricots. Alors, il s'était retiré dans ses souvenirs, replié dans la douce chaleur de sa femme, ratatiné dans la maison de son père, remis aux patates et aux haricots. Au printemps dernier, malgré le froid de Sibérie, il avait réussi à faire venir dans sa couche orientée plein sud, adossée au mur mitoyen et garnie de crottin, une bonne levée de pouillotte[1] qu'ils avaient dégustée avec des tofailles[2], tous les deux, en silence.

Le plus clair de son temps d'hiver, il l'avait passé dans la forêt, sous les Seize-Mutins, vers le Vieûmont, où il avait gardé une parcelle de son père. Il y partait tôt le matin, par le chemin de la Courte Montjoie, franchissait la passerelle sur la voie ferrée, attaquait la montée de la Voivre, hache et scie sur l'épaule, la musette garnie d'une bonne tranche de pain, d'une main de lard gras tirée de la soupe de la veille, de deux ou trois pommes de terre à cuire dans la braise du feu allumé d'un premier geste de bûcheron, et d'une chopine de vin du Montfort nerveux et dense, capable de réchauffer les muscles les plus raides. Dans ces expéditions quasi quotidiennes, il retrouvait ses sensations du Canada, les sons, les odeurs de terre, le musc du gibier passé par là dans la nuit, le parfum si délicat du bois coupé. Il aimait, juste après l'abattage et les premières bûches débitées, mettre son nez sur la coupure fraîche et s'emplir les poumons des fragrances tanniques du chêne, ou du miel un peu citronné du charme. Il s'en emplissait la poitrine, s'asseyait sur une souche, jetait dans son feu des brindilles de l'arbre abattu, écoutait le chant sifflant des flammes, le raire du chevreuil dont il apercevait entre les troncs le petit cul blanc, les frôlements d'oiseaux prêts à recueillir ses miettes. Loin de la ville, des bruits de la rue et des

---

1. Jeune salade arrachée pour éclaircir les semis puis consommée.

2. Pommes de terre rôties à l'étouffée, avec lard et oignons.

séquelles de la guerre, il était bien. Loin aussi, quand elle venait à la maison, des yeux de Julie !

La Malie aimait le voir partir en forêt. Elle le savait heureux, là-bas. Et de le savoir ainsi, elle aussi était heureuse. Mais, de toute la journée, elle ne respirait plus, guettait le moindre bruit qui eût signalé son approche, tremblait jusqu'à son retour. Elle redoutait la mauvaise rencontre, le malaise, les facéties d'un loup, l'accident toujours à l'affût. On en avait ramené, des bûcherons partis comme lui d'un pas léger vers leur paradis terrestre, raides déjà de froid et de mort, retrouvés écrasés par l'arbre qu'ils venaient d'abattre, ou foudroyés par une angine de poitrine. Le dernier en date, au plus fort des gelées de décembre : le Jules de la Rosine du chemin des Voiveselles, un solide gaillard pourtant, aussi costaud que les chênes qu'il attaquait ; on l'avait retrouvé suspendu aux fils de fer d'une clôture qu'il avait voulu sauter pour couper au court. Deux jours après sa mort, tout blanc de givre et cassant comme du cristal ! On avait dû attendre une semaine pour l'enterrer, que le sol dégèle un peu.

— Comment te sens-tu, ce matin ?
— J'ai froid !
— Veux-tu que je te fasse...
— Merci, mon Polyte, ça va aller. Ne te donne pas tant de mal pour moi... je suis solide, va... j'en ai vu d'autres !

Elle avait beau faire et beau dire, la Malie : sa fluxion de poitrine, près de dix ans plus tôt, avait fait d'elle une autre femme. Autrefois si solide, elle était maintenant sujette à des coups de fatigue qu'elle tentait de cacher à grand renfort de mots et de postures dont le Polyte ne croyait rien. Elle insistait pour aller faire elle-même la lessive à sa planche sur le Petit Vair, comme au début de leur mariage, nettoyer la maison de fond en comble une fois par mois, meubles à l'essence de térébenthine puis à la cire d'abeille, chaises sur les tables pour le passage de la serpillière. Il le lui interdisait, préférait payer une jeune délurée du Grand-Ban dont la famille pataugeait dans la misère depuis la mort du père et du frère, l'un dans les brumes glauques du Bois-le-Prêtre, sur les hauts de Pont-à-Mousson, l'autre au milieu des « Diables rouges » du 152e RI, dans l'un des assauts imbéciles du général Nivelle, sur le plateau d'Ostel, près d'Heurtebise. Mais, si elle éprouvait de la compassion pour cette gamine que la douleur avait rendue si agressive, elle la voyait d'un mauvais œil aller et venir comme chez elle dans sa maison, ouvrir ses armoires et buffets, brutaliser sa vaisselle au point, parfois, de l'écailler, pétrir à pleines mains dans l'eau savonneuse les chemises et culottes de son Polyte. Elle avait l'impression d'un viol de son monde familier et de leur intimité. Ses forces ayant fondu dans tout son corps, elle avait pourtant fini par s'y résoudre. Des rechutes l'avaient terrassée, presque chaque hiver, plus ou moins inquiétantes, avec leur suite de faiblesses nouvelles. Elle peinait maintenant à monter l'escalier de la chambre, devait, au plus fort de ses crises d'étouffement, rester à dormir dans le poêle, la belle pièce du devant, sur la rue. Le Polyte lui allumait le Godin, même par douceur printanière, au retour gazouillant des hirondelles, ou tiédeur d'automne, quand les vendangeurs coupaient les raisins grenat en se brocardant l'un l'autre sur les pentes de Lorima, puis se marmosaient[1] d'un jus d'encre en foulant aux pieds la récolte.

— Tu ne veux vraiment rien ?

— Si...

Elle se tourna vers lui.

— Mon frère Léo va mal, là-bas, à Servigney. Personne ne s'occupe de lui. Si nous le faisions venir chez nous... On pourrait se soutenir !

— Pourquoi pas ? On a la place, ici !

Le Polyte avait répondu sans hésiter une seconde. Venir en aide à Léo lui paraissait tellement naturel qu'il ne s'était pas donné la peine de réfléchir. Il le connaissait peu pour l'avoir rencontré deux fois seulement, la première pour leur mariage – Léo n'avait pu rester que trois petites journées –, la deuxième pour la Toussaint qui avait suivi la mort d'Ambroise Bouloumié. Cette fois-là, il avait passé une semaine avec eux, remettant ses pas dans ceux de l'enfance et ses émotions dans les vagues de souvenirs qui le remuaient toujours après trente ans de ce qu'il appelait son « exil ».

Les funérailles du maire et patron des Eaux étaient déjà passées quand la lettre de sa sœur était parvenue à Léo. Quant au mariage, il avait été célébré en pleine période d'arrachage des pommes de terre, et son patron ne lui avait donné que le strict minimum de temps pour un aller-retour Servigney-Vittel. Léo avait donc promis qu'il reviendrait dès que possible, pour partager avec eux le bonheur d'être ensemble,

1. « Se barbouillaient ».

et saluer, à sa manière, Ambroise Bouloumié, l'ancien camarade d'école communale et compagnon de jeux d'enfance dont la fréquentation réjouissait son brasseur de père partagé entre le désir de profiter de la renommée d'une telle famille et la jalousie de la voir mieux réussir dans l'eau que lui dans la bière. Il avait fait le voyage de Haute-Saône à la Toussaint, était allé se recueillir sur la tombe de l'ancien maire, au milieu de chrysanthèmes posés comme autant de soleils rayonnants sur des pierres grises, avait passé quelques jours à la maison Marmillot.

Le Polyte avait gardé un souvenir ému de ce temps-là, juste après ses retrouvailles avec la Malie. Dans sa tête et dans son cœur, les deux événements étaient restés associés, l'image du frère et de la sœur fusionnant dans une même affection, un même amour. Oui, il aimait ce Léo, sa manière d'être, sa discrétion, son courage aussi, sa détermination, son dévouement à sa mère, si proches des qualités de celle qui était devenue sa femme, dont l'état de santé l'inquiétait au point, depuis quelques jours, de perdre le sommeil et l'appétit.

Presque neuf mois déjà que la grippe tournait autour d'eux, frappait, pourrissait de complications toutes plus redoutables les unes que les autres, tuait des jeunes, des vieux, des malades et des gens sains, des enfants surtout, que happait le cimetière dès leur sortie du berceau. Pas une heure sans de nouveaux cas, pas un jour sans le rythme lancinant du glas sur la ville, pas une semaine sans de nouveaux morts, acheminés vers la fosse par une assemblée de plus en plus clairsemée.

Pendant le premier pic d'épidémie, en octobre 1918, et sa récidive du printemps suivant, les autorités avaient donné l'ordre d'enterrer les morts de nuit, afin de moins frapper les vivants terrorisés par un virus qui faisait d'eux des survivants en sursis. Les plus croyants se prenaient pour des miraculés ; ils y allaient de prières en offrandes, et d'ex-voto en messes carillonnées, pour renforcer leur résistance avec l'aide de Dieu. De Saint-Louis, Saint-Privat et Saint-Rémy montaient des prières qui couvraient Vittel de leur vaste parapluie bienfaisant. À la voix du curé, « *Adjutorium nostrum in nomine Domini* », répondait celle des fidèles, vibrante et décalée, « *Qui fecit caelum et terram* »... Le curé poursuivait : « *Salvam fac ancillam tuam.* » Alors, le blanc de l'œil perlant entre les paupières, le ton suppliant, les femmes martelaient en chœur : « *Deus meus, sperantem in te.* » Jamais les offices divins n'avaient été aussi fréquentés et suivis, jamais les quêtes n'avaient été aussi bien garnies ! Le virus chinois renforcé à la paella et au rouge d'Espagne avait fait plus pour sauver l'Église que les prêches du père Lacordaire, les admonestations du père Dupanloup, les encycliques au vitriol du pape Pie X et la dévotion fleurie de Thérèse Martin de Lisieux réunis !

Il n'empêche : à la veille de cet été 1919, le premier de paix depuis un lustre, la « grippe espagnole » avait déjà tué, rien qu'en France, plus de deux cent mille enfants, femmes et hommes, auteurs d'une seule faute : avoir survécu à la pire curée de l'histoire de l'humanité ! Parmi eux, le dramaturge Edmond

Rostand, qui en 1900 avait donné à la curiste de Vittel Sarah Bernhardt l'un de ses plus beaux rôles, celui du duc de Reichstadt dans *L'Aiglon*, et l'attachant poète Guillaume Apollinaire, qui avait survécu à une affreuse blessure de guerre suivie d'une trépanation pour se faire foudroyer par… un virus, Apollinaire dont la main avait glissé sur le papier, peu de temps avant de rendre plume et âme à l'Esprit nouveau universel :

Il pleut des voix de femmes comme si elles étaient
[mortes…[1]

— Comment te sens-tu ?

— Mais bien ! Arrête donc de me questionner sans arrêt sur mon état de santé. Je vais bien, tu vois ! Je vais…

Il voyait bien, en effet, qu'elle s'emmitouflait de plus en plus dans sa couverture, qu'elle grelottait au point de claquer des dents pour, la seconde suivante, ruisseler de sueur. Elle avait à portée de main une serviette dont elle s'épongeait, se ventilait, se protégeait en la portant devant son visage quand elle voulait lui dissimuler une quelconque trace de désarroi ou de souffrance.

— Tu ferais mieux d'écrire à mon frère Léo pour lui proposer de venir s'installer ici.

— Je disais que nous avons de la place. Mais la chambre du haut est celle de Julie. Si on la lui donne, elle ne pourra plus venir !

---

1. *Calligrammes*, de Guillaume Apollinaire (1918).

— Avant de repartir, après la Noël, elle m'a dit qu'elle voulait louer une chambre, un appartement, une petite maison à Vittel, ce qu'elle pourra trouver, pour être plus près de nous sans nous déranger, et plus près de son amie Ève.

Elle parlait vite, comme pressée d'en dire le plus possible avant la quinte qui la terrasserait. Car elle s'était remise à tousser.

— Ève veut quitter Paris. Elle vient de connaître deux échecs au théâtre. Les jeunes la poussent dehors, une certaine... Gaby Morlay a repris son rôle dans une opérette qui n'a pas très bien marché... *Carminetta*, je crois. Alors, elle divague en ce moment entre la Touraine, Lourdes et nos Vosges. Elle veut entrer au Carmel... le Carmel !

Son regard s'assombrit.

— En plus, elle vient de découvrir que sa fille Jeanne a décidé de changer de vie. Elle s'habille en homme, vit à Saint-Baslemont avec une femme, se fait maintenant appeler « Jean » ! Tout le village commence à lui donner du « Jean-Jean ». On les regarde en coin ! On commence à jaser ! Le malheureux curé ne sait plus quelle prière tirer de son bréviaire pour la ramener dans son droit chemin, et apaiser ses ouailles. Comment cohabiter maintenant avec une telle fille, et... l'autre ? Tu te rends compte ? C'est à ce point qu'elle lui a abandonné le château et que, pour elle et sa secrétaire Léona, elle cherche une maison dans le secteur. Elle ne peut plus vivre à côté de Jeanne, mais elle veut tout de même rester près d'elle. Tu vois le crève-cœur...

Le Polyte n'en croyait pas ses oreilles ! Jeanne, la fille d'Ève et de Samuel dont leur parlait si souvent

Julie, cette jeune femme à la vie tourmentée serait en réalité… un homme ! Dans quel milieu Julie s'était-elle fourrée ? Il n'y avait décidément qu'à Paris et chez les artistes que de telles situations pouvaient se rencontrer !

— Comme Ève, Julie a décidé de quitter Paris, reprit la Malie en soupirant.

Le Polyte ressentit une impression bizarre. Heureux d'apprendre que Julie allait revenir et s'installer, en même temps qu'agacé par ce qu'il venait d'apprendre.

— Quelle vie, ces artistes ! Je pense que Julie devrait…

Il s'interrompit, étonné d'hésiter entre invitation à la prudence et… pointe de jalousie.

— Devrait… quoi ?

Il balbutia.

— Faire… un autre métier… par exemple !

— Ça, c'est son affaire !

La Malie l'avait coupé sèchement.

— Elles ont leurs problèmes, nous avons eu les nôtres !

Un éclair de douleur traversa son regard fiévreux.

— Alors… mon frère ?

Le ton d'autorité de sa femme le frappa. Elle ne lui parlait jamais ainsi, sauf dans des moments de grande fatigue, quand elle voulait en finir au plus vite. Son empressement à clore la conversation l'inquiéta.

— Je préférerais que tu lui écrives, toi. Tu es sa sœur. Il n'apprécierait peut-être pas si la lettre venait de moi… tu ne crois pas ?

Il avait sorti du buffet les sachets de feuilles d'eucalyptus et de niaouli de Calédonie, les présentait à la flamme d'une bougie qui les consumait lentement en dégageant des fumées odorantes. Elle inspira profondément. Il lui apporta papier, plumier et encrier, approcha une petite table de son fauteuil, ouvrit l'encrier, y trempa la plume qu'il lui tendit, la baisa au front. Elle était brûlante et moite. Il reprit son opération de fumigation.

L'air embauma bientôt les senteurs exotiques dont l'Académie disait qu'elles tuaient les microbes. Jusque-là, elles les avaient protégés. Il en brûlait chaque jour, plusieurs fois, puis imprégnait des tampons de gaze d'un mélange d'essence d'anis, de girofle, d'eucalyptus, de menthol et de camphre qu'ils s'appliquaient sur le nez et respiraient en riant comme des enfants. Parfois, il y ajoutait de la térébenthine qui leur ouvrait curieusement la poitrine, faisait tourner la tête, et leur donnait l'agréable impression de planer. Jusque-là, grâce à ces gestes quotidiens, ils avaient échappé à la maladie et à son cortège de tortures, injections intraveineuses de spartéine, digitaline et strychnine qui épuisaient le cœur dans un corps rongé de l'intérieur, et tuaient plus sûrement encore que les carnassiers microscopiques venus de l'étranger. La rumeur circulait que cette « peste pulmonaire » était due à des bacilles injectés par les Allemands dans des boîtes de conserve exportées par l'Espagne…

Les petites feuilles de niaouli crépitaient dans la flamme de bougie. Le Polyte regardait sa femme, observait son front : il suintait… ses mains : elles tremblaient… ses lèvres plissées et rentrées, comme aspirées de l'intérieur, ses cheveux tombant comme des queues de rat sur les épaules. Pourtant, il la trouva belle encore, comme au jour de leur premier rendez-vous dans le haut de la Prêle, si belle qu'il eut envie de la prendre dans ses bras. Mais une peur sournoise, terrée dans son ventre, l'en empêcha. Peur pour elle, pour lui, pour eux. Qu'allaient-ils devenir ? Il se leva, jeta trois quartiers de charme dans le Godin.

— En juin, être obligés de faire un feu pareil ! On aura tout vu ! grommela-t-il. Manquerait plus qu'il se remette à neiger ! Oui, on aura tout vu !

La tête rentrée dans les épaules, il empoigna le panier, allait sortir vers la réserve de bois...

— Qu'est-ce que tu dis ?

— Je dis qu'on aura tout vu... avec ce temps de chien !

— Ce n'est pas gentil pour les chiens ! Ils méritent mieux que ça... bien meilleurs que certains hommes !

Il apprécia le trait d'humour et la juste remarque de sa femme, s'en trouva rassuré, sortit après avoir lancé :

— T'as raison, ma belle !

Il rouvrit la porte brutalement, passa le buste.

— Je t'aime !

Elle n'avait pas eu le temps de réaliser qu'il était déjà au tas de bois, en train de garnir son panier.

Léo arriva deux semaines plus tard, en même temps que l'été. Pour tout bagage, il portait un baluchon qui puait le suint et le musc des bêtes. Décharné, les yeux comme des agates noires au fond de leurs orbites, mal rasé, une casquette à la

Gavroche posée de côté, couvert d'un vieux paletot râpé, il avait tout du charpagnatte [1]. Le Polyte prépara une bonne potée qu'il laissa mijoter deux bonnes heures sur le feu de la cuisinière. Le fumet du lard et des saucisses marié aux puissantes vapeurs de chou remplaça bientôt les essences de térébenthine et de camphre. Vêtu d'une chemise de son beau-frère, d'un pantalon de velours du père Aloïse Marmillot qui lui allait comme un gant, Léo avait roulé sa taille dans une large ceinture de flanelle et noué autour de son cou un grand mouchoir à carreaux violets.

« Tu as l'allure d'un mineur, lui avait dit sa sœur. Tu me plais bien comme ça ! »

Ils en avaient ri tous les trois de bon cœur, s'étaient mis à table autour de la casserole fumante et d'un broc de rouge du Montfort, avaient commencé à croquer le chou et la saucisse, laissant fondre sur la langue la pomme de terre et la carotte, s'emplissant la bouche de la purée d'oignon au girofle, si douce avec le gras du lard. Les deux hommes mangeaient et buvaient en se racontant des histoires de Franche-Comté, du Canada et d'ailleurs, descendaient de grandes rasades de vin, reprenaient de la potée. La Malie les regardait faire, heureuse de les voir ainsi liés, malheureuse de se sentir déjà ailleurs.

Deux jours plus tard, la Malie tomba dans un état d'étrange prostration, comme frappée de sidération. Son visage avait pris une teinte terreuse, terne et brunâtre, avec des plaques lie-de-vin qui trahissaient

---

1. Vagabond qui survit en fabriquant et vendant des paniers (charpagnes) d'osier ou de saule.

une redoutable cyanose. Elle respirait par à-coups, tantôt profondément quand ses poumons donnaient l'impression de se déplier, tantôt à petites expirations rapides, comme si elle se fût vidée lentement du principe de vie.

— La « pneumonie des Annamites », avait conclu à voix basse le médecin en rangeant son stéthoscope. Une de plus ! On la croyait finie, cette saloperie d'épidémie ! On avait bien tort !

Il avait tiré une chaise à la cuisine, s'était assis, avait longuement contemplé les poutres du plafond, puis les jeux du feu dans l'âtre.

— Que voulez-vous, avec ce temps d'hiver pourri en plein mois de juin ! Si c'est pas malheureux ! On va tous en crever, si ça continue !

Il parlait en grognant, pour lui seul, pour rentrer la colère qui ne le lâchait plus depuis des mois. La fatigue marquait son visage, ralentissait ses gestes. Lui, hier encore si vif et prompt à intervenir sur toutes les maladies du canton, paraissait éteint, au bout du long rouleau de misères dont il n'avait pu être qu'un pauvre spectateur.

— Que dire ? Que faire ? Laisser agir la nature, en espérant qu'elle sera la plus forte contre l'infection ? Notre corps a des ressources qu'on ne soupçonne pas ! Il a les moyens...

Il marmonnait devant les deux hommes debout de part et d'autre de la cheminée, Léo, bras croisés, à l'affût du moindre mot du médecin, le Polyte, adossé au jambage, le regard dans le vague, comme absent, résigné.

— On peut tenter une injection d'or colloïdal et d'électrargol, mais il y a des risques, sans garantie de succès !

Il se tourna vers le Polyte.

— Continuez donc les fumigations, les infusions comme vous le faites depuis sa première fluxion, et...

Il les regarda fixement. Son regard trahissait une angoisse qui leur fit soudain froid dans le dos.

— ... et protégez-vous. Portez donc un masque de gaze ou de tarlatane imbibé d'eucalyptol, de baume du Pérou et de térébenthine. Qu'elle en porte un aussi, que vous changerez toutes les trois heures, surtout si elle tousse beaucoup et qu'elle crache. Surveillez-la en permanence. Si elle étouffe, couchez-la sur le côté, qu'elle puisse rejeter les humeurs qui stagnent dans sa poitrine et dans sa gorge. Si elle crache jaune en consistance de gelée d'abricot, c'est bon signe. Mais si elle se met à cracher roussâtre et que ça a l'apparence de jus de pruneaux avec de la mousse, alors...

— Alors ? demanda Léo en faisant un pas vers le médecin.

— Alors... je ne pourrai plus rien pour elle !

Il se renfrogna.

— Je ne peux déjà pas grand-chose !

Un silence épais se posa sur les trois hommes, rayé par les sifflements et les râles de la Malie, dans la pièce voisine.

Le médecin fit claquer le fermoir de sa sacoche, se leva, prit le couloir à main gauche. Ils le virent s'installer en grognant sur le siège de son tilbury, disparaître derrière les vieux murs de Saint-Privat.

Le soir même, le teint de la Malie vira au plomb, sa respiration devint de plus en plus courte, elle étouffa. Ils la tournèrent sur le côté, la redressèrent dans son lit pour lui dégager la gorge, lui présentèrent une cuillerée d'infusion qui coula sur son menton, plaquèrent un tampon de tarlatane imbibé de solution antiseptique et décongestive, comme l'avait dit le médecin.

Elle se mit alors à cracher roussâtre des matières qui avaient la consistance et la couleur du jus de pruneaux, couvertes d'une mousse blanchâtre. Léo se cramponna au pied du lit. Le Polyte prit la main de sa femme, la garda dans la sienne jusque tard dans la nuit.

Sur le matin, elle s'agita, fut prise de tremblements nerveux, de méchantes convulsions, retomba inerte sur sa couche trempée. Un mince filet de vie circulait encore dans ses veines sous les doigts du Polyte qui se pencha, baisa les lèvres de sa malade, resta longtemps ainsi, à demi couché sur elle, à partager encore les derniers instants de leur amour terrestre.

Ses larmes lavèrent les restes d'humeurs noires sur le cadavre encore brûlant.

18

Avril 1920

Un homme à chaque bras, Julie esquissa un pas de danse sur le trottoir. Elle les sentit résister, insista. Le Polyte se laissa un peu aller. Mais Léo resta aussi lourd et raide qu'une bûche de chêne.

La ville tout entière était en liesse.

Cuivres gonflés à se faire péter la carotide, grosse caisse traversée de violents coups de tonnerre, cymbales lançant des éclairs, le char de la Source caracolait derrière son tracteur puant en tête de la cavalcade. Derrière lui, tiré par deux grands chevaux gris, roulait celui du Pinard, débordant de buveurs à la voix éraillée, à la face rubiconde éclairée d'un nez rouge éclatant, qui levaient bouteilles, verres et coudes, et célébraient Bacchus en chantant à tue-tête :

C'est à boire, à boire, à boire,
C'est à boire qu'il nous faut…
Oh, oh, oh, oh !

On fêtait enfin l'ouverture de la saison !

De la place des Dames à l'Établissement, les rues grouillaient d'une foule bigarrée et bruyante : hommes en tenue de sport, pantalon de golf et pull à carreaux sous une casquette blanche à visière, paysans en blaude, qui crachaient le jus de chique entre les dents, femmes en robe longue de satin, bustier ajusté sous une capeline de paille ornée de fleurs multicolores, balançant d'un air léger une ombrelle de dentelle, ouvrières des ateliers, des hôtels et des champs parfumées à l'eau de senteur lavande…

Partout, des enfants aux joues cerise couraient, criaient, sautaient, tiraient leur mère par la main vers la baraque où luisaient les pommes d'amour, poussaient le cerceau entre les groupes, chialaient d'avoir perdu leurs parents.

Et des chiens couraient après des chiens qui couraient après leurs maîtres qui couraient derrière les filles. L'air embaumait le patchouli et la barbe à papa, puait l'urine et la sueur, baladait des effluves de bière, laquelle se vidait à flots sur toutes les terrasses. Il faisait beau.

Pour quelques heures, on avait oublié le traité de Versailles, les premiers troubles mentaux du nouveau président de la République, Paul Deschanel, et l'acharnement chronique des Français à refuser le droit de vote à leurs femmes, alors que l'Angleterre venait d'ouvrir la voie, et que la Belgique allait le faire !

Julie avait réussi à traîner ses deux hommes de la ferme Marmillot jusqu'au centre-ville. Tout son art de comédienne lui avait été nécessaire pour les persuader d'aller, sinon participer, du moins assister à la fête. Elle était certaine que la sortie leur ferait le plus grand bien. Les traces d'amusement lues dans leurs yeux prouvaient qu'elle avait visé juste. Le Polyte, surtout, que la musique écartelée en échos par les façades de la place des Dames semblait avoir enfin tiré d'une sombre léthargie.

La mort de la Malie l'avait jeté dans un interminable tunnel. Elle le rongeait de l'intérieur, éteignait son regard, fermait ses entrailles. Il ne mangeait plus que pour survivre, obligé par la voisine et Léo, qui le secouaient, parfois brutalement.

Le jour, il continuait à chercher sa femme partout dans la maison, au fond du jardin, tournait en rond dans les pièces comme un fauve, finissait par marcher jusqu'au cimetière en rasant les murs derrière son ombre. On pouvait alors le voir, de longues heures durant, sous la pluie ou en plein soleil, dans les bourrasques de neige ou coupé en deux par les tranchants de bise, assis au pied de la tombe du père Marmillot où elle dormait, remuant les lèvres, agitant les mains, puis retombant, immobile, sur les secrets qu'il venait de lui confier. Il laissait à ses mots le temps de lui parvenir, dans ce monde dont il semblait rêver maintenant. La nuit, toujours trop longue nuit, il lui arrivait de l'appeler, fouillait le lit de la main et des jambes, cherchait sa chaleur, la douceur de son ventre, le velours de ses cuisses, la fraîcheur de son front qu'il effleurait autrefois d'un léger baiser, sans la réveiller, quand le plaisir de son souffle paisible le tirait du sommeil pour goûter encore et encore le bonheur d'être là, avec elle. Alors, elle miaulait doucement, se blottissait contre lui. Alors, il entendait les grisolles d'alouettes sur les pentes de Norroy. Alors, ils se rendormaient ainsi, l'un dans l'autre, jusqu'au premier chant du merle, au petit matin. Autrefois... quand elle était là !

Depuis le jour maudit, il ne se rendormait plus, restait les yeux dans le vague de la nuit, les bras le long du corps, à faire défiler dans sa tête des images floues du passé, et dans son cœur des émotions qui le remuaient aux larmes.

Parce qu'elle avait enfin décidé de quitter Paris, Julie s'était installée dans un meublé dégoté chez les Recoque, des loueurs en cheville avec la station thermale. Des petits rôles dans les troupes du casino et de l'Établissement lui permettaient de mener une existence honnête et raisonnable, libérée de contraintes qui lui eussent interdit de s'occuper de ses « deux lascars » du Petit-Ban. Ainsi les appelait-elle avec affection. Travaillant le soir, elle pouvait venir leur tenir compagnie dans la journée, surveiller leur mangeaille, organiser la tenue de maison et les lessives. Le sentiment de prouver ainsi à sa défunte mère, en s'occupant de ses hommes, qu'elle l'aimait – ce qu'elle n'avait jamais pu lui dire de son vivant ! – lui venait souvent dans cette maison des « lascars ». Il lui arrivait même, de temps en temps, de murmurer, entre deux portes un « maman... » que lui porteraient, elle le savait, les mânes bienveillantes des Marmillot.

Et quand elle était de relâche au théâtre pour plusieurs jours, elle prenait la route de Saint-Baslemont où, malgré la présence sulfureuse de Jeanne, la fille « perverse » qui s'acharnait à porter culotte d'homme, à se faire appeler Jean et à vivre avec une femme, Ève l'accueillait comme une sœur dans le vieux château. Son amie souffrait. Malgré de louables efforts, la cohabitation était demeurée insupportable entre ce « fils » né fille, le « Jean-Jean » des villageois, et sa mère. Ève avait donc accentué ses recherches d'une maison, venait de trouver une grosse bâtisse au pied du domaine médiéval, sur le flanc du haut de Dimont, dans le village de Thuillières, à deux pas d'un autre château construit deux siècles plus tôt par Germain Boffrand. Loin de Jeanne, et proche à la fois ! Elle avait baptisé ce refuge « Béthanie ». Après avoir tout tenté pour se faire admettre au Carmel, et des dizaines de refus, elle avait décidé de créer là son propre ermitage !

Les « Saltimbanques » lançaient leurs chapeaux mous dans les airs, les perdaient dans la foule qu'ils fendaient en poussant des cris stridents pour les récupérer, grimpaient sur leur char-roulotte tendu de bâches tachées du jus de la dernière récolte de mirabelles, sautaient vers le char de la « reine de Vittel » vêtue en pharaonne que ventilaient des servantes à grands coups de fleurs de lotus emmanchées sur des cannes à pêche, tandis que, menée par un Caruso des faubourgs en chapeau camembert noir et maillot rayé, la « gondole de Venise » chaloupait sur les pavés au rythme incertain d'une mandoline désaccordée.

— Vous venez, je vous offre une mousse à la terrasse des Halles !

La proposition avait surpris ses lascars du Petit-Ban, qui s'étaient regardés, avaient haussé les épaules d'un même mouvement complice, lui avaient emboîté le pas sans mot dire. Julie marchait devant, jouait des coudes, poussait l'un, tirait l'autre, ouvrait un passage dans la populace et les étrangers mêlés, un œil toujours derrière sur ses hommes. Ils avaient dû attendre une table libre, le temps d'applaudir le char de la Grande Source et ses divinités aquatiques que le vent perdait dans des voiles bleutés, et celui des enfants montés sur une De Dion-Bouton à gros rayons jaune jonquille et cuivres étincelants.

Il faisait beau. Ils étaient bien. Ils avaient bu une mousse, puis deux, sous les regards en coin de quelques vieux envieux et de jeunes effrontés dont les grivoiseries fusaient sur la foule sans atteindre personne. À la troisième, il leur avait pris l'envie de chanter avec le char des bistrots du père Carré qui fermait la cavalcade, un ordre peint sur la carrosserie en grosses lettres dégoulinantes :

RIRE !
Encore RIRE !
Toujours RIRE !

Ils ne chantèrent pas, au final, mais suivirent le conseil. Julie les vit sourire, puis plaisanter, puis rire. Elle avait gagné ! Au moment de quitter les Halles, le Polyte lui prit la main, la serra très fort, se pencha vers elle, lui souffla un « Merci, ma Julie » qui l'émut aux larmes. Elle lui répondit d'un baiser sur la joue, tout près, si près des lèvres qu'il crut à…

Léo n'en avait rien vu. Il semblait fasciné par les pochetrons du père Carré.

Le lendemain, sur le fauteuil devant la fenêtre de la belle pièce, elle leur déposait un chiot jaune trouvé dans le parc, près du pavillon des Demoiselles.

— Voici Arthur ! leur dit-elle en leur présentant la bête. Il est à vous. Vous allez vous en occuper, maintenant. Vous verrez… il est adorable.

Le Polyte le prit dans ses bras, l'adopta. Le soir même, Arthur était déjà devenu son confident muet. Pour lui, il s'appellerait « Chien Jaune » !

Mai et juin avaient coulé lentement sur la ville et dans la station. Juillet promettait un bel été, doux et paisible. La veille, au petit matin, gagné par une énergie nouvelle, Léo avait entraîné le Polyte en forêt de la Voivre sous prétexte que, stimulés par les douces pluies printanières, « les premiers jaunirés [1] avaient peut-être pointé le bout de leur nez dans les sapinières ». Le panier au bras, ils avaient grimpé la Courte-Montjoie, franchi la passerelle sur le chemin de fer, arpenté toute la butte sous le Vieûmont et Lorima, étaient rentrés trempés jusqu'aux cuisses par la rosée, bredouilles et épuisés. Mais ils avaient repéré les arbres à abattre, à la mauvaise saison, pour le bois de chauffage à venir, s'y voyaient déjà, patates sous la braise, lard à griller sur une baguette de coudrier, rouge du Montfort…

Ils feraient du bon boulot, ensemble, dans cette forêt, l'hiver prochain !

1. Chanterelles.

— Tu entends ?

Debout sur le seuil de la chambre, en panais de chemise, le cheveu en bataille, planté sur deux jambes aussi noueuses que des vieux ceps, Léo se grattait la poitrine d'inquiétude.

— Pour sûr, que j'entends ! Qu'est-ce encore que ça ?

Assis sur le bord de son lit, le Polyte secouait la tête. Il avait du mal à émerger, à cause du verre de vin d'opium[1] avalé le soir, sur ordre du docteur Claudel, pour faire venir le sommeil. Certaines fois, il prenait en plus une infusion compliquée de passiflore, poire du bon Dieu[2], herbe sacrée[3], tilleul, camomille dans laquelle il jetait, en plus, dix cônes de houblon de Rambervillers.

— Ça a l'air sérieux ! J'y vais ! lança Léo en sautant dans sa culotte de velours.

— Attends... je viens aussi ! Ils n'auront peut-être pas trop de quatre bras de plus.

Le lourd tocsin de Saint-Rémy tombait sur la ville, répondait à celui de Saint-Louis, aigrelet et lointain. La dernière fois qu'on l'avait entendu, c'était pour l'incendie de la maison Bazelaire, sur la place des Dames, en 1906, en juillet déjà ! Drôle de mois !

Le Polyte se secoua, sauta à son tour dans sa culotte de velours, s'enroula dans sa ceinture de flanelle, se précipita vers le couloir. Chien Jaune voulut le suivre. Il le retint :

---

1. Vin contenant de l'opium dilué, encore appelé « laudanum de Sydenham ».

2. Aubépine.

3. Verveine officinale.

— T'es trop jeune pour aller traîner la nuit, lui dit-il en appuyant une bonne caresse sur la tête de la bête qui se mit à geindre. Bien trop jeune ! Tu rencontrerais le loup ! Qu'est-ce que tu ferais, hein, qu'est-ce que tu ferais, devant lui ? Il ne ferait qu'une bouchée de toi, mon pauv' 'tit Chien Jaune.

Léo tournait déjà derrière Saint-Privat quand il gagna la rue. Les jointures lui faisaient mal. La tête pesait drôlement sur les épaules. Il força le pas. D'un coup d'œil, il avait pris la mesure du feu qui embrasait le ciel du côté de Gérémoy.

— Nom de Dieu ! lâcha-t-il. Nom de Dieu de nom de Dieu !

Plus ils avançaient vers la station thermale, plus les ténèbres flambaient. N'eût été la crainte d'un vrai drame à découvrir dans quelques enjambées, ils auraient pu admirer les couleurs étonnantes du ciel d'été : à main droite, sur les Seize-Mutins, mauve encore de jour naissant dans les derniers voiles de nuit ; à main gauche, croqué dans son bleu de ténèbres, intense et profond, par les toits de nouvelles villas ; devant, incandescent, il bouillonnait de nuées ardentes, crachait des volées d'étincelles qu'une jeune bise portait loin vers le sud par-dessus la ville.

— Nom de Dieu de nom de Dieu !

Poings serrés dans les poches, le Polyte mâchonnait sa surprise en marchant, et sa colère. Il forçait encore le pas, n'arrivait pas à rejoindre Léo, qui courait presque devant, se retournait de temps en temps, lui lançait des « Alors, tu viens ? Plus vite... plus vite ! ».

— Nom de Dieu... il va me faire crever !

Partout, des gens s'agitaient, un seau à la main, une cuvette, une bassine, un pot de chambre, un faitout même, s'interpellaient, s'encourageaient, envoyaient chercher des renforts, des récipients, des bras, des échelles... Toute la ville était dans la rue, et convergeait vers le brasier.

— Le casino !

— Mais non, c'est le Grand Hôtel ! Pourvu qu'il n'y ait plus personne dedans !

— Mais non, c'est le casino !

Des charrettes de paysans circulaient dans tous les sens, des hommes tiraient une pompe à bras de la brasserie Samaritaine en hurlant « Place ! Place ! Place ! » tandis qu'un autre, perché sur la machine, casqué à la hussarde, agitait comme un fou le battant d'une cloche. « Place ! Place ! Place ! »

— C'est le casino !

— Le casino !

Déjà le pavillon central était la proie des flammes. Les colonnes de Garnier, son dôme disparaissaient, avalés par les fumées et les langues de feu qui montaient en tourbillonnant dans le ciel, se jetaient sur les grands arbres du parc, menaçaient de s'abattre sur le théâtre et les hôtels voisins, de les embraser à leur tour.

— Heureusement que le lieutenant Bidault a sorti son cheval pour l'entraîner à quatre heures du matin ! C'est lui qui a vu ! Il a donné l'alerte aussitôt, commentait l'un.

— Si c'est pas malheureux, un si beau bâtiment, partir en cendres, comme ça ! ajoutait l'autre.

— Vous feriez mieux de venir faire la chaîne, vous autres ! C'est pas avec la langue qu'on va l'éteindre ! hurla un troisième, écarlate et ruisselant de sueur. Faut aller puiser l'eau à l'étang… allez !

Ils y allèrent, tous, hommes, femmes et enfants, jeunes et vieux, fonctionnaires de ministère en cure et paysans en nage, forts des halles, terrassiers, malades et estropiés, artisans et commerçants, militaires aux eaux et ecclésiastiques en soutane, ouvriers de la Société, qui se passèrent de bras en bras des milliers de litres d'eau pour ajouter au pissat des pompiers dont l'énergie et les machines ne suffisaient pas à faire monter le jet des lances jusqu'au toit du casino.

Soudain, un cri :

— Kielwasser ! Reviens ! Kiel…

Trop tard ! N'ayant pas vu sortir tous les occupants du casino, le veilleur s'était précipité dans la fournaise. On l'aperçut une dernière fois dans l'escalier, courant vers l'étage au moment où Goudon, le directeur, jaillissait par la verrière côté théâtre, les bras chargés des fonds, des caisses de jetons, des livres de comptes qu'il avait voulu sauver pour que l'activité pût continuer. Il avait bien conscience qu'il y allait de la survie de la station ! On vit aussi Jean Bouloumié errer dans les flammes à la recherche de possibles victimes, prendre des risques terribles pour sauver celles et ceux et le matériel qui pouvaient encore l'être.

— Le voilà !

Le fantôme de Kielwasser apparut soudain. On le vit trébucher dans l'escalier ; on se précipita, l'empoigna, le traîna sur la terrasse. Il râlait. Son visage n'était plus qu'une horrible brûlure, et ses mains, et ses pieds dont la peau s'arracha avec les chaussures. Il n'avait trouvé personne dans l'étage. Aucune victime.

— Dieu soit loué ! souffla-t-il.

Puis il perdit conscience dans les bras de ses sauveteurs.

Alors, dans des craquements sinistres et un grondement infernal, le dôme central s'effondra. De gigantesques tourbillons s'élevèrent dans le ciel laiteux. Des fumées âcres et fétides roulèrent sur les façades carbonisées. La foule poussa un grand cri. Des javelots enflammés jaillirent de la ruine. Les premiers hommes de la chaîne bondirent en arrière. Aucun ne fut touché !

À l'heure où les paysans harassés regagnaient l'étable pour la traite matinale des vaches, il fallait bien se rendre à l'évidence : si l'hôtel du Parc et le théâtre étaient sauvés, ainsi que le salon de lecture où les jeux pourraient reprendre le soir même, l'œuvre de Charles Garnier n'était plus qu'un monceau de pierres, de poutrelles tordues et d'éclats de verre sous des tonnes de gravats et un lit de cendres !

— Depuis quand êtes-vous là ?

Assis sur un banc près du pavillon des Demoiselles, les deux hommes reprenaient leur souffle. Léo tourna la tête. Noire comme un chauffeur de locomotive, Julie se tenait derrière eux, le cheveu emmêlé, la robe échancrée sur une poitrine généreuse, les bras gantés de suie, de chaux et de poussière. Elle vint s'asseoir à côté du Polyte, assommé par les restes de vin d'opium dans ses veines et la fatigue. Elle lui posa la main sur le bras.

— Où étiez-vous ?

Elle les regardait comme si elle les voyait pour la première fois, les dévisagea pour être sûre de les avoir reconnus sous leur masque de crasse, « Ben, mes lascars ! », jeta un coup d'œil à sa robe sale, ses mains, ses chaussures détrempées, toucha son front, ouvrit les bras comme pour dire « C'est ainsi ! Nous sommes aussi dégoûtants, vous et moi ! », se pencha vers le Polyte.

— On pue, tu ne trouves pas, mon Polyte... on pue le carnage !

Elle se leva, esquissa un pas de danse qui montra ses genoux couronnés de charbon, se mit à rire d'un rire sonore et cristallin. Du plus loin qu'on pût l'entendre, on se retourna. Un doux frémissement parcourut le Polyte. Il eut envie de sourire, lui répondit :

— On était là, dans la chaîne... là, avec les autres !

— Derrière l'hôtel du Parc, précisa Léo. On est arrivés dans les premiers. Et toi ?

— Moi ? À votre avis ?

D'un même haussement d'épaules, les hommes avouèrent leur ignorance.

— J'étais avec ceux qui balançaient des seaux d'eau sur le théâtre, pardi ! Où vouliez-vous que je sois ? Dans mon lit ?

Elle se remit à rire, d'un rire convulsif qui trahissait sa détresse et sa fatigue, sa fierté aussi de savoir que ses deux lascars avaient participé à l'élan de tous.

— Venez ! On va aller se laver et se reposer. On l'a bien mérité, non ?

Elle avait l'air d'une combattante à l'issue de la bataille, d'une déesse de la terre surgie des flammes pour montrer l'autre chemin aux hommes. Elle pivota une fois encore sur place, fit virevolter son jupon taché de coulasses noirâtres, tendit une main à chacun... belle, très belle ! Un frisson parcourut le Polyte, du ventre, tout le long du dos, jusqu'à la nuque.

Allons bon... le laudanum, se dit-il, et la fatigue !

Heureux de les revoir, Chien Jaune les accueillit en pissant dans le couloir. Il jappait, tournait, se prenait dans leurs jambes, menaçait de les faire tomber, fourra son nez entre les cuisses de Julie qui le repoussa doucement...

— Coquin, va ! Heureusement que tes maîtres ne sont pas comme toi !

Ils l'avaient entendue, firent ceux que le vacarme d'incendie et la rumeur de la foule avaient rendus sourds, remarquèrent ses regards en coin, se défendirent d'y lire la moindre intention. Un nouveau frisson submergea le Polyte, qui n'avait pas envie de le contenir.

— Lequel des deux commence ?

Tandis qu'ils buvaient une grande cruche d'eau fraîche, Julie avait déjà poussé la table, roulé le tub au milieu de la cuisine, approché le seau, les serviettes et le savon de Marseille. Elle avait retrouvé tous ses gestes familiers de la maison Marmillot.

— Allez... ne traînons pas... vous empestez la charogne ! Ça va devenir irrespirable, ici !

Elle baissa la voix, rentra le menton, écarta les pans de son corsage, se respira un grand coup, murmura :

— Moi aussi, d'ailleurs !

Léo fit le premier pas vers le tub.

Bientôt, depuis la belle pièce du devant, Julie entendit les gargouillis de ses ablutions et ses grognements d'aise. Elle avait ouvert la fenêtre au large, s'était assise sur le rebord, laissait son regard divaguer dans la rue où flottaient des odeurs âcres de corne brûlée. Plus bas, derrière Saint-Privat, un groupe gesticulait, parlait fort, refaisait la nuit.

Le Polyte avait eu besoin d'air. Il était sorti respirer dans le jardin les derniers parfums du tilleul encombrés de résidus de fumée. Assis sur son banc, il contemplait les alignements de haricots grimpants et les bois de pommes de terre que la maturité commençait à assoupir. Dans le noisetier, les jeunes mésanges voletaient de-ci de-là, piaillaient, réclamaient leur pâtée. Quelque part, un merle échangeait des vocalises avec un autre merle, plus loin perché. La rumeur du sinistre planait encore sur la ville. On entendait des éclats de voix, des grondements de roues sur les pavés, des pétarades de camion, des cavalcades de chevaux... L'ambiance de la guerre si proche encore le transporta quelques mois plus tôt, là, dans ce même jardin, au milieu de ses pommes de terre, haricots et groseilliers, observant ses deux femmes en grande conversation, le verre d'eau fraîche à la main. Il revit Julie, emballée, et la Malie, sereine, mais que la curiosité de sa fille commençait à agacer. De derrière ses groseilliers, il les observait, murmurant aux abeilles lourdes de pollen : « Qu'elles sont belles ! Mon Dieu, qu'elles sont belles ! » L'action de la nuit lui avait donné un bon coup de fouet.

Mais là, maintenant, sur son banc du jardin, coup de fatigue et lame de fond des souvenirs… Il se sentit chanceler.

— C'est ton tour !

Julie avait posé la main sur son épaule. Il ne l'avait pas entendue venir. Il sursauta.

— Allez, la place est libre… à la toilette ! Je ferai la mienne après toi.

Elle se tenait si près de lui qu'il sentait son parfum de femme, bonne sueur, miel et noisette, comme celui de la Malie, autrefois dans les herbes de la Vauviard, sous le vol grisollant des alouettes.

— Ça ne va pas ?

Le Polyte ne répondait pas. Elle se pencha vers lui. Il tourna la tête, découvrit les seins de la femme dans l'échancrure du corsage défait, deux pêches bien mûres dont il devina aussitôt le velours, et les aréoles comme les joues sanguines des mirabelles d'août.

— Malie…

— Qu'est-ce que tu dis ?

Il ferma les yeux, prit une grande inspiration… ce parfum, toujours, sueur, miel et noisette…

— Rien !

— Si, je t'ai entendu ! Si ! Tu as dit… « Malie ».

— Tais-toi !

— Si je veux ! dit-elle fermement en se redressant. Si je veux… monsieur Polyte !

Elle avait avancé d'un pas, s'était plantée devant lui, entre les groseilliers, les haricots, les patates et sa détresse.

— Et je ne veux pas, monsieur Polyte ! Parce que je ne veux pas que tu te laisses aller comme une vieille loque, et que j'ai le droit, le devoir même de te le dire !

Il la regarda droit dans les yeux. Chien Jaune les avait rejoints ; il tournait autour de lui, cherchait à monter sur ses genoux, y parvint...

— Dis-moi, Julie... qu'est-ce que je fais encore ici, tout seul, comme un con ?

— Mais tu n'es pas tout s...

— Pourquoi je ne suis pas là-bas, avec elle ?

Il pointa le doigt vers le soleil déjà haut sur la Voivre, la direction du cimetière. Il tremblait.

— Je serais bien mieux, là-bas, avec elle ! Pourquoi je suis encore ici ? Dis... ma Julie... Pourquoi ?

Il lui prit la main. Elle la lui abandonna. Il la pressait sur ses lèvres en répétant...

— Pourquoi, ma Julie... Pourquoi ?

Des sanglots bouillonnèrent dans sa gorge.

— Pour... quoi... ma... Julie... pour...

Elle étouffait, rejeta la tête en arrière pour trouver de l'air, aspira une épaisse goulée de tilleul et de suie. Une boule d'étoupe roulait dans sa gorge. Elle laissa passer la douleur.

Le loquet claqua. Le Polyte lâcha vivement la main de Julie, tourna la tête vers la remise, le coudrier où piaillaient les jeunes mésanges. Léo apparut, propre et net, le cheveu plaqué et luisant.

— Je vais au pain...

De la tête, elle lui fit signe qu'elle avait entendu.

Léo disparut.

Chien Jaune donnait des petits coups de langue sur la main de son maître en miaulant comme un chat. Plus bas, la ville grondait de toutes ses charrettes, machines à eau et rumeurs. On pouvait imaginer, du côté de Gérémoy, les curieux tournant autour des ruines fumantes.

— Viens, mon Polyte !

Julie s'accroupit, chercha le regard de l'homme, vit les coulasses de crasse sur son visage.

— Je veux… aller… avec elle…

Elle se redressa, ouvrit son corsage, prit la tête de l'homme à pleins bras, l'attira lentement vers sa poitrine nue.

— Viens, mon Polyte… viens !

Trois semaines plus tard, jour de l'Assomption de la Vierge, alors que le dixième coup du matin tombait de la tour de Saint-Rémy, Léo sortit dans la rue pour accrocher les volets du bas. Un violent coup de vent venait de les rabattre contre le mur. Ils avaient claqué comme un coup de fusil.

Depuis l'incendie, une chaleur torride avait anéanti ville et campagne. De Pocheloup au mont Saint-Jean, et de la Vauviard à la butte du Chapon, la prairie s'était ratatinée, transformée en vieux tapis que des vaches efflanquées parcouraient, une bave épaisse collée au museau, à la recherche du moindre brin d'herbe. Les paysans leur donnaient de maigres rations de foin neuf, le soir après la traite, en s'interpellant d'une ferme à l'autre : « Si on commence maintenant, qu'est-ce qu'on va leur donner l'hiver prochain, hein ? » Des bidons tintaient dans les cours, des chiens gueulaient, des enfants excités poussaient des cris stridents qu'éteignait bien vite un air lourd et épais. « Surtout qu'on n'aura pas de regains, avec ça ! » En bien des endroits, l'eau commençait à manquer. On regardait maigrir chaque jour davantage le filet de la fontaine et baisser le niveau de l'abreuvoir.

Fort heureusement, à la station thermale pleine d'étrangers jusqu'à ras bord, les sources tenaient bon. On y buvait, on s'y rencontrait le gobelet à la main, on y lisait les dernières nouvelles de Paris et d'ailleurs, bien calé dans les fauteuils d'osier blanc à haut dossier décoré de fines arabesques, on y écoutait de la musique dans l'excitante proximité de la princesse de Grèce et de la grande-duchesse de Russie. Seule la Source salée donnait des signes de faiblesse, qui disparaîtraient vite avec les premières pluies.

Après la catastrophe, Pierre et Jean Bouloumié avaient mobilisé tous les bras et énergies disponibles pour récupérer du casino ce qui pouvait l'être. En quelques jours, ils avaient réussi le tour de force de le rouvrir, dans des locaux encore imprégnés des remugles d'incendie que combattaient chaque soir le patchouli des dames et les ronds bleus de havane des messieurs. Du côté de Gérémoy, le monde s'était remis à tourner rond !

Le vent n'avait pas molli. Il tourbillonnait sous un ciel d'encre. L'orage n'était pas loin. Dans la nuit, déjà, on avait entendu des roulements de tonnerre.

Le diable qui bat sa femme ! avait alors pensé Léo, en se tournant vers le mur pour y retrouver le sommeil.

— Cette fois, c'est pour nous ! On n'y coupera pas !

Le Polyte étant devenu muet comme une carpe du Vair, il avait pris l'habitude de parler seul, se rattrapant quand Julie venait les voir, au moins deux ou trois fois par semaine. Il fixa fermement les volets en bougonnant :

— Va tout nous déglinguer, celui-là ! Il va bien nous arracher les gonds !

— *Quand Marie brâ, le vigneron brâ*[1] *!*

Léo se retourna. La houe sur l'épaule, un paysan de la basse rue de la Voie rentrait précipitamment chez lui. Il s'était arrêté, avait posé l'outil sur le pavé devant la maison, s'était appuyé des deux mains sur le manche.

— *Nwèille au mwèytan d'où, l'hivér a bîtô tolè*[2] *!*

Léo répondit d'un geste d'impuissance, rentra dans le couloir. L'autre parut désappointé, rempoigna la houe, reprit son chemin en traînant les sabots, qui sonnaient sur les pavés comme un tonneau vide.

— Dix heures, murmura Léo. Jamais il ne se lève si tard ! Peut-être qu'il a pris un coup de vin d'opium de plus, hier soir, à cause du tonnerre qui l'empêchait de dormir !

Il s'approcha de la chambre, tendit l'oreille, poussa la porte. Le chien ne vint même pas à sa

1. « Quand Marie pleure, le vigneron pleure ! » : pluie le jour de l'Assomption de la Vierge… pas de raisins !

2. « Orage de la mi-août, l'hiver est bientôt là ! »

rencontre, ce qu'il faisait pourtant chaque matin ! Il fit un pas, puis deux dans la pénombre, s'avança vers le lit... vide... drap et couverture rabattus au pied, là où depuis le jour de son arrivée dormait Chien Jaune. Un fluide glacé coula dans les veines de Léo.

Dans le jardin... sorti tôt, pour la fraîcheur, avec Chien J...

Il se précipita derrière la maison, contourna la remise, dépassa le coudrier où piaillaient les jeunes mésanges, traversa les rangs de haricots rouillés par la sécheresse, les groseilliers décharnés, les patates grillées, revint vers la maison. Personne !

La panique l'empoigna.

Il enfila le couloir, monta à l'étage, jeta un coup d'œil inutile dans sa chambre... silence !

La porte du grenier était ouverte. Il se précipita, reçut un coup terrible en pleine poitrine, vacilla, tomba à la renverse sur une malle de voyage marquée de grandes lettres noires « Le Havre-Québec », se mit à hurler comme un loup blessé.

À la poutre maîtresse, le Polyte ! Pendu !

Avec Chien Jaune !

Alors l'orage creva sur la ville.

19

Août 1924

Y a des femmes qui font la folie
De s'app'ler… Julie…

Il faisait chaud dans la coulisse. Sur le plateau, Edmée Favart poussait la romance qui avait mis le Tout-Paris à ses pieds un an plus tôt, lors de la création de l'opérette *Ciboulette*. Le chœur reprenait à l'unisson : « Julie ! » Les machinistes s'affairaient, tiraient un fil ici, avançaient là le décor du tableau suivant. Parfaitement huilée, la mécanique tournait comme une horloge.

— Julie ! C'est toi, ça ! lança l'un des machinos dans l'oreille de sa voisine costumée prête à entrer en scène.

— Si tu veux !

L'homme enroulait un câble électrique autour de son bras. Il s'approcha. Assourdie par les tentures et frises, la musique de Reynaldo Hahn noyait ses mots.

— Elle s'en sort encore bien pour son âge ! À quarante-cinq ans, faut l'faire ! Quelle voix, encore !

Il déposa son câble dans une caisse dont il rabattit le couvercle en prenant mille précautions. Revint vers elle.

Y a des femmes qui sont assez prudes
Pour s'app'ler... Gertrude...
Gertrude !

Il la prit par la taille.

— Qu'est-ce que tu fais, après la représentation ? T'es libre ?

Julie fit un pas vif de côté, le fixa presque méchamment. Il parut surpris.

— Parce que ça te plairait de passer la nuit avec une vieille !

— Une vieille, une vieille...

— Cinquante ans aux prochaines mirabelles, mon bonhomme... cinquante ! Et fière de les porter, surtout devant des blancs-becs comme toi !

Certaines femmes sont assez bonnes filles
Pour s'app'ler... Camille...
Camille !

La fameuse troupe des Variétés était descendue de Paris à Vittel pour une série de représentations. Elle donnait cette célèbre *Ciboulette*. À sa tête, les comédiens phares de la création parisienne. L'éternel jeune premier Henry Defreyn jouait à merveille un Antonin de Mourmelon riche à belle gueule mais benêt ; Jean Perier campait un divin Duparquet plus vrai que nature ; avec un brio et une classe étonnants, Edmée Favart virevoltait dans les atours d'une maraîchère Ciboulette perdue dans ses choux autant que dans les méandres de son cœur. Seules quelques comédiennes de second rang n'avaient pas suivi, persuadées que leur immense talent ne trouverait pas à s'épanouir sur une scène de province, fût-ce celle de Vittel, la station thermale très prisée du beau monde, deuxième maintenant derrière la pimpante Vichy.

Julie avait donc été engagée sur place pour tenir le rôle d'une « cocotte ». On se souvenait d'elle aux Variétés, de ses prestations du temps de Samuel et de la divine Ève Lavallière. Sa simplicité et la justesse de son jeu lui avaient valu, dès la soirée d'ouverture, de vives félicitations des comédiens, et des remerciements appuyés du directeur. Elle prenait son pied au théâtre chaque soir, vibrait dans son rôle comme une petite fille en train de croquer sa pomme d'amour à la foire, goûtait les applaudissements et les rappels. Elle recevait cette joie du public comme une revanche sur le sort qui, sa vie durant, avait tenu sa mère dans une cabine de douche, à deux cents pas du théâtre dont elle n'avait jamais pu franchir le seuil.

— Une vieille ! Si toutes les vieilles étaient comme toi...

— Dois-je le prendre comme un compliment pour moi, ou une insulte pour toutes les autres, l'ami ?

Bien dans son rôle, elle s'était mise à minauder. L'homme lui rappelait les costauds des Halles familiers du Pied de Cochon où, avec l'équipe, elle allait partager un monceau de tripes et un bon coup de blanc après le spectacle. C'était en son temps parisien. Aujourd'hui...

Moi, j'm'appelle Ciboulette.
C'est mon nom...

— Alors, ce soir ? On rentre ensemble ?

— Laisse tomber, je suis prise. Et puis, ça va être à moi !

Il avait une allure agréable, ce machino, presque séduisant. Ses yeux de velours dans la pénombre de la coulisse, sa voix ronronnante, même forcée pour se faire entendre sous les assauts musicaux, ses bras nus musclés et couverts de fleurs tatouées. Séduisant ! Quelques années plus tôt, aux Variétés, elle ne se serait pas fait supplier longtemps par un tel homme. Plusieurs avaient obtenu d'elle des faveurs qui les avaient rendus accros. Elle en avait profité ! Eux aussi ! Elle ne regrettait rien. Ne regrettait jamais rien ! Où était le mal ? Couchaient-ils et grognaient-ils de plaisir avec elle en pensant aux formes de l'inaccessible étoile Ève Lavallière, seulement intéressée par les gros portefeuilles et les têtes couronnées ? Possible ! Mais chacun y avait trouvé son compte ! Les regrets sont les bonheurs du passé transformés en malheurs par un pauvre présent. C'était hier ! Et c'était bel et bon !

— Alors, c'est non ?

— C'est non !

— Tu ne sais pas ce que tu perds !

— Mais je sais ce que je gagne !

— Pfff ! fit-il en retournant à sa caisse de câbles sous l'œil noir du régisseur.

Si elle avait encore eu sa chambre... pourquoi pas ? Julie oublia un instant son rôle, imagina ce que pourrait être la fin de la nuit avec le machino, se laissa gagner par une vague de désir qui la projeta quelques années en arrière, au temps où elle ne rentrait jamais seule dans sa chambre parisienne, rarement avec le même homme. Projecteurs ou émotion, elle eut soudain chaud, chaud à faire couler son maquillage juste avant l'entrée en scène. De l'autre côté du plateau, le gars lui lançait des regards flatteurs qui en disaient long sur son envie de passer un bon moment en sa compagnie. Elle s'en réjouit, en s'efforçant de n'en rien laisser paraître. Après tout... pourquoi pas ?

Elle avait quitté sa chambre après le drame pour s'installer dans la maison Marmillot. Sans hésiter une seconde ! Laisser son oncle seul dans ces lieux hantés désormais par la mort de la Malie et du Polyte... impossible ! Il n'avait rien demandé, rien suggéré. Simplement, elle savait qu'elle devait le faire. Elle l'avait fait. Le temps de nouer ses paquets, de rendre les clés à ses propriétaires qui avaient exigé trois termes de dédommagement, d'arranger au Petit-Ban la chambre qui avait abrité l'amour de sa mère et la douleur de son beau-père, et elle était arrivée. Léo n'en avait rien cru, jusqu'au jour où elle avait suspendu ses robes dans l'armoire en disant :

« Voilà ! Je suis chez moi, maintenant ! Tu es chez toi ! Nous sommes chez nous, mon Léo. Rien ni personne ne pourra nous en déloger, tu peux m'en croire ! »

Il avait remué du bois près de l'âtre pour lui cacher son émotion. Il savait qu'elle disait vrai !

Nous avons fait un beau voyage...
Nous avons fait un beau voyage,
Nous arrêtant à tous les pas...
Buvant du cidre à chaque village...

Cueillant dans les clos des lilas...
Cueillant dans les cl...

Elle faillit rater son entrée, ce soir-là, buta sur plusieurs répliques, se prit les pieds dans le tapis en traversant de cour à jardin. La tête n'y était plus. Le désir de l'homme l'avait privée de tous ses moyens.

Quand elle quitta le théâtre, elle aperçut le machino en marche vers le parc, une silhouette féminine à son côté.

— Imbécile ! murmura-t-elle.

Elle se répéta l'insulte sur chaque pas, « Imbécile... Imbécile... », sans chercher à savoir à qui elle l'adressait.

Du bas de la rue, elle vit de la lumière à la maison. Elle rentrait toujours à pied du théâtre. La fraîcheur de la nuit lui faisait du bien. Elle aimait contempler le ciel en marchant, y repérer les étoiles, les galaxies. Alors qu'elle tenait à peine debout, autrefois, à Gargilesse, le mari de sa nourrice lui avait appris à les reconnaître. Elle les avait découvertes, une à une, au bout d'un doigt si magique que, parfois, il lui donnait l'impression d'éclairer la nuit. De ce temps, elle avait gardé, quand tous les autres se laissaient dissoudre dans le sommeil, le désir de vivre éveillée, le goût des ténèbres, et une attirance pour la clandestinité qui avait bien protégé ses actes militants à l'époque de ses frasques révolutionnaires.

Durant ses marches nocturnes, après les feux de la rampe, la Grande Ourse l'accompagnait, qui lui indiquait l'étoile Polaire à cinq longueurs du cul de son chariot, le premier des trois chevaux de sa sœur cadette, la Petite Ourse. Puis l'étonnante croix tordue de Cassiopée, la délicate Altaïr en équilibre sur l'horizon, et les amis Castor et Pollux, à l'éclat puissant, dont le vieil homme lui racontait, chaque soir d'observation, une légende différente. Des Grande et Petite Ourses, il lui disait, en se signant trois fois, qu'elles avaient donné leur lait au bon Dieu et, des deux amis, qu'ils étaient deux frères si unis que même les pires bourrasques des nuits les plus noires n'avaient jamais pu les séparer. Elle l'avait cru, se tournait vers eux dès qu'elle sentait venir la douleur d'une séparation. Que de fois les avait-elle visités, à Paris, quand les lumières de la ville le lui permettaient ! Même quand elle rentrait au bras d'un amoureux de passage. Et à Vittel, plus récemment, après... la Malie !

Plus Julie avançait, plus la fenêtre de la belle pièce trouait les ténèbres de ses reflets jaunâtres. Les douze coups de minuit étaient tombés depuis longtemps de la tour de Saint-Rémy. La curiosité la poussa à allonger le pas, en même temps qu'une méchante angoisse la prenait à la gorge.

Que se passe-t-il ? Que lui est-il arrivé ?

Tombée de l'abat-sons de la vieille église, une chouette la frôla, remonta très vite par-dessus les toits, bascula dans une plongée vertigineuse vers la rivière en lâchant son cri velouté. Elle frissonna.

— Qu'est-ce que tu fais là ?

La belle pièce embaumait l'eau-de-vie de mirabelle. Assis sous la lampe électrique, enveloppé dans une couverture, Léo regardait le numéro spécial d'un

Vittel Journal, tiré en bleu outremer, consacré à la cavalcade de l'année précédente. À portée de main, sur la table basse, la carafe et un verre.

— Je t'attendais. Pas moyen... de dormir...

Il posa le journal. Le cheveu en bataille, le geste lent, il parlait rond et mou, régurgitait des mots empâtés par l'alcool. Ses yeux brillaient d'une lueur étrange.

— Tu as bu !

— Un verre...

Il baissa les yeux comme un gamin surpris les doigts dans le pot de confiture, saisit le journal, se replongea dans le défilé de chars. La Grande Source et ses naïades, le char des bistrots, « Rire... Encore rire... Toujours rire ! », les enfants aux anges dans la De Dion-Bouton dont il voyait les gros rayons jaune jonquille et les cuivres étincelants.

— Un seul ?

Il lui jeta un coup d'œil par en dessous.

— Et pis... un autre tout petit... comme ça...

De l'index, il montra sur le verre un niveau hésitant. Il tremblait. La couverture avait glissé de son épaule. Sa maigreur frappa Julie. Il n'avait plus qu'une peau parcheminée sur les os, si fine qu'on y voyait les veines courir, d'un bleu violacé.

— Pourquoi tu as bu ? Dis-moi...

Il la regarda d'un air si misérable qu'elle en fut toute retournée.

— J'ai eu peur...

— Peur ? De quoi, grand Dieu ?

— Sais pas... peur... mais maintenant...

Elle remonta la couverture sur l'épaule décharnée. Il la laissa faire sans un geste, sans un regard, sans un autre mot.

— Tu n'as pas froid, au moins ?

— Pas froid... non... pas froid...

— Viens, je vais te recoucher. Tu vas dormir, maintenant !

— Dormir, oui... dormir...

Elle le tira, le mena dans le couloir, dut le soutenir dans la montée d'escalier, le coucha, le couvrit, le borda. Elle n'avait pas quitté sa chambre que, déjà, il ronflait comme un sonneur.

Elle descendit, se déshabilla, se glissa dans les draps, ferma les yeux...

Nous avons fait un beau voyage,
Nous avons fait un beau...

Impossible de trouver le sommeil. « Tu ne sais pas ce que tu perds ! » Et si elle n'avait gagné, dans son refus, que d'obsédants mirages de ce qu'aurait pu être sa nuit avec le machino fort des halles, si obsédants qu'elle laissa ses mains courir sur son ventre, sur sa poitrine ! Des images s'éveillèrent dans sa tête, d'un autrefois si proche et si lointain à la fois, des caresses d'hommes qui tendaient son corps comme un arc, tiraient de sa poitrine des soupirs de plaisir, offraient son ventre à l'amour. Elle écarta les cuisses, laissa ses doigts fouiller le triangle secret qu'elle avait cru endormi. Son souffle devint rauque. Une nouvelle vague la saisit, l'emporta, la rendit sur la grève, pantelante, heureuse et désespérée, anéantie.

Respiration courte, yeux mi-clos, elle attendit le lever du jour.

La journée s'annonçait belle. Déjà les hirondelles avaient repris leur chasse dans le ciel turquoise quand Léo rejoignit Julie sur le banc du jardin. Il faisait bon.

— As-tu bien dormi ?

C'est lui qui posa la première question. Il semblait remis de sa soirée, ne montrait aucune trace de fatigue. Mais il évitait de la regarder. Les mains dans les poches, il suivait des yeux le cheminement des fourmis noires en colonne qui transportaient des brindilles et débris de feuilles du potager vers le mur de la remise. Elle décida de lui mentir :

— Comme une souche ! Et toi ?

— Comme une souche !

Il se mit à rire, ramassa une brindille, troubla l'itinéraire des fourmis qui se bousculèrent sur leur chemin. Soudain, il se tut. S'amusant toujours de la panique des fourmis, il reprit :

— Pardonne-moi, pour hier soir. Je ne sais pas ce qui m'a pris, mais… j'ai eu peur ! De quoi ? Je ne sais pas ! C'est venu tout d'un coup, pendant que je lisais le journal. Comme si une bête me rongeait de l'intérieur, me fouillait l'estomac, me dévorait la poitrine. J'ai eu mal. Je t'ai appelée. Mais je savais pourtant que tu n'étais pas là. Je t'ai appelée… peut-être parce que je savais que tu n'étais pas là… parce que j'avais peur ! J'ai pourtant eu l'habitude de vivre seul, presque toute ma vie, à Servigney ! Mais là… je sais pas… c'est la première fois…

Il jouait toujours avec les fourmis. Julie avait fermé les yeux. Elle écoutait son oncle, les gazouillis d'hirondelles, la rumeur de la ville... son oncle surtout !

— Tu me sembles fatiguée. Tout va bien ? Dis-moi... tout va bien ?

— Je vais bien. Ne t'inquiète donc pas. C'est la représentation d'hier soir qui m'a un peu fatiguée. Mais ça va déjà mieux !

— Alors, ça ira encore mieux ! Parce que c'est dimanche après-demain. Alors, pour me faire pardonner, je vais te préparer un bon repas. Tout à l'heure, j'arracherai des patates, des bonnes neuves patates, et je te ferai des tofailles que tu m'en donneras des nouvelles, avec un bon lapin que j'irai chercher à la ferme de Meurgey. Ça me fera deux fois du bien : de marcher jusque là-bas, et de le manger avec toi !

Il se reprit :

— De te voir te régaler, surtout ! Pas vrai ?

Léo se redressa, jeta sa brindille, prit Julie par le bras. Le cortège des fourmis ondulait de nouveau entre le potager et la remise.

— Qu'en dis-tu, ma Julie ?

— Le plus grand bien, mon beau lascar !

Dans sa tête, la rengaine...

Nous avons fait un beau voyage,
Nous avons fait...

Dimanche.

Sur le coup de midi, Léo appela Julie du bout du couloir. Elle avait voulu l'aider. Il l'avait chassée de la cuisine en la menaçant d'une pauche, la priant d'aller voir dans le jardin s'il y était.

Elle avait emporté *Le Petit Journal*, se plongea dans la relation du Grand Prix fort mouvementé de l'Aéro-club de France. L'aviation la passionnait. Des femmes commençaient à s'envoyer en l'air ; elle s'en réjouissait, suivait de près les exploits de la voisine de Nancy, Marie Marvingt, la « Fiancée du danger », troisième femme au monde à avoir décroché son brevet de pilote d'avion, en 1910 – première sans « casser de bois » – ! Elle était fascinée par le courage de cette femme qui n'avait pas hésité, durant la guerre, à se déguiser en homme pour aller combattre dans les tranchées durant six semaines avec le 42e bataillon de chasseurs à pied. Les officiers avaient fini par la démasquer et la renvoyer dans ses foyers. La guerre était une affaire d'hommes, nom d'un chien !

Deux accidents spectaculaires s'étaient produits durant ce Grand Prix de l'Aéro-club : la une du journal montrait en pleine page l'image terrible de l'aéronaute Laporte précipité hors de la nacelle de son ballon dirigeable par le guiderope au cours d'un atterrissage mal maîtrisé. Et, en page intérieure, le journal décrivait la chute d'un avion piloté par un certain Rapin sur la maison de ses parents qu'il avait voulu saluer de quelques acrobaties. Le drame avait fait plusieurs morts, dont la propre mère de l'aviateur !

Heureusement, des informations plus sucrées venaient adoucir l'actualité, comme l'invention de la sucette à bâtonnet (en rotin de Madagascar !) par deux confiseurs parisiens, Évrard et Herbet, propriétaires de la marque Pierrot Gourmand. D'autres, plus salées, ramenaient au grand trouble des temps. L'accession de Paul Painlevé au « perchoir » de la Chambre et son installation dans le fauteuil doré de Lucien Bonaparte étaient de celles-là !

— Julie !

Du fond du couloir, l'appel lui parvint assourdi, mais avec un écho de foudre vide.

— Ju-lie ! Ju... lie !

Le repas était prêt. Elle décida de se faire prier pour ajouter du plaisir au plaisir. D'autant que Léo s'était mis à psalmodier son prénom dans le couloir, et qu'elle aimait l'entendre jouer ainsi.

Vendredi, en fin d'après-midi, son « lascar » avait empoigné fermement sa canne, chaussé ses brodequins de marche, noué au cou le grand mouchoir à carreaux du temps de son travail en bergerie à Servigney, trompeté à Julie : « Je m'en vais à la ferme de Meurgey ! » Le temps qu'elle traverse la maison, il avait déjà franchi la passerelle sur le Petit Vair, la canne pointée chaque deux pas vers le soleil couchant, comme un jeune homme parti avec entrain pour une longue course. Elle avait souri en le voyant ainsi. « À la bonne heure ! » L'expression lui avait échappé. Alors, elle s'était mise à rire franchement en s'apercevant que ses racines s'enfonçaient de plus en plus profondément dans la terre des Vosges, se répéta, pour la dégustation : « À la bonne heure ! » La voix de la Malie lui était revenue, elle qui le disait en traînant un peu, à la manière des vieilles du pays, quand un éclair de soulagement traversait sa vie : « À la bonne heûûûre ! »

Léo avait marché de son pas de montagnard jusqu'à mi-pente de la rue de Lignéville, à hauteur de La Bourgogne, qui crachait dans le caniveau des eaux mousseuses parfumées à la bière. Les murs de l'ancienne brasserie du Léonce Bouvier, à main gauche, s'appuyaient toujours contre le ciel.

Il s'arrêta, laissa son regard courir sur l'interminable façade, errer dans la cour où s'alignaient encore des fûts et piaffaient quelques chevaux, entre les mécaniques graisseuses de trois camions monstrueux.

Il revit le bloc froid assis sur les caves immenses, les écuries transformées sur deux travées en garage, l'étoile des brasseurs taillée à même la pierre du linteau, juste au-dessus de la grande porte de la malterie, les fenêtres de l'appartement familial, celle de la salle à manger d'où, enfant, les soirs d'hiver, il aimait contempler la boule rouge du soleil roulant sur Pocheloup, celle de sa chambre qui, un peu plus tard, à l'insu de son père, avait permis l'évasion de sa sœur vers le Polyte.

Malie... maman...

Appuyé contre le mur d'en face, il laissait refluer les bons souvenirs, chassait les mauvais qui revenaient à la charge et massacraient tout sur leur passage, comme les uhlans noirs de Prusse. Alors, le passé l'empoigna. Là, dans la côte de Lignéville qu'il aimait dévaler jadis sur sa luge entre deux murailles de neige, en face de cette brasserie créée par son père, il était soudain devenu un vieux, cassé, perdu dans un temps étranger, une loque de plus de quatre-vingts ans tout juste bonne à empoisonner la vie d'une femme que tout, talent, cœur et beauté, pouvait encore porter vers le bonheur.

Pourquoi un lapin de Meurgey ? Il en connaissait bien d'autres, des fermes qui auraient pu lui en vendre, sur Brahaut, par exemple, à La Croisette ou à Voiveselles ! Pourquoi Meurgey, celle qui perchait en haut de la butte de son enfance ? Il n'avait jamais voulu revoir ces lieux… jamais ! Ne les avait jamais revus ! Alors… pourquoi ce soir d'août, au terme d'une journée si belle, qui avait si bien commencé ?

Il était rentré avec son lapin, était allé l'estourbir derrière la remise, l'avait égorgé pour en recueillir le sang dans un bol, puis pendu par les pattes, écorché en un tournemain ; puis il avait fendu la fine peau du ventre à reflets nacrés, sorti les tripes fumantes qui s'étaient affalées sur la pierre dans un bruit mat. Il avait longuement contemplé le chapelet de crottes dans les boyaux comme il avait vu faire son vieux patron, à Servigney. « Là-dedans, tu peux lire ton avenir ! lui répétait le paysan à chaque fois, sourcil broussailleux en curieux point d'interrogation. Tout ton avenir ! » Le nez dans les vapeurs fétides des tripes, il avait contemplé pour la dernière fois le chapelet dans sa résille encore frémissante, n'y avait vu que des crottes !

Pour la dernière fois…

Son avenir ?

Julie avait profité de la courte absence de Léo pour filer jusqu'au théâtre. Le directeur voulait lui parler du rôle qu'il pensait lui proposer dans la nouvelle pièce de la saison.

À son retour, elle avait vu le torchon sanguinolent dans le cellier, la peau de la bête tendue sur un arc de saule et mise à sécher dans l'endroit le plus ventilé de la remise pour être vendue à son prochain passage au « marchand de peaux de lapins », et le bol de sang sur le coin de la pierre à eau, couvert d'une soucoupe contre les mouches.

— Ju... u... liiiiiie !

La maison embaumait l'oignon frit, le lard grillé, l'ail, et les vapeurs du vin qui avait donné au lapin la grâce tannique de la côte du Montfort, avec des pointes de persil, de thym et de romarin.

Julie prit une grande inspiration. Tout son corps se détendit soudain. Elle oublia les avions, les dirigeables mal dirigés, Paul Painlevé dans le fauteuil doré de Lucien Bonaparte, la maigreur de son cuisinier du jour et les sillons de fatigue sur son visage, ne vit plus que le plat de patates onctueuses semées de lardons que, ligoté dans un grand tablier bleu de jardinage, le front constellé de diamants, le cheveu hirsute, l'œil allumé, Léo venait de poser sur la table. À son empressement, son sourire en coin, les regards furtifs qu'il lui lançait pour saisir la moindre de ses réactions, elle vit qu'il était fier de son travail, et de lui faire plaisir. Elle oublia même, sur le coup, la tragédie obsédante de son amie Ève, malade, qu'un évêque rencontré à Lourdes avait traînée en Tunisie pour, profitant de sa faiblesse physique et de son état d'exaltation mystique, lui faire mettre sa fortune au service de ses « missions ». Sous prétexte de contrition, le prélat l'avait obligée à reprendre son vrai nom, Fénoglio, rouvrant la terrible plaie de l'assassinat de sa mère, sous ses yeux de jeune femme de dix-huit ans, par son père qui, son crime accompli, avait retourné l'arme contre lui [1]. Il l'avait obligée aussi à rompre avec toutes ses relations. Julie était révoltée.

— Attention !

Léo ajusta le dessous-de-plat au milieu de la table, empoigna la bouteille de vin bouché qu'il invita à glouglouter dans les verres, s'assura que tout était en place, passa les mains sur la bavette de son tablier en s'amusant de l'émotion de son invitée ; des rigoles de sueur tiraient un trait argenté dans l'échancrure de sa blaude.

— Attention !

Il prenait un malin plaisir à la faire attendre, déplaça sa serviette marquée d'un chiffre aux lettres entrelacées *MAB*, saisit la miche de pain qu'il crucifia de la pointe du couteau avant de l'entamer sur sa poitrine. Julie empoigna sa fourchette, la planta sur la table, dents en l'air comme à la cantine parisienne des Tilleuls, autrefois, quand la pitance ne venait pas assez vite.

— Bon... alors... c'est pour aujourd'hui ou pour demain, ce lapin ?

---

1. Le 16 mars 1884, Émile Fénoglio, dans un accès de jalousie, tire un coup de revolver sur sa femme Albanie Audonet, menace sa fille Ève, puis se suicide sous ses yeux. Albanie mourra trois semaines plus tard, après une cruelle agonie.

L'impatience de son invitée ravit Léo. Il avait imaginé qu'elle lui mettrait davantage encore l'eau à la bouche, sut qu'il avait vu juste.

— Bravo, le metteur en scène ! Mais j'ai faim !

— Voilà… voilà !

Alors, il se retourna puis d'un mouvement ample, comme le curé avec le saint sacrement le jour de la Fête-Dieu, porta la cocotte de la cuisinière où elle chantonnait encore sur le feu jusqu'au centre de la table, sur le dessous-de-plat en faïence bleue de Longwy. Il souleva lentement le couvercle, libérant un nuage de fumets délicats et puissants, saisit la grande cuillère, remua les morceaux dans la sauce, posa le couvercle retourné à côté de la miche puis, sans un mot, tendit la main vers l'assiette de Julie. Alors, toujours en silence de consécration, il lui servit les meilleurs morceaux : fine patte de devant, omoplate ruisselante, cuisse ronde et luisante de chaude émotion, arrosa le tout d'une bonne ondée de sauce lie-de-vin où roulaient comme des agates de brillants petits oignons, déposa l'assiette devant elle d'un geste lent d'ecclésiastique.

— Si tu veux, avec… je te laisse te servir !

Il avait poussé vers elle le plat de pommes de terre aux lardons. Elle voulait, se servit en gloussant de bonheur.

— Mmmm, que ça sent bon ! Mmmmm, que ça va être bon !

Léo s'était servi, s'assit, leva son verre.

— À nous, et… à eux, si tu veux bien !

Elle voulait bien. Ils trinquèrent à eux, les absents, qui, de là-bas, ou de là-haut, les observaient sans doute, partageaient leur bonheur, s'enivraient aussi des bons effluves des plats.

— Tu crois ?

Elle n'avait pas précisé ce qu'il devait croire. Il n'hésita pas une seconde :

— Je suis sûr !

— Alors buvons !

— Buvons !

Jamais Julie n'avait mangé d'aussi bon lapin accompagné d'aussi délicieuses pommes de terre. Jamais ! Elle en avait repris, repris encore, avec de la sauce et des petits oignons, et de bons coups du vin du Montfort, avait couronné le tout d'une portion épaisse comme deux doigts de fromage de Munster. Elle pensait déjà à la sieste, au frais de sa chambre, quand Léo apporta une tarte aux mirabelles grande comme une roue de charrette, dorée comme un soleil, couverte de nattes serrées de fruits pulpeux.

— Des mirabelles des terres Sainte-Marie, sous Haréville, les meilleures ! glissa-t-il en l'entamant.

— Tu vas me faire mourir !

— Te faire vivre, ma Julie… te faire vivre !

Il la regarda, l'œil humide de bonheur.

— Tu le mérites, crois-moi !

Ils émergèrent de la sieste au moment où les cloches de Saint-Rémy secouaient la troisième heure d'après-midi, se retrouvèrent dans le couloir, hésitèrent ensemble entre une fin de journée paisible au jardin ou…

— Aurais-tu envie d'aller faire un tour aux courses, histoire de faire circuler les humeurs de digestion ?

— Pourquoi pas ?

Léo avait répondu « Pourquoi pas ? » en pensant « Bien sûr ! ».

Le temps, pour elle, de passer une robe fleurie et de trouver l'ombrelle, pour lui de choisir canne, vareuse et chapeau... Ils étaient sous les tilleuls du parc, à deux pas de l'hippodrome, dont la rumeur les gagnait déjà.

Une foule bigarrée moussait devant les tribunes blanches dont les oriflammes tricolores claquaient au vent. Des femmes en chapeau aérien orné d'un plumet grenat ou de fleurs de gaze pastel, toilette légère et transparente qui, dans le contre-jour, laissait voir des formes souples et félines, dont les parfums acides et boisés se mêlaient aux effluves gras de crottin, à l'exotisme des cigares, aux fragrances capiteuses des cuirs. Des hommes en costume crème, collet serré, nœud de satin blanc, panama à ganse noire, chaussures craquantes à bout noir verni, gantés de fine peau beurre-frais. Des enfants, fillettes court vêtues, en ballerine bleu tendre et petites chaussettes de dentelle écrue, garçons marins à large col bleu festonné de blanc, gênés aux entournures par un habit si peu adapté à leurs désirs de jeux. Et mêlant formes, couleurs et parfums, brisant les échanges feutrés, confidences et compliments de séduction, la grande marée des paysans en tenue grossière, ouvriers de l'embouteillage en bras de chemise et casquette sur l'oreille, les gamins piaillant qui fusaient d'un groupe à l'autre, se poursuivaient, poussaient le cerceau, couraient vers les parieurs qui couraient vers le rond de présentation où couraient au petit trot des chevaux menés au licol par des lads ruisselant de sueur sous les regards vifs d'hommes menés au pied par des femmes qu'excitaient la vue et les odeurs de pur-sang bandés comme un arc, prêts à bondir sur la piste.

La musique de la ville poussait une vibrante « Marche lorraine », reprise en écho, sur un tempo plus solennel, par la fanfare en uniforme bleu de la Société des eaux minérales dont le vieux patron, Pierre Bouloumié, s'apercevait au premier rang du pavillon central de la tribune, en compagnie de ses neveux et successeurs annoncés, Germaine et Jean, entouré d'un aréopage empesé d'éminences en tenue coloniale, de gens d'affaires, de princes, ducs et comtesses, de diplomates et d'artistes de renom.

Ici, on se barbouillait le nez de barbe à papa ; là, on pleurait sa glace à la pistache tombée dans les graviers de l'esplanade ; là-bas, sur la ligne de départ, le starter levait le bras devant une cavalerie aux couleurs claquantes. On retenait son souffle. On attendait le coup de feu !

Julie et Léo suivirent le steeple-chase Grand Prix de la Ville de Vittel, et l'impressionnant Prix de la Source salée, course de haies sur deux mille sept cents mètres menée de bout en bout par Silphie, du comte de Lastie Saint-Jal, après deux faux départs de la pétulante Elvira III. Ils burent une bière à la buvette, aperçurent quelques passes depuis le portail de la Salle d'armes, rentrèrent par le chemin des écoliers, sous la chapelle Saint-Éloi.

Au retour, dans le couloir, au moment de monter dans sa chambre, Julie se tourna vers Léo.

— Je pars demain à Thuillières. Il faut que j'aille voir mon amie Ève qui va mal. Elle vient de rentrer de Tunisie. Elle a besoin de moi.

Léo s'arrêta net. Il eut froid.

— Mais je reviendrai très vite... je te le promets !

20

Août 1927

L'air de la pièce portait un curieux mélange d'eau de rose, d'eucalyptus, d'encens et de soupe de légumes.

— Que vont devenir nos ouvriers ?

— Je prie pour eux !

— Crois-tu que ce sera suffisant ?

Julie aimait titiller son amie Ève. Elle savait qu'elle voulait toujours avoir, à tout, une réponse d'élévation. Ève se mit à rire.

Près de la fenêtre, Léona Delbecq piquait l'aiguille dans le coutil tendu sur un tambour de brodeuse. Fidèle secrétaire et soignante, la jeune femme accompagnait depuis plusieurs années l'ermite dans ses errances : séjours à Lourdes où Ève multipliait de dangereuses mortifications, villégiatures d'hiver au flanc du Faron, à Toulon, expéditions de Tunisie où, trois années durant, elles avaient séjourné à Carthage, auprès d'un monseigneur Alexis Lemaître, primat d'Afrique, fait général de brigade par la Guerre mondiale, transformé en agent de publicité qui organisait à Zaghouan des poses de sa « protégée » en sœur Blanche d'Afrique, en pénitente, en infirmière du désert, pour des photos d'images pieuses dont il faisait commerce ! Mais... n'agissait-il pas, cet évêque, sur injonction directe du Seigneur ?

Le 3 août 1925, à Nevers, durant les cérémonies de mise en châsse de verre des restes de Bernadette Soubirous, alors qu'il souffrait depuis des années d'une dysenterie amibienne pernicieuse capable de provoquer à tout moment la pire perforation intestinale, le saint homme n'avait-il pas été guéri, choisi par la petite servante de Dieu pour assumer la mission de conversion de tous les humains de la planète ?

Six semaines après le miracle de Nevers, fort de sa deuxième jeunesse, le prince de l'Église avait fait le voyage des Vosges avec l'intention de ramener en Tunisie Ève Fénoglio, sœur Ève-Marie du Cœur de Jésus depuis qu'elle avait été affiliée au tiers ordre franciscain. Mais sa visite à l'ermite de Thuillières avait tourné court.

Dès le seuil de la villa Béthanie, suivi comme son ombre par l'abbé Guy, curé du village, il avait été frappé par la pauvreté et l'extrême détresse de celle qui avait renoncé au voyage d'Afrique à l'automne précédent. Certes, il l'avait vue malade, à Tunis, durant son dernier séjour. Elle y avait souffert de l'estomac, avait dû se faire arracher des dents sans anesthésie, dans des conditions d'hygiène désastreuses, lutter ensuite contre une infection qui lui avait fait baver du pus des semaines durant. Mais, quoi ? Depuis le temps, elle devait être guérie, elle aussi !

Monseigneur Lemaître n'y était pas allé par quatre chemins. Avec son autorité de général mâtinée d'onction ecclésiastique, il avait ordonné aux deux femmes de préparer leurs bagages, puis de se mettre en route avec lui. Ève l'avait écouté en silence, ses grands yeux sombres posés sur la croix pectorale qui dansait sous les deux pointes frisées de la barbe missionnaire. Elle lui avait fait signe de s'asseoir. D'une voix douce et chantante, elle avait répondu : « Nous reviendrons peut-être en Afrique, monseigneur, peut-être ! Mais à une condition… » Rassuré, le prélat s'était redressé, avait arrangé les plis de sa soutane, replacé sa ceinture moirée. Un énorme chat roux s'était approché de lui, qu'il avait éloigné d'un coup de talon sur le plancher. « Jusqu'au mois dernier, ma fille Jeanne travaillait à Paris, dans une société de production de cinéma. Elle vient de perdre son emploi. Elle a dû revenir avec nous, ici. Elle est en grande difficulté. Elle partage désormais notre vie. Je ne peux pas la laisser seule. Nous vous rejoindrons en Afrique, à condition qu'elle nous accompagne. » Le sang de l'évêque n'avait fait qu'un tour. Comment ? Cette fille dont il savait qu'elle vivait avec une femme, cette âme perdue, cette dépravée dont l'abbé Guy lui avait dit qu'elle troublait bien des consciences et le bon ordre au village par son comportement scandaleux… venir en Tunisie ? « Ça, jamais ! »

La barbiche missionnaire avait frémi. Une main posée sur la croix pectorale, l'autre tutoyant le ciel de l'index, monseigneur Lemaître avait répondu sèchement, méchamment presque, d'un ton cassant qui ne souffrait aucune repartie. La pierre de son anneau pastoral lançait des éclairs violets.

« Jamais ! Pour Jeanne ? Alors, jamais pour nous, monseigneur ! » Ève avait répondu de sa voix toujours aussi douce et chantante. « Comment osez-vous ? Vous rendez-vous compte que c'est pour servir notre Seigneur là où Il a besoin de vous ! Comment pouvez-vous… » Estomaqué, plus par le ton, pris pour du défi, que par les mots eux-mêmes, il avait perdu sa superbe, s'était mis à bafouiller, avait rectifié la position sur sa chaise, les mains gantées de soie bien à plat sur les cuisses. Debout dans l'ombre, près de la porte, raide comme un piquet de parc, l'abbé Guy évitait de respirer. « Ne croyez-vous pas que je sers notre Seigneur aussi bien ici que là-bas ? Notre Seigneur n'est-Il pas partout où bat le cœur de l'homme ? Et ne suis-je pas plus utile à prier ici qu'à jouer les modèles de cartes postales là-bas ? »

À une contraction brutale de la mâchoire épiscopale, elle avait su que le coup venait de porter. De ses grands yeux noirs, elle avait cherché le regard du pasteur, rencontré celui du général. « Je vous remercie, monseigneur, de vous être donné la peine de cette visite. Croyez bien que Léona et moi sommes très touchées ! » Les marques d'une extrême fatigue s'étaient posées sur son visage.

« Venez ! avait lancé l'évêque au curé en se levant. Partons ! »

Puis, se tournant vers les deux femmes : « Cherchez-vous désormais un autre directeur de conscience ! »

Ève avait répondu, de sa voix toujours douce et chantante : « Merci, monseigneur… merci… » Les deux hommes avaient échangé quelques mots incompréhensibles sur le perron, dégringolé l'escalier. Elle avait suivi la silhouette du missionnaire à barrette cornue jusqu'au portail de Béthanie, à travers les vitres de sa fenêtre fermée.

Au-dedans, tout son être saignait.

— Prier... Je ne sais pas si ce sera suffisant, mais ce que je sais, c'est que c'est nécessaire !

Ève ouvrit son cahier noir, celui qu'elle appelait son « Journal mystique ». Le gros chat roux fit son entrée, flaira les pieds de chaise, vint frotter son museau contre la tapisserie du fauteuil, sauta d'un bond sur les genoux de Julie, se lova en rond, fourra le museau dans le berceau de ses pattes, s'endormit en ronronnant.

— Crois-tu qu'une telle vie puisse rester sans résultat ? Pour les autres, je veux dire, pas pour moi qui n'ai besoin de rien ! Depuis notre retour d'Afrique, Léona et moi vivons une vie ordinaire seulement troublée par quelques rares visites, une vie de méditation et de prière. Veux-tu que...

« ... troublée par quelques rares visites... » Julie se sentit soudain prise en faute. Que faisait-elle là, dans cette maison parfumée à la rose, à l'encens, à l'eucalyptus, où flottaient parfois des remugles de chou, entre deux femmes retirées du monde dont elle dérangeait la quiétude ? Une mauvaise impression de honte la gagna, lui gonfla le cou, la fit trébucher dans ses pensées. Un chapelet d'images anciennes défila dans sa tête. Elle jeta un coup d'œil à Léona, qui la regardait comme une curiosité, à son amie occupée à faire semblant de feuilleter son cahier, posa son regard sur la lumière du jardin qui rongeait le bois de fenêtre et la figure de la brodeuse.

Ève... Ève Lavallière, la comédienne qui s'était payé le luxe de refuser la Comédie-Française, la coqueluche du Tout-Paris, la femme la plus désirée d'Europe, adulée par des patrons, des politiques, des artistes, des princes et des rois prêts à lui offrir leur fortune pour une nuit, une heure avec elle... Ève... là, édentée, hâve, voûtée comme une vieille paysanne, farinée de poudre de riz sur une peau de pomme crâpie[1] ! Mais sa voix, enjôleuse comme hier... et son regard de louve traquée ! Toujours elle, mais déjà une autre ! Comment peut-on en arriver...

— À quoi penses-tu ? lui demanda Ève.

Julie n'avait pas entendu. Leur amitié de théâtre, leur angoisse partagée d'avant lever de rideau, leurs fous rires en scène qu'elles réussissaient à intégrer au rôle, leur complicité passée dans les bars parisiens d'après spectacle, leurs confidences intimes d'alors... tout cela avait-il encore sa place dans cette maison plantée au milieu d'un désert affectif choisi, créé, entretenu par cette femme qui, visiblement, prenait plaisir à se ruiner elle-même ?

Envie de se lever, de partir, de fuir !

Elle prit une grande inspiration, avala une épaisse goulée d'eau de rose, d'eucalyptus, d'encens, se sentit soudain projetée dans la pénombre d'une chambre qu'elle croyait avoir oubliée depuis longtemps et pour toujours, auprès de la moribonde du Berry.

---

1. Vieille, ratatinée et ridée.

En un éclair, elle revit les fauteuils à haut dossier et accoudoirs fuselés, les chaises couvertes ici d'un peignoir, là d'une robe de chambre de velours grenat, les commodes de bois sombre verni, la haute armoire marquetée, les vases débordants de fleurs, les lampes électriques en pâte de verre, jusqu'à la grande panthère en grès flammé.

— À quoi penses-tu ? répéta Ève en marquant son cahier d'un doigt entre deux pages.

Julie ouvrit la bouche, aurait voulu parler, répondre à son amie, sortir du cauchemar qui la paralysait soudain. Respirer ! Respirer ! Elle l'avait appris au théâtre ! Se loger une autre image dans la tête que le visage ravagé de sa fausse mère, que cette panthère, que cette harpe couverte d'une pelisse blanche ! Elle força sa respiration, sentit son cœur reprendre sa place, les poussées de nausée s'estomper, posa son regard sur le gros chat roux qui dormait sur ses genoux, emplit tout son espace intérieur de la bonne impression de douceur de sa fourrure. Léona avait repiqué le nez dans son métier à tambour. Sa silhouette s'imprimait en ombre chinoise sur la lumière de la fenêtre.

Une sonnerie de cloches monta de l'église du village.

— Quatre heures, dit Ève d'une voix très douce. C'est l'heure de notre oraison. Si tu veux t'y associer, tu seras la bienvenue. Mais si tu en as envie, seulement si tu en as envie !

Julie plongea ses doigts dans le pelage du chat qui se tourna, se retourna, offrit son ventre d'un blanc laiteux à la caresse. En avait-elle envie ?

— Il a confiance, murmura Ève. Il sait s'abandonner, lui ! C'est naturel chez notre chat. Il sait notre amour pour lui. Nous, humains, passons notre vie à refuser...

Elle leva les yeux vers le grand crucifix d'ivoire pendu au mur au-dessus de la cheminée.

— ... Son amour. Nous devons faire un effort pour l'accepter. Pourquoi ? Confiance ! Confiance ! Confiance !

Elle s'était levée, s'approcha de Julie, lui posa la main sur l'épaule.

— Tu te souviens... « Ignores-tu donc que les rois n'ont plus maintenant pour mission que d'être des motifs de publicité ? Ils servent de réclame aux automobiles où ils montent, aux restaurants où ils dînent, aux théâtres où ils vont, aux femmes où ils aiment ! S'ils proféraient encore des choses historiques, s'ils criaient : "Ralliez-vous à mon panache blanc !", ils diraient chez quel plumassier ils l'ont acheté. S'ils clamaient : "Je veux que mon peuple mange tous les dimanches la poule au pot", ils donneraient l'adresse du restaurant où on la fait le mieux. À cette heure, vois-tu, ma petite, les champs de bataille... c'est les étalages !... [1]. »

Ève s'enflammait. En un éclair, elle avait retrouvé le volume de la voix, le rythme du texte, la précision du geste en scène, sans toutefois lâcher l'épaule de

1. *Le Roi*, comédie en quatre actes de G.-A. de Caillavet, R. de Flers et E. Arène (acte I, scène VIII, p. 39-40 dans l'édition Librairie théâtrale, Paris, 1908). Ève Lavallière y avait connu un éblouissant succès, lors de sa création, au théâtre des Variétés, à Paris.

son amie. Julie enchaîna, frémissante, avec la réplique de Marthe :

— « Eh bien, tu en as pris un souffle !... »

Blond-Ève lui répondit, toujours aussi passionnée :

— « J'abrège. Ceci t'explique comment je fus chargée, par une maison de la rue de la Paix, d'aller offrir vingt-cinq mille francs à Sa Majesté Béatrice, reine mère de Cerdagne, si elle consentait à ne plus se laver les dents qu'avec de la poudre des Mousmés. Je dois dire que Sa Majesté refusa !... »

Léona avait posé son métier à tambour sur l'appui de fenêtre. Elle s'était tournée vers les deux comédiennes retrouvées. Il arrivait parfois à son amie Ève de lui lancer des répliques de ses anciens succès. Sans prévenir. Pour la surprendre, ou... pour son seul plaisir. Elle aimait la voir ainsi, se délecter encore des morceaux dramatiques qui lui avaient offert les plus fulgurantes émotions de son existence. D'autant qu'elle les jouait pour elles seules. Ils auraient été si nombreux, autrefois, à risquer la damnation éternelle pour jouir une seule seconde d'un tel privilège ! Dans ces moments-là, elle avait l'impression fugace que tout pouvait encore recommencer. Vraiment... tout !

Julie triturait la fourrure du chat roux qui s'était mis à ronronner. Elle répliqua, pour Marthe :

— « À la bonne heure. »

Ève se mit à rire, de son bon rire clair et sonore qui, autrefois, faisait se retourner les clients des restaurants, s'interrompre les machinos suspendus dans les cintres, exploser la salle entière, tassée derrière les feux de la rampe.

— Tu te souviens ? Dis... tu...

Julie lui prit la main, leva les yeux vers elle en silence. Du côté de l'école, au village, des enfants se chamaillaient. Leurs cris perçants déchiraient la soie de Béthanie. Alors Ève vit qu'elle pleurait.

Le gros chat roux avait sauté de ses genoux. Il lapait maintenant son lait dans la gamelle sous la pierre à eau.

— Voudras-tu participer à notre lecture des Écritures, dans une heure, puis à notre Couronne franciscaine ? Puis tu pourrais manger avec nous. Oh, tu sais, une simple soupe et un œuf... Dis, tu veux ?

— Couronne franciscaine ? releva Julie.

— Oui, « Couronne franciscaine » ! C'est notre chapelet des sept joies de la Sainte Vierge...

— « Ignores-tu donc que les rois n'ont plus maintenant pour mission que d'être des motifs de publicité ? » C'est toi qui viens de me le rappeler dans la tirade du *Roi* que tu as déclamée juste avant... avant...

Julie sentait monter en elle une sourde irritation. Elle se savait capable, dans ces moments-là, de dire des choses blessantes et définitives, chercha des mots simples et assez ronds pour ne pas ajouter une autre douleur à la douleur. Crut les avoir trouvés :

— Ne crois-tu pas que les princes d'Église se comportent comme les rois de cette pièce ?

— Je me moque de ces princes et de leur Église qui n'a pas voulu de moi, qui a refusé plusieurs fois mon entrée au Carmel, qui m'a pris ma fortune avant de me jeter comme une vieille pomme pourrie ! Je suis consciente, tu sais, même quand le médecin de Mirecourt, le docteur Grosjean, un militant catho pur et dur, m'administre de la cocaïne et de l'opium pour calmer mes souffrances... Je suis consciente ! Je sais d'où je viens...

Elle marqua un temps d'arrêt.

— ... d'où je viens...

Elle ferma les yeux, fit trois pas vers son fauteuil roulant offert quelques mois plus tôt par une grande maison de Paris, s'y installa en soupirant. Elle souffrait.

— ... où je suis, et... que je vais vers Lui ! Lui que je rejoindrai bientôt... quand Il voudra, c'est sûr, mais bientôt ! Tu peux me croire.

Elle était comme suspendue au crucifix de la cheminée. Dehors, les gamins s'étaient tus. Perché dans le chêne du parc, sous le Dimont, un merle les avait remplacés.

— Tout ce que je demande à l'Église, vois-tu, c'est de continuer à me porter chaque matin la sainte Eucharistie, rien de plus ! L'abbé Guy le fait bien, sans poser de questions, ni faire de remarques. Je lui en suis reconnaissante. Pour le reste, le salut de mon âme de putain et de fille d'assassin, je m'en occupe seule.

Elle lança un regard vers Léona, qui s'était remise à la broderie.

— Quand je dis « seule », je mens, une fois de plus ! Tu vois... ce n'est pas gagné ! C'est un travail de chaque seconde. Pas seule ! Avec ma fidèle Léona, qui se sacrifie pour moi.

Léona fit un mouvement brusque, se piqua le doigt qu'elle porta à sa bouche pour en lécher la goutte de sang. Ne pas en tacher la batiste !

— Mon seul et dernier désir, ma chère Julie, avant de Le rejoindre, Lui, c'est de marier ma bonne

Léona. Je veux qu'elle soit à l'abri du besoin. Elle le mérite. Elle aura cette maison avec une rente de cinq cents francs par mois. Mais je voudrais bien qu'elle soit heureuse. La vie que je lui fais subir, ici, n'est pas celle pour laquelle elle est venue sur terre. Elle connaît un bon garçon d'ici, un maçon sérieux, et... beau garçon, l'André Aumain. Je crois qu'ils s'aiment, ces deux-là ! Alors...

Elle regardait toujours Léona qui, l'aiguille en suspens, s'apprêtait à ranger son métier. La lumière était maintenant trop basse pour continuer à piquer des points de plumetis.

— ... alors épouse-le, ce garçon, mon amie ! Comme ça, je pourrai partir tranquille !

Puis, se tournant vers Julie :

— Alors, tu restes avec nous ?

— Léo m'attend. Je ne peux plus l'abandonner trop longtemps. Quelques heures tout au plus ! Je dois rentrer !

Ève se recala sur son fauteuil. Une douleur vive au creux de l'estomac lui arracha une grimace. Léona se précipita.

— Non pas... ça va aller ! Ce n'est pas encore pour aujourd'hui, hélas.

Elle avait soufflé le « hélas ». Mais Léona l'avait entendu ! Léona, et... Julie !

— Et puis, la voiture doit venir me prendre vers six heures pour me ramener à Vittel, ajouta Julie.

— Si la voiture doit venir te prendre...

Au coup de corne, Julie jeta un coup d'œil par la fenêtre. Une soupe de légumes chantonnait sur le fourneau et baignait toute la villa Béthanie dans un délice d'odeurs. « Pomme de terre, carotte, poireau, et une branche de céleri ! » avait annoncé Ève depuis son fauteuil comme elle l'avait entendu faire, autrefois, dans les salons mondains : « Son Altesse Royale le prince Edmée de La Tour de Bransle et Madame... » Le gros chat roux avait filé sous la table, son refuge, protégé par les lourds pans à franges de la nappe. Léona lâcha en soupirant :

— Voilà, c'est l'heure. Il te faut partir, maintenant !

— Il le faut, reprit Julie. J'y vais.

Le chauffeur en casquette à macaron doré tenait ouverte la portière d'une Mathis bleu nuit profond éclairée par des chromes éclatants. Du perron, Julie se dit que la maison de louage avait fait une erreur, que jamais elle n'avait réservé un tel équipage, que ce voyage de retour allait lui coûter une fortune qu'elle serait bien incapable de payer. Déjà elle se voyait renvoyer voiture, chauffeur, casquette et tunique gris souris quand l'homme, se découvrant, l'interpella :

— Madame Julie Darriaud ?

Elle avançait à reculons au milieu de l'allée fleurie où s'attardaient quelques papillons blancs, poussa le portail.

— C'est bien moi ! Mais...

— Montez, je vous prie. Je vous ramène à Vittel.

Julie se retourna, aperçut derrière la vitre le visage de Léona, et sa main comme une aile de colombe dans la pénombre de la pièce, hésita, faillit retourner avec ses amies, et partager la soupe de la villa Béthanie.

— Si vous voulez bien vous donner la peine...

Elle répondit à Léona d'un court signe, monta sur le marchepied, aperçut dans la voiture des bottines vernies, une jupe de dentelle noire cascadant sur la banquette, un sac... Une bouffée de bon parfum, de cuir et de cire d'abeille l'enveloppa. Elle allait redescendre quand...

— Bonjour, chère madame. Je vais vous expliquer. Montez vite ! Je suis pressée ! N'ayez crainte !

Le chauffeur claqua la portière, contourna le capot surmonté de la fameuse flamme Mathis, décor du bouchon de radiateur qui faisait rêver plus d'un dingue de bagnoles depuis sa très récente création, gesticula au volant pour trouver la bonne posture de conduite, lança le moteur. La machine pétarada, fit demi-tour devant la maison, prit la direction de Vittel. La voyageuse tendit la main.

— Germaine Bouloumié. Je suis la fille d'Ambroise Bouloumié, de la station thermale, sœur de Jean et nièce de Pierre, le médecin. Vous ne me connaissez pas, mais je vous connais pour vous avoir vue sur la scène de notre théâtre et vous y avoir applaudie parfois, quand mes occupations me permettent d'assister aux représentations. J'apprécie votre talent ! Bravo !

La quarantaine, cheveu court frisé encadrant un visage agréablement doux maquillé avec tact, la dame avait rassemblé les pans de sa jupe qu'elle contenait d'une main pour faire toute sa place à Julie à son côté. Le regard était vif, et la voix d'une assurance veloutée de femme séduisante mais à l'incontestable autorité naturelle.

— Je vous explique : notre chauffeur fait aussi des urgences, ou des dépannages, chez le loueur de ville.

Quand il m'a dit devoir, dès notre retour, changer de voiture pour aller vous chercher à Thuillières, j'ai proposé de vous prendre au passage. J'étais à Bains-les-Bains pour affaires de thermalisme. Vous étiez sur notre route... J'ai bien fait, n'est-ce pas ?

Julie bafouilla des bribes de réponse.

— Euh... oui... certainement ! Je vous remercie, mais je ne voudrais pas...

— Tatata ! Vous ne voudriez pas quoi ? Vous êtes là, moi aussi. Nous faisons route ensemble vers Vittel. Profitons-en pour faire plus ample connaissance !

La voiture filait en cahotant dans la lente montée entre Branlemont et Le Poil-le-Lièvre.

— Volontiers.

Le chauffeur surveillait la route et ses cadrans, passait au large des nids-de-poule, évitait les ornières, cramponnait son volant en finesse pour le confort de ses passagères. On reconnaissait, dans ses gestes, toute l'habileté du pilote professionnel.

— Mais que voulez-vous que je vous dise ?

La chaleur de Germaine Bouloumié, sa façon d'inviter à parler, la ferme douceur de sa voix avaient redonné sa confiance à Julie, elle qui, pourtant, ne la perdait pas si facilement.

— Tout, chère madame ! Tout ce que vous pouvez, ou voulez me dire. Je ne suis pas policière, vous savez. J'ai tout simplement envie de vous connaître mieux. Ne dit-on pas que vous seriez la fille de ce médecin – que je n'ai pas bien connu... j'étais trop jeune à l'époque, et pensionnaire chez les sœurs de Notre-Dame de Mattaincourt –, le docteur Darriaud, cet homme qui a si bien servi mon père durant les débuts difficiles de la station ? Est-ce vrai ?

Décontenancée par la question, Julie jeta un coup d'œil par la portière. La voiture basculait au sommet du col des Clochettes, vers le bois de Bâtro. Dans les parcs du Chénot, des vaches couchées au milieu des renoncules ruminaient paisiblement à l'approche de la nuit. Sur la pente de la Corvée le Jô, un berger poussait devant lui une marée de moutons que des chiens rassemblaient à grands abois.

— Je suis la fille de ce médecin, en effet, et celle de…

Elle s'interrompit soudain, persuadée d'avoir déjà trop parlé. Une pointe de colère se ficha dans sa poitrine. Contre elle ! Elle aurait dû savoir se taire, éluder la question, faire comme si elle avait compris autre chose. Ou bien lui répondre carrément qu'elle ne voulait pas aborder le sujet. Contre elle seule ! Cette femme n'était pour rien dans son trouble ! Maintenant, il était trop tard… elle avait répondu ! La voiture tressautait dans la descente.

— Excusez-moi si ça remue, mais c'est l'orage d'hier qui a couvert la route de coulasses de terre et de caillasse ! hurla le chauffeur. Ça va être fini ! C'est mieux plus bas !

— Julie, c'est bien cela, n'est-ce pas ? Julie, votre prénom…, répéta Germaine Bouloumié en posant la main sur l'avant-bras de sa voisine. Nous avons apprécié votre père, ses qualités professionnelles médicales et d'organisateur de service. Quant à sa vie privée… elle n'appartenait qu'à lui ! Nous avons tous nos difficultés, nos drames, et nos joies, fort heureusement, n'est-ce pas ? Nous avons bien apprécié aussi une femme que vous avez connue – je vous ai vue plusieurs fois avec elle, en ville, au théâtre –, Marie-Amélie Bouvier…

L'homme avait raison. C'était mieux plus bas. La voiture glissait maintenant sur du velours dans la légère descente de la Frotelle. Elle ne tarderait pas à aborder le carrefour de la grande route d'Épinal pour filer ensuite, à main gauche, vers Vittel.

Julie s'était refermée comme une huître au premier contact avec la pointe du couteau. Les pensées les plus déchirantes se bousculaient dans sa tête.

Cet après-midi, la maison du Berry, ses meubles, ses bibelots, le visage émacié de cette Apolline mourante… j'avais pourtant tout fait pour l'oublier ! Et là, dans cette voiture, cette femme… mon père… la Malie ! Que se passe-t-il ?

— Pardonnez-moi si j'ai mis les pieds dans votre vie avec la délicatesse d'un éléphant dans un magasin de porcelaine. Je ne voulais pas vous être désagréable. Seulement vous dire – c'est la première fois, il n'y en aura pas d'autres ! –, vous dire combien ma famille tient la vôtre, et vous-même, en bonne estime. Je voulais que vous le sachiez. Ils n'étaient pas si nombreux, ceux qui ont cru en nous au départ, et nous ont aidés !

Germaine tourna la tête vers les terres Sainte-Marie, qui défilaient sur la droite.

— C'est par là que se récoltent les meilleures mirabelles, n'est-ce pas ?

— Nos anciens le disent. Le Polyte Marmillot me le répétait chaque été.

En lâchant le nom du Polyte, Julie voulait voir si sa voisine en connaissait plus sur son histoire familiale.

— Avec elles, nos chefs confectionnent les tartes les plus savoureuses que je connaisse. J'en ai dévoré, pourtant, depuis ma naissance à Vittel, pendant mon pensionnat à Mattaincourt, et partout ailleurs, en Lorraine, où me mènent nos affaires. Celles de Gironcourt, autour de notre verrerie, sont bien aussi. Mais les mirabelles des terres Sainte-Marie...

Julie comprit qu'elle n'en saurait pas davantage. Va pour les mirabelles ! Elle enchaîna, un peu par provocation :

— Et l'eau-de-vie, après l'eau de la Grande Source ! Qu'en dites-vous ?

Germaine éclata de rire. Elle serra très fort l'avant-bras de sa compagne de voyage.

— J'aime ! Après une bonne part de tarte, avec le café, dans la tasse encore chaude : le petit Jésus en culotte de velours !

Elle se remit à rire de bon cœur. Julie se laissa aller. Elles reprenaient leur souffle alors que la voiture se faufilait déjà entre les premières maisons de la ville. Elles n'avaient pas vu le temps passer.

— Tenez, je vous invite à venir déguster une bonne tarte aux mirabelles à ma table d'Haréloup, suivie d'une rasade d'eau-de-vie réchauffée dans la tasse à café ! Vous acceptez, bien sûr ! Mais pas tout de suite. Dans quelques jours ! Je vous ferai signe. J'habite en ce moment à l'hôtel ! Eh oui... à l'hôtel. Nous accueillons tellement d'étrangers à la station que j'ai dû prêter ma maison à Sa Majesté Nazli, reine d'Égypte, accompagnée de la princesse Fawkia, du grand chambellan Zoufikar Pacha et de leur suite.

Dès la fin de leur cure, je pourrai rentrer dans mes meubles, et... je vous fais signe ! Vous viendrez ! Promis ?

Julie la regarda droit dans les yeux. Décidément, cette femme lui plaisait.

— Promis !

Devant la maison Marmillot, au moment de partir, Germaine Bouloumié fit un petit signe de salut par la portière. La carrosserie de la voiture luisait dans les dernières lueurs du jour. Julie pensa à la peau des phoques qu'elle allait voir, de temps en temps, avec Ève, au Jardin des Plantes. Impression de glace huileuse. Elle frissonna, répondit d'un geste court, poussa la porte du couloir.

Alors, un parfum de bonne quiche chevelotte [1] l'accueillit, de bonne pâte cuite comme il faut, de lardons sautés au beurre, et de muscade râpée tombée en pluie sur une migaine [2] épaisse comme un portefeuille de banquier.

— Merci, mon Léo ! Ça fait du bien de t'avoir ici !

Julie prit la tête décharnée de Léo dans ses deux mains en coupe, déposa un baiser sonore sur son front. Le vieil homme s'abandonna quelques secondes, puis se dégagea, comme pris soudain en faute, ou en flagrant délit de faiblesse et de gêne. Il plongea aussitôt vers le four, vers son chef-d'œuvre

---

1. Onctueuse.

2. Appareil culinaire composé d'œufs battus et de crème fraîche, très fréquemment utilisé dans les recettes lorraines, notamment celle de la quiche.

dont la croûte, gonflée comme des joues de moine, finissait de s'orner de reflets d'or.

Le couvert était mis autour d'un bouquet rouge et orangé, des dahlias du jardin, tout frais cueillis, que la flamme d'une bougie habitait de graciles feux follets. Au plein centre de la table, une bouteille de vin bouché. Et de l'autre côté, près des deux fauteuils disposés face à face de part et d'autre de la fenêtre, *L'Illustration* et le *Vittel Journal*, qu'ils liraient après le souper, le temps que s'apaisent les lourdeurs de digestion, avant le sommeil.

— Et la mirabelle ?

D'une enjambée, Léo se précipita vers le buffet, en tira une bouteille de verre blanc marquée d'une étiquette. Le mouvement vif avait remué l'eau-de-vie à légers reflets d'ambre qui s'était décorée d'un chapelet de petites perles.

— Voilà... voilà !

— À la bonne heure ! s'exclama Julie.

L'œil allumé, Léo se mit à rire à ventre déboutonné, replongea vers le four, ordonna :

— En place maintenant ! La Dame de Lorraine ne peut pas attendre ! Elle doit se déguster brûlante ! En place !

Julie s'installa, toucha le velours d'un dahlia grenat du bout des doigts. Depuis longtemps elle ne s'était sentie aussi bien. Le merle, derrière, dans le jardin...

Elle tourna la bouteille d'eau-de-vie, lut l'étiquette, reconnut les arabesques du Polyte :

Mirabelle
Les terres Sainte-Marie
1900

21

Mars 1929

Avec son volatile couvert, à gauche, d'un chapeau mou d'ouvrier, à droite d'un gibus de rat de Bourse, le bec sur les miasmes de l'affaire Hanau, *Le Canard enchaîné* ouvert en grand tremblait dans les mains de Julie.

Les premiers soleils de l'année traînaient sur les derniers poireaux du jardin, tentaient de réchauffer une terre que des mois d'hiver semblaient avoir gelée pour toujours, allumaient par-dessus le mur couvert de lierre le toit de Saint-Privat, que des traces de givre habillaient de voiles argentés. Pas un souffle d'air sous le ciel d'un bleu métallique, pas un chant d'oiseau, pas un bruit venu de la ville ! Un étrange silence coulait sur les rames de haricots toujours debout. Ici, des crocus poussaient leur museau pointu entre les feuilles mortes du vieux coudrier. Là, un massif de roses de Noël amollies par la nouvelle tiédeur courbait ses fleurs d'un mauve profond sous les lances rouillées des roses trémières.

À Paris, le printemps à venir s'annonçait déjà perturbé. Après avoir longtemps hésité entre la place publique et les caves secrètes des palais nationaux, l'affaire Marthe Hanau venait d'éclater au nez de la belle société civile et à la barbe des politiques. Attisé par les journaux, ce scandale promettait d'aller beaucoup plus loin que les autochenilles de la Croisière noire de Citroën, plus loin aussi que le *Spirit of Saint Louis* d'un Charles Lindbergh vainqueur volant de l'Atlantique. Jusque dans les méandres les plus inexplorés du pouvoir !

À force d'avoir trompé puis escroqué les petits épargnants, gonflé des bulles spéculatives aussi vides qu'un ballon de baudruche, tenté de faire croire que, loin du travail, un peu d'argent gagné par d'autres suffisait à produire sans efforts beaucoup d'argent pour soi, l'aéronef financier de la banquière véreuse et de son mari Lazare Block avait fini par exploser en vol, provoquant la misère de milliers de femmes et d'hommes par la pulvérisation définitive de leurs maigres économies. Le nouveau ministère d'Aristide Briand en vacillait déjà sur ses bases de sable, sapé par l'avidité de son chef du portefeuille national, le Grand Argentier Raoul Péret, un ancien ministre des Finances ami du couple maudit, aussi habile dans la confusion des intérêts généraux avec son intérêt particulier que dans la stratégie électorale. Les moqueries foisonnaient ; les enquêtes s'étouffaient ; les pamphlets fleurissaient ; les élus de la République perdaient pied ; la gauche s'en prenait à la droite qui s'en prenait aux syndicats ouvriers qui s'en prenaient aux classes moyennes qui s'en prenaient aux anarchistes qui s'en prenaient aux allumés d'extrême droite qui s'en prenaient aux parlementaires qui s'en prenaient à leurs électeurs qui, pratiquant Voltaire sans le savoir, s'en prenaient à... leur jardin !

Tout cela pendant que, paisiblement, de l'autre côté du Rhin, un petit peintre autrichien, ancien combattant pointu de la Grande Guerre, indigné par le mépris du public pour ses aquarelles-cartes postales, semait dans les labours de Versailles des graines de plantes urticantes qui mettraient bientôt le feu au cul de l'Europe. Comme nombre d'impuissants chroniques, trop bavard pour être honnête et d'une nature trop misérable pour être un bon artiste, l'homme avait déjà orienté son action vers la politique où il espérait briller, proclamé son « Programme en 25 points » à la *Hofbräuhaus* de Munich, mobilisé les esprits allemands contre l'occupation de la Ruhr par l'armée française, promis du travail et du pain à des populations exsangues, et même tenté un coup de force malheureux contre la République de Weimar. L'échec l'avait jeté en prison pour quelques mois. Il en avait profité pour y écrire un livre qu'il voulait fondateur d'un nouvelle philosophie politique : *Mein Kampf*.

De Hambourg à Garmisch-Partenkirchen, de Cologne à Dresde, son nom, Hitler, était sur toutes les lèvres, circulait sur tous les marchés, faisait son nid dans tous les cœurs. Mais, savamment ficelé dans son état de catalepsie habituel, fredonnant « comme un z'oiseau qui chante » le refrain de cette « Petite Tonkinoise » que s'apprêtait à reprendre Joséphine Baker, et les envolées existentielles de Maurice Chevalier : « Dites-moi, ma mère, pourquoi dans la rue les chiens se montent dessus… pourquoi les éléphants ont une queue derrière et une autre devant », le peuple de France voulait encore se persuader que le bonheur était enfin installé sur la terre, que la crise passagère ne toucherait que les gros bourgeois marchands et les aristos nés avec une cuillère d'argent dans la bouche, que les « années folles » dureraient toujours.

Dites-moi, ma mère…
Puisqu'y a plus la guerre,
Qu'on nous foute la paix, vivement !

Le ciel s'y était mis, lui aussi, pour détourner l'attention des catastrophes naissantes. De tout l'hiver, on n'avait pas aperçu un coin de ciel bleu, ni pu respirer un souffle d'air moins brûlant de froid. Apparue dès la veille d'une Toussaint morbide, la neige s'était installée, fixée au sol par des gelées à répétition. Puis janvier avait durci les airs, lentement, fait basculer la Terre d'un bon quart de tour, planté subrepticement le pôle Nord quelque part du côté de Langres-Chaumont. Sans s'en rendre compte, on était descendu de quinze degrés sous zéro, en Lorraine, à vingt, puis vingt-cinq, pour approcher trente vers la fin février.

Dans le parc thermal de Vittel, il n'était pas rare d'entendre les craquements d'arbres dont le tronc éclatait sous l'effet du gel. De temps en temps, des nuées accourues de l'ouest jetaient sur la terre des bourrasques tourbillonnantes de neige dont la ville sortait engloutie sous des congères qu'il fallait déblayer à grands coups de pelle. Les sources étaient prises, sauf la Grande Source et la Source salée, protégées par des feux entretenus nuit et jour dans des braseros venus renforcer le chauffage habituel insuffisant. À dix lieues de là, Épinal passait d'une rive à l'autre de la Moselle sans emprunter les ponts. Plus loin, dans le massif vosgien, on traversait le lac de Gérardmer à pied en esquissant des pas de soyotte[1] pour se réchauffer. Mais on mourait de froid, en ville et dans les campagnes. Et on ne pouvait même plus confier les morts à une terre qui résistait à la pioche du fossoyeur et refusait de s'ouvrir pour les recevoir !

Puis la Sibérie avait gangrené le Sud. On s'était mis à danser à Chalon, sur la Saône gelée, à patiner à Lyon, sur les lieux de son mariage avec le Rhône. Il avait neigé en Provence, gelé jusqu'à Menton, où les citrons avaient cuit sur l'arbre. Et, le dernier jour de février, la bise avait tranché la Lorraine d'un coup de sabre au niveau du sol, s'était aventurée le long du Jura puis des collines d'Ardèche, où elle avait enfanté un mistral fou à lier qui avait dévalé le Rhône en rugissant, arrachant tout sur son passage, rideaux de peupliers brise-vent, toitures de mas, lignes de téléphone et télégraphe, mutilant les oliviers millénaires, affolant les taureaux de Camargue, soulevant des vagues terribles qui avaient malmené les bateaux obligés de faire le pied de grue en pleine mer devant le port de Marseille interdit d'approche.

Durant plusieurs semaines, les journaux ayant organisé leur une autour des dégâts matériels et détresses humaines engendrés par ces coups de gueule du ciel, les banquiers avaient ronronné auprès de leurs coffres, et leurs complices des palais nationaux s'étaient fait oublier, les uns et les autres

1. Danse traditionnelle vosgienne, accompagnée à l'épinette, instrument à cordes.

brûlant ensemble des cierges de billets de banque, tout en fumant des cigares cubains, aux pieds d'acier de Jeanne d'Arc, pour que le beau temps ne revienne pas de sitôt, que la presse continue à sommeiller le plus longtemps possible, que leurs magouilles communes ne surgissent pas trop vite au grand jour. Ils redoutaient tout autant *L'Ami du peuple*, du parfumeur droitard François Coty, que son ombre de gauche, *L'Avis du peuple*, de Maurice Maréchal. Et ils craignaient, avant tout – son indépendance le rendant redoutable –, *Le Canard enchaîné* du même Maréchal qui, depuis sa création en 1915, ne laissait rien passer de leurs excentricités.

Alors, avec le calme revenu sur le front des intempéries, les premières sorties acérées des hérissons et le retour programmé des hirondelles, pris par de nouveaux accès de danse de Saint-Guy résistants à la valérianate de fer et au liniment de Rosen en friction sur les colonnes vertébrale et Vendôme, ils lorgnaient... les uns, burette à promotion en main, vers les magistrats dont ils trouvaient les articulations trop grinçantes, les autres, portefeuille armorié sous le bras, vers des frontières d'États plus ouvertes aux comptes et comtes secrets qu'une bonne demi-douzaine de révolutions n'avaient pas encore imprégnés de vertus républicaines.

Julie avait pris en affection l'impertinent volatile, qui lui rappelait les généreux combats de Louise Michel et faisait resurgir de sa mémoire les images des funérailles de la sainte laïque.

Souvent, elle revoyait, comme si elle l'avait vécu la veille, ce jour sombre du 21 janvier 1905, le couvercle de brume posé sur la capitale comme un pallium de deuil, la dignité du peuple de Paris, son impressionnant silence sur le parcours, de la gare de Lyon jusqu'au cimetière de Levallois-Perret, le recueillement de la foule immense au moment de déposer le corps de la femme martyre dans la tombe au côté de sa mère. Et elle s'étonnait toujours qu'un simple dessin de canard chapeauté pût réveiller chez elle autant de désirs de Liberté, d'Égalité et de Fraternité que la vie de tous les jours, bonheurs fugaces et drames personnels, assoupissait parfois.

Comme un bout de laine tiré d'une pelote, qui finit par la dévider toute, les images de ce peuple assommé, l'intensité de l'émotion d'alors, la dignité... la dignité... la dignité de ces pauvres gens et leur beauté dans la douleur faisaient remonter à la surface de ses eaux dormantes toutes les autres images fortes de sa vie : sa première rencontre dans leur salon avec celle que son père, garrotté par une cravate noire, et sa fausse mère, sertie dans un corset débordant de dentelles lilas, perchée sur des échasses à lacets, lui avaient présentée comme sa marraine, le voyage de La Châtre, avec cette... « marraine », la visite de Gargilesse dans les pas de George Sand, leur méditation dans le petit cimetière de Nohant. Puis, sans cesse repoussée dans les profondeurs de l'oubli, mais toujours renaissante, la révélation par la mourante de l'insupportable vérité, la panthère à reflets d'or, la fuite, le retour dans un Paris soudain si vaste qu'elle avait cru s'y noyer, la volonté de se perdre, et le bestial désir de survie.

C'est le théâtre qui l'avait sauvée, la poussière des planches, l'aura du public derrière la rampe, la concentration d'avant-spectacle, le relâchement d'après, dans les restaurants des Halles, la complicité de la famille dramatique, la tendresse parfois sincère de quelques compagnons de passage, et l'amitié d'Ève.

Ève Lavallière… Pourquoi avaient-elles noué cette relation si forte ? Elle, Julie Darriaud, la petite doublure tout juste bonne à faire valoir les vraies comédiennes, n'avait rien à offrir à la grande dame adulée par le Tout-Paris. Elle ne pouvait que lui prendre, par son seul voisinage de scène, quelques parcelles de sa notoriété, un peu de sa rayonnante lumière, beaucoup de son cœur si gros qu'il donnait aux hommes l'impression de pouvoir y entrer tous en même temps. Pourquoi ces liens entre elles, cette amitié, cette sororité digne de la plus éprouvée des fraternités masculines ? Plus elle y réfléchissait, plus le mystère s'épaississait, moins elle y voyait, dans la sombre clarté des méandres du cœur. Parfois, elle arrêtait la spirale de ces questions, recourant à la vieille réponse de Montaigne dans ses *Essais*, à propos de son amitié avec La Boétie, sur laquelle elle avait disserté autrefois au pensionnat des Tilleuls : « Parce que c'était lui, parce que c'était moi ! » Elle l'avait faite sienne : « Parce que c'est elle, parce que c'est moi ! »

Mais Ève n'allait pas bien du tout.

Julie replia *Le Canard*, le posa sur ses genoux, le maintint de ses mains croisées. Secouant le lierre du mur, bousculant un grand vol de corneilles attirées par le toit de Saint-Privat, un vent acide s'était levé, juste pour rappeler que l'hiver n'était pas fini, que l'heure du printemps n'avait pas encore sonné. Elle boutonna son chandail jusqu'au col.

Derrière elle, la maison, silencieuse. Léo n'était pas encore levé. Julie ferma les yeux, inspira profondément à plusieurs reprises. L'air coulait dans sa poitrine, avec l'acide des fumées chipées par le vent aux cheminées voisines. Que serait la saison prochaine à la station ? Y aurait-elle encore du travail ? Si le théâtre reprenait, lui confierait-on encore des rôles ? À cinquante-cinq ans, elle pouvait bien se mettre dans la peau de quelque vieille bourgeoise qu'elle prendrait plaisir à brocarder ! Mais qu'allait devenir Vittel ? Avec les difficultés économiques naissantes, après la mort de Pierre Bouloumié, le 13 février, à Paris, nombreux étaient ceux qui se posaient des questions. Médecin de renom, fils de Louis le fondateur, Pierre avait poursuivi l'œuvre familiale en compagnie de son neveu Jean après la mort d'Ambroise. Le tour de Germaine était venu de prendre ses responsabilités. Le feraitelle... comment ?

Julie avait revu Germaine Bouloumié après leur rencontre sur la route de Thuillières. Elle avait même répondu à son invitation, quelques semaines plus tard, la reine Nazli partie. Ensemble, elles avaient dégusté une bonne tarte aux mirabelles et bu une sérieuse rasade d'eau-de-vie réchauffée dans la tasse à café. Elle lui avait confié être prête à faire front, pour effrayante que pût être cette perspective. Son heure était arrivée. Julie avait confiance. Mais...

La dernière visite à Thuillières, quinze jours plus tôt, avait été un terrible calvaire. Julie avait profité d'un moment de répit du ciel pour convaincre un chauffeur de traverser l'étrange Sibérie qui, par le col des Clochettes, devait la mener à la villa Béthanie. Au fond de son garage, l'homme s'était gratté le crâne sous la casquette en roulant son mégot d'une commissure à l'autre : « Vous vous rendez compte, avec cette neige verglacée sur la route ? C'est un coup pour finir aux patates, ça ! » Elle se rendait compte. « Bon, on ira ! » avait-il conclu, pas peu fier qu'elle l'ait choisi pour une expédition aussi risquée ! Le lendemain, ils avaient pris la route un peu avant onze heures, sous un ciel d'aurore tardive, rose et mauve sur la ville, d'un bleu de nuit intense encore vers les cimes de la Vauviard. « On n'aura pas de neige ! » avait affirmé le conducteur en ligotant sa longue houppelande de cuir. « À la bonne heure ! » lui avait répondu Julie.

Tout s'était bien passé jusqu'au carrefour du Poil-Pré. Mais ils avaient dérapé sur une plaque de glace dans les bas de la Frotelle, patiné dans le coup de cul du Retaupré. Puis, congestionné soudain par un coup de bise sournois qui avait givré pilote et passagère dans la cabine pourtant bien close, le moteur avait calé sur les Aulnes, face à la perspective glacée des tours massives de Saint-Baslemont. L'homme avait dû donner vigoureusement de la manivelle pour le relancer. Il était reparti. La Panhard-Levassor avait alors louvoyé dans la descente entre les congères, atteint les premières maisons du village dont les rideaux s'étaient écartés sous le regard incrédule des riverains alertés par la pétarade et les gueulées féroces de chiens en liberté dans la rue. « Voilà, vous êtes rendue ! » Sa voiture garée le long du jardinet de Béthanie, dans la neige jusqu'à mi-mollets, le chauffeur avait ouvert la portière à sa cliente. « Attention, ma petite dame, il y en a une bonne couche ! Vous allez en avoir plein les bottines ! » Il avait tassé la neige en la piétinant pour offrir à Julie une aire d'atterrissage convenable. « Attendez... voilà ! » Elle était descendue de la machine, avait glissé, s'était rétablie comme une trapéziste de haut vol, cramponnée à la manche de cuir de son conducteur, qui s'était mis à rire d'un rire sonore dont les ricochets en échos cristallins s'étaient perdus sur la prairie vers la Croix aux Dames. « Alors, je vous ramène quand... ce tantôt, comme prévu ? » Déjà au pied de l'escalier, Julie s'était retournée. « Bien sûr, comme prévu ! » Il avait repris le volant. « Alors je vais au bistrot me refaire une santé, et je repasse vers quatre heures... ça vous va ? » Léona se tenait sur le seuil, s'essuyait les mains dans un grand tablier blanc. L'éclat de la neige lui faisait cligner de l'œil. « Viens vite, entre ! On va refroidir toute la maison ! Viens... » Midi sonnait à l'église. « Ça me va ! »

Dès son entrée, Léona l'avait mise en garde. « Attention... tu vas être choquée ! » Son accent belge, d'un naturel traînant, n'en finissait pas de lambiner sur les mots. Julie s'était débarrassée de son manteau, l'avait jeté sur la rampe du grand escalier. Des effluves de potée, d'embrocation, d'haleine fétide et d'encens l'avaient prise aussitôt à la gorge.

Dans le vestibule, le fauteuil roulant, immobile depuis l'automne dernier. Léona en avait empoigné l'accoudoir en murmurant : « Nous n'en aurons plus besoin ! » Puis, tournée vers Julie : « Ce matin, elle a eu beaucoup de mal à prendre la communion que lui apportait l'abbé Guy avec son servant, le petit Henri Poitier ! Elle n'arrivait pas à avaler l'hostie ! C'est dire ! » Elle avait tenté d'éclairer sa mine défaite d'un pauvre sourire. « Tu mangeras avec moi… avec nous ? » Après le froid du voyage, la chaleur poisseuse de Béthanie, Julie avait l'estomac à la retourne. « Crois pas… » Alors, Léona avait poussé la porte de la chambre, à main droite, l'avait invitée à entrer en annonçant : « Ta visite ! » sur un ton enjoué très forcé. Perdue au fond du lit, Ève avait tourné la tête vers son amie. Le choc !

Un sourire insoutenable, un visage squelettique, le crâne apparent sous des cheveux rares et collés par une sueur poisseuse, cet œil, transparent, ouvert sur de mystérieux espaces, cette main osseuse tendue, et ce filet de voix, d'un ange déjà, si fin que Julie crut avoir rêvé… rêve ou cauchemar ? « Viens… Viens, ma belle, viens ! »

Elle s'était approchée, avait vu les lèvres aspirées par un trou puant, les taches brunes de vieux parchemin au front, la peau plissée sur la gorge noueuse, et l'autre œil, fermé, tuméfié, d'une infâme couleur violette irisée de jaune verdâtre. « Viens ! »

Incapable de prononcer le moindre mot, Julie s'était approchée, approchée encore, avait pris la main glacée, l'avait caressée longuement. Où donc était la femme magnifique admirée hier encore par le monde des arts ? Qu'était donc devenu l'irrésistible objet des désirs de tant d'artistes, de princes, de rois et d'empereurs avides de ses regards et, pour certains, de ses caresses ? Était-ce cela, la vie... l'amour... la mort ?

Elle était restée plantée là, fascinée par l'horreur de la déchéance étalée sous ses yeux, en même temps que par le courage de son amie.

Debout derrière elle, Léona avait observé la scène sans un mot. Puis elle s'était avancée, avait raconté l'arrachage nécessaire des dernières dents, l'infection qui avait suivi, comme en Afrique autrefois, puis la terrible atteinte de l'œil gauche que le docteur Nègre, venu d'Épinal, avait constaté perdu, et le cruel verdict de l'éminent spécialiste : « Il faut l'extraire, ou le fermer définitivement pour tenter de stopper le développement du mal ! » C'est Ève elle-même qui avait décidé seule la fermeture définitive de l'œil : « Mon Dieu, je vous offre mes yeux... » Mais, parce que la malheureuse malade ne supportait plus la cocaïne, l'opération de couture des paupières au fil d'argent avait dû être faite à vif. « C'est que Dieu le veut ainsi ! » avait-elle soufflé au médecin en s'offrant à la terrible opération. « À nous deux, Jésus ! » La douleur ne lui avait tiré de la gorge aucune plainte. Seul un sanglot s'était échappé de ses lèvres quand elle s'était faite vraiment insupportable. Même le regard du médecin s'était brouillé, à ce moment-là. Mais la main était restée ferme et précise.

Julie avait écouté le récit de Léona en serrant les dents. Comment pouvait-on souffrir autant ? Si ce Dieu existait vraiment... comment pouvait-il permettre de telles atrocités ? Comment ? Comme si Ève avait entendu les questions qui minaient son amie, elle avait murmuré : « J'ai offert mes yeux au Seigneur en réparation des mauvais regards dont je me suis rendue coupable. » Alors l'angoisse de Julie était devenue colère ! Elle était restée silencieuse contre ce lit, la main d'Ève dans les siennes, le regard en errance du visage émacié de son amie, qui s'était endormie d'un sommeil nerveux, au grand crucifix d'ivoire pendu au mur juste au-dessus d'un bouquet d'immortelles jaune et or, jusqu'au coup de corne de la voiture. Avant de partir, dans le vestibule, elle avait pris Léona dans ses bras. Elles avaient pleuré en silence. Puis elle était sortie sur la pointe des pieds. La reverrait-elle en vie ?

Dans la gamelle, la potée intacte s'était couverte d'une mince couche de graisse figée.

— Déjà là ?

Julie sursauta.

— Brrr... pas chaud ! Comment fais-tu pour rester dehors par ce froid ?

En chemise débraillée sur le pantalon de velours pendouillant comme un sac de pommes de terre vide, le rare cheveu en broussaille, moitié endormi encore, Léo s'appuyait de l'épaule au chambranle de la porte.

— Je guette l'arrivée du printemps, les premières hirondelles. Je suis un peu en avance sur elles, mais rien que de les imaginer là, vois-tu, ça me réchauffe déjà !

— Ah bon… ben moi, ça ne me suffit pas ! Je vais aller boire un bon jus bien chaud. Il est sur la cuisinière. T'en boiras un aussi ?

— Pour t'accompagner, parce que c'est déjà fait.

Elle suivit des yeux, par-dessus l'épaule, la silhouette de l'oncle jusqu'à sa disparition dans les ténèbres du couloir. L'obsédante remontée à la surface d'images en vrac : Gargilesse, le cimetière de Levallois-Perret, la chambre de La Châtre, les yeux d'Apolline au moment de l'aveu, les souvenirs de la Malie, du Polyte, les souffrances endurées par Ève, qui la laissaient honteuse d'impuissance… l'avaient plongée depuis plusieurs jours dans un curieux état d'apesanteur.

Elle laissa courir son regard sur les rangs de vieux poireaux amollis par les gelées, les lances rouillées des roses trémières, le museau pointu des crocus bleu de ciel entre les feuilles mortes, le massif des dernières roses de Noël d'une belle couleur lie-de-vin ; protégées par la couche de neige, elles avaient survécu au gel. Elle se sentit soudain très lasse. Retournerait-elle bientôt à Thuillières ? Il le fallait. Mais aurait-elle le courage d'affronter une nouvelle fois la ruine physique de son amie ? Les nouvelles envoyées par Léona faisaient craindre une issue proche… craindre, ou… ?

Julie roula *Le Canard enchaîné* dans ses mains, le tordit, en fit une sorte de torche dont elle se frappa violemment les cuisses. Sa révolte était tout entière dans ce rouleau de papier et ces coups qu'elle s'infligeait pour se punir de redouter le retour à Béthanie. Révolte contre elle-même ! Révolte aussi contre tous les auteurs de cette terrible déchéance de l'une des plus belles femmes de son temps, au physique et... par l'esprit : son père meurtrier, d'abord, puis ses amants, Samuel en tête, incapable de contenir ses pulsions dès qu'un dessous de jupon froufroutant passait à portée de main, tous ces ducs, princes, ambassadeurs, ministres d'une sombre République, coqs de basse-cour nourris encore au droit de cuissage, ces curés et évêques obsédés par la récupération des brebis égarées, celles surtout que leur fortune personnelle rendait plus pathétiques encore à leurs yeux, et convoitables à ceux de leurs banquiers ! Face au jardin cuit par l'hiver, sous ce ciel déchiré par des corbeaux à la dérive, son *Canard* torturé dans les mains, elle enrageait. Car, enfin, est-ce sauver une âme que la soumettre à un ordre missionnaire suspect de seules conquêtes politiques ? Est-ce libérer un être que le replonger dans ses drames anciens ? N'est-ce pas l'aliéner pour mieux le spolier ? L'avoir obligée à redevenir Eugénie Fénoglio, fille d'assassin... insupportable !

— Merde, alors !

Elle se dressa, le journal au poing, enfila le couloir d'un pas vif jusqu'à la cuisine. Léo y était attablé devant un bol de café fumant, deux tartines, la motte de beurre, et un pot de confiture de mûres dont la voisine leur avait apporté un plein panier, avec de la quetsche et des gratte-cul, en disant : « C'est peut-être les derniers... j'ai plus la force ! Enfin, peut-être que... la saison prochaine... on verra ! » Julie prit un bol dans le buffet, se servit un grand café, s'assit à côté de Léo, empoigna le pain, s'en tailla une bonne tranche qu'elle couvrit de beurre et de confiture.

— Ben dis donc... je croyais que c'était déjà fait ! dit Léo en postillonnant. Excuse...

Il s'essuya les lèvres d'un revers de manche.

— Excuse, ma Julie, je ne devrais pas parler la bouche pleine...

— Pas d'excuses entre nous, mon Léo ! On partage tout, n'est-ce pas ? répondit-elle en plongeant sa tartine dans le café fumant. C'était déjà fait, mais tu me donnes envie de m'y remettre !

— À la bonne heure ! J'aime bien te voir comme ça !

— Dis, mon Léo, je vais retourner à Thuillières... demain, peut-être, ou après-demain. Ça dépendra de la disponibilité de la voiture.

Les gestes de Léo se firent soudain moins vifs. Il plongea le regard dans le fond de son bol, remua lentement. Les marcs du café dessinaient des arabesques noires sur le fond de faïence.

— Mais je ferai l'aller-retour dans la journée, comme d'habitude. Je préparerai ton repas de midi avant de partir. Tu n'auras pas à m'attendre longtemps !

— Pas besoin ! Je suis encore capable de me faire cuire un œuf, qu'est-ce que tu crois ?

— Je sais... je sais... mais...

Léo releva la tête. Ses mains s'étaient mises à trembler. Les marcs se mélangèrent au fond du bol. Il la regardait d'un air si triste qu'elle en fut toute chamboulée.

— Bon... vas-y... je sais qu'elle a besoin de toi, elle, là-bas ! Je saurai me débrouiller sans toi. Pas elle, apparemment !

Il avait marmonné. Mais Julie avait bien senti la pointe de jalousie dans le ton, et ses « elle » un peu trop appuyés.

— Mon Léo !

— Oui...

Il avait replongé vers le fond de son bol, comme un gamin pris en faute.

— Regarde-moi ! Tu ne vas pas me faire ça, tout de même ?

Il se leva d'un bond, se précipita vers elle, lui prit la tête dans les bras, l'appuya très fort contre lui, la serra à l'étouffer.

— Pardon, ma Julie. Pardon ! Vas-y... oui, elle a besoin de toi...

Il sentait bon le savon de Marseille. Aux soubresauts de la poitrine contre son front, elle sut qu'il avait mal.

Julie était retournée à Thuillières chaque semaine jusqu'à ce premier dimanche de juillet qu'elle n'oublierait jamais. En mai, elle avait embrassé les deux femmes, et salué André, l'André Aumain, le jeune maçon qui venait d'épouser Léona. Depuis longtemps, Ève avait remarqué l'attrait de sa compagne pour ce jeune homme bien fait qui lui avait effectué quelques travaux d'entretien. Le garçon avait donné l'impression de goûter la présence de la jeune femme. Alors, elle avait insisté, chaque jour ou presque : « Épouse cet homme, ma chère Léona, épouse-le. Je vois bien que vous vous plaisez. Il est sérieux. Il gagne bien sa vie. Il saura te rendre heureuse. Crois-moi ! » Léona ne demandait qu'à la croire. Elle avait balancé quelque temps, plus par souci d'être toujours disponible pour son amie que par crainte du mariage avec cet homme. Ève savait ce qui la retenait. Elle était revenue à la charge : « Épouse ce garçon, Léona. Je ne veux pas mourir avant de te voir mariée. Non... je ne le veux pas ! Je t'ai donné Béthanie. Bientôt, je t'aurai quittée. Je veux être sûre que ta vie sera belle et bonne après moi. Je veux que tu sois heureuse dans cette maison, ou ailleurs. Entends-tu ? Je veux que tu sois heureuse ! Tu le mérites tellement ! »

Au fond, Léona ne demandait qu'à se laisser convaincre. C'est vrai qu'elle aimait l'André Aumain ! Vrai aussi que, avec lui, elle s'ouvrirait enfin à la vie ! Elle l'épousa. Ce soir-là, dans l'obscurité de sa chambre, le regard infirme tourné vers le grand Christ d'ivoire qui semblait danser dans la lueur d'une bougie, Ève avait joint les mains et murmuré : « Maintenant, je peux venir vers vous, Seigneur. Je suis prête ! »

Le nouvel été avait badigeonné d'émeraude les prairies de Hyfosse, et d'or les champs de blé des montants de Chandelier. La voiture n'avait mis qu'une demi-heure pour franchir le col des Clochettes, dégringoler vers le village, s'arrêter dans un grand nuage de poussière devant la villa Béthanie, peu avant midi.

En posant le pied dans l'allée du jardinet, Julie avait été saisie d'une mauvaise impression. Personne pour l'accueillir. Porte et fenêtres fermées, rideaux tirés, la maison semblait vide. Aucun bruit, pas une rumeur, pas un cri d'enfant, pas même un aboi de chien, en contrebas, autour de l'église assoupie en veille sur le château voisin. Une escouade de martinets tournait dans le ciel, disparaissait derrière les toits, réapparaissait en poussant des cris stridents. Quelque part, des jeunes mésanges bavardes cherchaient à se faire nourrir. Rien que des oiseaux du ciel. Julie avait monté les trois marches, tendu l'oreille, poussé la porte, appelé : « Ève ! Léona ! André ! » Une voix lui avait répondu, à main droite, de la chambre : « Viens, nous sommes là... viens ! » La voix de Léona. « Viens ! »

Elle était venue.

Assise sur le lit, pâle, défaite, le visage mangé par des cernes inquiétants, la jeune femme tenait serrée contre elle une Ève squelettique à demi ensevelie dans des linges tachés d'auréoles jaunâtres. Calée dans le creux de son épaule, la tête de la malade semblait prête à rouler sur le plancher comme une boule de jeu de quille. Julie s'était approchée sur la pointe des pieds. « Elle dort ? » Elle s'était penchée vers le visage en souffrance. « Non... je ne sais pas... peut-être... »

Sur le drap, une statuette de l'Enfant Jésus qu'Ève avait habillée d'un petit manteau de flanelle blanche, autrefois, au temps de leur installation à Béthanie. Et le journal mystique abandonné dans lequel elle avait écrit ses premières prières, ses premiers poèmes mystiques, ses premières lettres d'amour à ce Christ qui, de sa croix pendue au mur, veillait toujours sur elle. D'un léger mouvement de tête, Léona avait désigné la statuette. « Quand elle se réveille, elle le réclame pour le presser sur sa poitrine, et elle me demande de lui lire des passages de son journal. Puis, si elle en a encore la force, elle m'invite à prier. »

Julie avait effleuré la statuette du bout des doigts. « Et le médecin ? » Elle aurait voulu encore être rassurée. « Rien... pas vu... n'en veut plus... laisser faire le Seigneur ! »

Silence. Seul le souffle sifflant d'Ève, irrégulier, fragile, sur l'épaule de Léona. Julie avait ouvert le journal mystique, passé les doigts sur la fine écriture penchée de l'amie, presque couchée. Elle avait lu, sous le Sacré-Cœur fiché d'une croix dessinée d'un trait sûr :

Je dédie ce cahier au Sacré-Cœur. Et je supplie ma Mère, la Sainte Vierge, de le lui offrir Elle-même. Amour, remerciements, louanges au Saint-Esprit, qui m'inspire ce travail spirituel.

Ève Lavallière

Sa signature, soulignée d'un trait solide : *Ève Lavallière*. Pas Eugénie Fénoglio ! Surtout pas Eugénie Fénoglio ! Elle avait lu, encore, à la date du 18 janvier 1921 :

Ce que je suis ?
Un ver d'ordure.
Comment je m'appelle ?
Ça !!!

« Et le curé ? » Léona l'avait regardée par en dessous. « Venu ce matin, comme tous les jours, pour la communion qu'elle n'a pas pu recevoir. »

Elles avaient passé la journée ainsi, dans cette chambre déjà mortuaire, à tenir contre leur cœur, tantôt l'une, tantôt l'autre, la femme douloureuse qui ne verrait pas la fin de l'été. Léona avait profité de la présence de Julie pour aller faire quelques pas dehors, mettre son nez dans les roses du jardin pour le seul plaisir de se souvenir de leur parfum. Elle en avait cueilli trois qu'elle avait fait sentir à la malade. Ève avait levé la paupière. Ses lèvres crevassées avaient frémi. Elle avait murmuré « Merci... », puis, ensemble, elles l'avaient recouchée, à gestes courts et maternels, comme elles l'auraient fait pour un petit enfant.

En silence, assises de part et d'autre du lit, elles l'avaient veillée, à l'affût du moindre regard, guettant une esquisse de sourire, espérant le moindre mot. Plusieurs fois, elles avaient cru voir, entendre, sentir encore la vie dans ce corps martyr. Sur le soir, Léona avait tiré de l'armoire l'habit franciscain – robe blanche, scapulaire brun, corde à trois nœuds, voile noir de tertiaire – qu'elle avait posé avec soin sur une chaise en disant à voix basse : « C'est celui qu'elle veut, pour le voyage. »

Au moment de partir, Julie avait appuyé un baiser sur le front glacé ; elle avait murmuré : « Je t'aime... » Pour la première fois de sa vie, ces mots lui étaient venus. Pour la première fois, elle avait osé les offrir. Et ce miracle s'était produit là, dans cette chambre de souffrance, pour cette femme qui n'entendait peut-être plus.

Sur le pas de la porte, Julie s'était retournée, avait fait un petit signe d'au revoir. Elle avait eu l'impression d'un sourire en retour. Dans l'allée, entre les massifs de cœurs de Marie amusés par le vent, elle avait lâché la bonde à sa détresse.

Trois jours plus tard, le mercredi 10 juillet, en fin d'après-midi, alors que, assis sur son banc du jardin, la canne entre les genoux, Léo observait dans le ciel le ballet des hirondelles en chasse, des coups de poing vigoureux ébranlèrent la porte du couloir. Dans son fauteuil près du bloc où transpirait son sirop d'orgeat, plongée dans la lecture du nouveau *Canard enchaîné*, Julie sursauta. Elle lança un regard inquiet à Léo, qui fronça les sourcils, empoigna sa canne. Les coups redoublaient.

— Voilà, voilà ! hurla Léo.

Ses pas traînants dans le couloir... des bribes de conversation... de nouveau, les pas traînants sur le dallage. Julie n'avait pas bougé. Il lui tendit un télégramme qu'elle observa longuement avant de l'ouvrir. Il s'assit sur son banc, la canne entre les jambes. Elle déplia le papier. Il la vit se décomposer. Elle lut, d'une voix éteinte :

— « Ève morte ce matin. Enterrement jeudi 10 heures. Léona. »

— Tu iras ? demanda Léo, les mains crispées sur le pommeau de sa canne, les yeux dans le vague du ciel où filaient les hirondelles.

— J'irai !

Elle y est allée. A vu le village vide, la rue déserte, de Béthanie jusqu'à l'église. Derrière la croix de procession, derrière le servant en aube noire et surplis de dentelle portant l'eau bénite, derrière le chantre qui psalmodiait du latin funèbre, derrière l'abbé Guy et son concélébrant, elle a suivi le pauvre cercueil de sapin recouvert du drap noir des humbles, porté par quatre hommes du village. En tête du cortège, Jeanne, la fille, malheureuse Jeanne-Jean marquée par la peine et l'étrangeté de la vie, Léona et son mari, le bon André Aumain, les dames Poirot, qui gardaient la maison pendant les expéditions africaines, et Henrion, la voisine si dévouée pour donner un coup de main à Léona, puis deux ou trois hommes et quelques paroissiennes en noir abritées des ardeurs du soleil par un parapluie.

Elle a suivi l'office dans la petite église éclaboussée de lumière, contemplé une dernière fois le cercueil posé à même le sol sous le Christ en croix pendu à la voûte. Elle a soutenu Léona quand elle s'est effondrée au milieu de la nef. Elle a vu la tombe, simple fosse creusée contre le mur de l'église, au plein midi, vu descendre le cercueil, tête contre la muraille sacrée. Elle a jeté une poignée de sable, entendu la terre sur le bois comme des pierres contre un tonneau vide sous la pelle du fossoyeur dégoulinant de sueur, senti le parfum d'humus qui baignerait désormais sa bonne Ève, pour l'éternité. Pas de fleurs. Pas de couronnes.

Avant de rentrer à Vittel, elle a partagé les dernières heures du jour avec Léona, à Béthanie. C'est là, contemplant le clocher du village planté dans un ciel rouge sang pour un coucher de soleil d'apothéose, qu'elle a tout su de l'agonie de son amie : le coma des derniers jours, la résurrection du mardi après-midi au moment de recevoir l'absolution générale du tiers ordre, la dernière nuit, bercée comme une enfant par sa compagne, le curieux sursaut, comme de terreur, au petit matin, puis la délivrance, le dernier soupir, enfin, à l'heure de l'angélus, paisible, imperceptible, infini.

Ce soir-là, devant le ciel ensanglanté posé sur les tours lointaines de Saint-Baslemont, Léona lui a tout raconté sans une larme, sans un mouvement de détresse, sans un mot de tristesse.

— Je l'ai lavée, transportée dans l'autre pièce de devant pour la veiller. Elle ne pesait pas plus qu'une plume de chardonneret ! Puis j'ai cueilli le premier lys du jardin… pour elle ! Sa seule fleur ! Elle n'en voulait pas d'autres, comme elle ne voulait personne à son enterrement. J'ai presque réussi à respecter sa volonté… Dis, Julie… qu'en dis-tu ?

Étonnamment forte, Léona ! Julie la prit dans ses bras, la garda longtemps ainsi contre elle, puis la mena vers son mari, qui attendait dans la cuisine. La voiture venait de donner son coup de corne. Elle s'en alla.

Pourquoi, alors que la Panhard-Levassor basculait au sommet du col des Clochettes, pensa-t-elle à Victor Hugo agonisant, écrivant sa dernière ligne dans la liasse de feuillets qui lui servait de carnet :

Aimer, c'est agir.

Pourquoi ?

22

Juin 1934

Julie feuilletait l'épais volume à couverture marron rayée de bandes horizontales noires, et marquée de grosses lettres gothiques : *Mein Kampf*. Elle en lisait, relisait les passages les plus violents, se demandant à chaque fois pourquoi un tel brûlot ne provoquait pas plus de réactions en France.

Les livres sont pour les niais et les imbéciles des « classes intellectuelles » moyennes, et aussi naturellement des classes supérieures ; les journaux sont pour la masse.

Le criminel incendie du Reichstag – parlement de l'empire puis de la République de Weimar – avait cruellement illuminé Berlin dans la nuit du 27 au 28 février 1933. Il avait aussitôt donné l'occasion à cet Adolf Hitler conquérant, vingt-huit jours après sa nomination au poste de chancelier du Reich, d'interdire le parti communiste allemand – le plus important d'Europe –, de se faire donner les pleins pouvoirs d'exception par le vieux président Hindenburg, de confier à un certain Goering la mission d'exploiter politiquement et policièrement l'événement en vue d'assurer « la protection du peuple et de l'État », et d'ouvrir près de Munich, à deux pas de la petite ville de Dachau, le premier camp d'internement et de travail forcé pour les réfractaires au nouveau régime, dont le portail s'ornait de la devise en fer forgé *Arbeit macht frei*[1]. Avec ses complices, le nouveau chancelier avait décidé de « mettre la nation au pas » puis, cette tâche accomplie, de s'occuper activement de l'Europe !

On ne doit pas oublier que le but suprême de l'existence des hommes n'est pas la conservation d'un État : c'est la conservation de leur race... Si un peuple succombe dans sa lutte pour les droits de l'homme, c'est qu'il a été pesé sur la balance du sort et a été trouvé trop léger pour avoir droit au bonheur de l'existence dans ce monde terrestre... Le monde n'est point fait pour les peuples lâches.

Julie sentait ses cheveux se dresser sur sa tête. « Si un peuple succombe dans sa lutte pour les droits de l'homme... c'est qu'il a été trouvé trop léger pour avoir droit au bonheur... »

Cette annonce d'une extermination annoncée de peuples « trop légers » provoquait en elle un dégoût et une révolte violents. Mais elle se sentait bien seule ! Depuis 1925, ce livre était partout en Allemagne – pas un Allemand qui ne l'ait lu, souvent apprécié, parfois combattu, au risque de finir à Dachau –, et depuis plusieurs mois, en langue française, dans toutes les librairies de France ! Or, qui

1. « Le travail rend libre. »

avait réagi à sa lecture ? Qui l'avait jugé dangereux ? Qui l'avait condamné ? Personne !

Le péril était d'autant plus grand que, jetés dans la rue par les magouilles criminelles des agioteurs anglo-saxons, auteurs clandestins de la terrible crise économique de 1929, des millions de chômeurs se sentaient prêts à suivre le premier « sauveur » venu ! Le Nationalsozialistische Deutsche Arbeiterpartei [1] n'avait-il pas la réputation d'avoir réorganisé un pays en ruine et donné du travail à tous ses travailleurs, et n'avait-il pas l'ambition de laver le pays de l'affront versaillais ? Les immenses cérémonies rapportées dans les journaux, hérissées de bannières par milliers, frappées de la croix gammée, la formidable rumeur crachée par les radios, montée de foules en extase, « Heil Hitler », les discours aboyés du nouveau « Führer » ne donnaient-ils pas l'impression que le progrès social et le bonheur étaient devenus allemands ? Les fêtes de Nuremberg, répercutées par les feuilles et les ondes, séduisaient les plus tièdes, galvanisaient les plus ardents, gangrenaient des populations fragiles, aveugles le plus souvent aux véritables intentions des fondateurs du nouveau régime. Pourtant, tout était là, dans ce livre que chacun pouvait lire, que chacun devait lire avant l'irruption du pire !

« Un jour, ils diront tous qu'ils ne savaient pas ! avait explosé Julie en refermant ce *Mein Kampf* qui lui brûlait les doigts. Tu verras, avait-elle lancé à Léo, ils diront qu'ils ne savaient pas !

---

1. Parti national-socialiste allemand des travailleurs.

— Je ne le verrai pas, moi... »

Léo avait mâché ses mots, à peine haussé les épaules.

« Nous ne le verrons peut-être pas, nous autres, avait-elle ajouté en baissant le ton. Mais leurs enfants devront assumer leur surdité imbécile. C'est grave, de laisser un tel héritage ! Tu ne crois pas ? »

Il n'avait pas réagi. Au tournant de ses quatre-vingt-dix ans, Léo avait perdu beaucoup de sa vivacité d'esprit et de mouvement. Il passait désormais le plus clair de son temps, été comme hiver, derrière la fenêtre du poêle, les yeux fixés sur la façade d'en face, vides, transparents, ailleurs.

Les hirondelles rentraient maintenant sans lui, les cèpes poussaient puis pourrissaient sans l'avoir vu, le jardin s'était laissé envahir par les ronces, le pourpier et le liseron, qui étoilait de blanc le lierre du mur.

Julie n'avait pas la main verte. Elle se contentait de nettoyer le coin du banc, près de la remise habitée par des colonies d'araignées. Elle l'y menait parfois, quand le temps était au doux, à petits pas. Sortant du couloir sombre, il avait toujours la même réaction, se redressait, respirait profondément, parcourait jardin, mur et ciel d'une embrassée de regard, prenait la main de Julie, la serrait aussi fort que ses pauvres doigts le lui permettaient : « Merci... merci... merci... » Elle prenait ces mots pour elle, même si elle les devinait parfois destinés à la lumière, au ciel et à ses nuages, aux arbres balancés par la brise, aux étoiles du liseron sur le lierre du mur, aux mésanges dans le coudrier. Une bave collante et acide coulait maintenant sans répit au coin de ses lèvres, lui provoquait des rougeurs sur le menton, qu'elle essuyait d'un geste doux. « Merci... merci... »

Quand elle le rentrait, il avait repris des forces, hasardait quelques pas en solitaire dans la cuisine, tranchait le pain contre sa poitrine, d'une lenteur infinie, en tremblant, sortait une bouteille de vin du Montfort dont il faisait déborder les deux verres. Elle lui servait la soupe. « Merci... merci... » Il bavait. Elle l'essuyait de son geste doux. « Merci... merci... » Elle l'aidait à sa toilette – elle avait eu du mal à le lui faire admettre ; il avait regimbé ; elle l'avait mis en confiance. « Merci... merci... » Elle le couchait. « Merci... » Puis elle montait dans sa chambre, ouvrait *Mein Kampf*, s'emportait contre la cruelle bêtise des hommes avant de s'endormir d'un sommeil trop lourd pour être reposant.

Pourtant, les tragiques manifestations du mois de février avaient eu de quoi leur mettre la puce à l'oreille, à tous ces sourds et muets ! Le 6 de ce mois maudit, tous les monarcho-droitards s'étaient retrouvés sur la place de la Concorde, de l'Action française de Maurras aux Croix-de-Feu du colonel de La Rocque, en passant par la Solidarité française du parfumeur Coty, les Jeunesses patriotes de Pierre Taittinger, et la nébuleuse Union nationale des Combattants.

Leur objectif, devant l'Assemblée nationale : contester l'investiture du nouveau président du Conseil Édouard Daladier, élu d'Avignon, surnommé « le taureau du Vaucluse », dont le défaut principal, radical-socialiste, était de croire encore aux vertus républicaines. Ses sorties à répétition contre les capitalistes, sa charge durant le congrès extraordinaire de son parti contre les « deux cents familles maîtresses de l'économie française et, en fait, de la politique française » avaient mis le feu aux poudres. Elles avaient choqué une droite conservatrice prête à sortir les armes pour défendre ses privilèges d'un autre temps.

L'émeute avait éclaté. Violente ! Les forces de l'ordre avaient tiré : quinze morts parmi les manifestants, un dans les rangs de la gendarmerie, près de mille cinq cents blessés ! En réaction, descendus dans la rue trois jours plus tard, au même endroit, les partis de gauche avaient relevé sur le pavé quatre tués des leurs et deux cents blessés ! Depuis, les affrontements étaient devenus quotidiens, fomentés par des bandes nostalgiques d'un passé vieux de près de deux siècles et, surtout, imbibées jusqu'à l'os des théories déjà mises en application outre-Rhin. Leurs slogans contre « L'Anti-France : les quatre États confédérés des Protestants, Juifs, Francs-maçons et Métèques » couraient maintenant dans les rues de Paris et en province, martelaient avec Maurras que les « Protestants, Juifs et Francs-maçons sont des étrangers internes » à chasser ou détruire, dans l'intérêt de la Nation !

Pour qui savait rester vigilant, entendre et observer, l'impression était troublante d'idées balancées sur la place publique française en écho de celles vociférées sur le forum de Nuremberg, écrites depuis dix années déjà dans ce redoutable *Mein Kampf*. Julie bouillait de rage en lisant les insultes propagées par ce torchon. Pas un chapitre, pas une page sans un torrent de haine :

Ce que le Juif produit dans le domaine de l'art n'est que bousillage ou vol intellectuel... Il n'est qu'un bateleur ou, pour mieux dire, un singe imitateur... le parasite-type, l'écornifleur, un bacille nuisible... Son but dernier est la victoire de la démocratie... C'est elle qui répond le mieux à ses besoins ; elle supprime les personnalités pour mettre à leur place la majorité des imbéciles, des incapables et surtout des lâches.

La malheureuse sortait de ces lectures écœurée, en proie à des nausées longues à disparaître. Mais elle y replongeait avec la conscience curieuse d'une réelle obligation morale : lire, relire, relire encore ces lignes insupportables, pour toutes celles et tous ceux qui en ignoraient l'existence, ou voulaient encore l'ignorer, afin de les priver de la trop facile excuse à venir : « On ne savait pas ! » Elle voulait aussi tenter de découvrir, dans ces pages infectes, ce qui pouvait séduire à ce point les féroces militants de la droite française à l'origine des terribles événements de février à Paris.

Elle avait revu Germaine Bouloumié, pour les activités de la Croix-Rouge dont s'occupait la dynamique administratrice de la Société des eaux, lui en avait parlé. Elles avaient longuement échangé sur le sujet, partagé leur dégoût pour de telles idées, puis leurs craintes d'un pire qui leur paraissait de plus en plus inéluctable. Certes, l'esprit social insufflé depuis toujours par les dirigeants, tant dans la station thermale que dans les ateliers de l'embouteillage – l'entreprise n'avait-elle pas été l'une des premières de France à signer, en 1925, une convention collective très respectueuse de l'harmonie patron-salariés et avantageuse pour les personnels ? –, tenait encore Vittel à l'écart de l'effervescence du moment. Mais pour combien de temps ? La diarrhée politique et l'emballement syndical n'allaient-ils pas gagner les chaînes de production de bouteilles d'eau minérale et les centres de soins jusque-là préservés ? Germaine n'écartait aucune hypothèse, son frère Jean non plus qui, tant à la tête de la Société des eaux qu'à la mairie, redoublait d'efforts pour moderniser encore la station, et développer les affaires dans l'intérêt de tous.

Le pavillon de la Grande Source venait de subir sa quatrième transformation depuis sa création. Déplacé, reconstruit au bout de la Grande Galerie par l'architecte Auguste Bluysen, il avait perdu son aspect désuet de romantisme sur le déclin au profit d'une silhouette aux lignes pures ouverte sur l'immensité du parc. Les arbres majestueux plantés par Louis et Ambroise cinquante ans plus tôt, les vagues de rosiers, les lacs infinis de gazon pénétraient les nouveaux lieux que baignait une lumière tombée à flots des larges baies vitrées. Dedans, on avait l'impression d'être déjà dehors ; dehors, celle d'être encore dedans, autour de la piscine où des jeunes femmes, robe bleue, tablier blanc et diadème de dentelle dans les cheveux, tendaient leur gobelet ruisselant aux buveurs.

Fernand César, l'autre architecte ami de la station, avait enrichi le parc d'un chalet pour les enfants, aux allures japonisantes, d'un deuxième chalet, d'aisance celui-là, élégant et digne comme une résidence secondaire, d'un institut d'éducation physique que fréquentaient des messieurs à moustache pointue en justaucorps blanc, et d'une exèdre à musique en forme de gracieuse oreille de mer ouverte au plein midi, équipée d'un store à soufflets destiné à abriter les musiciens et choristes des trop folles ardeurs du soleil.

La ville dans la ville faisait vivre tous les Vittellois au rythme des trains des eaux déversant leur flux ininterrompu de curistes en mal de mieux-être qui, eux, vivaient au rythme des heures de buvette, des disponibilités des quatorze courts de tennis, des départs des courses hippiques, et des bruyants levers de rideau dans le théâtre du casino décoré de rinceaux de feuillages, autour de scènes agrestes de la plus agréable fraîcheur, appréciée tant par la grande Cécile Sorel, venue jouer *Sapho* et *Anna Karénine*, que par Tino Rossi, déterminé à déclarer sa flamme à sa « Corse, île d'amour », pays où il avait vu le jour, où l'on peut se battre pour... les beaux yeux d'une femme !

Invitée par Germaine, Julie était venue entendre ce chanteur charmeur dans la bourdonnante salle pleine à craquer. Elle avait été touchée par l'invitation de cette femme qu'elle n'osait pas considérer comme son amie, dont elle appréciait les qualités humaines rares et le bel allant malgré des déchirures parfois dans son sourire qui témoignaient de drames restés secrets. Elle s'était installée à sa place, seule, Germaine ayant été retenue au dernier moment par un important dîner d'affaires.

Elle, Julie Darriaud, si familière des coulisses et des planches, avait vécu l'autre côté du miroir : l'impatience du public, les frémissements du rideau, les notes d'accord de l'orchestre planqué dans sa fosse, l'ouverture enfin, et l'attaque des musiciens, puis l'apparition de l'artiste. Elle en avait frissonné des pieds à la tête, avait senti les larmes lui venir aux paupières. Ève... Ève... cinq ans déjà ! Et deux ans qu'elle-même n'avait pas remis les pieds sur une scène de théâtre, le nouveau directeur, qui dirigeait Nice l'hiver et Vittel l'été, ayant décidé d'engager exclusivement des artistes professionnels. Il le lui avait appris un soir de début de saison, entre deux portes, au moment interlope où chiens et loups se disputaient les restes de jour dans le parc. Elle avait encaissé la décision avec un flegme apparent, malgré l'impression d'insulte lovée aussitôt au creux de l'estomac, impression de blessure interne qui, depuis ce soir-là, ne cessait de la tarauder.

La poussière des planches lui manquait cruellement, le déluge de lumière de la rampe et des cintres, l'effervescence des machinos, les respirations du public, et... la présence d'Ève ! Frustration de la scène, ou douleur de se trouver seule avec la mémoire d'une morte dans un théâtre aussi vivant ? Elle avait subi plus que goûté cette soirée ! Certes, la voix et l'allure de Tino Rossi l'avaient charmée, avec ses roucoulades de pigeon en mal d'amour et sa pointe d'accent sucré au miel de lavande, mais les minauderies de femmes ventilées d'un geste lâche à la plume de nandou, les manières enroulées des hommes plantés dans des complets satinés, l'emphase des musiques et la mièvrerie des bluettes l'avaient rendue agressive.

Elle s'était confirmée, ce soir-là, femme du peuple, solide dans ses manières de nouvelle paysanne du Petit-Ban, fière de partager le bon air de la maison Marmillot avec un vieux berger descendu d'un brasseur trop ronflant du Grand-Ban, complice d'hier et pour toujours d'une femme que tous les ors du monde avaient transformée en servante, disciple d'Ève Lavallière, sœur de Louise Michel !

Les temps n'étaient plus à la sérénade amoureuse pour midinette décervelée ! Quelque part, un fou furieux s'apprêtait à exterminer la moitié de l'humanité, à détruire des peuples que sa balance criminelle avait déjà jugés « trop légers pour avoir droit au bonheur de l'existence dans ce monde terrestre ». Il l'avait écrit. Il le ferait !

Bientôt il serait trop tard !

Elle était rentrée à la maison comme une furie, la rage au ventre et le dégoût au bord des lèvres. L'oreille collée à la porte de la chambre, elle avait perçu le ronflement régulier de Léo. Alors, elle avait roulé en boule des pages de vieux *Vittel Journal*, les avait jetées dans le foyer de la cuisinière avec des bouts de carton et du petit bois bien sec, avait craqué une allumette. Les flammes avaient jailli. Elle avait encore jeté dans le feu des bûchettes, des cartons d'emballage de médicaments, celui d'invitation au tour de chant de Tino Rossi. Puis elle était allée prendre dans sa chambre *Mein Kampf*, l'avait lancé dans le brasier en hurlant : « Voilà ce que je fais de ton livre de merde, Hitler ! Et toi, tu connaîtras le même sort… je le jure ! »

Germaine Bouloumié lui avait proposé de travailler avec elle pour la Croix-Rouge et les associations très actives qu'elle venait de lancer à Vittel, soutenues par la mairie : la Goutte de lait et la Maison de l'enfance. Elle irait la voir dès le lendemain pour lui dire qu'elle était prête.

Après le temps de la comédie et de la lecture dans le jardin, entre les mésanges bavardes du coudrier et les étoiles argentées du liseron dans le lierre du vieux mur, était venu, pour elle, celui de donner dans l'action.

« Aimer, c'est agir ! »

23

Juin 1936

Moins d'un an plus tôt, la grande manifestation du 14 juillet avait donné le ton.

Julie était montée à Paris. Elle y avait rejoint les manifestants, y avait passé deux jours, sans dormir, sans manger, tout entière tendue par le mouvement d'un peuple dont elle espérait, enfin, le sursaut salutaire.

Plus de deux cent mille personnes avaient défilé dans les rues. Elle était avec eux, au milieu d'eux, en eux ! Pour la première fois, cette foule avait rassemblé toutes les forces dites « de gauche ». Parti communiste, SFIO [1], syndicats et Ligue des droits de l'homme, citoyennes et citoyens mobilisés contre les dérives d'un pouvoir sali par l'argent de ceux qui accroissaient leur fortune sur le dos des travailleurs, tous avaient défilé à Paris, de la Bastille au cours de Vincennes, derrière leurs responsables.

Maurice Thorez était là, Léon Blum aussi. Elle les avait vus, ces héritiers de Louise Michel. Les avait croisés, frôlés même. Avec eux, elle avait hurlé des slogans, chanté à s'en déchirer la gorge. Fini, le

1. Section française de l'Internationale ouvrière (1905-1971). Ancêtre du Parti socialiste français.

silence des obsèques à Levallois ! Le temps était venu de se faire entendre, de couvrir les rumeurs des enragés de la droite.

Tout le long du parcours, les accents de « La Marseillaise » avaient rythmé le pas sur les pavés, mêlés aux espoirs fous d'une « Internationale[1] » reprise en chœur par une masse formidable de femmes et d'hommes dont l'unique voix, comme un grondement de tonnerre, était allée frapper les façades sourdes et aveugles des beaux quartiers.

Debout ! les damnés de la terre
Debout ! les forçats de la faim...

Le tumulte avait couvert une capitale puis une France soudain réveillées, que quinze années d'odieuses promesses et de bluettes insipides avaient anesthésiées en profondeur. Dans ce Paris en effervescence, Julie n'avait pas eu la moindre pensée pour le pensionnat des Lilas. Son enfance était loin ! Elle se sentait maintenant si proche de sa sortie de scène, le temps à vivre encore lui paraissait si court, et la tâche à accomplir encore si lourde... qu'elle s'était jetée à corps perdu dans la bataille.

Du passé faisons table rase
Foule esclave, debout ! debout !

---

1. Poème écrit par Eugène Pottier en 1871, en pleine répression versaillaise de la Commune. Mis en musique par l'ouvrier lillois Pierre Degeyter, il est devenu l'hymne du mouvement ouvrier mondial lors du congrès de la IIe Internationale, à Amsterdam, en 1904.

Du Champ-de-Mars à Neuilly, en passant par la rue des Belles-Feuilles, un certain Paris avait senti le vent du boulet, serré les dents, juré que tous ces copains et coquins de « rouges » le paieraient un jour ! Quand ? Dieu seul le savait, et encore !

Mais ils le paieraient ! Quitte à se compromettre avec le diable !

À Vittel, on avait depuis longtemps dépassé le seuil de la millionième bouteille d'eau minérale sortie des ateliers d'embouteillage ! 1898 ! La ville d'alors n'était encore qu'un village, les véhicules... des équipages piaffants qui semaient des pyramides de crottin parfumé dans les rues, les Vittellois... des paysans étonnés par l'effervescence du quartier thermal, spectateurs d'un avenir en perspective dessiné par un homme éminent venu d'ailleurs, le bouillonnant Aveyronnais Louis Bouloumié. Mais tout avait changé !

On s'acheminait maintenant vers la cent millionième bouteille !

Vittel était devenue l'une des stations thermales les plus huppées d'Europe. Son eau fréquentait toutes les tables de la planète et régnait sans partage à la verse dans tous les bistrots, compagne fidèle des sirops de menthe, grenadine ou fraise, et du pastis dont les amateurs imprégnés disaient qu'elle était seule à respecter la délicate saveur de l'anis. Les sentes et venelles du village étaient désormais rues de ville pimpante, bordées de boutiques, ponctuées de terrasses ouvertes aux fréquentations mondaine et locale en mélange harmonieux, traversées par des piétons en compétition avec les voitures automobiles les plus prestigieuses, telle la fameuse Traction de Citroën, qui venait de révolutionner le monde automobile.

Et, premiers acteurs d'une réussite économique et sociale exemplaire, les Vittellois avaient acquis une aisance financière et des manières qui les incitaient à porter un regard envié sur les autres stations moins heureuses du pays. À trois tours de roue de bicyclette du côté du couchant, Martigny-les-Bains commençait à s'étioler, tandis que de l'autre côté, à une petite heure d'automobile, la romaine Bains-les-Bains voyait sa fréquentation décroître de manière inquiétante.

La Grande Dépression était passée par là !

Quant à Contrexéville, la justement nommée « Reine des Vosges » pour son cadre en écrin et les incontestables qualités de ses eaux « souveraines », à une portée de voix de Gérémoy, elle commençait à lorgner avec intérêt vers sa rivale d'hier. S'efforçant d'oublier les jugements vittellois à l'emporte-pièce, qui ne faisaient que répondre à ses propres attaques des années 1855-1860 – le bouillant curé de Vittel Charles Chapiat n'avait-il pas écrit, dans son *Voyage dans les Vosges* publié en 1881 : « ... ce village est assis dans une vallée trop étroite pour ses tendances à l'agrandissement. C'est un gros inconvénient pour une agglomération de gens maladifs qu'un espace où manque nécessairement l'air... », en écho à monseigneur Barbier de Montault, curiste archéologue et prélat de la Maison de Sa Sainteté, qui, dans son étude *Une saison d'archéologie à Contrexéville* publiée quelques années plus tôt, affirmait violemment : « Contrexéville peut se qualifier d'affreux trou, influence du froid et de l'humidité [...] où l'on respire comme dans une ferme l'odeur du fumier répandu de toute part sur le passage » –, elle se disait qu'un rapprochement avec sa turbulente et prestigieuse voisine pourrait être de bonne intelligence.

Mais la sympathie pour l'Allemagne et l'anticommunisme affichés par son entreprenant et turbulent maire Marcel Boucher n'étaient pas du goût des humanistes vittellois. S'il avait réussi une modernisation exemplaire de la station autour de sa Source du Pavillon, réalisant une adduction d'eau très moderne, faisant construire une nouvelle gare parfaitement adaptée aux besoins d'une ville moderne, creusant le lac de la Folie qui deviendrait bientôt un lieu de plaisirs nautiques très apprécié des curistes, dotant sa ville d'une école conforme à ses ambitions politiques et d'une avenue digne des plus grands lieux de villégiature, il militait trop à leur goût pour un nationalisme antisocial proche du vieil activisme monarchique. Ses réunions électorales pour le siège de député des Vosges contre le sortant modéré Camille Picard, qu'il présentait comme le « candidat des révolutionnaires », avaient toujours un curieux goût soufré d'Ancien Régime, et son projet de grande fête nationale en l'honneur de Jeanne d'Arc à Domrémy, en présence de plusieurs cardinaux, maréchaux, ambassadeurs et écrivains célèbres réputés pour leurs positions hostiles au Front populaire, en inquiétait plus d'un.

Julie avait assisté à quelques-unes de ces réunions publiques, à Vittel, dans la grande salle du flambant neuf hôtel de l'Ermitage, qu'il louait pour la circonstance. Les emportements de cet homme contre les forces sociales montantes, son acharnement à prêcher le rapprochement nécessaire avec l'Allemagne pour lutter contre le danger bolchevique en même temps qu'il se disait profondément hostile à Hitler et à sa doctrine, son appel aux armes, justifié selon lui par l'état de guerre permanent né de l'opposition entre un bloc occidental attaché à ce que ses partisans nommaient « démocratie libérale » et l'autre, oriental et soviétique, qualifié de « dictature rouge », lui étaient insupportables. Mais, de même qu'elle s'était forcée à lire la bible hitlérienne, elle devait les entendre pour tenter de comprendre ce qui se tramait dans les états-majors à l'insu d'un peuple que les agioteurs anglo-saxons et leurs servants européens avaient déjà mis à genoux et mené sans états d'âme à la soupe populaire.

Ce peuple faisait désormais front. Il venait de se dresser à la loyale, par les urnes et avec fermeté, contre l'avidité d'une poignée de nantis. Il saurait leur montrer de quoi était fait l'héritage de la Révolution française, la devise républicaine, et ses aspirations à une vraie justice sociale ! Cette guerre dont Boucher parlait comme d'une sortie inéluctable à la crise économique du jour et aux tensions tissées par l'outrance victorieuse versaillaise d'hier, Julie avait compris qu'il la voulait, lui, ce nouveau député, comme la voulaient ses complices, certains nostalgiques de la monarchie, qu'ils rêvaient de restaurer, d'autres avides de relancer une machine industrielle mise à mal par les délires boursiers.

Le Front populaire ! Enfin un moment de l'Histoire dont aurait pu se réjouir Louise Michel ! Une nouvelle voie sociale que n'aurait pas reniée l'amie Ève Lavallière, tellement attachée au partage des richesses dont elle avait trouvé la moelle dans les textes de saint Matthieu !

Julie se sentait gagnée par une énergie nouvelle, retrouvait ses sensations d'autrefois, se reprenait à espérer un monde meilleur, moins égoïste, plus respectueux de toutes et de tous !

Une lame de fond avait alors bouleversé le pays. Parties du Havre, où les ouvriers des usines d'aviation Bréguet avaient posé les outils, suivis par les dockers, qui avaient décidé de croiser les bras tant que deux de leurs camarades injustement licenciés ne seraient pas réintégrés, les grèves avaient gagné les ateliers Latécoère à Toulouse, puis les établissements Bloch à Courbevoie. La traînée de poudre avait ensuite couru par toute la France, allumant des incendies dans toutes les branches professionnelles. Des ébénistes aux ouvriers métallos, des blouses blanches de la chimie aux gueules noires du charbon et gueules jaunes du minerai, des esclaves des machines sur les chaînes de construction automobile aux employés aux écritures et aux garçons de café, tous s'étaient arrêtés de travailler, avaient occupé pour la première fois leurs lieux de travail, s'étaient mis à danser dans les cours d'usine, sur les terrasses et les carreaux de mine où les « salles des pendus[1] » résonnaient de leurs rêves clamés jusqu'au ciel...

Le monde va changer de base.
Nous ne sommes rien, soyons tout !
C'est la lutte finale...

Même les commis de culture, jusque-là éternellement silencieux, avaient posé bêche, fourche, lâché les manchons de la charrue. Du jamais vu ! La nouvelle Révolution était en marche, la grande cette fois, la définitive !

Le mouvement n'avait pas épargné les Vosges. Ouvriers de filature, tisserands et teinturiers des vallées de la Moselle, de la Moselotte, de la Meurthe et du Rabodeau, tous s'étaient mis en grève, eux aussi. Ils avaient eu soudain l'impression d'être devenus une force invincible, capable de remettre à l'endroit une politique que des patrons et des élus vénaux avaient mise cul par-dessus tête. Ils voulaient affirmer leur existence en tant qu'êtres humains, eux que le monde de la finance avait toujours pris pour des bêtes de somme, faire reconnaître leurs droits et qualités, profiter eux aussi de la vie, du repos mérité après le travail, voir s'ouvrir un horizon jusque-là accessible aux seuls gueulards de la Bourse.

---

1. Nom donné aux vestiaires des mineurs : ils accrochaient leurs vêtements à un crochet au bout d'une chaîne puis les faisaient monter au plafond. Cela facilitait le nettoyage de la salle et permettait également aux vêtements de sécher plus vite.

Ils se prenaient à rêver de protection sociale, de congés payés, d'une retraite digne avant la mort. Ils s'étaient découvert l'irrésistible envie de... voir la mer !

Il n'est pas de sauveurs suprêmes :
Ni dieu, ni césar, ni tribun.

Ils s'étaient mis à croire à un monde d'hommes meilleurs, plus respectueux de l'autre, mais qu'il fallait aider à naître au forceps, à une terre débarrassée de ses frontières érigées par quelques-uns pour mieux séparer et dominer tous les autres, lavée de toutes les souillures millénaires de quelques familles dominantes prétendues « de droit divin », assainie de toutes les croyances et fois propagées par des voleurs d'âmes et d'or, à la fraternité tellement affichée aux frontons des palais républicains, jamais vécue au quotidien ! Quant à l'égalité...

Producteurs, sauvons-nous nous-mêmes !
Groupons-nous et demain
L'Internationale
Sera le genre humain !

De Dunkerque à Libreville, de Brest à Saigon, un vent nouveau soufflait sur le pays, chassait les miasmes d'une histoire de métropole trop longtemps tenue fenêtres fermées par ses figurants d'académies couverts de lauriers et bardés de breloques, parfumait de senteurs printanières des colonies épuisées par la voracité de leurs « bienfaiteurs ».

Pour celles et ceux qui le subissaient, mai 1936 prenait des accents de répression versaillaise de la Commune. Pour ceux qui le vivaient, il avait un agréable air de liberté et un sérieux goût de « reviens-y ». On y reviendrait, certes, mais pas sans combattre ! D'autant que, malgré l'aspirateur de fumées adroitement manipulé par les dissimulateurs d'État, chacun voyait flamber la société d'outre-Rhin, et s'armer partout des droites dures, comme le Front national espagnol, contre les coalitions de gauche ! La presse écrite en témoignait chaque jour davantage. Et la radio s'en faisait l'écho, qui s'installait dans les foyers et faisait désormais circuler l'information à la vitesse... du son. Oui, il faudrait combattre pour conquérir un droit à l'avenir meilleur ! Mais on y croyait, et... on était déjà en marche !

Vittel paraissait une île paisible dans cet océan gonflé par une furieuse marée d'équinoxe. Bien que traversé par le courant à haute tension du moment, chacun y était à son poste, briquait les chambres d'hôtel et les cabines de douche de l'Établissement thermal, remplissait de Grande Source les bouteilles qui s'accumulaient sur les quais de la gare en attente d'hypothétiques trains des eaux, labourait ses champs comme si de rien n'était. Bien sûr, on partageait l'inquiétude générale face au drame annoncé d'outre-Pyrénées et aux menaces de guerre brandies par le Führer, et les espoirs d'une société plus juste et respectueuse de ses travailleurs. Mais on se sentait tout de même privilégiés dans cette ville irriguée maintenant par un thermalisme apprécié du monde entier, et à son poste dans une entreprise, station et usine d'embouteillage, qui avait su se concevoir dès le départ comme un maillon de la chaîne sociale au service des hommes, curistes ou salariés. La paie y était très correcte, la promotion au mérite, la maladie ou l'accident bien couverts, et la retraite assurée avec, à la clé, la quasi-certitude de pouvoir vivre des vieux jours de propriétaire, en famille, dans sa petite maison ! Même si on se sentait solidaires des grévistes, même si on avait des fourmis dans les jambes à la lecture des journaux relatant les manifestations dans toutes les villes de France, on avait voulu donner aux Bouloumié une belle preuve de confiance et de gratitude en continuant le travail. Pas une heure de grève à Vittel ! Pas un mouvement de contestation ! La paix vigilante, un œil posé sur les tensions d'Espagne et le grand cirque allemand.

Julie rentrait d'une réunion politique de la droitière Fédération républicaine de France, organisée par Marcel Boucher à l'Ermitage. Elle y avait entendu le bouillant député-maire de Contrexéville, soupçonné de sympathie pour la Cagoule et d'être un activiste des Croix-de-Feu en même temps que des Camelots du roi, dénoncer avec fougue les « solutions collectivistes conformes aux doctrines marxistes », et la volonté du gouvernement conduit par Léon Blum de « miner le droit de propriété, à sa base même, en l'affaiblissant par des obligations et des entraves ».

Peu de monde dans la rue. Par ces temps troublés, on évitait de sortir le soir, même à Vittel !

Sur la place des Dames, quelques maigres groupes jouaient avec leur ombre dans le clair de lune en fumant des cigarettes. Elle les entendait discuter sans éclat, rire de temps en temps, s'écarter en gesticulant pour se rapprocher ensuite à la manière des vols d'étourneaux, les soirs d'automne, sur la Vauviard. Aucun ne fit attention à cette femme seule dont le pas sonnait sur la passerelle en direction du Petit-Ban.

Julie marchait lentement, trop heureuse de profiter du bon air de cette nuit naissante de septembre après les vociférations, les remugles de sueur et la fumée de la salle de réunion. Droit devant, la silhouette de Saint-Privat s'appuyait contre le ciel d'un bleu de Prusse profond, griffée dans la lueur des réverbères par quelques vols de chauves-souris en chasse. Elle respirait à pleins poumons la fraîcheur, les parfums de terre chauffée tout le jour par un bon soleil de fin de saison, et les relents de ville exhalés par quelque égout en concurrence avec les vapeurs de bière et la graisse tiède de bacs à frites oubliés sur un coin de cuisinière dans une quelconque brasserie.

En haut de la rue, la façade de la maison Marmillot, son poirier en espalier comme un décor baroque dans la pénombre, le cadre doré de la fenêtre contre la porte d'entrée.

Il a laissé la lumière, se dit-elle. Il m'attend.

Léo ne supportait plus ses absences, surtout le soir. Dans la journée, il prenait son mal en patience, s'asseyait au coin de la fenêtre, coinçait le rideau dans l'espagnolette, se collait le front à la vitre, observait la rue, guettait le moment où il apercevrait sa silhouette. Il savait que ses premiers pas dans la maison seraient pour lui, ses premiers mots aussi. « Comment ça va, mon Léo ? Tu vois, je n'ai pas été bien longue ! » Il lui répondait d'un pauvre sourire bien incapable d'exprimer son bonheur de la revoir, là, à côté de lui. Mais quand elle sortait le soir, dès la porte fermée, il était saisi d'une angoisse qui le faisait suffoquer. Alors que, jusqu'à son départ, il avait voulu rester debout pour la rassurer et lui faire croire qu'elle pouvait sortir sans crainte pour lui, il s'effondrait, se traînait jusqu'à son lit, s'y couchait en boule, se couvrait des draps et couvertures jusqu'à disparaître complètement, en tremblant. Il restait ainsi éveillé jusqu'à son retour. Dès qu'il entendait le claquement de la clé, son pas sur le pavé du couloir, il se découvrait, faisait semblant de dormir, sentait son regard sur lui, sa caresse sur son front comme à un enfant. Il s'endormait pour de bon, enfin paisible.

Devant la maison, Julie jeta un dernier regard aux étoiles, chercha la Grande Ourse, reconnut l'étoile Polaire, prit une nouvelle grande inspiration qui chasserait les résidus de miasmes de la réunion. Entra.

Aussitôt, une odeur pestilentielle lui retourna tripes et boyaux. La porte du poêle était entrouverte. Elle la poussa. Vide ! Elle se précipita vers la cuisine…

Devant la cheminée, couché en chien de fusil à même les dalles, Léo, un bras tordu sous la poitrine, l'autre le long du corps, la tête baignant dans une flaque poisseuse d'humeurs verdâtres, le pantalon de velours trempé de la ceinture jusqu'aux genoux, inconscient. Elle poussa un cri, s'agenouilla, lui prit la main... molle comme un serpent mort.

Le médecin ne put rien faire.

— Attaque d'apoplexie, conclut-il en regardant la pauvre dépouille de Léo qui respirait d'un souffle régulier, comme s'il dormait.

— Apoplexie, répéta une Julie hébétée.

— Attaque d'apo... d'apoplexie, balbutia la vieille voisine venue l'aider à porter le malade sur son lit, le nettoyer, récurer le sol de la cuisine.

Fumée au papier d'Arménie, la maison semblait plongée dans une effrayante torpeur.

— Apoplexie..., répéta Julie, comme pour nier l'évidence, espérer une autre réponse, en savoir plus sur cet accident qui lui rappelait cruellement celui de son amie Ève, quelques années plus tôt, sur la scène du théâtre des Variétés.

Mais lui, Léo, n'avait pas reçu un paquet de cordage sur la tête !

— Je crains le pire, reprit le médecin en tirant une dernière fois sur la paupière de Léo et en lui examinant soigneusement l'œil. Je le crains tout en le souhaitant ! Pardonnez-moi d'être aussi brutal, mais... dans son état... vaudrait mieux qu'il passe, et le plus vite possible. Pas la peine qu'il traîne comme ça des jours, encore moins des semaines ! C'est fini ! Il a quel âge, exactement ?

Julie attendait la fin du monologue. La stupeur lui brouillait la mémoire. Elle ne pouvait détacher son regard du visage de son vieil oncle endormi. Les années défilèrent dans sa tête. Elle réussit tout de même à compter...

— Quatre-vingt-quinze ans !

— On est quand même peu de chose, murmurait en boucle la vieille voisine. Dire que je l'ai encore vu ce matin dans la rue, devant, pousser ses volets en persienne contre le soleil !

— Quatre-vingt-quinze ans... quatre-vingt-quinze ans !

Léo mourut deux jours plus tard. Le dimanche matin. Pendant que les cloches de Saint-Rémy appelaient les paroissiens à la messe. La fenêtre de la chambre était ouverte au large sur la rue. Des gens passaient, osaient un coup d'œil à l'intérieur, filaient vers les « *Dominus vobiscum* » et le sermon d'un curé remonté contre l'agitation partageuse des temps. Ils laissaient traîner le long des murs des senteurs d'eau de Cologne lavande et de naphtaline.

Le mardi après-midi, sous une pluie battante tordue par un vent fou lancé en rafales sur la ville par les bois de Bâtro et de la Frotelle, Julie conduisit son oncle au cimetière. Le fossoyeur attendait derrière le trou creusé près de la Malie et du Polyte.

À l'église, elle avait pris place au troisième rang, « Famille Bouvier ».

Seules quelques vieilles du quartier avaient bravé le déluge.

Le vendredi de la semaine suivante, le notaire fit porter un billet à la maison Marmillot. Il invitait « Mademoiselle Julie Darriaud » à passer à son étude. Elle passa.

Léo avait pris le soin d'écrire ses volontés. Elle recevait de lui la maison et tout ce qu'elle contenait, le jardin, la petite forêt du Vieûmont, et une dizaine de titres de l'emprunt russe achetés en 1906 avec ses petites économies d'ouvrier agricole.

— Vous pouvez les encadrer, ces titres, et les suspendre en décoration à la tête de votre lit ! aboya le notaire. Les bolcheviques ont tout volé en 1918 ! Vous ne verrez jamais la couleur de cet argent !

— Je m'en moque ! répondit Julie en lançant un regard assassin au bonhomme en col cassé, plastron amidonné et veston de drap d'un autre temps, le nez surmonté d'une paire de lunettes d'écaille qui lui faisaient des yeux de chouette.

— Vous vous en moquez ? C'est bien la première fois que j'entends ça ! Vous vous rendez compte que des milliers d'épargnants français comme votre...

Il chercha le lien de parenté entre sa curieuse visiteuse et le défunt, feuilleta un instant ses dossiers.

— ... comme votre oncle, ont été ruinés par ces bandits marxistes ! Tout de même, il s'agit bien là d'une spoliation dont s'est rendu coupable...

— Écoutez, maître, je ne suis pas venue ici pour recevoir une leçon de morale politique ! Mais si vous voulez que nous allions sur ce terrain, alors... allons-y !

— Je ne...

Il n'eut pas le temps d'ajouter un mot. Elle en avait assez entendu. En une phrase, le tabellion à manches de lustrine avait réussi à libérer la fureur de Julie.

— Voulez-vous que nous parlions de Stavisky et de la demi-douzaine de ses complices recrutés dans nos ministères et notre Parlement ? Voulez-vous que nous parlions de nos patrons qui traitent leurs ouvriers comme des esclaves depuis des siècles et qui planquent leur fortune à l'étranger ? Voulez-vous que nous parlions de l'indépendance de notre justice, et de l'application dans notre vie de tous les jours de notre devise républicaine, Liberté-Égalité-Fraternité ? Voulez-vous que nous réfléchissions ensemble, ici, à la place de la femme dans notre société ?

— Mais je...

— Dois-je vous rappeler que les femmes espagnoles ont le droit de vote, les femmes mongoles, les femmes turques ! Alors que vous, ici, en France, en êtes encore à vous demander si nous avons un cerveau !

L'œil agrandi par la surprise et l'effroi, le notaire s'était tassé sur son fauteuil, comme prêt à disparaître sous son bureau. Jamais il n'aurait pu imaginer un tel déferlement. Il profita d'une reprise de souffle de Julie, tenta :

— Voilà, madame...

— Mademoiselle, je vous prie !

— M... mademoiselle ! Voilà... hasarda-t-il d'une voix blanche.

Il tendit une liasse de documents à la suffragette, timidement, en les glissant sur le bureau du bout des doigts. Il aurait eu face à lui une pestiférée doublée d'une cholérique qu'il ne s'y serait pas pris autrement.

— Si vous voulez signer ici...

Julie saisit la plume qu'il lui tendait, signa.

— Puis là... et, enfin, là !

Elle posa une griffe rageuse au bas de l'acte, s'apprêtait à lever le siège quand il la retint, visiblement à contrecœur :

— Encore un instant, mademoiselle, si vous le permettez !

Il avait retrouvé son onction mielleuse professionnelle, presque ecclésiastique.

— Vous devez encore parapher chaque feuillet... vos initiales, s'il vous plaît.

Arrivée à la maison, elle jeta les documents sur la table en marmonnant, fonça dans le poêle, respira un grand coup. La forme du cadavre de Léo était encore imprimée en creux dans le matelas. Sur la table de nuit, une photo de la Malie et du Polyte, devant la remise du jardin, prise par Anselme le jour de sa visite. Il la leur avait envoyée dès son retour à Paris.

Elle la regarda de près, comme jamais elle ne l'avait fait. Elle était belle encore, sa mère, près de cet homme qu'elle avait toujours aimé... belle, parce qu'elle l'aimait, cet homme, et qu'il l'aimait, lui, cette femme ! Et elle, Julie... qui avait-elle aimé dans sa vie ? Qui ?

— Maman...

Elle fut surprise par le son velouté de sa propre voix. Répéta :

— Maman !

La nuit la surprit dans le grenier. Elle n'y était jamais retournée depuis le suicide du Polyte avec Chien Jaune. Plusieurs fois, elle était allée sur le seuil, pendant la sieste de Léo, avait touché le verrou, puis... une peur sourde l'avait saisie, incontrôlée, qui l'avait rejetée dans les escaliers. Elle n'avait jamais pu y remettre les pieds.

Mais ce midi, sortant de la chambre de Léo, elle avait gravi les marches, une à une, calmement, ne s'était pas arrêtée sur le palier, avait tiré le verrou, ouvert la porte, embrassé tout le grenier d'un regard rapide et paisible. Les bouts de corde étaient encore pendus à la poutre, et la chaise, dessous, et une tache sombre sur le plancher.

Au fond, dans le rectangle de lumière tombé de la lucarne, une malle de voyage en bois cerclée de cuir. Elle l'avait vue, autrefois, avant... ne l'avait jamais ouverte. Il faisait bon dans ce grenier qui sentait les fleurs sèches, la vieille térébenthine, la graisse d'outils, le coing ratatiné et le sapin rassis. Le soleil de septembre réchauffait les tuiles. Au douzième coup de midi monté de Saint-Rémy, elle avait ouvert la malle.

23 octobre 1869,

Mon Léo, mon cher frère,

Ma lettre a dû te surprendre. Je ne t'ai pas donné de nouvelles depuis si longtemps, à cause de l'interdiction du couvent. Mais, voilà : j'ai quitté le Carmel. N'y étant pas entrée par vocation, j'y subissais encore la loi de notre père doublée de celle de la communauté. Insupportable. Je m'y sentais en prison.

Je suis revenue à Vittel. Je travaille à la station, comme autrefois, tu te souviens. Je viens d'assister à l'enterrement de monsieur Louis Bouloumié. J'ai repris notre place à l'église, pas pour que les Bouvier s'imposent de nouveau dans cette ville, mais parce que, après l'obligation de n'être plus rien au couvent, j'avais besoin de redevenir un peu quelque chose. Là, sur ce banc, je n'étais plus une ombre. Je redevenais moi-même, chez nous. Je sais que tu me comprends, mon Léo. J'espérais retrouver le Polyte, mais…

Donne-moi bien vite des nouvelles de notre mère.

Les lettres de la Malie étaient dans une boîte à chapeau en carton verni d'un rouge éclatant. Classées par dates. Assise sur la chaise prise sous les bouts de corde pendants, elle les renifla, leur trouva un léger parfum de fleur d'oranger, s'en trouva bien, les déplia, l'une après l'autre. Toutes adressées à Léo. Il les avait gardées près de lui, comme un livre sacré.

19 juillet 1872,

[…] Il fait une chaleur étouffante. Même au parc, on respire à peine ! […] Monsieur Ambroise Bouloumié a embauché un médecin chef de service, un certain docteur Darriaud, venu de je ne sais où, dans le centre de la France. Je m'entends bien avec lui, mais il me produit une curieuse impression. Je crois que c'est sa voix, qui me rappelle celle de notre père. Quelque chose dans le regard aussi. Pourtant…

La semaine dernière, je suis allée au théâtre. À l'Établissement, on donnait L'Île du pélican. *Une horreur ! Mais je ne l'ai su qu'après !*

Comment va notre mère ?

Dès que mon travail le permettra, je viendrai à Saulx. J'ai hâte de vous prendre dans mes bras. Vous me manquez.

De l'une à l'autre de ces lettres, Julie se laissa gagner par une chaude fébrilité. Cette femme, la Malie, sa mère connue trop tard, se livrait à elle maintenant, sans retenue, par le truchement de son Léo qu'elle venait de porter en terre sous une pluie diluvienne. Pourquoi avait-il gardé ces lettres ? Se doutait-il qu'un jour elles tomberaient sous les yeux de sa nièce ? L'avait-il voulu ainsi ? Julie contempla la pile épaisse, des dizaines de lettres, là, entre ses mains... une vie... des vies cachées dans les plis du papier, qui ne demandaient qu'à se découvrir. Message ? Elle reprit sa lecture.

11 mars 1873,

Vivement le printemps, mon grand frère ! Ici, on n'en peut plus de grelotter. J'ai beau bourrer mon fourneau, je n'arrive pas à me réchauffer. Je ne trouve un peu de chaleur que dans mon travail, parce que je remue beaucoup, avec les autres employés, pour remettre en ordre le centre de soins après les travaux de l'hiver.

Et puis, il y a Jules le docteur Darriaud. Je ne saurais dire ce qui se passe en moi quand je suis en sa présence. Il me trouble. Je me sens bien avec lui, et pourtant, quand je le quitte, je me sens libérée. Curieux, non ? C'est la première fois que je ressens de telles choses. Il insiste souvent pour me voir après le travail. Je le retrouve dans son bureau. Il me parle de livres. Il est marié...

7 novembre 1874,

Mon cher grand frère,

Pardon d'être restée silencieuse aussi longtemps. Depuis ta dernière lettre, en mars, il s'est passé tellement de choses ! Je suis heureuse que tu te plaises dans ton travail. J'espère qu'il n'est pas trop pénible. Carder la laine ne doit pas être de tout repos. Heureuse aussi que notre mère se sente bien à Saulx. Merci de veiller sur elle comme tu le fais.

Ma fille Julie est née le 12 février, noire de jais, comme son père, qui a voulu la mettre en nourrice dans son pays, du côté de Bourges. Nous avons fait le voyage ensemble. J'ai beaucoup souffert, mon Léo. Je souffre encore. Être séparée de son enfant est terrible pour une mère ! Mais c'est mieux ainsi, car il voulait que je la fasse passer. J'ai refusé, menacé de mettre fin à ma vie en même temps qu'à la sienne s'il insistait. Il a cédé, à cette condition : qu'elle parte loin d'ici. Aujourd'hui, elle vit, je le sais. Mais que c'est difficile, mon Léo... difficile ! Je n'ose imaginer le jour où je la retrouverai. Car je la retrouverai, je le sais ! Et ce jour-là...

Julie s'arrêta de lire.

— Salaud ! Tu étais mon père, Darriaud, mais tu es un salaud. Je suis la fille d'un salaud !

Elle renifla la morve qui pendait à son nez. Ses larmes tombaient une à une sur la lettre dont elle ne voyait plus ni les lignes, ni les mots. La gorge encombrée de sanglots, elle avait du mal à reprendre souffle. Elle se répéta : « Car je la retrouverai, je le sais ! Et ce jour-là... », rejeta ses cheveux en arrière d'un geste vif.

— Je suis la fille d'un salaud et d'une femme belle et courageuse que j'aurais pu appeler « maman ». Pourquoi ne l'ai-je pas fait ? Pourquoi ?

Elle poussa un cri de louve blessée, rejeta la tête en arrière, ferma les yeux. Son corps tout entier était secoué de spasmes violents. Elle s'abandonna à la douleur.

À la fin du jour, elle replia la dernière lettre, la remit à sa place dans la boîte à chapeau en carton verni qu'elle referma. Puis, son reliquaire serré contre la poitrine, elle descendit l'escalier. La maison était déjà plongée dans une pénombre aux dimensions de cathédrale. Elle posa la boîte sur la table de la cuisine, sortit par la porte du jardin, revint, les bras chargés de vieux fagots qu'elle jeta dans l'âtre. Elle craqua une allumette. Le feu bondit. Elle lui offrit le carton verni rouge, qu'il dévora en quelques secondes.

La lueur des flammes allumait d'or sur ses joues le terrible chemin des larmes.

24

Mai 1941

On savait maintenant que la peste brune existait !

Celles et ceux qui avaient refusé de croire aux annonces de *Mein Kampf* étaient dorénavant face à une réalité incontestable : le Reich et son Führer avaient décidé d'asservir l'Europe et d'en faire un espace de pureté raciale soumis à leur seule volonté. Et ils en avaient fait la preuve !

Après avoir annexé l'Autriche et soumis les Sudètes, ils avaient pulvérisé les frontières polonaises, écrasant les cavaliers armés de leur seule lance à flamme rouge et blanc sous les chenilles de leurs blindés.

Alors, empêtrés depuis longtemps dans une diplomatie de comédie, les dirigeants occidentaux avaient poussé des « Oh ! » et des « Ah ! » de bourgeoise dévote découvrant le nez du rejeton sous la jupe de la petite cousine. Et, parce que les Allemands avaient signé un pacte avec les Soviétiques, le « péril rouge » leur avait soudain sauté aux yeux, avec le déferlement bolchevique, la fin du libéralisme fou, l'effondrement de la République française et la chute de la monarchie d'outre-Manche !

Alors, une Angleterre frénétique avait déclaré la guerre à l'Allemagne le 3 septembre 1939 à onze heures, suivie par la France, le même jour, mais six heures plus tard... à reculons ! Peut-être Daladier avait-il hésité une dernière fois, repensant encore à ce qu'il avait murmuré en descendant de l'avion au retour de Munich, moins d'un an plus tôt, en entendant les acclamations de remerciement que lui adressaient les Parisiens pour la paix qu'il venait, selon eux, de sauver : « Les cons... s'ils savaient ! »

Cette paix n'avait pas duré plus de vingt ans, juste le temps nécessaire pour faire... un soldat !

Le 17 juin 1940, l'armée allemande traversa Vittel comme un éclair. Deux jours durant, Julie avait vu déferler les blindés, régiments portés, motards et fantassins. Ils tombaient d'ouest et du sud comme la grêle d'août, venus de Chaumont alors que toutes les prévisions militaires les avaient annoncés au nord et à l'est. L'inversion de stratégie avait donné le tournis à bien des officiers, dont nombre de généraux qui, blottis derrière le démissionnaire président du Conseil Paul Reynaud, malheureuse girouette manipulée hier encore par son amie intime Hélène de Portes, proche de l'extrême droite, avaient déjà pris un prudent chemin de repli, avec armes, ordonnance, médailles et bagages, mais sans... leurs hommes ! Ils regardaient désormais vers le héros providentiel de Verdun, le vieux maréchal Pétain qui, nostalgique d'un roi, soutenu par le monarchiste Weygand, après avoir masqué la dramatique chienlit des chefs sous une prétendue infériorité en nombre et en armes des Alliés, venait de faire « à la France le don de [s]a personne » !

Tandis que les cavaliers du 3e hussards se battaient encore comme des lions dans les rues ravagées d'Épinal, sans vivres, sans munitions et sans ordres, avant de poser les armes sur décision politique, les routes de France se couvraient d'une horde de réfugiés en marche, poussant des charrettes pleines de matelas, bocaux, vieux et infirmes, des poussettes où vagissaient des bébés, des miettes d'espoir dans la valise, vers un Midi encore libre, et les maîtres d'école faisaient déjà répéter à des enfants amollis par la fureur des temps le nouvel hymne national :

Une flamme sacrée monte du sol natal
Et la France enivrée Te salue, Maréchal !

et la promesse faite au nouveau « sauveur de la France » d'être présents partout où il serait, même à Rethondes, même à Montoire, et de répondre à tous ses appels !

Maréchal, Maréchal, nous voilà !

Julie avait aperçu les casques d'acier à travers la ville. Elle avait entendu le bruit des bottes, les claquements de chenilles des blindés de Guderian sur les pavés, les vociférations des gradés, le cliquetis des armes. Elle était restée chez elle, dans la maison Marmillot, non par peur mais pour ne pas assister à un aussi terrible enterrement de première classe. Jamais elle n'aurait pu imaginer un effondrement aussi rapide, ni une telle débandade des institutions réfugiées d'abord à Tours, puis à Bordeaux, d'où les plus courageux avaient pris la poudre d'escampette. Direction les plages dorées d'Afrique. La honte !

Les convois de soldats prisonniers serpentaient sur les routes de France sous l'œil goguenard des enfants du Reich, les camps d'Allemagne se remplissaient, les premières baraques d'Auschwitz se construisaient dans la plaine polonaise, près de vingt mille tirailleurs sénégalais se faisaient massacrer dans la Somme, dans l'Oise, à Maintenon, Clamecy, et Neufchâteau, à deux pas de Vittel, tandis que les dignitaires de la République écoutaient le chant léger du thé dans les verres sous les palmiers de Casablanca, ou dégustaient un tajine d'agneau aux pruneaux et amandes en philosophant sur la paix à la table de la Mamounia de Marrakech.

La honte !

Tous les hommes partis au second grand cassepipe du siècle, trains réquisitionnés par l'occupant, villes, régions, pays mis sous le contrôle de Berlin, il fallait inventer une autre forme d'activité utile à tous qui soit déjà de la… résistance.

Pour la première fois depuis leur création, la station thermale avait mis la clé sous le paillasson et l'usine d'embouteillage fermé ses ateliers, sauf un, maintenu en activité sur ordre allemand, destiné à approvisionner les troupes d'occupation en eau gazeuse. Les soldats de la Wehrmacht, leurs acolytes SS et la Gestapo ne trouvant leur bonheur que dans les situations d'eau dans le gaz, les rares équipes techniques encore opérationnelles avaient été contraintes de créer une boisson à bulles : la Vittel-loise, « l'eau qui chante et qui danse [1] ».

Que cette eau salutaire des sources vosgiennes fût obligée de chanter et danser, sous la menace des armes, et pour ces gens-là... Julie ne décolérait pas !

Elle voyait de plus en plus souvent Germaine Bouloumié, la soutenait, l'aidait dans son action pour la Croix-Rouge, et à la Goutte de lait, dont elle avait créé une antenne très active à Vittel. Quelque temps avant la déclaration de la guerre, pour que Julie pût la seconder efficacement dans ces tâches si particulières de l'accompagnement des mères, Germaine lui avait proposé d'aller en visite dans le Pas-de-Calais où, très implantée depuis longtemps, cette association avait acquis belle vitesse et sécurité de croisière.

Seule, libre comme l'air et entièrement disponible depuis la mort de Léo, Julie avait pris le train des eaux jusqu'à Paris où, en attendant sa correspondance, elle avait fait un petit pèlerinage dans la rue du Château-d'Eau puis parmi les ballots de fripes et guirlandes de défroques d'un passage Brady à l'abandon. La taverne où elle avait dîné avec la Malie était encore là, à l'état de bouge fréquenté par des gaillards à la mine patibulaire. L'accordéoniste avait disparu. Des passants traversaient d'un pas rapide l'irréelle clarté de la ruelle. Elle s'était assise sur une caisse. Une mélopée et des éclats de voix s'échappaient d'une échoppe voisine. Un chat mité

1. Slogan commercial de cette eau gazeuse, mise sur le marché national après la guerre.

était venu se lover sur ses genoux. Elle l'avait caressé. Ils avaient partagé un instant de pauvre paix.

Soudain, un livreur grognon les avait bousculés. Le chat avait disparu dans un soupirail. Julie avait alors jeté un coup d'œil à sa montre… le train ! Elle avait couru jusqu'à la gare du Nord. L'employé à casquette avait gesticulé comme un pantin sur le quai. Elle avait sauté dans le wagon de queue à cul rouge. Loin devant, la machine piaffait déjà de toute sa vapeur, prête à avaler les lentes plaines de Picardie. Il était temps ! Une minute plus tard, elle l'aurait regardé partir !

La découverte du bassin minier du Nord et de la ville de Lens lui avait fait un choc. On l'avait accueillie dans l'étrange gare de béton en forme de locomotive, dont le campanile faisait penser à un minaret de mosquée, puis baladée dans les rues d'une ville en effervescence, que des factions brunâtres avaient couvertes d'affiches signées en grosses lettres *COMITÉ PROVISOIRE DE DÉFENSE DU COMMERCE FRANÇAIS*. Elle avait posé des questions. On lui avait répondu, en baissant le ton, que de nouveaux flux d'immigrés étaient annoncés, et que des groupes antisémites très actifs faisaient désormais la chasse aux Juifs arrivés dans le pays vers 1920-1925, en provenance de Pologne, où la vie leur était rendue impossible. « Même ici, maintenant, ils ne se sentent plus en sécurité… ils commencent à partir. La communauté fond à vue d'œil ! »

On l'avait menée devant le sacro-saint bâtiment des Grands Bureaux des houillères, aux allures de château flamand, où on lui avait expliqué que là battait le cœur de la région, que s'y décidait le sort de centaines de familles, que s'y partageaient les moments de tragédie, que s'y écrivaient aussi des pages essentielles de l'histoire du monde ouvrier.

Elle avait été frappée par l'immensité plate de cette ville ponctuée çà et là de pyramides sombres qui semblaient posées sur le ciel comme des décors de théâtre. Les terrils, lui avait-on expliqué, les terrils, des déchets arrachés aux entrailles de la terre, offerts au ciel pour se faire pardonner, sans doute, d'un viol à récidives quotidiennes.

Le premier soir, elle avait dîné en compagnie de gens simples au regard profond, aux gestes et mots mesurés, qui lui avaient raconté comment et pourquoi ils s'étaient engagés dans la voie étroite du soutien aux autres. Ils lui avaient rappelé la catastrophe de Courrières, quelque trente ans en arrière, qui un matin de mars avait fait plus de mille morts. C'était en 1906, à la prise de poste. Deux jours plus tôt, des mineurs avaient signalé un incendie dans une galerie du fond, à moins trois cent quarante mètres. La direction avait ordonné la construction de cloisons pour étouffer le feu, et… la poursuite de l'extraction sur les fronts de taille voisins. Mille huit cents hommes étaient descendus ce matin-là. Un peu plus de six cents seulement avaient pu être remontés, dont de pauvres bougres horriblement blessés, peau détachée en lambeaux par la fournaise, tête éclatée, membres arrachés, ou brisés comme des allumettes, qu'il avait fallu dans bien des cas amputer sur place avant l'évacuation.

Plus de trente ans ! Mais ces femmes et ces hommes qui l'accueillaient en parlaient encore en frémissant de douleur et de colère. Ils lui avaient raconté l'attente sur le carreau, dans la puanteur des cadavres de chevaux en décomposition, encadrés par des escouades de gendarmes envoyés là pour maintenir un ordre d'heure en heure plus précaire, secoués par l'annonce hurlée du nom d'un rescapé que l'on venait de tirer du trou, mais qui n'était pas celui attendu, les entrepôts transformés en chapelle ardente, les cadavres alignés, côte à côte dans la perspective infinie d'une ultime fraternité d'hommes de peine. Ils lui avaient parlé de l'enterrement, tous les cercueils portés à bras de mineurs, le cortège de quinze mille personnes silencieuses, dignes, terrassées par la douleur sous l'ouragan de neige jeté par le ciel sur la détresse des gueules noires, la bénédiction de la fosse commune, la descente en terre des corps anonymes trop déchiquetés pour porter encore un nom.

Julie avait vu des larmes dans les yeux de ses hôtes, et les tremblements de fureur de leurs mains posées sur la table comme les ailes croisées d'un oiseau foudroyé. Ils lui avaient aussi raconté les jours, les semaines de l'interminable combat qui avait suivi, les manifestations à Lens, les grèves, les cris devant les Grands Bureaux aux allures de château flamand : « Assassins ! », auxquels avait répondu l'indifférence des fenêtres fermées. Des « Vive la révolution ! » avaient fusé, des « Vive la grève ! ». Le blocage de la production avait tout de même réussi à faire mettre genou en terre à un monde patronal soudain moins cynique, touché peut-être, enfin, par la misère de ses tâcherons. « Nos pères ont obtenu le repos hebdomadaire… rendez-vous compte ! le repos hebdomadaire ! » Elle se rendait compte.

L'évocation des drames de la fosse 2 de Billy-Montigny, de la 3 de Méricourt, et des 4/11 de Sallaumines, par quelques survivants et familles de victimes, avait replongé Julie dans ses luttes d'autrefois, réactivé les vagues d'espoir soulevées par le Front populaire, l'avait projetée à nouveau dans le formidable cortège funèbre de Louise Michel.

Puis elle avait visité l'antenne de la Goutte de lait, au plein cœur de la cité Saint-Auguste de la fosse 8, l'une des plus anciennes de France. Elle y avait constaté l'efficacité de l'action de soutien aux femmes en difficulté, assisté à des rencontres qui permettaient à celles qui « attendaient » de se préparer à la naissance de leur enfant, de savoir comment le soigner, le nourrir, lui choisir une alimentation à base de lait de vache « humanisé » bien dosé en cas d'impossibilité d'allaitement au sein, comment aussi attaquer les nids à microbes, stériliser le biberon, utiliser la nouvelle invention révolutionnaire : la tétine. L'objectif était de lutter contre une mortalité infantile très forte dans les familles pauvres, d'informer sur les progrès de l'hygiène les familles plus aisées, de les inciter toutes à abandonner des habitudes aussi anciennes que dangereuses pour les nouveau-nés. La distribution de lait était gratuite pour les nécessiteux, semi-payante pour les modestes, payante pour les plus à l'aise, les résultats… encourageants. L'enthousiasme des militantes était beau à voir et à vivre, leur disponibilité, la chaleur de leur contact, leur connaissance des éléments de base de la pédiatrie appliquée à la vie de tous les jours. Julie avait pris auprès d'elles toute la mesure de la vraie solidarité sociale, à des années-lumière de la charité de circonstance pratiquée par des âmes grises avides d'indulgences plénières. Leur générosité lui avait fait le plus grand bien.

Remontée dans le train, trois jours plus tard, elle s'était sentie gonflée à bloc. Tout juste si elle avait vu Paris entre les deux gares ! « Méfie-toi tout de même, ma vieille, se répétait-elle sur sa banquette de troisième classe au rythme des claquements de roues sur les raccords de rails. Méfie-toi ! Tu n'as plus vingt ans ! Pour être utile, il te faut durer ! Soixante-cinq ans… n'oublie pas ! Soixante-cinq ans ! »

Terrassée par la fatigue et les émotions, bercée par la marche chaloupée de la voiture, elle s'était endormie à Meaux, calée entre un voyageur de commerce qui sentait le caramel et une paysanne ronde comme une barrique, aux joues de pomme d'api, au souffle de phoque, les deux mains sur le ventre, en face d'un couple tiré à quatre épingles plutôt destiné à la première classe qu'aux bancs de bois populaires.

En gare de Vitry-le-François, les coups de marteau d'un cheminot sur les roues qui sonnaient clair l'avaient tirée de songes encombrés de galeries de mine effondrées, de poings levés, de bébés joufflus accrochés à leur biberon. La paysanne s'était extraite à grand-peine du compartiment ; bousculé, raide comme un passe-lacet, l'homme d'en face avait grogné ; le voyageur de commerce sentait toujours le caramel. Julie s'était rendormie jusqu'à Commercy où, d'une voix de stentor, un camelot de quai l'avait fait sursauter en vantant à tue-tête ses « madeleines... madeleines... madeleines ! Le bonheur contre les peines ! » dont il brandissait des paquets à bout de bras.

Elle était arrivée à Vittel par le « train des ramasse-tout », à la noire nuit.

— Ils ne vont tout de même pas...

— Si, bien sûr ! Ils se croient tout permis, ces monstres.

Des dizaines de Vittellois étaient rassemblés sur le trottoir, devant l'hôtel Terminus. Un doux soleil de printemps baignait la scène d'une lumière irréelle. Depuis une bonne heure, le panache de fumée du train était retombé sur la gare. La place résonnait d'ordres et de sinistres claquements de bottes. Casque étincelant, l'arme au pied, des soldats de la Wehrmacht formaient sur un double rang l'allée qu'allaient emprunter les internés déplacés de Besançon.

L'atmosphère était lourde. Une rumeur confuse planait sur la foule que l'ignoble Meyer, chef de la Kommandantur, toisait d'un regard noir en frappant de sa cravache le cuir de ses bottes.

— Regardez-le, celui-là, dit Germaine Bouloumié à Julie. Il est de ces hommes de la pire espèce. C'est lui qui a fait arrêter mon frère Jean !

Julie s'en souvenait. L'affaire de l'aide aux tirailleurs sénégalais réfugiés dans la forêt de Thuillières !

En septembre, Jean Bouloumié, maire de Vittel, avait fait porter clandestinement à ces soldats abandonnés des sous-vêtements chauds, chemises, caleçons, chaussettes et tricots, ainsi que des vivres et de l'essence. Ces hommes dont les camarades avaient été massacrés à Neufchâteau ne voulaient pas se rendre aux Allemands. À défaut de pouvoir gagner la zone libre, ils préféraient mourir sur place ! Vivres et vêtements pour la survie... essence pour se remettre en route discrètement vers la liberté !

Au même moment, on avait découvert qu'un tampon très important pour les pièces officielles de la Kommandantur installée dans les locaux de la mairie avait disparu. Les risques de représailles étaient énormes pour tous, à commencer par le maire. Les recherches avaient été lancées, aussi bien par les gendarmes français que par les troupes d'occupation. Il avait fallu retrouver ce fameux tampon, et, surtout, arrêter le coupable ! Quelles pouvaient bien être ses intentions ? Les soupçons s'étaient aussitôt portés sur un employé municipal dont le comportement de double jeu intriguait depuis quelques semaines. L'homme fréquentait un drôle de gaillard très actif au marché noir et basé à Thuillières, là même où Jean Bouloumié avait secouru les tirailleurs sénégalais. Thuillières... Julie avait frémi. Voulait-il, ce gratte-papier municipal, faire inquiéter le maire, le dénoncer aux Allemands, le faire arrêter et, de la sorte, mettre au pas tous les Bouloumié et leurs amis et complices qui dépensaient sans compter temps, énergie et argent pour le soutien des prisonniers qui passaient par Vittel, sans distinction de couleur, de nationalité ou de religion ?

Était-il de ces Français plus maréchalistes que le Maréchal, avides de mettre au pas de l'oie une France qui ne savait plus où donner du sens du devoir ?

Le 8 janvier, un officier allemand s'était présenté à Gérémoy juste après le déjeuner, suivi comme son ombre par un interprète.

« Je suis chargé de vous conduire à Nancy, pour interrogatoire par la police militaire. »

Le sang de Jean Bouloumié n'avait fait qu'un tour.

« De quoi suis-je donc inculpé ?

— On vous le dira là-bas ! »

La réponse ne souffrait pas d'autre question.

« Monsieur, vous arrêtez un homme qui n'a fait que son devoir de Français en fournissant des vêtements chauds à des soldats fugitifs. J'ai rempli loyalement et correctement mes fonctions de maire !

— J'ai seulement ordre de vous conduire à Nancy. »

Le lendemain soir, Jean Bouloumié avait été jeté par la Gestapo dans une cellule de la sinistre prison Charles-III, à Nancy. Il y était resté trois semaines, traité comme un paria, nourri d'une gamelle biquotidienne remplie à ras bord d'eau chaude à la surface de laquelle flottait un petit disque graisseux, tandis que reposaient au fond quelques minces tranches de carottes. Il en était sorti trois semaines plus tard, après une condamnation à quinze jours de cellule par une cour martiale fantôme, avait retrouvé sa population. On l'avait acclamé dès sa descente de voiture sous les fenêtres de l'ignoble Meyer, qui jurait n'avoir pas dit son dernier mot !

— Heureusement, il est muté, souffla Germaine dans l'oreille de Julie, suffisamment fort pour que l'entendent les autres femmes de ses équipes rassemblées autour d'elles devant la gare. On nous annonce qu'il sera remplacé par un certain capitaine Hiéronimus, plus humain, paraît-il. Nous ne le regretterons pas, ce monstre !

Soudain, la rumeur de la foule gonfla. Les officiers s'agitèrent. Les hommes empoignèrent l'arme, baïonnette au clair, prêts à un drôle d'assaut. Alors, les femmes de la Croix-Rouge virent, de l'autre côté de la rue, surgir d'entre les hangars une masse sombre, une foule compacte d'hommes, de femmes et d'enfants, dont les brodequins traînés sur les pavés faisaient un bruit sinistre. Des femmes surtout, couvertes de lambeaux hétéroclites d'uniformes de l'armée française, mules de bât chargées de ballots, sacs, malles, mallettes et valises qui paraissaient les écraser. Quelques hommes, épuisés, hagards, portant aussi leur charge de misère, tentaient de les soulager. Des enfants, perdus dans cette marée humaine, caracolaient de l'un à l'autre à la recherche d'une mère, d'un père peut-être, perdus dans la terrible cohorte.

Meyer hurlait des ordres, les soldats s'agitaient en bordure de la colonne dont la tête descendait déjà devant la brasserie de Lorraine, alors que la queue traînait encore sur le quai. À coups de crosse, ils faisaient serrer les rangs, marcher les uns sur les autres des vagues de fantômes en errance. « Assassins ! » Meyer se retourna, leva la cravache, ordonna la recherche du furieux qui avait hurlé. Cliquetant du masque à gaz, des grenades et du fourreau de baïonnette pendus à la ceinture, une escouade fonça dans la foule d'un côté, tandis que de l'autre fusa un « Sales boches ! ». Meyer fit la toupie au centre de la place, cravache levée qu'il abattait de toutes ses forces sur ses bottes en gueulant comme un goret. D'autres soldats s'ébranlèrent. La colonne descendait lentement vers le quartier thermal.

— Ils sont près de deux mille..., murmura Germaine. Partis de Besançon depuis presque deux jours ! Vous vous rendez compte ? Trente-six heures de train sans hygiène, sans nourriture, sans même une goutte d'eau !

Julie se rendait compte, comme les autres femmes, terrassées par le spectacle. Pour la première fois, elles avaient sous les yeux le vrai spectacle de cette guerre livrée aux civils. Elles en avaient entendu parler. Mais là, en ce premier mai de soleil et de mariage des oiseaux dans les tilleuls, elles en voyaient passer le cortège d'étrange horreur.

— Salauds ! grogna Julie.

— Attention ! souffla Germaine. Si les Allemands vous entendaient, on ne pourrait plus rien faire pour eux. Les femmes sont environ deux mille, toutes des internées anglaises dont le seul défaut est d'être d'un pays en guerre contre Hitler, présentes encore sur le territoire français...

Elle baissa le ton :

— Dont trois cents religieuses, qui soignent comme elles peuvent une soixantaine d'hommes.

— Salauds ! répéta Julie en serrant les poings.

Germaine baissa encore d'un ton :

— Beaucoup de Juifs, aussi, parmi ces malheureux ! Dieu seul sait ce qu'ils leur réservent, et encore !

En quelques jours, les Allemands avaient entouré la station thermale d'une triple rangée de barbelés pour en faire un camp d'internement. Le Grand Hôtel, le Vittel Palace, le Continental, le Cérès, le casino et le parc tout entier étaient devenus zone interdite, inaccessible aux Vittellois. Tout juste si on pouvait encore l'apercevoir, les sentinelles interdisant l'approche des clôtures. L'œuvre de paix et de santé de Louis Bouloumié était désormais – et pour combien de temps ? – une terrible prison à ciel ouvert.

— Salauds ! répéta encore Julie.
Puis, se tournant vers Germaine :
— Pourrons-nous au moins les aider ?
— Mon frère attend, pour négocier, l'arrivée de ce capitaine Hiéronimus qui doit remplacer notre fauve Meyer à la tête de la Kommandantur. Lui aussi vient de Besançon. Il aurait acquis, là-bas, une réputation d'homme respectueux et respectable, à l'opposé de ce dangereux fou, répondit Germaine en désignant d'un discret coup de menton l'agité à cravache. Jean est assez confiant. Nous devrions pouvoir intervenir et soulager ces pauvres gens. Venez.

La ville paraissait assommée. De rares silhouettes rasaient les murs, glissaient leur ombre sur les trottoirs, disparaissaient en silence au creux des rues et ruelles, s'estompaient le long du Petit Vair dans les insolentes vapeurs du printemps.

Germaine marchait en tête de sa petite équipe de femmes. Julie suivait en ruminant. Des soldats allemands en faction les observaient d'un air goguenard. Elle eut envie de s'approcher d'eux, de leur demander si là-bas, de l'autre côté du Rhin, ils avaient des vieux parents, une femme, des enfants, s'il leur arrivait de penser à eux en voyant les femmes et enfants d'ici, celles et ceux qui venaient d'être débarqués du train, et que leurs camarades parquaient en ce moment même derrière des barbelés comme du bétail. Elle s'était arrêtée à l'abord de la place des Dames, allait faire le pas. Germaine se retourna, l'empoigna par le bras.

— Venez, Julie ! Pas de bêtises ! Nous avons bien autre chose à faire, maintenant.

À la mairie, elles apprirent que le fameux Meyer venait d'ordonner une nouvelle arrestation du maire Jean Bouloumié, incapable selon lui de maintenir l'ordre dans sa ville et coupable d'avoir laissé insulter la valeureuse armée allemande, devant la gare, durant le débarquement de ces deux mille curistes d'un genre nouveau.

— Salaud ! murmura encore Julie. Tu nous le paieras !

Le lendemain, un imposant convoi vert-de-gris, motos, véhicules blindés et limousine vernie, prenait la direction de Neufchâteau sur les coups de midi, filant vers une destination inconnue.

Herr Kommandant Meyer quittait enfin la ville !

25

Août 1944

Julie venait d'ouvrir les yeux.

Pour une fois, elle avait dormi d'une traite, sans recours à l'infusion de valériane dont elle avait trouvé au grenier un sac de racines sèches du temps du père Aloïse Marmillot. Malgré son odeur infecte d'excrément qui lui levait le cœur à chaque préparation, elle en plongeait dans l'eau bouillante, le soir, quand le poids du jour rendait insupportable l'approche de la nuit.

Tombée comme une souche dans son lit, elle avait aussitôt sombré dans une torpeur poisseuse vide des rêves et cauchemars obsédants qui perturbaient habituellement son sommeil. Elle avait dormi, malgré la chaleur étouffante posée sur la ville comme un couvercle de lessiveuse.

Le soleil était déjà haut dans le ciel. Il serait encore impitoyable, aujourd'hui. Depuis trois semaines, il grillait les prairies, torturait les arbres, asséchait ruisseaux et rivières qui puaient la vase et le poisson crevé. Seules les mirabelles en profitaient encore. Elles seraient belles et bonnes, cette année !

Julie s'étira, compta les rais de lumière à travers les persiennes, leurs jeux sur son corps nu. Pour dormir, elle avait rejeté la couverture pourtant mince, puis le drap, retiré sa chemise, ouvert la fenêtre au large, mis les volets entrouverts au crochet, pour un filet d'air.

Elle passait en revue les occupations de la journée : point rapide à la mairie, avec Germaine et les femmes de la Croix-Rouge, tri et préparation des paquets, visite au camp d'internés pour soins, distribution de provisions et de vêtements...

L'image des centaines de Juifs enfermés depuis des mois à l'hôtel de la Providence qui avaient été embarqués quelques semaines plus tôt, entassés dans un train en partance pour l'Est, la tarauda de nouveau. Qu'en avaient-ils fait ? Les reverrait-on un jour ?

Des passages de *Mein Kampf* lus dix ans plus tôt lui revinrent en mémoire.

— Les reverrons-nous un jour ?

Elle posa la question à haute voix, à la Malie, au Polyte, à Léo, au père Marmillot qu'elle n'avait pas connu mais qui fréquentait encore sa maison, elle en était sûre, et à... Ève.

— Dis-moi, ma petite Ève, les reverrons-nous ?

Elle s'assit sur son lit, vit ses jambes, son ventre, ses seins flasques, ses bras décharnés, son corps de vieille femme. Elle passa la main dans ses cheveux défaits, les observa : ils étaient gris, d'un gris sale, jaunâtre, fins et fourchus, des cheveux de vieille femme ! Elle releva la tête, regarda, droit devant, les rais de lumière des persiennes.

En bas, la ville s'animait. La pétarade des convois avait repris, comme la veille, comme avant déjà, des camions qui entraient, qui sortaient, bourrés d'armes et d'hommes, de citernes d'essence et de caisses de munitions, des blindés légers, des voitures découvertes surmontées d'une mitrailleuse, des motos et des side-cars qui filaient, emportant des soldats à grosses lunettes cerclées. Des coups de sifflet, de trompe, de feu, au fond, là-bas, derrière Saint-Privat, du côté de la station thermale, du camp des détenus.

Elle bondit, empoigna le broc d'eau, s'aspergea, tendit l'oreille. Les armes s'étaient tues. Pour combien de temps ? Elle se demanda comment l'aide aux détenus allait pouvoir se poursuivre dans l'ambiance de nervosité générale engendrée par le débarquement de Normandie.

On disait les Alliés du côté d'Alençon. Ils venaient de libérer Le Mans, roulaient maintenant vers Dreux, Chartres, Rouen et… Paris ! Partout dans le pays, les maquisards redoublaient d'actions de sabotage. Partout, la rage de l'occupant se déchaînait contre eux.

À Vittel, les hommes armés du mont Saint-Jean menaient des coups de main courageux, au prix de risques énormes, ceux du maquis de la forêt de Neufeys, à Neufchâteau, ou ceux du camp de la Délivrance, dans le secteur de Lamarche.

On parlait d'un prochain débarquement en Provence qui permettrait aux troupes françaises d'Afrique de rejoindre en Bourgogne celles de Normandie afin de repousser les Allemands chez eux.

On collait l'oreille à la radio, on fouillait la moindre bribe d'information, on voyait les occupants devenir de plus en plus fébriles, imprévisibles et dangereux. On espérait s'en sortir, mais on étouffait dans cet insupportable présent, et on redoutait l'avenir !

Julie s'apprêtait à nouer ses cheveux. Soudain, des coups violents contre la porte... Elle descendit, pieds nus, en finissant de boutonner son corsage.

Deux femmes de l'équipe de la Croix-Rouge à bout de souffle :

— Viens vite ! Madame Bouloumié a besoin de nous !

Elle enfila ses sandales, prit ses cheveux dans un foulard, releva sa jupe jusqu'aux genoux, se mit à courir comme une dératée. Déjà les autres avaient franchi le Petit Vair. Elles filaient droit vers la gare. Un nuage de crasse et de vapeur bouillonnait pardessus les toits. Un vol de pigeons traversa la place, enfila la rue de la Voie, obliqua vers le parc. Julie avait rattrapé les deux femmes.

— Ce que j'ai vu est insupportable ! Insupportable !

Germaine Bouloumié était dans une rage folle. Elle sanglotait, de colère et de douleur à la fois.

— Insupportable !

Elle prit Julie par le bras, l'entraîna avec les autres vers la gare. Là, elles se heurtèrent à un cordon de gardes de la Wehrmacht qui leur interdirent le passage, se mirent à courir vers les hangars, les contournèrent, surgirent sur le quai, le long d'un train dont la machine suait, soufflait, sifflait, dégorgeait crasse, graisse et vapeur par toutes ses tuyauteries.

— Regardez !

Des wagons à bestiaux fermés par des cadenas. Des filets de jus noir qui dégoulinaient sous les portes. Des lucarnes à barreaux ouvertes au ras du toit, et des mains, des mains, des mains qui dépassaient, s'agitaient, se cramponnaient, disparaissaient, des mains et des plaintes, des gémissements, des appels :

— À l'aide !

— Pitié !

— J'ai soif...

Germaine se tourna vers ses compagnes. Sa pâleur les frappa. Des larmes de rage coulaient sur ses joues. Elle tremblait des pieds à la tête.

— Vous vous rendez compte...

— À l'aide ! Sauvez mon petit...

— J'ai soif...

Julie était pétrifiée. Jamais elle n'aurait pu imaginer une telle horreur.

— Nous avons été prévenus à la mairie. Ils sont plus de six cents, là-dedans, hommes, femmes et enfants, enfermés depuis trois jours ! Trois jours de divagation dans ce train par Belfort et Chaumont jusqu'ici, sous ce cagnard ! Expédiés de Lyon en Allemagne ! Tous des Juifs ! Tous des Juifs [1] ! Mon Dieu...

1. Le 16 août 1944, un ultime convoi de prisonniers est expédié du fort Montluc, près de Lyon, par Klaus Barbie. À destination d'Auschwitz, ce train emportait six cent cinquante Juifs, dont deux cents femmes et douze enfants en bas âge, vers les chambres à gaz de ce sinistre camp d'extermination.

Elle s'était couvert le visage de ses deux mains, se redressa au bout de quelques secondes. Que faire ?

L'air empestait la pisse, la merde, le vomi et la charogne. Irrespirable !

— Aidez-nous !

— Au secours !

Et ces mains, ces mains, ces mains par les lucarnes !

Les soldats avaient remarqué les quatre femmes sur le quai. Avant qu'ils aient eu le temps de réagir, Germaine s'était précipitée sur le lieutenant de la Gestapo responsable du convoi.

— Monsieur, je vous ordonne d'ouvrir les portes de ce train, que nous puissions soigner ces pauvres gens !

L'officier la toisa d'un air mauvais, tira sa cravache d'une botte, fit un pas vers cette petite bonne femme aux cheveux courts. Il allait n'en faire qu'une bouchée. Germaine se redressa, le regarda droit dans les yeux, lui montra son brassard de la Croix-Rouge.

— Monsieur, ouvrez ce train !

L'interprète s'était approché. Il traduisit. L'officier se mit à aboyer en jouant de la cravache.

— Dites-lui que ce train ne repartira pas tant que nous n'aurons pas pu soigner ces pauvres gens ! Il ne repartira pas ! Ouvrez ces wagons !

Sa fermeté et son calme n'entamèrent pas la superbe du lieutenant, qui jouait de plus en plus ostensiblement de la cravache. Julie et ses compagnes encadraient Germaine, immobiles. L'officier les dévisagea, prêt à les faire arrêter par ses troupes qui, l'arme à la main, n'attendaient qu'un ordre. Il se remit à aboyer.

— Le lieutenant vous ordonne circuler. Pas votre problème. Le train va partir !

— À boire !

— Aidez-nous ! À boire !

L'interprète avait parlé très lentement, comme pour se faire bien comprendre, appuyé sur toutes les syllabes, détaché les mots un à un. Germaine répondit sur le même ton, avec la même fermeté. Elle ne tremblait plus. Ses mains martelaient sa parole. Au bout du quai, des cheminots crasseux s'activaient autour de la machine.

— Alors, dites bien à votre officier que ce train partira peut-être, mais qu'il me tuera pour quitter cette gare. Je serai sur la voie, devant la locomotive !

L'homme parut interloqué. Il traduisit. Pour toute réponse, le lieutenant de la Gestapo éclata d'un rire énorme, donna un violent coup de cravache sur ses bottes, fit un demi-tour impeccable, s'éloigna vers la tête du convoi.

— Venez avec moi, Julie ! Vous autres, restez là, pour surveiller ce qui se passe.

Les deux femmes échangèrent un regard. D'autres avaient voulu les rejoindre. Un cordon de soldats les tenaient à l'écart.

— N'ayez crainte ! Votre brassard vous protège ! Nous en avons pour quelques minutes seulement. Venez !

Germaine jeta un dernier coup d'œil aux mains qui s'agitaient dans les lucarnes. Plaintes, appels, gémissements, et… cette pestilence !

— Venez !

Elle partit en courant, traversa la ville écrasée de chaleur, s'engouffra dans le couloir de la mairie, grimpa l'escalier quatre à quatre, bondit dans le bureau de son frère. Elle était en nage, col ouvert, cordonnet blanc défait. Jean posa son stylo, regarda sa sœur ruisselante de sueur.

— Jean, il faut que tu viennes. Vite ! C'est insupportable, là-bas !

À bout de souffle, Julie venait de la rejoindre.

— Ils sont des centaines dans ce train... épuisés, malades, mourants peut-être ! J'ai voulu faire ouvrir les wagons pour les aider. Le commandant du convoi refuse. J'ai besoin de toi ! De ton autorité de maire ! J'ai menacé d'aller sur la voie, devant la locomotive, pour l'empêcher de partir !

Jean Bouloumié se leva d'un bond, saisit son chapeau.

— Tu as bien fait, Germaine, très bien fait ! Allons ! Nous serons deux devant la machine. Ils devront nous écraser pour faire avancer ce train de la honte. En route !

L'approvisionnement de la locomotive en eau s'achevait quand ils arrivèrent à la gare. Le chauffeur avait déjà rechargé le foyer, remis la pression. La cheminée crachait des fumées noires, des cendres et des escarbilles qui retombaient en gerbe sur la voie. Un ouvrier à casquette, foulard rouge noué autour du cou, manches retroussées, lunettes de motard sur le front, armé d'une burette à long col, graissait les embiellages. Il les vit revenir de loin, s'arrêta, regarda fixement dans leur direction. Le lieutenant de la Gestapo s'était précipité avec son interprète et trois hommes de troupe, fusil au poing. Les femmes de la Croix-Rouge avaient réussi à s'approcher des wagons. De loin, on avait l'impression qu'elles parlaient avec les prisonniers.

— Je suis le maire de cette ville. Je vous ordonne d'ouvrir ce train pour que la Croix-Rouge puisse venir en aide à ces malheureux !

L'interprète avait traduit. La mâchoire de l'officier se crispa. Les soldats l'encadraient, baïonnette en avant. Il y eut un moment de flottement. Face à face, les deux hommes se défiaient sur le quai. On entendait les plaintes des prisonniers et les paroles de réconfort des femmes de la Croix-Rouge qui hurlaient pour se faire entendre.

— Impossible ! Circulez ! Ce n'est pas votre affaire !

Jean marcha sur l'officier, l'index pointé sur la Croix de fer.

— Ce train ne partira pas tant que vous n'aurez pas permis de nourrir et soigner ces gens ! Ma sœur et moi allons sur la voie, devant la locomotive. Il ne partira pas !

Il se tourna, fit un signe de tête à Germaine.

— Allons-y !

D'un geste vif, Jean écarta les soldats qui faisaient barrage. Marcha d'un pas ferme vers la tête de train, Germaine à son côté. Julie leur avait emboîté le pas.

— Merci ! Mais restez plutôt avec ces dames ! Vous serez plus utile ici !

Il baissa le ton…

— Ils vont céder, j'en suis sûr !

Ils cédèrent. Une heure plus tard. Après avoir pris des ordres ailleurs. Alors, les portes s'ouvrirent.

Spectacle épouvantable ! Les plus valides encore debout, comme des spectres, soutenaient les plus faibles qui tendaient la main aux mourants couchés sur le plancher jonché d'excréments. Quelques-uns presque nus, d'autres débraillés dans des vestiges de costume ou de robe. Tous d'une saleté repoussante, mais d'une surprenante dignité malgré la souffrance et les ravages de la dysenterie.

Un haut-le-cœur tordit Julie. Elle s'écarta pour vomir tripes et boyaux, sur la voie, au cul du dernier wagon.

Par ses équipes municipales, le maire avait fait alerter la population. Bientôt, les Vittellois arrivèrent, par dizaines, portant, dans un panier, dans un torchon roulé ou dans une page de journal, deux pommes de moisson, une miche de pain, une portion de fromage, des paquets de biscuits, une boîte de fruits secs, un poulet entamé ou une cuisse de lapin rôtie, les premières mirabelles, deux ou trois bouteilles de vin et canettes de bière. En un clin d'œil, du Petit-Ban, du Grand-Ban, de la Vieille-Ringue au Gros-Buisson, ils avaient répondu à l'appel de leur maire. Tous ces Vittellois crevaient de faim, n'avaient que des rations de misère, chaque jour, pour survivre. Mais ils avaient vidé leur garde-manger, offraient leurs pauvres réserves, sans réfléchir, pour secourir les malheureux du train fantôme venu de Lyon.

En un tournemain, les pompiers étaient arrivés avec leurs machines, pompes à bras, motopompes et citernes ; ils avaient installé sur le quai des douches de fortune.

Tandis que les uns arrosaient les déportés descendus du train, les frottaient au savon de Marseille, les séchaient en caressant de la serviette leur corps meurtri, les autres projetaient des cataractes d'eau sur le sol des wagons pour le nettoyer.

Ce train bondé avait erré trois jours durant sur les voies de l'Est, par Belfort et Chaumont, sous un soleil d'enfer, sans eau, sans nourriture, sans soins, sans lieux d'aisance. À cause de la dysenterie et de la promiscuité, les prisonniers se vidaient sur place, pataugeaient dans la merde des uns, les humeurs des autres, le sang menstruel des femmes qui coulait le long de leurs cuisses et les marquait d'un tatouage infamant. Depuis douze jours, ils n'avaient pas vu une goutte d'eau pour se laver !

Les médecins arrivèrent aussi, tous les médecins de la station, l'un après l'autre, la sacoche pleine d'instruments et de médicaments, les infirmières, jusqu'à madame Padovani, la sage-femme, qui, les manches de son chemisier retroussées jusqu'au coude, s'occupait des mères et de leurs enfants.

Tous ces gens nettoyaient, aidaient à manger des malheureux trop faibles pour le faire eux-mêmes, déshabillaient les uns pour les revêtir de vêtements propres, administraient des granules d'hyoscyamine et de chlorhydrate de morphine aux autres pour calmer les coliques, leur faisaient boire de la décoction d'ipécacuana préparée par les pharmaciens pour endiguer les vagues de diarrhée.

Les Vittellois avaient répondu d'un seul élan à l'appel de leur maire. Tous s'étaient précipités, donnaient la main aux pompiers, assistaient les médecins, soutenaient les voyageurs de ce terrible train, parlaient avec eux, recevaient leurs ultimes confidences, parfois une ligne écrite, une lettre qui arriverait peut-être à quelque parent ou ami, après la guerre.

Après...

Bientôt, on vit arriver des gens des villages voisins, accourus eux aussi avec ce qui leur tombait sous la main : un gilet, un reste de tarte aux mirabelles, une bouteille de rouge, un paquet de sucre, un bidon de lait de la traite du matin, une poignée de noix. Ils affluaient de They, La Neuveville, Parey, Lignéville, Valleroy, Haréville, de Contrexéville et Remoncourt.

On ne sentait plus l'odeur infecte qui persistait pourtant malgré le grand nettoyage ; la saleté ne repoussait plus ; seules la détresse, la souffrance, l'angoisse, la faim de l'autre tendaient toutes les énergies de ces femmes et de ces hommes de la ville et de la campagne, révulsés par tant d'acharnement haineux, tant de mépris de la vie, tant de folie. « Je n'aurais jamais pu croire... », disaient les uns, « C'est incroyable, impensable, inimaginable », s'effaraient les autres en lavant des corps, posant la charpie sur une plaie, tenant le verre de décoction pour un enfant incapable de le porter lui-même à ses lèvres.

— Un jour, ils diront qu'ils ne savaient pas ! rugit Julie entre ses dents. Pourtant...

Elle frottait avec l'énergie du désespoir, soutenait un malade, passait le gant de toilette sur un visage ravagé par la douleur, essuyait des larmes, échangeait deux ou trois mots avec les plus valides, qui lui indiquaient les cas les plus tragiques : un enfant et sa mère, une vieille femme prostrée... courait vers Germaine échevelée, maculée, en nage, prêtait main-forte à un pompier, tirait sur un tuyau ici, portait un panier là, maniait la serpillière dans le cloaque infecte.

Les malheureux balbutiaient des mots de gratitude : « Merci, les petits... merci... merci, braves gens... » Des larmes coulaient sur les visages. Les plus faibles remerciaient d'un mouvement de tête ou d'un battement de paupières.

En fin d'après-midi, le lieutenant donna l'ordre de faire fermer les robinets de douche, remonter les déportés dans le train, d'en faire descendre les sauveteurs.

Comme un essaim de guêpes énervées, les soldats reparurent de tous les coins de la gare, des entrepôts, du bout du quai, du bâtiment central, baïonnette en avant, « Los ! Los ! », piquaient les côtes de l'un, bousculaient l'autre de la crosse, « Los ! Los ! Los ! ».

Derniers échanges de regards. Derniers gestes de la main. Claquement sinistre des verrous de ferraille. Des mouchoirs flottèrent un instant aux lucarnes à barreaux des wagons à bestiaux. Germaine tressaillit. Elle prit la main de son frère. Épuisée. Avala une grande goulée de suie, de vapeur et de cendres avec ses larmes. Jean vit les filets d'argent sur ses joues.

— La fumée, dit-elle. La fumée ! Rien que la fumée !

Derrière eux, sur le quai, terrassée par l'émotion, la foule silencieuse.

Le falot rouge du dernier wagon n'avait pas encore disparu dans le virage des Seize-Mutins que Germaine Bouloumié avait déjà arrêté son nouveau plan : la mobilisation de la population et sa générosité avaient été telles qu'il restait des morceaux de pain, des fruits, des œufs durs, des bouteilles d'eau, des biscuits, des légumes cuits, de la viande bouillie, qui n'avaient pas été distribués.

Aidée par ses équipes de secouristes, elle rassembla toutes les victuailles, en fit charger une camionnette C4 Citroën de la station thermale au chiffre de Vittel, marquée aux côtés et sur le toit de grandes croix rouges, chercha un ou deux volontaires qui rattraperaient ce train en gare d'Épinal pour finir la distribution. Opération dangereuse ! La nuit tombait. Le couvre-feu avec elle, et l'interdiction de circuler ! Il faudrait passer Valfroicourt, Dompaire, Darnieulles et quelques autres villages gardés par des troupes nerveuses, parcourir une bonne quarantaine de kilomètres en rase campagne, traverser une région pourrie d'occupants armés jusqu'aux dents et rendus fous par l'avancée des troupes alliées qu'ils savaient proches de Paris et par ces maquisards de plus en plus gonflés qui n'hésitaient plus à les affronter. Véhicule d'intervention humanitaire ou pas, les Allemands n'auraient aucun scrupule à tirer pour l'arrêter. L'expédition était périlleuse.

Julie se porta volontaire. Une autre femme s'avança sans hésiter une seconde. Germaine aurait voulu être de ce voyage. Mais, en trois mots, Jean lui rappela que sa place était encore auprès de lui, que le plus difficile restait à faire, que les combats pour la libération de la région étaient pour demain, que son engagement à la tête de la Croix-Rouge dans ces moments à venir était essentiel. Elle se résigna. Les femmes montèrent dans la camionnette, Julie au milieu, près du chauffeur, l'autre contre la portière. Il n'y avait pas une seconde à perdre !

— On y va ? questionna l'homme, soudain anxieux.

— On y va ! répondirent en chœur les deux femmes.

Le moteur ronfla. La camionnette prit un large virage devant l'hôtel Terminus : direction Épinal ! Sur la place des Dames, Julie jeta un coup d'œil vers le Petit-Ban, aperçut la tour de Saint-Privat, les martinets qui tournaient dans le ciel, un bout du toit de la maison Marmillot.

Le ciel avait viré au mauve sur les terres Sainte-Marie couvertes de mirabelliers chargés à mitraille [1]. Au carrefour de la Frotelle, elle vit le panneau *Thuillières*… Ève !

Aucun Allemand à Valleroy. Personne sous le haut du Loup, qui dominait le château de Valfroicourt.

— Dompaire ! Ça va pas être la même ! s'inquiéta le chauffeur.

— On verra bien, répondit Julie.

La C4 aux couleurs de Vittel et de la Croix-Rouge cahotait sur la route, franchit le passage à niveau dans la descente sur la ville, tourna sec dans le faubourg, grimpa le raidillon vers la place de l'église. Elle avait ralenti, prête à s'arrêter à la moindre

1. Couverts de fruits.

injonction, ou à bondir. Nul ne savait ce que serait la bonne réaction en cas de...

L'église dépassée, la sortie sur Lamerey atteinte, la route s'ouvrit au large vers Épinal, ruban cahoteux sombre à peine caressé par le rai de lumière tombé de la fente des phares. Pas un soldat, pas la moindre silhouette de véhicule civil ou militaire. Personne ! La campagne baignait dans un clair de lune d'un curieux bleu doré. Il faisait chaud encore.

La femme de la portière baissa la vitre. Une pleine brassée de reine-des-prés portée par l'air tiède de la prairie s'engouffra dans la cabine. Ils prirent en même temps, tous les trois, une grande inspiration, la première depuis le départ.

— Jusque-là, ça va ! claironna le chauffeur.

— Ça va ! répondit Julie.

— Ça va ! conclut la femme.

Les yeux s'étaient accoutumés à l'obscurité, la tension était un peu retombée. Ils distinguaient maintenant les collines lunaires dévorées par de grandes fosses sombres où devaient courir les renards, les taches claires des vaches dans les parcs, le feston des forêts brodé à main gauche sur la crête vers la côte de Virine.

— Il fait bon, murmura Julie.

Le chauffeur ne dit rien. Peut-être n'avait-il pas entendu. Il s'était mis à siffloter un air qu'elles ne connaissaient pas, qu'il avait repéré la veille à la radio, entraînant, léger, rapide. Julie tourna la tête vers lui. Alors, il se mit à chantonner :

C'est une fleur de Paris,
Du vieux Paris qui sourit...
Car c'est la fleur du retour,
Du retour des beaux jours...

Il avait une belle voix, un peu hachée par les cahots.

Pendant quatre ans, dans nos cœurs...

Soudain, il s'arrêta, regarda ses passagères.

— Je n'en sais pas plus ! C'est tout ce que j'ai retenu.

Une chouette frôla le pare-brise.

— J'aime bien, dit Julie.

— Moi aussi ! ajouta la femme.

La C4 longeait une usine dont les toits en lame de scie découpaient le ciel d'orient d'un bleu profond.

— On y sera bientôt ! annonça le chauffeur avec soulagement.

— Oui, mais il faudra revenir ! dit la femme en regardant les dernières maisons de Darnieulles, puis l'étrange défilé des peupliers le long de la route.

— On reviendra ! affirma Julie qui fixait, droit devant, le trou noir ouvert sur la ville où le terrible train de Barbie ne tarderait pas à arriver. Peut-être même était-il déjà en gare. On ne peut pas aller plus vite ?

— Tu veux que j'explose le moteur ? On serait bien avancés, tiens !

Il l'avait tutoyée. Elle en avait été surprise, choquée presque. Puis flattée.

— Non, bien sûr ! Comme tu fais, c'est bien !

Il s'était alors remis à siffloter.

Accoudée à la portière, yeux mi-clos, la femme offrait sa chevelure au vent. La lune jouait à cache-cache derrière des rideaux d'arbres. Il faisait de plus en plus noir.

Ils allaient sortir de la forêt de Bois-l'Abbé, aborder la grande descente sur Épinal quand, soudain, le chauffeur crut apercevoir sur le bas-côté, loin devant, de faibles lueurs, comme des feux follets.

— Attention, les filles ! Attention ! Qu'est-ce que c'est que ça ?

Cramponné au volant, il s'était approché du pare-brise, comme pour y voir mieux. D'instinct, les deux femmes se penchèrent aussi ; celle à la portière releva rapidement la vitre. La C4 avait ralenti.

— Qu'est-ce que c'est que ça ? répéta le chauffeur.

Il posa une main sur le levier de vitesse, prêt à rétrograder pour foncer dans le tas.

— Cramponnez-vous ! Ça va peut-être secouer !

Il avait perdu sa voix de chanteur, parlait ferme, sec, violent presque.

— Cramponnez-vous !

La camionnette avançait toujours à la même allure. Elle se rapprochait des lueurs, plus distinctes maintenant.

— Qu'est-ce que c'est que ça ? répéta le chauffeur. Qu'est-ce que…

Soudain, une forme bondit devant, au plein milieu de la route, puis une autre, une autre encore. Ils étaient trois maintenant dans la fente de lumière des phares à s'agiter, danser une danse bizarre, gesticuler dans leur direction.

— Qu'est-ce que... c'est pas des Allemands, ça ! Qu'est-ce...

La camionnette n'était plus qu'à quelques tours de roues des étranges fantômes de Bois-l'Abbé quand l'un d'entre eux déploya un carré d'étoffe blanche frappé d'une croix rouge.

— Pffffff... fit le chauffeur en relâchant le levier de vitesse.

— Pffffff... réagit Julie en s'essuyant les paumes sur les cuisses.

Tétanisée, cramponnée à la poignée de la portière, l'autre femme regardait droit devant, sans un souffle.

— Vous voilà enfin !

— Qui êtes-v...

— Chut ! Ne perdons pas de temps ! C'est Germaine Bouloumié qui nous a fait prévenir que vous alliez arriver. Ne me demandez pas comment. Nous avons notre réseau. Mais on commençait à trouver le temps long !

— On n'a pourtant pas...

— Peu importe ! Vous êtes là, c'est l'essentiel. Elle nous a demandé de vous relayer. Vous ne connaissez pas bien Épinal. Vous ne sauriez pas où passer pour aller à la gare. Nous, si ! Alors on décharge en vitesse, on recharge là. On y va. Et vous faites demi-tour. Allons-y !

L'homme s'était écarté, avait fait un signe avec sa lampe. Deux autres étaient sortis du chemin forestier.

— Recule par là, en vitesse, en douceur, sans trop de bruit. Allez.

Le chauffeur reprit le volant, manœuvra, guidé par l'équipe d'Épinal. Au bout du chemin, tapie dans l'obscurité, une camionnette. Les deux véhicules étaient cul à cul.

— Allez, on y va ! Le train n'attendra pas !

Le temps de le dire, la C4 était déchargée, les victuailles des gens du pays vittellois calées dans l'autre véhicule, à tâtons presque. Les équipes échangèrent une rapide étreinte, rembarquèrent d'un bond.

— Bonne route, les amis !

— Bonne route !

— Faites gaffe !

— On fera !

La lune avait roulé sur les montants de Chandelier, plongé derrière la butte du Chapon quand ils dépassèrent les dernières maisons de Valleroy-le-Sec.

L'unique coup d'une heure du matin venait de tomber de la petite église du village. La femme à la portière avait de nouveau baissé sa vitre. Le chauffeur s'était remis à siffloter. On serait bientôt rendus !

Le carrefour du Poil-Pré apparut dans des ténèbres laiteuses.

Le panneau *Thuillières* dansa une seconde dans le pinceau de lumière des phares. Julie joignit les mains. Elle sourit. Ève...

Alors un coup de feu claqua, du côté des terres Sainte-Marie couvertes de mirabelliers chargés à mitraille. Un seul…

Julie exhala un souffle d'ange. Elle s'affaissa sur les genoux du chauffeur. Une fleur rouge en plein front.

… la fleur du retour,
Du retour des beaux jours…

En Lorraine
23 septembre 2009

Bibliographie

Histoire de Vittel – Création d'une ville thermale, Pierre Bouloumié, Éditions de la Plaine des Vosges, 1982

Vingt Jours parmi les sinistrés, Pierre Bouloumié, Calmann-Lévy, Paris, 1909

Les Étudiants à Liège et les mesures universitaires, maître Ambroise Bouloumié et M. P. Thoinnet, E. Dentu (libraire-éditeur), Paris, 1865

Souvenirs d'un maire – L'invasion de Vittel, 1940, Jean Bouloumié, Imprimerie Lesœur, Vittel

Le Camp des internés de Vittel, Claude Poinsot, Maison du patrimoine, septembre 2004

Des sources au thermalisme, Collectif des Journées d'études vosgiennes

Aventures prodigieuses de Tartarin de Tarascon, Alphonse Daudet, E. Dentu (libraire-éditeur), Paris, 1887

Vittel, 150 ans de travaux, collectif, Mairie de Vittel, 2000

Ève Lavallière, orpheline de la terre, Jean-Paul Claudel, Éditions Gérard Louis, 2007

Paroles de Poilus. Lettres et carnets du front, 1914-1918, Jean-Pierre Guéno, Librio, 1998

La Mare au diable, George Sand

Jean-Christophe, Romain Rolland

Dictons de Lorraine. Au fil des mois, Jean Lanher et Alain Litaize, Presses universitaires de Nancy, 1985

Remerciements

À Anne-Marie et Guy de La Motte-Bouloumié

Jacqueline Verrier, Isabelle Chave, Claudine Pierre, Thérèse Pierre

Henri Poitier, Jean-Pierre Guillaume, Jean-Paul Rothiot, Emmanuel Humblot

Élus, direction et personnels de la Maison du patrimoine de Vittel, et des Archives départementales des Vosges

Composition et mise en pages : FACOMPO, LISIEUX

Achevé d'imprimer
en octobre 2011
par Rotocayfo
pour le compte de France Loisirs, Paris

Numéro d'éditeur : 65444
Dépôt légal : novembre 2011
Imprimé en Espagne